NARCOLEPSIA

,

NARCOLEPSIA
JORDI LEDESMA

ALREVÉS

BARCELONA 2012

Primera edición: marzo de 2012

Publicado por:
EDITORIAL ALREVÉS, S.L.
Passeig de Manuel Girona, 52 5è 5a
08034 Barcelona
info@alreveseditorial.com
www.alreveseditorial.com

© Jordi Ledesma, 2012
© de la presente edición, 2012, Editorial Alrevés, S.L.

Printed in Spain
ISBN: 978-84-15098-43-0
Depósito legal: B-6218-2012

Diseño de portada: Mauro Bianco

Impresión:
Liberdúplex

Queda rigurosamente prohibida, sin la autorización por escrito de los titulares del «Copyright», bajo las sanciones establecidas en las leyes, la reproducción total o parcial de esta obra por cualquier medio o procedimiento mecánico o electrónico, actual o futuro, comprendiendo la reprografía y el tratamiento informático, y la distribución de ejemplares de esta edición mediante alquiler o préstamo públicos.

A Belén

ÍNDICE

Introducción a la realidad 11

Libro Primero: Fue un abrir y cerrar
de ojos pero él ni siquiera pestañeó 21

De vuelta a la realidad 159

Libro Segundo: Narcolepsia 167

De vuelta a la realidad 343

Introducción a la realidad

Julio se descalzó nada más entrar, lo hizo con los propios pies y empujó los zapatos hasta un rincón antes de soltar la bolsa y la mochila sobre una de las tres camas que llenaban la habitación. Se sentó en uno de los sillones que había repartidos por la estancia junto a unas mesitas de cristal. Marta entró detrás de él, dejó sus cosas en el suelo y se asomó a la ventana.

—Estás muy callado, ¿no?

—Deja de mirar y baja la persiana. ¿No te ibas a duchar? Llegarán en media hora, así que espabila —dijo Julio mirando el reloj que lucía en la muñeca.

Marta obedeció a regañadientes y se encerró en el baño de un portazo. Al cabo de diez minutos salió recién duchada y completamente desnuda. Se acercó hasta la bolsa, sacó un vestido de seda azul, se lo puso por la cabeza y levantó los brazos, dejando que la seda se deslizara suave por su cuerpo. Julio seguía sentado.

—¿No te vas a poner ropa interior?

—Pues no —contestó Marta mientras sacaba un cigarrillo.

—No fumes aquí.

—¿Y dónde quieres que fume? ¡Puto inquisidor! No puedo salir, no puedo abrir la ventana. ¡Déjame en paz, joder!

—Está bien, fuma en la ventana, pero levántala lo justo. Y deja de gritar, estás aquí para lo que estás, y punto. Y ponte unas bragas ¡coño!, que si te piden que te las quites los puedas complacer... Ahora te fumas el cigarro y en adelante buenas caras, ¿estamos? —Julio habló con un tono rotundo, chasqueando los dedos al finalizar la frase. Después se volvió a calzar y se cambió la camisa.

Marta subió la persiana unos cuatro dedos, se veía el parking del motel. Había consumido medio cigarro cuando vio entrar en el recinto un coche de gama alta, negro, con las lunas tintadas.

—Ya están aquí —dijo mientras apagaba el cigarrillo.

Julio se levantó de un salto y también se asomó a mirar. Pasaron unos segundos hasta que el coche se detuvo por completo, se abrieron las puertas y bajaron tres hombres. El conductor se quedó en el vehículo.

—Sí, son ellos, vamos, siéntate, yo abriré.

—Tengo que ir al baño.

—Marta, joder.

—Me tengo que lavar los dientes, es un momento, no tardo nada.

Marta seguía en el baño cuando unos nudillos golpearon la puerta con suavidad, Julio abrió y dos matones entraron delante del hombre al que estaban esperando.

—John Claudio, qué alegría volver a verlo.

—Julito, ¿cómo le va, *parcero*?

Ambos se abrazaron y Julio invitó a John Claudio a sentarse. Ofreció a todos una copa del minibar. Los matones declinaron cortésmente la invitación.

—Yo, whisky —dijo el recién llegado levantando la mano izquierda.

Julio le sirvió un vaso con hielo.

—¿Estamos solos? —preguntó el colombiano.

Julio aún no había contestado cuando la puerta del lavabo se abrió y salió Marta con aquel vestido de tirantes finísimos que le bajaban por el pecho para juntarse debajo del escote, tapándole solamente los pezones y dejando ver por completo las grandes y redondas mamas. Avanzó lenta y sensual rizándose las puntas del pelo hasta susurrar:

—No nos han presentado, soy Marta.

Estiró la mano con elegancia y John Claudio la cogió y la besó con levedad.

—¡Que mi dios me conserve la vista! *Mamita*, es usted una chiquilla bien guapa. ¿Han visto, pendejos? Estos españoles saben hacer negocios, le sacan a uno semejante bombón y como para no coronar —dijo entre risas John Claudio, que soltó la mano de Marta sin quitarle ojo del escote.

—Enseguida estoy con usted, mi vida, ahora tengo que hablar con Julio. A ver, Julito, cuénteme.

—Sí, yo quería hablar con usted... El tema es que si me concediera una pequeña rebaja, yo podría invertir, quizás, más dinero y, dentro de poco, moveríamos cantidades mayores. Todos saldremos ganando.

—Julio, sin fantasías. Para que me lo crea, ya está la chica. Vamos, ¿cuánto?

—Yo... yo había pensado que...

—¡Julio, sin rodeos! ¿Cuánto?

—Treinta mil por kilo.

A Julio se le quedó cara de pez cuando John Claudio se empezó a reír a carcajadas.

—Carajo, Julito, se va a convertir en don Julio, pendejo... Don Julio, suena hasta bien, a mí no me llaman don... ¿Y sabe por qué? La culpa es de mi papá, que me puso John Claudio, y claro, don John Claudio no suena bien, es demasiado largo. Y el don John como que no... Pero don Julio sí suena bien, carajo. Aunque para mí siempre será Julito. ¿Me entiende, huevón? ¿Y bien, Julito? ¿En qué anda metido esta vez? ¿Cómo de grandes son las cantidades? Don Julio. Ha, ha, ha, ¡treinta mil por kilo! Le van a hacer falta un par de Martas más para coronar este *bisnes*, lancero.

John Claudio se reía, gesticulaba y levantaba y bajaba la voz sin dejar de mirar a Marta, que estaba sentada en otro butacón frente a él. Ella se regalaba tocándose el pelo, jugando con el tirante del vestido, y ofreció un par de cruces de piernas del que los dos matones no perdieron detalle; John Claudio tampoco, claro, pero Julio necesitaba atraer los cinco sentidos de aquel mafioso medellinense con traje de dos mil euros y zapatos de ochocientos.

—Mil kilos.

—¿Cada cuánto tiempo? —preguntó John Claudio mirando a Julio fijamente a los ojos.

—Cada tres meses, quizás antes.

—¿Quizás antes? Julito, al precio que usted exige, tres meses son demasiado, aunque hay que reconocer que es un incremento considerable respecto a lo que venimos entregando. Va a necesitar un buen químico para mover mil kilos, Julito, y una buena estructura.

John Claudio se hizo el sorprendido, pero la única sorpresa fue que Marta no llevara bragas. Ya conocía las nuevas aspiraciones de Julio, se había estado viendo con el jefe de la guardia portuaria de Barcelona, quien le había puesto al tanto de los contactos de Julio. Le habló de topos en algunas de las comisarías céntricas y de un grupo de guardias civiles del servicio de aduanas, de un jefe de policía y de un par de concejales, de quienes no determinó la localidad. Le contó cómo funcionaba el sistema de blanqueo de dinero de Julio, el *rent-a-car* del aeropuerto, los dos restaurantes y las inversiones inmobiliarias en el Borne, los alquileres de apartamentos en Sitges y Castelldefels... También habló de unos italianos que se habían hecho fuertes y que estaban ampliando negocio en Marsella, Niza y Cannes.

Y ahí entraba Julio. Bien planificada, Barcelona-Marsella era una ruta sencilla y asequible prácticamente con cualquier medio de transporte, capaz de abastecer más de una tonelada cada tres meses. Además, una vez establecida la ruta, se abría la puerta para contactar desde allí con otros traficantes europeos. Era un buen pastel y John Claudio sabía que, si aquello salía bien, cabía la posibilidad de que Julito se acabara por convertir en don Julio. Pero eso aún tenía que suceder.

Lo que sí estaba claro ya para John Claudio era la intención de Julio de negociar un precio ahora, hacer rodar la bola de los italianos y, dentro de unos meses, pedir otro descuento avalado por el incremento de la demanda, para acabar trabajando a precio de colombiano. Eso iba contra los intereses de John Claudio. Julio podía ganar mucha plata y, en poco tiempo, negociar por cantidades mayores a las que él manejaba, lo que provocaría que, prácticamente sin querer, acabara saltándoselo en la cadena de intermediarios. Así que el colombiano tenía que entrar como fuera en aquella rueda e iba a forzar a Julio a aliarse con él.

John Claudio se abrió la chaqueta enseñando el cachemir de tonos ocres, rojizos y dorados que forraba el interior de su traje gris brillante, se sacó una pitillera de plata del bolsillo y permaneció unos segundos sin hablar. Marta se levantó para ofrecerle un cenicero y fuego. John Claudio, encantado, dejó que ella le acercara las tetas a sus ojos mientras le encendía el cigarrillo. Se contoneó como una gata al volver a la butaca.

—Hábleme de ese jefe de policía —dijo el colombiano dando dos caladas al cigarrillo.

—¿Qué jefe de policía?

—Julito, no se haga el tonto.

—Sí, tengo influencias con un policía, pero no entiendo qué tiene que ver en esto.

—¿Ah, no? Entonces no debemos hablar del mismo policía. Pruebe a hablarme de otro, no de los guardias civiles ni de los *mossos* que tiene comprados. Hábleme del jefe de policía.

El silencio volvió a llenarlo todo. Julio se había percatado de que John Claudio sabía más de la cuenta.

—¿Qué quiere saber?

—¡Joder, Julio! Todo: quién es, cómo se llama, dónde vive, si su mujer está buena... y todas sus mierdas. Lo quiero saber todo. Julito, no se haga el tonto... y cuente.

—Yo no he venido a esto... yo solo quiero una rebaja en el precio. He hecho mis cálculos y creo que así podría abarcar más... Hay clientes.

—¡Cállese! ¿De dónde son?

—¿De dónde? ¿Quién?

—¡Los clientes! Que de dónde son. Julio, es la tercera vez que se lo digo, ¡no se haga el tonto! Vamos, Julito, si lo sé todo. Cuéntemelo, *parcerito*, que John Claudio le va ayudar.

—¿Qué es lo que quiere entonces si ya lo sabe todo?
—Julito, ahora se está pasando usted de listo, pero no se lo voy a tener en cuenta. Le entiendo, ha visto la oportunidad, es un buen *bisnes*, cree que va a crecer y va a hacer montañas de lana, pero es mucha tela *pa* usted solo, *papi*... Usted necesita rodearse de buena gente, ¿es que va a montar una *vueltecica* como esta, buena para ganar un buen dinero, con una banda de rumanos?, ¿o con los gitanos de la Verneda?... No, *papi*, no... esta la vamos a montar bien, esta la vamos a montar entre usted y yo, aprovechando sus buenos contactos, mis buenos contactos y todo eso... Usted va a estar allí, eso no va a cambiar. Con mi ayuda, con mi mano, a la larga ganará más. Con el tiempo me lo agradecerá. Ahora le voy a explicar cómo vamos a organizar esta vuelta.

A medida que John Claudio iba largando acerca de los italianos, de los policías, de los de aduanas, de las nuevas rutas, cortes, precios, comisiones y porcentajes, todos los planes de Julio se desvanecían a merced de los de aquel indio de facciones precolombinas. Se le empezó a nublar la vista y un zumbido desagradable se le metió en la cabeza. Estaba absorto, casi catatónico, ajeno a las palabras de John Claudio.

Fue reclinando la cabeza hacia atrás cayendo en el letargo. Los párpados le pesaban, luchaba por incorporarse, y su mente giraba en una nube de recuerdos que le hacían pensar lo rápido que habían transcurrido los últimos años. Hurgaba en su memoria, pero no sabía ubicar el momento en que había dejado de ser feliz. El calor y el rubor le invadieron el cuello y las mejillas, y tuvo la sensación de que el alma se le salía del cuerpo. Tirado en aquel incómodo sillón, ante la cansina retórica del colombiano, el sofocante aguante de los *sardinos* (así los llamaba John Claudio) para permanecer de pie inmóviles y la sexual presencia de Marta, Julio se desmayó.

Antes de perder la conciencia recordó su esplendor como persona, y, para ello, la mente lo devolvió años atrás, mucho antes incluso de la primera vez que perdió la voluntad a la hora de mantener la vigilia, cuando empezó todo.

Libro Primero

Fue un abrir y cerrar de ojos, pero él ni siquiera pestañeó

Julio era un tío joven, tenía unos treinta años y no siempre había sido «un puto inquisidor de malas pulgas», como pensaba Marta, chica de veintidós que había conocido meses atrás. Hubo un tiempo en el que fue un tipo desinteresado y, sobre todo, un buen amigo.

Había nacido y crecido en la Barceloneta. Fue un niño de barrio sin demasiadas pretensiones que vivía con su madre y su abuela en una casa vieja y con limitaciones, sobre todo de espacio. A principios de los ochenta su padre los abandonó. Era un robaperas que huyó de la responsabilidad (eso le contaron) y de quien ni volvieron ni quisieron saber. Aquello marcó su carácter y le hizo ser fuerte en la calle. No tenía hermanos ni nadie que lo protegiera de la crueldad infantil. Cuando volvía llorando a casa después de una pelea o discusión con otros niños, su abuela lo castigaba y no lo dejaba salir hasta el día siguiente, aunque a los diez minutos se le pasaba la rabieta y ansiaba volver al partidillo o al juego de turno que hubiera abandonado por el enfado. Pero entonces ya era tarde, su madre estaba trabajando y la abuela ya no levantaba el castigo.

Como los demás niños, participaba en los improvisados y atropellados partidos sobre las losas rojas del paseo, partidos en los que las mochilas o montones de chaquetas conformaban las porterías. Dos capitanes autoelegidos escogían jugadores después de una rápida mano a piedra, papel o tijera. Entre fintas, desmarques y remates Julio destacaba sobre el resto de niños, algunos varios años mayor que él. Aguardaba oculto entre las cañas el quejido metálico del raíl con las manos y el regazo cargados de piedras de afilada arista que arrojaba contra la chapa y el cristal de los trenes de cercanías. Con un taco de madera en el que enrollaba quince metros de nailon, un corcho y un anzuelo en la punta, y con un amasijo de boquerones y sardinas, recogido de las barridas de las grasientas y ensangrentadas cubiertas de los pequeños botes de bombilla, le bastaba para sacar lisas, doradas y lubinas en los espigones.

Una tarde, en la primavera de 1989, acabó por casualidad en una de las manifestaciones previas a las obras de adaptación de la ciudad para los Juegos Olímpicos. Los asistentes protestaban por el desalojo de los chabolistas de la playa y de los inquilinos de los bloques en ruina, poblados de gente de etnia gitana en su mayoría que, a juicio de los gobernantes, afeaban y desprestigiaban la imagen de Barcelona. Acudió con Miguel López Galera, un compañero de clase más conocido como el Chavo, al que unos primos suyos le dijeron que fuera para armar jaleo y liarla. Los dos chicos avanzaban entre el gentío, que jaleaba con pitos y pancartas, entraban y salían del pelotón de gente buscando entre callejas a los primos del Chavo, hasta que los encontraron. Ese día conoció a Juan y Vicente Heredia Galera, los Heredia, dos gitanos pocos años mayores que él y que, a la postre, iban a ser muy importantes en su vida.

La manifestación no acabó bien. Tras la intervención de los antidisturbios, la masa de gente se dispersó en grupos que fueron rompiendo escaparates y quemando contenedores a su paso. Los cuatro chavales corrieron hacia una calle con menor flujo de gente, cuando en una esquina se vieron arroyados por un pizzero en moto al que no le dio tiempo de frenar, y que golpeó con la rueda a Juan y Vicente. La moto cayó y arrastró a Julio y al Chavo, al que se le rompieron los pantalones. Nadie se hizo daño más allá del golpe, pero Juan, el mayor de los Heredia, se levantó hecho una fiera recriminándole al pizzero que era un inútil.

—¿Tú estás gilipollas o qué? ¡Hijo puta!

Juan dio dos patadas fuertes al pizzero en el abdomen

y le gritó que le diera todo el dinero que llevaba o lo mataría. El pizzero sacó un monedero de cuero y se lo tiró. Julio miraba sorprendido mientras el Chavo y Vicente gritaban:

—¡Métele, Juan, métele, que es un *cagao*!

Juan cogió el monedero, lo abrió y preguntó:

—¿Tienes más?

El pizzero juró que no y Juan le rebuscó en los bolsillos. Le cogió un paquete de tabaco y luego le quitó el casco para verle la cara. El chico estaba llorando. Juan le dio una torta y le dijo:

—Venga, que no te he hecho tanto... Como digas algo de nosotros te busco y te mato... Dame tu carné.

—No voy a decir nada, lo juro tío, de verdad.

—¡Que me des el carné, coño!

Al pizzero no le quedó otra que darle el carné. Juan lo cogió y se lo guardó en el bolsillo, cogió también el casco y le dijo a Vicente:

—Niño, coge las pizzas.

Vicente abrió la caja de la moto y sacó tres pizzas. Los cuatro salieron corriendo calle abajo entre risas y gritos. Unas manzanas más allá se detuvieron a comerse las pizzas en un portal cercano a la Plaça Reial.

—¿Cuánto hay en la cartera? —preguntó Vicente.

—*Na*, mil cien duros. ¿Quién sabe cuánto son mil cien duros? A ver...

Julio miró a Vicente y al Chavo, y al ver que no lo sabían respondió:

—Cinco mil quinientas pelas.

—Muy bien, toma, cien duros *pa* ti.

Juan le arrojó la moneda a Julio, que la cogió al vuelo. Entre los dos hubo una mirada de complicidad. Julio se sintió orgulloso de que su abuela lo enseñara a contar en duros.

Vicente, celoso, dijo:

—¿Y *pa* mí qué?

Juan le dio mil pesetas, y otras quinientas al Chavo. Al acabar las pizzas, Juan sacó el paquete de tabaco.

—¿Queréis fumar?

Julio y el Chavo dijeron que no y Vicente que sí. Cuál fue la sorpresa de Juan cuando al abrir el paquete encontró una china de hachís de unos quince gramos. Entonces exclamó:

—¡Hemos *triunfao*! Venid.

Juan se levantó y los otros lo siguieron hasta la Plaça Reial. Avanzaba unos metros por delante de ellos susurrando y chistando a los turistas: «*Hash, chocolate, fumo, do you want hash?*».

Dieron un par de vueltas a la plaza y subieron rambla arriba. Casi ya en Plaça de Catalunya unos escoceses se pararon ante ellos y el mayor de los Heredia, tras un corto regateo, les vendió la postura por diez mil pesetas, prácticamente el doble de su valor. Repartió parte del dinero con los chicos. A Julio le tocaron dos mil pesetas, además de las quinientas que ya se había ganado. Aquella tarde aprendió, entre otras cosas, para qué servían la intimidación y el trapicheo. Hasta entonces su conocimiento al respecto no iba más allá de lo que sucedía en el patio del colegio Mediterránea, antiguas escuelas Lepanto, o en la Plaça de La Font, a escasas calles de su casa.

Julio descubrió que la violencia del mundo de los niños era también aplicable en el mundo de los mayores, porque en el mundo global, donde se mezclaban niños y mayores, la violencia y el abuso servían para ganar dinero. También aprendió que era importante hablar otros idiomas. Pensó en su madre y en la cantidad de horas que tenía que echar para ganar lo que los Heredia ganaban en una tarde de risas y cachondeo en La Rambla. Él siguió reuniéndose con ellos algunas tardes y los fines de semana, cuando los entrenamientos y los partidos de fútbol se lo permitían. El fútbol era lo único que se tomaba en serio.

Así fue como Julio Perla Díaz se convirtió en Julito *el Perla*; poco a poco, entre los episodios del *Equipo A*, *Mario Cobreti*, *John McClain*, las películas de Bruce Lee, las reposiciones de *Benny Hill*, algunas tardes en el centro con los Heredia, el Barça de Cruyff y films porno.

Pasó discretamente por la escuela y se sacó el graduado

escolar con cincos raspadillos. Debía de tener unos trece o catorce años cuando empezó en el instituto. No se enteraba de mucho, de lo justo para ir pasando cursos, arrastrando asignaturas de un año para otro. Pero ir al instituto le daba total libertad, ya que se podía *petar* las clases sin explicaciones ni reprimendas. Casi sin darse cuenta dejó de acudir también a entrenamientos y partidos de fútbol. La mayoría de tardes se acabaron por convertir en noches.

La Barceloneta era un barrio obrero que prosperaba. El ayuntamiento lo había integrado en la postal, revalorando su entorno y mínimamente su imagen. Poco a poco sus calles perdían dureza y marginalidad. Pero el temple de la gente no se compra. Por mucho que la ciudad se aburguesara, sobre todo estéticamente, el barrio mantenía la esencia obrera y la estampa pesquera, aunque a su alrededor los guiris en tropel campearan a sus anchas, y las barcazas y botes cedieran su lugar a yates y balandros.

La familia Heredia al completo había sido reubicada en unos bloques en L'Hospitalet de Llobregat. Por aquel entonces Juan ya tenía coche, aunque no carné. Solía pasar por la Barceloneta, dejaba el vehículo en el vado del bar de Paco *el Parras*. Tenía una legión de chicos a los que daba posturas rácanas de mil pesetas de hachís envueltas de una en una en papel de aluminio y los enviaba a vender, mientras él pasaba el rato tomando quintos y jugando al dominó, a la espera de que los muchachos volvieran por más material.

Julio, como todos, rondaba el centro y las puertas de los locales con mayor flujo de extranjeros, dispuestos a pagar por la droga mucho más que los españoles o los propios barceloneses, pero la rutina le enseñó a dar vueltas por el barrio, el pabellón, el campo de fútbol, el instituto y los descampados cercanos a las vías, porque en todos aquellos lugares siempre había niñatos incautos a los que el rancio chocolate de Juan Heredia les parecía de calidad contrastada. Esto convirtió a Julio en el mejor camellito de Juan en cuanto este le enseñó a posturear, para así entregarle enteros los cuartos de kilo, que él partía y repartía sin necesidad de entregar la pasta y reponer mercancía en el bar del Parras cada diez o doce gramos.

El chico ganó cierta reputación entre la gente de su edad, siguió creciendo y llegó a su vida la ropa de marca, las motos trucadas, las primeras fiestas y las chicas. Con solo catorce años, ya había estado en diversas ocasiones en La Gata Pelirroja y en el último atisbo de barrio Chino que hubo en Barcelona, la mayoría de las veces incitado por el Chavo y alguna que otra con Juan Heredia, como premio a su entrega y al hecho de no haberle robado nunca. Pero las chicas del instituto y las que salían por los bares y pubs, que solía frecuentar, eran diferentes. En la órbita de Julio empezaron a rondar chicas de entre quince y dieciocho años, algunas por diversión y otras por interés.

El verano de 1995 fue, sin duda, el que reunió los mejores meses de su adolescencia. Era la época de las zapatillas negras, las Alpha, las sudaderas Lonsdale y las Rayban de pera con espejo, típicas de la aviación norteamericana. Él tenía dieciséis años y se mantuvo un tanto al margen de una estética bastante asociada a los grupos radicales mayoritariamente de derechas y con inclinaciones xenófobas. Gran parte de sus colegas sí se sometieron a esa imagen que la moda imponía.

La inestabilidad económica y laboral que la sociedad arrastraba y las primeras oleadas de inmigración en masa, a las que se sumaban malas gestiones administrativas y desfalcos cometidos por estamentos del gobierno, parecía justificar, para muchos, aquellas extrañas tendencias políticas y conductas violentas que la juventud expresaba.

Él pasaba de todo eso y de todo lo otro que pudiera haber, se juntaba con todos, con los *pelaos*, con los *heavyatas*, los *punks*, los *grounges*, los *rastas*, los *rappers*, los *skaters*... tenía colegas de toda condición, afición y colectivo callejero. Era un chico que caía bien y por su relación con Juan Heredia era conocido en las principales comunidades gitanas del centro de Barcelona. Además, había recorrido toda la provincia jugando al fútbol y, gracias a su carácter noble, había trabado amistad con los hijos de algunas adineradas familias catalanas. Aquel verano coincidió con alguno de esos hijos de papá en los bares del puerto olímpico. Uno de esos días, a principio de verano, se encontró con Albert Vidal, un pijito de Pedralbes que jugaba en la SAFA y que había compartido vestuario con Julio en las selecciones de tecnificación. Los dos muchachos estuvieron hablando, preguntándose sobre la vida. Albert lo invitó a un cubata y le presentó a su grupo de amigos y amigas.

—¿Vamos a fumarnos un porro?

Albert dijo que sí con la cabeza, apuró el tubo de cubata de un trago y lo dejó en la barra. Los dos salieron fuera, donde el estruendo musical era menor, y, apoyados en un coche, Julio sacó una china y se la dio.

—Toma, hazte un *peta*.

Albert cogió la piedra, la miró y la olió.

—¿A quién le has comprado esta mierda? Toma, tío, vamos a fumar del mío, se lo pilla mi hermano a un morito del Raval, ya verás, está muy bueno. Mira, ¿ves las burbujas? Mira como hierve, esto es lo mejor, *nen*. Los llaman huevos por la forma, se los comen en Marruecos y aquí los cagan, a veces huelen a culo, tío.

—Dios, qué asco —dijo Julio, un poco sorprendido, puesto que su intención era abrir mercado y estaba recibiendo una clase de importación de drogas. Permaneció expectante por probar aquel hachís mientras Albert le explicaba lo bueno que era.

—Ya ves si está bueno... Doble cero de primera...

—Está muy bueno, tío. ¿Me podrías hacer un talego? Ahora me tengo que ir. Oye, ¿la morena de la falda verde tiene novio?

Albert pegó un mordisco a la pieza de hachís y le dio la mitad sin aceptar dinero a cambio. Julio la cogió agradecido y desapareció calle arriba. Fue andando hasta casa, era de madrugada y su madre lo observaba desde la oscuridad, a través del visillo de la ventana. Últimamente estaba un tanto preocupada, la pérdida de interés del chico hacia el fútbol había levantado sospechas, y la facilidad que tenía para conseguir que le regalaran ropa de marca, consolas, televisores y otros caprichos inaccesibles para la economía familiar hacía evidente que aquello no eran regalos y que el chico andaba metido en algún asunto turbio que le proporcionaba dinero. Julio se sentó en un banco frente al portal, la temperatura era bastante agradable; se lió un *petardo* mientras pensaba en el cabrón de Juan y en el descubrimiento de que su costo era una mierda. Seguramente por eso solo le compraban los guiris y los niñatos, y no los mayores ni los más fiesteros, pero su mente se evadía de aquella sensación de timo pensando en Montse, la chica de la falda verde.

Al día siguiente se levantó a eso de las once. Su madre ya no estaba, pero había hablado con la abuela antes de que él se despertara. Intuyó algo debido a las incesantes preguntas de Mariana acerca de la moto, la ropa y demás, pero se escaqueó diciéndole que lo dejara en paz, y que no se metiera en sus cosas. Se bebió la leche y se encerró en su habitación a fumarse un *porrazo* de los que le había regalado Albert. Después se duchó, se vistió y se largó. Cogió el metro y se plantó en L'Hospitalet en busca de Juan. Fue a su casa y allí se encontró a la madre y las hermanas de este. Julio aceptó la invitación de esperarlo tomando un refresco. Juan no tardó. Venía con Vicente y ambos se extrañaron de verle allí.

Juan le hizo pasar a la salita y Vicente entró con ellos.

—Tú y yo a solas.

—Es mi hermano... lo que me tengas que decir lo dices delante de él.

Julio miró a Vicente y bajó la vista, calló durante unos segundos y lo soltó todo.

—Que este chocolate es una mierda, ¿vale? Y que así, con esta puta mierda, no vamos a ninguna parte. Hay uno mejor.

Juan se echó a reír.

—Claro que hay uno mejor, imbécil. Hay muchos mejores y también los hay peores. Es una cuestión de precio.

Julio sacó la china de Albert y la puso en la mesa. Hizo oídos sordos a todos los intentos de disuasión a los que

Juan lo sometió. Negaba constantemente con la cabeza sin mirar a ninguno de los dos a los ojos, lo tenía claro. Vicente no hablaba, miraba y callaba. Del bolsillo extrajo cincuenta gramos de hachís que le quedaban por vender y un pliegue de dinero.

—Ahí tienes lo tuyo —dijo, dando a entender que si ellos no le servían un hachís de mejor calidad se buscaría a otros.

Vicente intuyó que Juan acabaría accediendo. Notablemente enfadado, abandonó la habitación y posteriormente la casa sin decir nada. Le había tenido celos desde el día que se conocieron. La predilección de Juan por Julio hacía que Vicente odiara al Perla y siempre estuviera cizañeando e intentando minar la percepción de Juan respecto al chico.

Juan cogió los cincuenta gramos de hachís y el dinero que Julio había puesto sobre la mesa y le dio una colleja cariñosamente.

—¡Ay, el Perla, que se nos ha hecho grande! Tendrás que hablar con el Francis, vendrá a comer. ¿Te quedas?

Julio accedió, la templanza y el buen rollo con el que había reaccionado Juan y la ausencia de Vicente en la casa relajaban el ambiente. Los chicos volvieron a la cocina, donde estaban la señora Candela, esposa de don Avelino y madre de todos los Heredia Galera, y sus hijas: Avelina, Úrsula, y Candelita, novena y última después de Juan y Vicente. Candelita y Julio eran de la misma edad e intercambiaron unas miradas que fueron interrumpidas por Avelina.

—Niño, irse *pallá*, que el *payico* va a gastar a la niña de tanto mirarla. Fíjate, muchacho, si parece que está *enamorao*.

—No la va a mirar... Con lo guapa que es mi hermana. Tú, sin pasarse, ¿eh, maricón?, que es mi hermana; venga, vamos *pa* la calle. Tata, que el Julito se queda a comer, que va a hablar con el Francis. Vamos, niño, que te enseño las plantas de marihuana que tiene mi primo el Nazario, ahora aún están chicas, pero a final de verano...

El clan Heredia iba mucho más allá de Juan y Vicente, de hecho, ellos eran simples piezas de una extensa estructura con una dilatada carrera en el mundo del narcotráfico.

Los Heredia habían empezado a finales de los setenta con la fatal incursión de la heroína en España, pero la tradición contrabandista y estraperlista de la familia era centenaria. Juan y Vicente eran los pequeños de nueve hermanos, todos hijos de don Avelino, leyenda viva de los poblados de Barcelona y uno de los primeros en usar puntos de venta errantes señalados por hogueras.

Años atrás, don Avelino Heredia había comprado y levantado diversas construcciones en el poblado del mar, casetas pequeñas de una planta y construidas de dos en dos a modo de pareado, comunicadas entre ellas por puertas interiores y túneles. Cada una estaba protegida de la calle por tres portones acorazados. De modo que se encendía una hoguera en la entrada de la barraca en la que se vendía, una diferente cada día, y así, en el supuesto de que llegara la policía con una orden de registro, solo podían registrar una barraca en concreto. Mientras a golpe de soplete y radial la policía judicial de Barcelona derrocaba los tres portones de entrada, los hijos, hermanos y sobrinos de don Avelino trasladaban la mercancía a través de los túneles hasta otra barraca, para la que la policía no tenía orden de registro. La elección de la barraca a la que debía ser trasladada la droga se improvisaba en el acto dependiendo de la orden de actuación policial, y se comunicaba a los miembros del clan mediante silbidos, palmas y canciones de las que se encargaban los niños y las mujeres.

En la entrada del poblado había controles que *daban el agua,* voz que corría por las callejas sin asfaltar mucho más rápido que los vehículos policiales. Con los años el poblado del mar se convirtió en un supermercado de la droga. Para entrar a las barracas había que hacer cola, los toxicómanos accedían de tres en tres. Tras la primera puerta se encontraban hombres armados que los registraban antes de pasar a la siguiente sala, donde se hacía la entrega a través de un ventanuco en la puerta. Durante años, aquel sistema llenó de dinero las barracas de don Avelino Heredia, quien, manteniéndose en la sombra, se convirtió en uno de los hombres más poderosos de Barcelona. Pero todo aquel poder no pudo evitar que la olimpíada le pasara por encima.

Con el desalojo y derrumbe del poblado del mar se desvaneció la rentable impunidad con la que los Heredia hacían negocios. Don Avelino Heredia, a pesar de ser millonario, no tenía nada a su nombre y se inscribió junto a su familia en las listas de desplazados para la obtención de una vivienda de las que ofrecía la Generalitat con lo que llamaron «Reajuste 92». A los Heredia les otorgaron dos pisos de tres habitaciones en las tres mil viviendas construidas en L'Hospitalet del Llobregat, un conjunto de bloques de protección oficial bastante baratos que la gente acabó por llamar los Grises, dado el color de sus muros, y donde los Heredia pagarían una renta de ocho mil pesetas al mes por cada piso. Don Avelino no tardó en disuadir con dinero a algunos de sus vecinos para que se fueran. La actividad del poblado del mar se fue trasladando a los Grises con un sistema similar de puertas, salas y patios, pero sin hogueras.

Julio había estado en los Grises en contadas ocasiones, era un lugar extraño, parecía no formar parte de ningún sitio, hacía calor y los niños corrían semidesnudos y descalzos sobre grava, tierra y cristales. El suelo estaba plagado de bolsas y envoltorios, plásticos, latas, botellas y ropa vieja. Aparcados en las calles y descampados se dejaban ver los BMW y los Mercedes que daban a entender que, en aquellos extractos sociales de apariencia miserable, había quien tenía dinero para gastar en según qué.

Don Avelino ya no ejercía como líder de los Heredia. En los últimos años había ido cediendo su posición de jefe del clan y adoptado otro tipo de responsabilidades a modo de consejero, lo que en el mundo empresarial tendría su equivalente en un presidente de honor. Pero quien mandaba realmente era el Francis, segundo hijo de don Avelino, primero en la línea de sucesión desde que Enrique Heredia, primer hijo de don Avelino, falleciera en una reyerta callejera. El Francis dirigía el cotarro con seriedad y mano dura. Él no residía en los Grises, sino que vivía con su mujer y sus dos hijas, de siete y diez años, en un chalecito mandado construir en Gavà. Todos pensaban que había dado un salto cualitativo en lo que a nivel de vida se refiere, ya que a pesar de obtener menos dinero del que se ingresaba bajo la supervisión de don Avelino en el poblado, había introducido líneas de blanqueo que permitían comprar propiedades, hacer inversiones y obtener intereses.

De los negocios legales se encargaba Bartolo Heredia, tercer hijo de don Avelino, una persona culta y con estudios. Bartolo, a diferencia de sus hermanos y hermanas, siempre tuvo inquietudes intelectuales, cualidad que don Avelino supo apreciar, por lo que siempre procuró darle estudios y mantenerlo alejado de la vida en el poblado. Por eso, Bartolo se había criado con su tío Braulio en Salt, provincia de Girona, y a pesar de no haber terminado la carrera de Ingeniería Química, acabó por ser un hombre curtido intelectualmente, con muchas horas de lectura.

Aunque el Francis no vivía en los Grises, acudía allí con frecuencia, y no solo por negocios. Su familia, a excepción de Bartolo, seguía viviendo allí. Él había tratado de convencer a su padre de que se fueran a vivir todos juntos a una finca o retornar a la Barceloneta a una casa grande, pero a don Avelino no le convencía la idea de no estar donde se cuece el puchero.

El Francis pensaba en dejar a sus tres hermanos, Cornelio, Juan y Vicente, en los pisos de los Grises al cargo de la venta, delegar el menudeo en algunos de sus primos o personas de confianza y llevarse a sus padres y a las chicas a otro lugar donde el nivel de vida fuera mejor.

Don Avelino Heredia había nacido en el pajar de un cortijo en Jaén y siempre había vivido entre gitanos con palmas y alegría. Le gustaba sacar su silla a la calle y hacer su lumbre en invierno, y todo eso era incompatible con las normas de civismo que rigen a los payos, por lo que no le iba a resultar sencillo vivir en la nueva Barceloneta. Además, tenía la sensación de que, si abandonaba los Grises, en poco tiempo se perdería el respeto a los Heredia, porque había otros traficantes payos y gitanos, como los Mata o los Gavilán, para los que don Avelino significaba tanto que, mientras él estuviera allí, nadie osaría comerle terreno a sus hijos.

Juan y Julio se sumergieron en el laberinto de calles y patios de las tres mil viviendas, donde todo el mundo miraba al Perla mientras Juan avanzaba delante saludando a los diferentes grupos de chavales que se arremolinaban en corros a lo largo de los patios y porches. Algunos fumaban porros, otros tocaban guitarras, palmas y cajones que se fundían con las diferentes músicas que se escapaban de las ventanas, otros campaban dando vueltas llevando jaulas tapadas con unas cortinillas de tela que de vez en cuando abrían con celo y recato para exhibir el dulce silbido de sus pájaros cantores. Los niños corrían, las bicis volaban, nada les impacientaba, vivían aislados del mundo.

En las entrañas de aquellos bloques de aspecto gris hervía un ambiente de fiesta, jolgorio y libre albedrío que bien habría podido servir como terapia antiestrés para otras capas de la sociedad. Juan y Julio todavía estaban en los patios cuando el Francis llegó. Venía solo, algo raro en él. Entró, besó a su madre y a la más pequeña de sus hermanas, se quitó las gafas y la chaqueta, y preguntó:

—¿Está papá *pa* comer?

—No, se fue esta mañana con Ginés y Cornelio a cazar. Comerán en la finca del Malababa.

—Ah, que el Malababa se ha comprado unas yeguas, ¿no?

—Pues no sé —dijo Úrsula—. ¿Usted sabe algo, madre?

—¿De qué?

—De eso de las yeguas que dice el Francis.

—Ah, no, que va, hija, si a mí no me dicen *na*.

—¿Y el Juanillo?

—Pues por ahí anda con uno que se queda a comer, y no sé qué han dicho de que quería hablar contigo.

—¿Conmigo? ¿Quién?

—Pues quién va a ser, pues el chiquillo ese que anda con tu hermano. Anda, Candelita, asómate a los patios y llama al Juanillo a comer.

La pequeña Candela bajó en busca de Juan y Julio.

Cuando la niña apareció tapando el reflejo del sol, Julio la vio desde lejos. Era una chavala bastante desarrollada para los dieciséis años que tenía y, a diferencia de todos sus hermanos, no tenía la nariz aguileña de su padre, sino redondeada y más bien pequeña como su madre, y unos ojos grandes y negros como su largo y cuidado pelo, que Úrsula le peinaba cada noche antes de irse a dormir. Candelita era la mimada de la casa, el ojito derecho de don Avelino, y eso la había hecho cándida e infantil, actitud que chocaba bastante en el mundo en el que vivía.

Candelita tenía una edad en la que era normal que los chicos la miraran e incluso la pretendieran. Ella se dejaba agasajar por algunos, pero siempre dentro de un contexto inocente y con el mayor de los respetos. Por mucho que se esforzaran aquellos gandules, ninguno iba a gozar del beneplácito de don Avelino y, mucho menos, de la aprobación del Francis, que tenía grandes planes de futuro para su familia, en los que no entraba ningún habitual de los patios de los Grises.

Juan y Julio acudieron a la llamada de Candela. Julio avanzaba entusiasmado mirando aquella cola negra y el prieto culo que marcaban los Levis ajustados. Candela acudía a los Grises el viernes por la tarde, pasaba la semana fuera de casa estudiando en un colegio privado en Sant Gervasi, en régimen de interna. Su convivencia con el resto de alumnas le contagió una serie de ademanes y expresiones poco frecuentes en el barrio, cosa que la hacía más atractiva. Además tenía un acento neutro, muy barcelonés, y su catalán era perfecto. Esa era otra virtud que la acercaba más a su madre que a su padre.

Los Galera eran gitanos de Barcelona de toda la vida y su antecedente migratorio a la ciudad se podía remontar a unos doscientos años, lo que hacía que, al igual que en muchas familias gitanas de la Barceloneta, el catalán fuera la lengua materna de la familia de doña Candela, lengua que perdió al casarse con don Avelino, cuya familia había inmigrado desde Jódar, en la provincia de Jaén.

Ya en el portal se toparon con Vicente, que también acudía a la comida, pero no habló, ni al verlos, ni en el ascensor. A Julio no le importó en absoluto, contaba con la gracia de Juan y eso, por lo visto, ya era suficiente para entrevistarse con el Francis. Entró el último en la casa, pasó la cocina y la salita donde ya había estado en otras ocasiones, y a donde no solía pasar un visitante cualquiera de los Heredia. Aquel día iba a tener el privilegio de sentarse a su mesa.

Al traspasar la puerta de roble tallado que había en la salita Julio se trasladó a un mundo que ni imaginaba. Fue como atravesar una de las puertas de *Alicia en el país de las maravillas*. Al cruzar aquel umbral había otro mundo de mármol, maderas nobles, estucados venecianos, muebles clásicos hechos a medida por ebanistas, telas estampadas, estatuas de bronce, cuadros y fotos viejas. Aquel era el lujo más refinado que el Perla había visto en su corta vida.

Los Heredia habían comprado bajo mano toda la planta en la que vivían y se hicieron un superapartamento de cuatrocientos metros cuadrados, que habían construido sin alterar el aspecto del rellano, cuyo pasillo y puertas mantuvieron en su estructura original. Aquella planta comunicaba interiormente con la de abajo, que también era de los Heredia, y el lugar donde se realizaban los cortes de las diferentes calidades, los empaques y la venta de droga. Ninguna persona entraba o salía de aquel portal sin que las cámaras la observaran y siguieran.

A Julio le concedieron el honor de sentarse presidiendo un lado de la mesa, en el sitio de don Avelino. Frente a él, presidiendo el otro lado, estaba el Francis, y repartidos por los cuatro metros macizos de caoba, tenía a la derecha a Úrsula, Avelina y Candelita, y a la izquierda a la señora Candela y sus dos hijos, Juan y Vicente.

—Tato, este es el Perla, un chavalín que anda conmigo —le dijo Juan al Francis.

Tras la presentación, Julio se levantó a estrechar la mano del mayor de los hermanos Heredia.

—Encantado. Usted conoce a mi abuela Mariana, la viuda de Corbacho, el de *La Morena*.

—Sí, hombre, tu abuelo era pescador. *La Morena*... Me acuerdo de esa barca... Y tu madre... Dolores, ¿no?
—Eso es.
—Sí, hombre, sí que sé quién eres. Y a ti también te he visto en el bar del Parras jugando al futbolín. ¿Sí o no? Si es que os tengo a todos calados. ¿Y qué? ¿Cómo le va a tu madre?
—Bien, bueno, currando mucho, pero bien.
—¿Qué pasa, que tú no la ayudas o qué? Que os lo gastáis todo en juerga y puterío. Aunque me has gustado chaval... Eres educado y se te ve un tío tranquilo... Parece que sabes hablar, no como los gitanillos de por aquí, que no se les entiende lo que dicen... Están todo el día chuleando y sin hacer nada.
—Este no, tato, este es como el Bartolo, está estudiando.
—¿Ah, sí? ¿Qué estudias?
—En septiembre voy a empezar tercero de BUP.
—Ah, pues como Candela. Pareces mayor, se nota que te pegas buena vida, maricón. A la escuela y a trapichear con mi hermano, no como los garrulos que se suben a un andamio por sesenta mil pesetas... Hay que estar majarón *pa* subirse a un andamio por sesenta verdes con catorce años.

La conversación derivó en infinidad de temas en los que Julio intervino lo justo, dando opiniones sin defenderlas con mucho empeño para no disgustar. Comieron escudella de primero, carne en salsa con patatas de segundo, fruta en almíbar y helado de postre, todo cocinado y servido por doña Candela, con la inestimable colaboración de sus hijas, quienes, tras servir el café, abandonaron el comedor como buenas gitanas, dejando solos a los hombres para que hablaran de sus cosas. Puede que los Heredia gozaran de todo tipo de lujos y caprichos, pero de la casa se encargaba la dueña de la casa, y todas las labores de limpieza, orden y cocina eran atendidas por la señora y sus hijas. Por eso doña Candela y don Avelino no podían entender que su hijo Francis tuviera una empleada del hogar. Qué clase de mujer era su nuera, pensaban.

Doña Candela fue la última de las mujeres en salir y cerró la puerta al hacerlo. Vicente se levantó para coger una caja de puros y una botella de anís del mueble bar y se las acercó a Francis, junto al que se sentó, posicionándose claramente frente a Julio. Francis ofreció un puro a cada uno de los chicos y sirvió cuatro copas.

—Bueno, Julio, entonces... ¿qué? —dijo el Francis.

Juan no le dejó responder y lo hizo él rápidamente.

—Nada, Tato, que lleva un *costillo* flojo y se le han quejado al chaval. Aparte tiene unos coleguitas que fuman bueno y se podría entrar con otros temas también, *farlopa* y pastillas, ¿eh, Julito?

—Sí, unos coleguillas del fútbol que tienen pelas y salen mucho.

—¿Y cuál es el problema? Bajas, lo compras y lo vendes, ¿no?

—Sí, Tato, pero es que con él es diferente, vamos a medias y yo le echo un cable, es bastante joven... Y tú sabes lo que hay en la calle, todavía está verde, hay que enseñarle... además, yo quiero que entre con nosotros. Es un tío que vale y se quiere ganar las pelas, que tonto no es.

Juan hacía años que intuía que el Perla iba a ser un buen *dealer*. Vicente apenas dijo nada, asumió que pasaba a formar parte del grupo, lo que lo sometía a un yugo del que algún día podría tirar. Francis explicó el método a seguir: Julio iba a percibir el cincuenta por ciento de la parte limpia de su venta, de ese modo no tendría que arriesgar su dinero. Pero había unas reglas que acatar: se le fiarían pequeñas cantidades no superiores a un kilo en el caso de hachís, cincuenta gramos en el de la cocaína y cien unidades de pastillas. No podría negociar por entregas superiores a esas cantidades, y ese material y el dinero producido lo guardaría bajo su responsabilidad, que sería juzgada por el Francis y sus allegados en el caso de extravío o robo. En el caso de ser detenido o identificado debería acatar cualquier sentencia o reprimenda judicial o policial sin mencionar a ningún miembro ni lugar relacionado con el clan. No podría retirar más mercancía sin reponer el dinero correspondiente a la última partida, teniendo un plazo de tiempo para cada una. Vencido ese plazo, debía entregar el capital recaudado hasta entonces y enseñar la *merca* restante, no pudiendo llevarse más hasta acabar lo que le quedara. No podía cortar ni alterar el material. Los impagos, regalos o chuleadas eran responsabilidad suya, pudiendo contar con el soporte del clan en el caso de que algún listillo se columpiara. Cualquier indicio de adicción por parte de Julio sería juzgado y evaluado y, en el caso de confirmarse, conllevaría la extinción de los pactos existentes con el clan y, al igual que por el incumplimiento de cualquiera del resto normas, podría recibir represalias físicas y sociales, tanto él como sus familiares y amigos.

Ese era el contrato verbal que uniría a Julito *el Perla* con los Heredia. Con dieciséis años y un conocimiento escaso del mundo de la droga, se iba a saltar de un tirón a cualquiera de los pequeños traficantes de su barrio.

Francis dio a Julio cincuenta mil pesetas a modo de regalo. No iba a ser todo malo. Aquella era una relación de conveniencia con evidentes intereses lucrativos. Concretaron en verse esa misma noche después del fútbol.

Salió de los Grises con una sensación de poder imponente. Volvió a su barrio. Era sábado. Se dio una vuelta por los bares, plazas y recreativos donde estaban la mayoría de los adolescentes que no soportaban las soporíferas sobremesas familiares de fin de semana y salían a la calle a relacionarse y hacer el gamba. Había quien mataba la tarde sentado en un bar estirando un café cortado o una coca-cola durante horas, fumando cigarrillos y jugando a las cartas. Otros hacían corros en torno a bancos comiendo pipas y ganchitos. Algunos, presa del vicio infantil, derrochaban sus pagas en El Lute, una sala de máquinas en la calle Mariners, detrás de la Plaça de la Font, un negocio floreciente en los noventa. Había quien rondaban, en moto gastando carburante, haciendo caballitos y atronando a los vecinos en su amago de siesta, roto por un tubo Devil y un carburador trucado con un chicle del sesenta y cinco. Los grafiteros tenían de plata guarra vagones de tren y letreros de autopista.

En parques y plazas, entre calada y calada, se jugaba a básquet y *futbito*. Los más pudientes se reunían en locales alquilados en comunidad, en los que había tele, vídeo, consola, birras frías, porros y ajos. Había sesiones de disco *light* que algunas salas del centro organizaban de seis a once, donde no estaba permitida la venta de alcohol, pero donde espabilados y espabiladas colaban botellines y petacas. Allí compraban las fantas. También había parejas que fingían practicar el sano hábito de los paseos, que acababan por ser magreos y folleteo en los espigones, detrás del pabellón y en el Parc de la Ciutadella. Más tarde salían otros ligeramente mayores, muchos ya condenados por el día a día al andamio, como decía el Francis, y otros a la chatarra. También había electricistas, carpinteros, camareras, dependientas, cajeras y mozos de almacén, con coches y vicios por pagar, con responsabilidades y compromisos por cumplir. Otros retrasaban la llegada del fracaso refugiados en los estudios, pero bastaba mirarlos a los ojos para ver su oscuro porvenir.

Todos tenían un quehacer, cada uno en función de su bolsillo y sus ganas de apretarlo. La energía de la juventud les mantenía a tope pero sus maquiavélicas e inmaduras mentes les pedían emociones, experiencias y alicientes para vivir. Todos tenían una rutina, con mejor o peor suerte, con más o menos dinero, con o sin cariño, pero, fuera como fuera y por muchas penurias o alegrías que aquella multitud tuviera, era sábado y hasta el lunes por la mañana lo único que querían era ocio, diversión y cachondeo.

Julio cenó en casa con su abuela. Miraba en el televisor de la cocina el previo del partido que daban en TV3 mientras engullía un filete de merluza. Su madre se preparaba para ir a trabajar. Él sentía la necesidad de justificar el hecho de tener dinero. Pensaba en lo que le había dicho el Francis respecto a ayudar, y creía que debía inventar un argumento sólido para contribuir a la economía familiar. Debía inventarse un trabajo y todavía no se había tomado en serio el hecho de documentarlo. Quizás aquella noche se precipitó.

—¿Dónde has estado todo el día? La yaya dice que te has ido por la mañana y no has venido a comer.
—He estado trabajando.
—¿Ah, sí? ¿Y se puede saber dónde?
—En el puerto, descargando cajas. Las tenían que descargar todas hoy, me he enterado y he ido para allí.
—¿Y dónde has comido?
—¿Eh?
—¿Que dónde has comido?
—Ah, allí me han dado un bocadillo.
—¿Y cuánto te han pagado?
—Veinte mil pelas.
—¡Dios! ¿Veinte mil pesetas? ¿Y de qué eran las cajas?
—De cartón.
—¿Que qué había dentro?
—Ah, ropa. Me han dicho que pase el lunes que me van a dar ropa... unas bambas y tal.
—Julio, ¿de dónde has sacado el dinero? ¿No lo habrás robado? Dime la verdad.
—Pero ¿qué dices? Tú estás loca.
—Julio, la verdad.
—Que no, joder, que ya te lo he dicho, que he estado en el puerto, coño.
—¿Cuánto dinero tienes?
—Ya te lo he dicho, veinte mil pelas.
—Pues dámelas.
—Pero ¿qué dices? Tú estás chalada, te iba a dar diez mil, pero ahora, después de este pollo, no os voy a dar una mierda.
—Sé que tienes más dinero.
—Que te pires, tía, que vas a llegar tarde.
—Hombre, ¿o con qué te vas a comprar el lunes la ropa... unas bambas y tal? Julio, que no me chupo el dedo, dime la verdad.
—Que me dejes en paz, joder, que te calles la puta boca, que te pires a trabajar y me dejes ver el fútbol tranquilo, que ya te lo he dicho... que he estado en el puerto y punto, joder.

El tira y afloja prosiguió después de marcharse Dolores, siguió con Mariana y duró lo que Julio tardó en encerrarse en su habitación, de donde solo salió para ducharse y marcharse sin decir adiós.

Cogió un taxi hasta la boca de metro de la Torrassa, en L'Hospitalet, como le dijo el Francis. Lo esperaba Juan en un coche para llevarlo a los Grises, detrás del polígono Torrent Gornal. Estaba bastante nervioso, padecía una mezcla de miedo e incertidumbre, y era consciente de que iniciaba una actividad delictiva superior a la que desempeñaba hasta entonces. Pero el dinero fácil apagaba todas aquellas dudas y aprensiones.

Llegaron a los Grises y subieron a la segunda planta del bloque C, la planta inferior a la residencia de los Heredia, donde había estado comiendo aquella mañana. La distribución era prácticamente igual que la del piso de arriba, pero solo la distribución. Aquellas salas estaban completamente vacías, solamente había alguna mesa y algunas sillas como decoración sobre el suelo de terrazo frío. Las paredes blancas y las puertas de hierro, todo iluminado por fluorescentes de luz pálida. Estaba limpio, eso sí, pero la droga se hacía notar. El ambiente olía a productos químicos y humo mal ventilado.

Allí había un gitano gordo con más de ciento noventa centímetros de altura, que llevaba una camiseta negra ajustada con el logo de los Ramones impreso en blanco. El gitano gordo cacheó a Julio antes de que pasara la primera de las puertas de hierro. Tras la segunda estaban Cornelio Heredia y Ginés Malababa. Había una nevera, una mesa baja, un sofá y tres sillas. Juan presentó a Julio a su hermano y su cuñado, quienes se mostraron amables con el chico. Ginés sacó una carpeta y una piedra de coca, que llevaba envuelta en un chivato de tabaco, de la que rascó cuatro rayas que preparó. Acercó hasta el chico la carpeta arrastrándola por la mesa y le dio un billete enrollado. Julio nunca había tomado cocaína, pero había visto muchas películas. Valiente, cogió el rulo y se acercó a la mesa. Tapándose una de las fosas nasales, esnifó con fuerza; aquella aspiración arrastró el fino y picado cristal, que corrió como la pólvora por su nariz, para desembocar en un su garganta en forma de moco amargo.

—No pica, ¿eh? —dijo Cornelio.

Pero a Julio le ardía el interior del tabique y le saltaron las lágrimas, por mucha alita de mosca que aquel gitano dijera que era. El escozor duró escasos segundos, luego vino la sequedad de boca, paliada por la previsora cerveza a la que lo convidaron. Cornelio explicó a Julio que aquella *merca* era lo mejor que había. En ese estado la recibían y luego la cortaban en diferentes calidades. Le sugirió que, si alguna vez quería tomar, se lo dijera a él, que solo debía consumir aquella y hacerlo en contadas ocasiones o acabaría mal. Echaron cuentas sobre las cantidades que se iba a llevar y el tiempo pasó entre risas, canutos, cervezas y más rayas.

Julio no fue consciente del ciego que llevaba hasta que se levantó para ir al baño. Se sentía fuerte, se sentía muy bien, estaba colocado pero era consciente de todo. Tenía la sensación de que nada se le escapaba. A su vuelta del aseo, Cornelio le había preparado en la mesa unos paquetes. Cincuenta huevos de hachís de diez gramos, cada uno a trescientas pesetas de coste el gramo. Cada huevo estaba tasado en tres mil pesetas, por lo que debía vender por seis mil cada uno. De esas trescientas mil pesetas ciento cincuenta mil eran beneficio, del que la mitad era suyo. Cien pastillas de éxtasis, a cuatrocientas pesetas de precio de coste cada una. Debía venderlas a mil pesetas la unidad, lo que daba un beneficio limpio de sesenta mil pesetas, la mitad para él.

El precio de coste de la coca que se iba a llevar era de cuatro mil quinientas pesetas el gramo y debía venderla a cinco mil el medio, y diez mil el gramo, así que el beneficio limpio de cincuenta gramos de cocaína ya embolsados en medios y enteros sería doscientas setenta y cinco mil pesetas, la mitad de las cuales eran de Julio, quien iba a ganar doscientas cuarenta y dos mil quinientas pesetas. En función de la rapidez con la que lo vendiera estaría la fluidez con la que iba a ganarse el dinero.

Aparte, le regalaron dos gramos de *farlopa* de la que habían estado tomando para que invitara a sus novias y sus mejores clientes. Le metieron todo el paquete en una mochila y lo instruyeron sobre cómo guardar el material, qué cantidades llevar encima, evaluar a los clientes y no entregar las dosis sin coger antes el dinero. También lo advirtieron de cómo evitar los detalles en las conversaciones telefónicas y de los intercambios descarados en público.

—Juanillo, lleva al chico hasta su casa, con cuidadito... Y antes de ir a ningún sitio apalancad el material.

Julio se colgó la mochila del revés, con la bolsa en el pecho, se abrazó a ella y no la soltó hasta llegar a casa. Juan subió con él. Eran las dos de la mañana, la abuela y la madre ya dormían. Juan le aconsejó que vaciara uno de los cajones de la cajonera que había dentro del armario para guardar el paquete. También le recomendó que pusiera un candado en la puerta, a lo que Julio contestó que, de hacerlo, seguramente su abuela lo rompería y pondría la habitación patas arriba para averiguar lo que escondía.

—Tú mismo, pero estate al loro, porque si perdemos esto tendremos problemas.

Los dos chicos cogieron algo de material y fueron adentrándose en la noche. El verano del noventa y cinco era el final del momento más álgido de la denominada *ruta del bacalao*, la que en los años siguientes perdería gran cantidad de adeptos hasta acabar desapareciendo. Pero, por aquel entonces, el mito estaba aún intacto y hacía que el sábado a las dos de la madrugada todavía fuera pronto.

La bandada de jóvenes ya estaba ebria de químicos y seguía sedienta de fiesta. Bailaban con desenfreno, sin preocupaciones. Sus desencajadas mandíbulas trotaban al compás del *chumba-chumba* que les hacía sudar y beber a un ritmo infernal.

Julio estaba habituado a vender hachís, cuyo público era menos agresivo que el del resto de las drogas. Se podría decir que el hachís era una droga de día, más que de noche, aunque los pastilleros y cocainómanos también la consumieran.

Se metieron en La Marabunta, el bar del puerto donde Julio había coincidido con Albert Vidal. No estaba allí aquella noche, pero sí estaba Montse, que en lugar de falda verde llevaba unas mallas negras y un top blanco. «Está increíble», pensaba Julio mientras iba decidido hacia ella. La chica lo reconoció enseguida, antes incluso de que él la viera. La atracción era mutua y ambos lo notaban.

—¿Con quién has venido?

—Con mis amigas. Ven, que te las presento.

Montse y sus amigas, Lorena, Nuria y Silvia, eran cuatro niñas bien que vivían a la izquierda y por encima del Eixample. Con el COU recién acabado, pendientes de la prueba de selectividad y a la espera de que papá asumiera los gastos de una universidad privada.

Era un nivel y un concepto de vida muy diferente al de Julio y sus amigos. Quizás él aún era muy joven para entenderlo, pero Juan, como buen Heredia, supo intuirlo, y era consciente de que su raza, condición y vocabulario no iban a ser del agrado de las chicas, quienes eran de buena onda, se drogaban, tenían amigos y salían en tropel. Los negocios eran los negocios. Julio vestía bien, gran parte del dinero que había ganado con el hachís lo había invertido en ropa, y su *look* urbano estaba al día. Su aptitud para el estudio le hacía tener un nivel de cultura general aceptable y, como había destacado el Francis, parecía mayor de la edad que tenía, así que no desentonaba. Juan percibió todo eso y decidió escaquearse.

Lo poco positivo, socialmente hablando, que se podría destacar de la movida nocturna a mediados y finales de los noventa era el hecho de que no hubiera una exclusión tan marcada de clases como la que vendría años después y, aunque había locales en los que los precios y las normas de vestimenta sí establecían diferencias, era la masa adinerada la que acudía sin temor ni distinción a los lugares frecuentados por la plebe. Exceptuando a individuos procedentes de un extracto marginal o delictivo extremo, como por ejemplo Juan Heredia, el resto convivía y compartía vicios y virtudes.

Las chicas llevaron a Julio a un lugar poco conflictivo, un club de tecno en la calle Provença, cercano a la Sagrada Familia, con entrada de tubo y escaleras que desembocaban en una sala amplia que acababa en otra más pequeña, varias barras, suelos negros, paredes negras, focos reflectantes, neones rojos y poca luz. Era el escenario ideal para trapichear, pero era su primera noche a lo grande y el resultado fue que no vendió ni una micra. Llevaba tal globo que ni se acordó. Bailaba con las cuatro y con otras que pasaban por allí, estrechaba la mano y abrazaba efusivamente a los tíos que le presentaban, estaba pletórico, tenía un sentimiento de amistad exagerado.

Era de esas personas a las que la droga les sienta bien anímicamente. Estaba a tope y, si cerraba los ojos, la música que emanaba de los altavoces lo invadía interiormente y le calaba el tuétano, haciéndole notar sensaciones nuevas y extrañas. La incertidumbre duró hasta que dominó aquellas emociones. Entonces ya no paró. El éxtasis cabalgaba su alma al galope y lo hacía danzar sin que nada ni nadie perturbara su paz interior. Se sentía como un indio alrededor de una hoguera en una ceremonia mística en busca de un tótem en aquella pista de baile de ambiente lúgubre y aire cargado, entre aquella maraña de cuerpos sudando toxinas al ritmo de aquellos altavoces infernales.

Julio voló por primera vez, y lo hizo durante horas, hasta que el bajón del éxtasis tensó sus músculos, entonces toda la euforia y el placer sentidos minutos atrás se tornaron en incomodidad y malestar. Se le desencajaba la mandíbula y, aunque sin ningún atisbo de lucidez, en lo más profundo de su subconsciente sabía que estaba sufriendo aquel extraño comportamiento que tantas veces había observado en otros.

A duras penas atinó con las llaves al llegar a casa, con los párpados a medio ojo. Sufría un ataque incontrolado en el que no podía dejar de tragar saliva y de mover su maxilar inferior.

Ya en la cama se fue cerrando en los recuerdos de aquel festival, su primer festival. Sentía un deseo sexual muy fuerte e intentó masturbarse, pero acabó por quedarse dormido. Se despertó, para volver a dormirse, en varias ocasiones. A la enésima vez permaneció despierto. Aún padecía los síntomas del éxtasis. No pudo evitar a su abuela Mariana.

—Vaya, si está vivo, menuda traías ayer, parecía que veníais doscientos. ¿Vas a comer? —Julio hizo un gesto asintiendo con la cabeza—. Pues venga, échate un plato, que he hecho cocido. Aún está caliente. Tu madre y yo ya hemos comido. Anda, dile algo que la tienes contenta. Si es que eres muy joven para la vida que llevas, hijo mío, todo el día por ahí haciendo Dios sabe qué, borracho y seguro que drogado... Hasta las ocho de la mañana, esa no es vida para un chiquillo de dieciséis años, esa no es vida para nadie, y las maneras con las que le hablas a tu madre... Si es que es para cruzarte la cara de un bofetón. Estudia, hijo mío, estudia, y déjate de mierdas y malas compañías o acabarás mal. Como esos que van al ambulatorio a que les den la metadona... ¡Ponte las pilas en la vida, Julio, o acabarás como ellos!

—Abuela, por favor, no me vas a comparar con esa gente. Yo estudio, ¿o no? Para un día que salgo... Ya no soy un niño.

—Estudias... ¡Los cojones, estudias tú!... Matemáticas y catalán es lo que tienes que estudiar, que te han quedado para septiembre... y aún no te he visto abrir un libro.

—Abuela, que estamos en junio. Se ha acabado el curso hace cuatro días. Dame un poco de cuartel, que es verano.

—¿Cuartel? Sabrás tú lo que es un cuartel. Al ejército tendrías que ir. Allí te harías un hombre. ¿De dónde sacas el dinero para andar de aquí para allí y comprarte lo que te viene en gana?

—¿Ya vas a empezar con eso?

—No respondas con preguntas, ¿de dónde?

—Lo he ganado y ya está, no es nada malo, es una comisión que un colega me ha dado, vendía una moto y yo le he conseguido quien la compre.

—¿Y por qué te montas toda esa historia del puerto y las cajas?

—Porque os conozco y sabía que ibais a pensar que la moto era robada y las mismas mierdas de siempre... Pensé que si decía que lo había ganado trabajando no os rallaríais tanto.

—Pues, ¿sabes qué te digo? Que no me creo nada, ni lo de las cajas, ni lo de la moto, pero tú sabrás, ya lo has dicho bien, ya no eres un niño.

Mariana siempre había sido muy exigente con Julio, tanto en la escuela como en su comportamiento fuera de ella. Le había inculcado valores de civismo y educación, siempre procuró que hablara bien, anduviera erguido y tuviera personalidad. A pesar de las constantes reprimendas, existía entre los dos una complicidad especial, una relación basada en el cariño que se tenían el uno al otro, relación muy distinta a la que tenía con su madre, Dolores, que trabajaba hacía años de camarera en un restaurante de menús en Ciutat Vella de lunes a sábado, sirviendo almuerzos, comidas y cenas. Con aquellos horarios apenas coincidían, lo que provocó que los sentimientos maternales los encontrara en Mariana y que sintiera cariño y amor por su madre, pero de una manera más fría y carente de mimos.

—¿Y de quién se supone que era la moto esa que has vendido?

—Del Pablo Muñoz.

—Será de Pablo Muñoz, qué manía de decir *el* y *la*, que los nombres propios no se articulan, que no es la primera vez que te lo digo.

—Ya, abuela, es que se me pega del catalán.

—¿Del catalán? Se te pega de los gitanos y la gentuza con la que andas, de ahí se te pega. ¿Y a quién se la habéis vendido?

—A uno que conozco del fútbol.

—Vaya con Pablito, sí que tiene motos. Ya le preguntaré yo a su madre. ¿Y dónde estuviste ayer todo el día? Día y noche.

—Joder, abuela... si es que lo quieres saber todo. Estuve con una amiga.

—¿La conozco?

—No, abuela, es del centro.

—Espero que no sea una golfa, aunque para andar por ahí hasta las ocho de la mañana muy fina no debe ser. ¿Cómo se llama?

—Montse, se llama Montse, y déjame un rato en paz, no seas cotilla.

—¿Montserrat? ¿Es catalana?

—Abuela, déjalo ya.

Después de comer, Julio se volvió a encerrar en su cuarto, puso un CD de flamenquito suave, himno de la Barceloneta de antaño, y se fumó un canuto relajadamente tumbado en la cama. La delicada silueta de Montse se balanceaba danzando en las fantasías de Julio, que cerraba los ojos entre calada y calada y, cada vez que lo hacía, Montse estaba más cerca. Abrió y cerró los ojos hasta que sintió el roce de sus duros senos contra su torso, la friega de la entrepierna sobre su muslo al compás de la música, la fragancia de su cuello, la miel de su boca y su vientre sudado reptando hacia él... La erección llegó antes de que se acabara el canuto. Tras apagarlo se desahogó.

Pasaría más de un mes hasta que volviera a ver a Montse, aunque él rondó lugares que ella podía frecuentar preguntando a sus conocidos. Pero no logró verla, y se tuvo que conformar con fantasías y sueños húmedos. Lo que Julio no quería imaginar era que aquella madrugada Montse, seguramente, había acabado en un *after* enrollándose con un tío al que, probablemente, no conociera más que de pegarse unos baileteos y unas risas, como insinuaban sus colegas de banco cuando él les hablaba de ella durante las noches de diario en el barrio entre canutos, *xibecas*, charlas de fútbol y carcajadas.

—El Perla, que está enchochado.

—Chaval, sé que le gusto.

—Sí, ¿te lo ha dicho?

—Me lo ha dicho con los ojos.

—Con los ojos, dice. Pero si eres un crío para esa piba, si no te la enrollaste esa noche ya no te la enrollas.

—Y tú qué sabes, si hubieras visto cómo se me restregaba habrías *flipao*. Tú te hubieras corrido allí mismo.

—Que no, Perla, que no, que yo sé quién es esa piba y es mucho barco para tan poco marinero. Mi hermano conoce a su hermano y son peña de pasta... Tuviste suerte y ya está, en cuanto sepa quién eres no tienes nada que rascar.

Durante esas semanas se puso al día, actualizó y amplió su círculo de amistades. El albor de aquel verano florecía. No madrugaba, pero tampoco se quedaba en la pachorra de las sábanas, entre semana se levantaba a eso de las diez. Mariana golpeaba su puerta y le gritaba:

—Arriba, señor marqués, que la vida no espera.

Desayunaba en la mesa de aquella cocina vieja de azulejo blanco hasta el techo en la que aún se conservaba la cocina de carbón, que en invierno se hacía funcionar. Se duchaba, se vestía y se ponía aquellas gafas de sol enormes que se vendían con el eslogan de «*Windows for your head*». Después, por norma general, bajaba a la playita, donde el Lorenzo picaba a diestro y siniestro. La juventud retozaba, se bronceaba y compartía la orilla con los turistas franceses, alemanes, británicos, norteamericanos, holandeses y de un sinfín de nacionalidades que acudían a la llamada de las campañas de disfrute turístico que la ciudad empezaba a proyectar hacia el mundo. La nueva Barcelona había barrido sus calles y arrojado los despojos sobre la periferia y las ciudades vecinas. Un centralismo descarado otorgó a Barcelona parte del nivel que iba adquiriendo.

En la playa de la Barceloneta los guiris se fundían al sol junto a los nativos, al olor de las paellas y a los *bueno, bonito y barato* senegaleses y marroquíes que patrullaban el Passeig Marítim vendiendo gafas, cinturones y relojes de mala calidad a muy bajo precio. Por aquel entonces, el top manta no estaba tan perseguido como lo está hoy en día, como tampoco lo estaban los vendedores ambulantes de refrescos. La mayoría eran gitanos que transitaban entre toallas y sombrillas llevando neveras al grito de «¡Refrescos, cervecita, Coca-Cola!».

Se sacaban un buen jornal y no podía ponerse cualquiera a vender refrescos. Era una verdadera mafia, controlada por las familias de los patriarcas más viejos.

En la playa, Julio se relacionaba. Bajaba sin toalla, no se apalancaba en la arena ni abandonaba sus cosas, tampoco permanecía mucho tiempo en el mismo lugar. No es que fuera muy devoto del rollito playero, solo participaba en algún que otro partidillo furtivo de fútbol, confiándole la vigilancia de sus pertenencias a algún amigo íntimo. Solía llevar una bolsa pequeña colgada del hombro, en la que había un paquete de tabaco con tres o cuatro huevos de hachís y algún gramito que otro para los más viciosos, dispuestos a ponerse a diario. También llevaba un monedero, donde guardaba el dinero, y sus pertenencias; llaves, cartera y demás.

Durante el día llevaba siempre cantidades pequeñas, y cuando las acababa regresaba a casa a por más. Julio paraba en el chiringuito, en las redes del *voley*, los bancos del paseo, los recreativos El Lute, los parques, las plazas, el bar del Parras y otros lugares concurridos que él sabía rentables y que eran frecuentados por conocidos. Entonces la gente todavía no usaba teléfono móvil y los camellos se lo tenían que currar más y dejarse ver. Una vez, llegó a vender una postura de chocolate en la cola del paro. Anécdota peculiar y digna de resaltar. Solía rular en moto, una Suzuki Lido negra con franjas lilas y el sillín blanco que le había comprado a Pablo Muñoz, vecino del barrio, famoso por ser capaz de beberse un litro de cerveza de un trago, y uno de los primeros con quien Julio contó a la hora de formar un grupo, como los Heredia le habían recomendado. Reunir un grupo era sencillo, Juan y sus hermanos habían instruido a Julio también en eso. Debía contar con gente de su entorno y confianza, gente de una edad similar a la suya, nadie notablemente mayor cuyas ideas y ambiciones amenazaran la figura de Julio como líder.

Los miembros del grupo no recibían un sueldo, tenían todos los vicios pagados hasta cierto límite. Podían recibir algún tipo de comisión en los tratos importantes que ellos consiguieran y, por supuesto, todos los gastos ocasionados por el negocio cubiertos, como gasolina, taxis, metros, entradas y consumiciones. A esas edades, basta con que te inviten y te paguen caprichos. El placer y la reputación que daba servir al sindicato del crimen era suficiente para que aquellos muchachos respetaran y obedecieran a Julio, que aprendía rápido y se manejaba con soltura. Era un buen aprendiz de capo. Con el día a día iba colocando material, algún día más que otro, pero salía bastante, sobre todo los fines de semana. Aquello era suficiente para las expectativas de los Heredia, que supervisaban sus movimientos a través de los ojos de Juan, que se veía con Julio prácticamente a diario.

Le hubiera gustado contar con el Chavo para su banda. Se podía decir que era su mejor amigo, pero en el último año, obligado por su padre, había dejado los estudios y dedicado diez horas diarias al mercadillo. Ambos se seguían viendo con la frecuencia que al Chavo le permitían sus nuevas obligaciones.

El grupo estaba formado por Pablo Muñoz, muy parlanchín y tunante, que tenía una habilidad innata para los trueques y la compraventa de artículos robados y de segunda mano. Otro era Miguel Ángel Lomba, *el Mikaelo*, el mayor del grupo, con dieciocho años recién cumplidos, el más grande y fuerte de los chicos, el gorila de la banda y el más tontorrón e infantil. También estaba Jordi Salvador, *el Salva*. Por último, Sergio Gutiérrez, *el Guti*, el único que no era del barrio. Vivía en Poblenou, era hijo de obrero y, asiduo a la Barceloneta desde niño, había crecido con el resto. Todos ellos, con el Perla al frente, eran la banda en sí, el núcleo duro de una peña que podía contar con diez o quince miembros más.

Chicos y chicas, a modo de satélites que no recibían beneficios ni privilegios, que no podían hacer tratos ni ventas para la banda. Eran simples vigilantes e intermediarios. Las únicas cortesías de las que gozaban eran el amparo y el respeto juvenil de estar en la órbita del grupo, y alguna pequeña rebaja en el precio de la droga que compraran. De lo que esa nube de satélites no era consciente era que ellos eran el sustento de Julio entre semana.

Julio tardó tres semanas en vender aquella primera entrega, pero durante la última había vendido más de la mitad, así que, descontando los gastos de manutención de la tropa, había ganado ciento sesenta mil pesetas limpias en tres semanas. Teniendo en cuenta que aquellos ingresos se podían multiplicar por cuatro o cinco, la ambición y el ansia de dinero de Julio empezó a no tener límite. La segunda entrega tardó diez días en pulirla íntegra. Las pastillas se las quitaban de las manos de tal manera, que vendió las cien en la madrugada de un sábado a domingo y consiguió un nuevo trato de entregas y precio para las pastillas, de las que podía llegar a vender hasta trescientas en un fin de semana.

—Vengo del Agua Viva, ¿y sabes quién estaba?
—¿Quién?
—Tu amiga Montserrat Bruguera con Albert *el pijillo* y su peña.

Julio se había matado a pajas durante el último mes pensando en Montse, lo que provocó que en cuanto Pablito le dio la noticia le faltase tiempo. Se subió en la moto y se plantó allí, donde todo era negro y azul menos Montse.

—¡Juliiiiitoooooooooooo! —gritó ella dando saltos. Ambos se abrazaron durante unos segundos.

—No te imaginas lo que te he echado de menos —le susurró Julio al oído mientras la apretaba.

—Yo a ti también —dijo Montse instintivamente, sin saber muy bien por qué. Ella no lo había echado de menos, pero sí que se había acordado de él en alguna ocasión, extrañada de no haberlo vuelto a ver.

Ambos coquetearon durante horas, pero sin dejar de estar con y para el resto.

Ella se acercó hasta él mirándolo a los ojos y cuando lo tuvo cara a cara, boca con boca, sacó la lengua, y en la punta de aquella lengua que se cimbreaba bajo unos ojos envueltos en deseo, había una pastilla que Julio lamió con delicadeza y, tras un trago de agua, la besó apasionadamente. El grupo los observaba con discreción y el instante no pasó desapercibido para ninguna de las amigas de Montse; tampoco para sus amigos.

Abrazados se fueron alejando lentamente entre besos y

arrumacos. Se fueron desplazando poco a poco, tropezando con la gente, sin dejar de besarse y tocarse hasta que acabaron en un lateral del local.

—Vamos a tomar algo —dijo Julio.

Cogidos de la mano avanzaron hasta la barra. Él estaba preguntando a Montse qué quería tomar cuando, a su lado, la camarera empezó a gritarle a un tío.

—La pasta encima de la barra, la pasta o el *ticket*.

—Tía, invítame a un *pelote*, venga, que mañana te lo pago.

—La pasta o el *ticket*.

La camarera pasó de él, pero el tío iba muy pasado y seguía gritando:

—Que me invites a un *pelote*, tía, serás gilipollas.

El tipo no paraba, y como la chica no le hacía caso y servía a otros, cogió el cubata de otro tío, que se mosqueó y empujó al individuo. El cubata se cayó, los chicos se encararon y empezaron a propinarse empujones. La camarera hizo señas a su compañero, que, mediante un pinganillo conectado a un *walkie,* avisó a los miembros de seguridad, que en aquellos tiempos no requerían de ningún tipo de formación o licencia. Eran mera fuerza bruta que entraba golpeando y sin preguntar.

Julio cogió a Montse del brazo previendo la estampida que se avecinaba, la arrastró consigo hasta la puerta y salieron rápidamente del recinto. Escasos minutos después, los machacas sacaban a patadas y puñetazos a los implicados en la pelea, que siguieron luchando. Varios grupos de chicos salieron de la discoteca liándose en la trifulca y enzarzándose en una batalla en la que unos veinte individuos intercambiaban golpes brutales y se ensañaban con los que iban cayendo al suelo, ante la pasiva mirada de la seguridad de la discoteca, que solo intervino cuando uno de los chicos sacó una botella de un contenedor y se la rompió a otro en la cabeza, cayendo este al suelo de bruces inconsciente sobre un charco de sangre. Julio y Montse observaban horrorizados la salvaje y espeluznante pelea desde el otro lado de la calle.

—Vámonos de aquí, va a venir la poli.
—Sí, tío, vámonos, qué mal rollo.
—¡Eh! ¿Estás bien?
—Tranquilo, estoy bien. ¿Tienes coche?
Julio hizo un gesto de negación con la cabeza.
—Moto —respondió.
—Si tuvieras coche iríamos a la torre de mis padres en Garraf, desde la habitación se ve el mar.
—Bueno, no te preocupes, hoy te voy a llevar a la torre que tienen mis padres aquí en Barcelona, también se ve el mar desde la habitación.
—¿Tus padres tienen una torre con vistas al mar en Barcelona?
—Sí, ya verás, está muy cerca de aquí.
Subieron en la moto. Aparcaron en la desembocadura de la Avinguda del Paral·lel en el Passeig de Josep Carner, frente al museo Marítimo. La chica estaba sorprendida.
—¿Aquí tienen tus padres una torre?
—Sí, ven.
Julio la cogió de la mano y la llevó hasta la puerta del hotel Naval, un cinco estrellas mítico, famoso por sus vistas y recientemente rehabilitado. Cruzaron el *hall* y se detuvieron ante el recepcionista.
—Buenas noches, señores. ¿En qué puedo ayudarles?
—Una habitación doble con vistas al mar, por favor.
—¿Tienen ustedes reserva?
—No.
El recepcionista miró a Julio a los ojos y calló durante unos segundos.
—Ya.
—¿Cuál es el problema?
—No hay ningún problema señor, pero creo que primero debería consultar las tarifas del hotel y ver si realmente se ajustan a su necesidad.
—Está bien, muéstreme las tarifas del hotel.
—Una habitación de las características que usted demanda sería a partir de la planta cuarta, para que pudieran contemplar el mar, y dicha habitación tiene un precio

de sesenta y cinco mil pesetas por noche. Después a mayor altura, mayor cantidad.

—¿Cuántas plantas tiene el hotel?

—Nueve, señor.

—Pues deme una habitación doble en el piso nueve, y cóbreme ya, si es tan amable. —Julio sacó un fajo de billetes arrugados en el que había más de ciento veinte mil pesetas—. ¿Cree que me llegará?

—Por supuesto, señor, lo único es que la planta nueve está completa. Tendrán que alojarse en la ocho, desde la que gozarán igualmente de unas magníficas vistas al puerto y disfrutarán de todo el confort del hotel. Si me permiten un DNI o un pasaporte, por favor.

Era la segunda vez en su vida que Julio estaba en un hotel y aquel distaba mucho del Isla del Mar en San Javier, provincia de Murcia, donde había pasado una semana con su madre y su abuela a la edad de ocho años. Montse, por su parte, con dieciocho años, había transitado por decenas de hoteles a lo largo de su vida, de vacaciones con sus padres y familiares, prácticamente un par de veces al año. Estaba acostumbrada a viajar, así que no la sorprendió ninguno de los lujos del Naval, bañado por el encanto, la elegancia y la sutileza de la decoración, a lo que había que sumar la terraza que estaba detrás del ventanal y desde la que se podía observar todo el frente marítimo de Barcelona en ambas direcciones. Aquellas vistas valían las noventa mil pesetas que costaba la habitación.

Montse se desternillaba de risa tirada en la cama, jugando con el mando a distancia del televisor cambiando canales en los que hablaban en alemán y en francés. Julio se tumbó junto a ella en la inmensidad de aquella cama. Ambos boca arriba empezaron a tocarse las manos alzadas dibujando ondas en el aire, rozaban sus piernas suavemente y Julio empezó a besar los hombros y el cuello de Montse, que se estremecía relajada mientras él le bajaba los tirantes y le acariciaba los pechos. Montse se incorporó para bajarse la cremallera del vestido, se escurrió de él arrastrándose por la cama, se soltó el sujetador del que también se desprendió y, únicamente con un tanga blanco, se tumbó sobre Julio y fue desabrochándole lentamente el pantalón, mientras él palpaba y besaba sus pechos ya desnudos.

Ambos rodaron abrazados por la cama de punta a punta, de esquina a esquina, entre besos, lametones y gemidos. Se quitaron el uno al otro el último trapo interior que los cubría. Se devoraban apasionada y febrilmente.

Él siguió palpando con las yemas de sus dedos el duro y bronceado cuerpo de aquella ninfa bruna de ojos verdes con la que tanto había soñado. La magreaba desde el cuello hasta los pies mientras su inquieta lengua surcaba todos los pliegues del sexo de Montse, que, entre fuertes respiraciones, suspiros y jadeos, susurró delirante:

—Fóllame.

La penetración en sí no duró más de diez minutos, el aguante de Julio debía mejorar para futuras citas, pero tampoco Montse estaba acostumbrada a sexo de alta calidad. La hombría de Julio le pareció suficiente y los preámbulos fueron muy bonitos y sobradamente placenteros para los dos.

Yacían desnudos contemplándose el uno al otro, abrazados entre sábanas de seda color salmón y almohadones rellenos de pluma de oca enfundados en seda con grecas doradas. Julio se levantó, apagó la luz y el televisor, abrió el ventanal y dejó entrar el ruido de la calle. Ya sigilosa, la madrugada quemaba la noche, y las luces de los taxis parecían eternas en la lejanía, yendo y viniendo por el Passeig de Colón. Julio sacó dos cervezas de la nevera, cogió lo necesario para hacerse un porro y salió a la terraza.

—Mira, ven, yo vivo allí. Desde aquí veo mi casa... Qué fuerte.

Montse se cubrió con uno de los albornoces que había en el baño y salió.

Sobre el horizonte se divisaba alguna estrella, a pesar de la luminosidad de la ciudad, que hacía el firmamento poco palpable. El mar yacía quieto, y el reflejo de la luna titubeaba en él.

Ambos continuaron con el hociqueo y la exploración de sus tiernas pieles intercambiando saliva y sudor, se siguieron amando ocultos bajo aquella prenda de tela de toalla. Mientras, la madrugada era engullida por la claridad proyectada por una pelota naranja que empezaba a tirar del cielo, levantando las barreras horarias que contenía la maraña de transeúntes, que abarrotaban los pasos de cebra aguardando la luz verde. Otros viandantes entramaban de color las oscuras bocas de metro. Las calzadas empezaban a hervir con el trajín de coches y autobuses, las motos los doblaban por izquierda y derecha.

En el puerto, las pasarelas de los transatlánticos temblaban temerosas y bulliciosas con la descarga de pasajeros, que descendían como ganado. Los chorizos tomaban café haciendo recuento del botín, mientras los hosteleros abrían la taquilla y montaban su feria, al ritmo del chasquido de sus látigos de caporales, con los que azotaban a sus sumisos siervos y que solo soltaban para frotarse las manos, con agonía disfrazada de reverencia, ante la llegada de ejemplares sajones y escandinavos rubios, canos y entrados en carnes, que llevaban el sello de *American Express* grabado en la frente.

El día despertaba y la entraña de la ciudad empezaba a latir con fuerza. Julio y Montse permanecían despiertos y relajados en aquella terraza de lujo. La presencia de cada uno había otorgado al otro una paz y un placer que había mitigado cualquier indicio de bajón o resaca. Montse llamó a su casa por teléfono y dijo que había dormido en casa de Silvia y que regresaría para comer. En su casa los domingos eran habituales las comidas familiares, a las que ella solía acudir bastante zombi. Montse se llevó, guardada en el bolso de recuerdo, una toalla blanca pequeña de bidé con un velero bergantín bordado en negro, emblema del Naval. Se ducharon, abandonaron la habitación y bajaron a pagar. El turno en recepción había cambiado y el equipo diurno de recepcionistas se sorprendió al ver a dos jóvenes sin equipaje desembolsar noventa y nueve mil pesetas en efectivo. Fue entonces cuando el jefe de recepción entendió la nota de «Ojo» que acompañaba la etiqueta de entrada de la habitación ochocientos nueve. Julio pagó cien mil redondas, dejando mil pelas de propina. Salieron del hotel y anduvieron hacia la moto. Julio preguntó a Montse qué quería hacer.

—Me tengo que ir, pero lo he pasado muy bien. Nos volveremos a ver. ¿No?

—Claro, siempre que quieras, ya sabes cuál es mi casa.

—Sí, la de las persianas verdes detrás del muelle de España, pero desde aquí abajo no sé si la adivinaría.

—Tú acércate por allí y pregunta, que ya te dirán.

Montse sacó un bloc pequeño y anotó el número de teléfono de su casa, arrancó la hoja y se la dio a Julio.

—Cuando quieras, me llamas.

—¿Te llevo? ¿Dónde vives?

—En Marià Cubí con Amigó, cerca del mercado de Galvany.

Julio llevó a Montse hasta Francesc Macià; se quedó sentado en la moto observando el bamboleo de las caderas de Montse, que se perdía entre la gente subiendo por la calle Calvet. Ella se giró un par de veces, la primera sopló un beso de su mano, y la segunda hizo un gesto con el pulgar y el meñique sobre la boca y el oído a modo de teléfono diciendo: «Llámame».

Julio callejeó por la izquierda del Eixample hasta la Gran Vía. Zigzagueaba entre callejas y travesías con un gesto sonriente en los labios y una tranquilidad pasmosa en su interior. En el cristal de sus gafas se reflejaban las abrumadoras y elegantes balconeras, parapetadas tras visillos y cortinas, los desagües de las azoteas que mutaban en dragones y seres alados, las fachadas forradas de azulejos estampados en colores claros y vivos, como las de las flores bien cuidadas que brotaban de las acicaladas macetas repletas de hojas verdes, detrás de los barrotes de hierro trabajado. Canes de reluciente y cepillado pelaje paseaban a sus amos por las aceras en busca de calles menos transitadas donde defecar clandestinamente.

Condujo tranquilamente hasta casa, sentía un zarpazo

en el pecho. Más que mariposas eran golondrinas lo que se le movía dentro. Era la primera vez que se enamoraba, o eso creía. Sintió que ninguno de sus romances anteriores era como aquel, sintió que ninguna de las relaciones sexuales que había mantenido hasta entonces no valían nada. Ni Eva, ni Teresa, ni Isa, ni María, ni, por supuesto, ninguna de las chicas de La Gata Pelirroja valían absolutamente nada comparadas con Montse.

Entró en casa consciente de que le esperaba una reprimenda, pero aquella mañana le daba todo igual. Se había gastado más de cien mil pesetas en una noche, por lo que valoró, en mayor medida, el hecho de haber quedado más complicado con Montse que con cualquier puta, aunque él sentía y sabía que ella hubiera estado con él en una situación menos lujosa.

Mariana empezó a remugar en cuanto oyó abrirse la puerta.

—Ahí lo tienes, pero ¿qué horas son estas de llegar?

Él solo abrió la boca para decir:

—No me ralles.

Y se encerró en su habitación, donde no tardó en darse cuenta de que no tenía dinero que guardar. Cogió material, y se fue a la calle.

—Pero ¿no piensas comer? —dijo Mariana antes de que el portazo dejara de nuevo la casa en silencio—. Habrase visto. Y tú no le digas nada, no, que es que... si hace lo que le viene en gana... y todavía es un mocoso, a este, hija mía, ya no lo recuperamos. Le está saliendo todo el porte y la mala sangre de su padre. Ya le dicen el Perla.

—Mamá, ¿te quieres callar ya?, que bastante tengo como para estar oyéndote todo el día con lo mismo. Yo no puedo con él, me he cansado de intentarlo. ¿Qué hago? ¿Le pego y lo acuesto? ¿De verdad crees que se va a dejar con el genio que tiene? Yo ya no puedo más que dejarlo ir.

Julio bajó al bar del Parras, donde pidió un bocadillo y una cerveza. Allí estaba Juan, con el que se sentó, y le explicó los detalles y devaneos de la noche anterior. Aunque Juan no dijo nada, sí le preocupó la devoción con la que

Julio hablaba de Montse. El negocio iba bien, una novia podía despistarlo.

El verano avanzaba y cada vez paraba menos en casa, solo a ducharse y cambiarse, y eso cuando lo hacía allí. A veces cogía una mochila con ropa y pasaba días sin aparecer. Ya no le quedaba tiempo para más, tenía un sinfín de obligaciones sociales. Los fines de semana se convirtieron en interminables. Hasta horas después de haberse quedado limpio de material seguía acudiendo gente por la mañana, estuviera donde estuviera; en el paseo, en la rambla, en un parking, en un bar o en una cafetería, el goteo de gente era incesante.

—Perla, ¿tienes algo? —se repetía una y otra vez.

Entre semana Julio empezó a delegar bastante en Pablo. Él se marchaba con Montse al chalé de los padres de ella en Garraf. Ella se empeñó en que Julio debía aprobar segundo de BUP, así que además de estudiar catalán y matemáticas, se tiraban a la bartola. Allí estaban de lunes a jueves y se recuperaban de los festivales de cada viernes, sábado y domingo. Pasaban los días follando, fumando, comiendo y durmiendo. Se bañaban en la piscina, salían con las bicis, iban a la playa, veían la tele y no paraban de reír.

Montse estaba encantada con la frescura y el carácter bromista de Julio, que la trataba como a una reina. Le regalaba ropa y complementos con frecuencia, le pagaba la cuota del gimnasio y la autoescuela y, últimamente, ella hablaba de alquilar un piso en Barcelona para poder estar juntos. Julio ya había pensado en ello, aunque no con la intención de vivir con Montse, sino como piso franco. Su nivel de ventas empezaba a ser grande, lo que hacía mayores las entregas y las cantidades de dinero que escondía. La habitación en casa de su abuela se quedaba pequeña. Empezaba a ser un gánster reconocible y pasaba de involucrar a su abuela y a su madre con asuntos de droga. Montse estaba por completo al corriente de los negocios y de cómo se pagaban todos aquellos caprichos y festivales, y no es que a ella le hiciera falta que se lo pagaran todo, pero la verdad es que Julio gastaba más en ella que su propio padre. Él lo hacía igual, aunque ella insistiera en que no era necesario, así que dejó de decírselo y simplemente aceptaba los regalos, que no eran el motivo por el que se siguiera viendo con él, como pensaban la mayoría de amigos y conocidos de él, que por su parte tampoco se debía a Montse por una cuestión de sexo, como pensaban la mayoría de amigas de ella. Simplemente estaban enamorados, por muy diferentes que fueran sus mundos y por mucho que les pesara a aquellos con quienes los compartían.

Durante la primera semana de septiembre, después de aprobar catalán y matemáticas, sin que Montse lo supiera, Julio alquiló una casita vieja en Poblenou, en la parte baja de La Rambla, cercana a la playa. Era una casa pequeñita y comida por el tiempo, al igual que el resto de casas bajas que la rodeaban. Sesenta metros cuadrados repartidos en dos pisos, por treinta y cinco mil pesetas al mes. Convenció al Mikaelo, el único mayor de edad de la banda, para que firmara un contrato de un año, prorrogable a cinco. Abajo había una cocina de butano con los muebles bastante destartalados, un aseo en el que solo había la taza y una habitación en la que acomodaron un sofá y un televisor. Arriba había otra habitación, otro lavabo y un trastero. El primer día lo pasaron limpiando, la casa estaba bastante sucia. Pablo Muñoz consiguió pintura blanca y unos paquetes de tarima flotante, que daban justo para la habitación de la planta superior. Entre todos lo colocaron, pintaron y limpiaron. Llevaron un colchón de matrimonio y una minicadena. Les quedó pendiente conseguir y colocar dos portones de hierro, uno en el acceso a la escalera y el otro en la habitación superior, al más puro estilo Heredia. Aquella casa no iba a estar dedicada a la venta, solo al almacenamiento, la venta se iba a seguir haciendo en la calle, pero la casa debía estar bien protegida. Julio la destacó de entre otras porque tenía rejas en todas las ventanas. El segundo día de trabajo en la casa los chicos acabaron reventados.

Julio no había visto a Montse en esos días, habían hablado por teléfono y él se había mantenido alejado con la excusa de los exámenes. Al día siguiente él pasó por el instituto a recoger sus notas: 7,25 en catalán y 8,50 en matemáticas. «Cuando lo vea mi abuela...», pensaba, pero la primera tenía que ser Montse. En gran medida aquel pequeño logro era gracias a ella y a su insistencia; además, era su primera hazaña en común.

Él la recogió y la llevó hasta Poblenou sin decir nada. Cuando llegaron, abrió el *box* de la moto, del que sacó una caja de bombones con el volante del instituto dentro.

—¡Has aprobado! Qué alegría, y apenas sin esfuerzo.

Él caminó hasta la puerta de la casa y sacó las llaves, ante la incrédula cara de Montse.

—No es la planta octava del Naval, pero es nuestro —dijo a la vez que empujaba la puerta.

Le mostró la casa y todos los arreglos que había hecho. A petición de ella salieron y compraron dos plantas, que dieron un tono más colorido a la habitación de abajo. Un juego de sábanas para la cama, dos toallas, una vajilla barata, alguna sartén, vasos y cubiertos. Más o menos era una casa.

No debían de llevar más de dos horas allí cuando sonó el timbre. Eran Pablo, el Salva, el Guti y el Mikaelo; ya estaban todos y, para colmo de Montse, se comieron los bombones. Traían cervezas a gogó y una consola que conectaron a la tele. Montse tuvo que aprender a compartir su novio con aquellos cuatro gandules desde el primer día en aquella casa.

Con la llegada del otoño, la pareja se dio más libertad; ella debía empezar en la facultad, él en el instituto, y, pasada la pasión inicial, a ninguno le gustaba descuidar a sus amigos.

La vida de Julio no cambió en exceso, seguía asistiendo al mismo instituto, y, a pesar de tener la casa de Poblenou, seguía yendo a comer, y muchas noches a dormir, a la de su abuela.

A Mariana y Dolores no les gustaba que Julio viviera en otro lugar, pero con el ritmo que había llevado durante el verano, tampoco notaron gran diferencia. Mariana lo solía provocar cuando llegaba con la bolsa cargada de ropa para lavar; aunque a ella le encantaba seguir cuidando de su nieto. El hecho de verse menos propició que los ratos que estaban juntos no riñeran tanto como antes. Le seguía gustando poner la cabeza en el regazo de su abuela después de comer, para que ella le acariciara el pelo mientras veía la telenovela. Julio aprendió a estar a gusto en aquella casa sin la necesidad de encerrarse en su habitación.

La llegada del período escolar hizo que descendiera el volumen de ventas entre semana. De lunes a viernes la gente no rondaba la calle a partir de ciertas horas. Esos días aciagos en los que el verano se escabullía vistiendo el aire de chaqueta, solo se salvaban gracias a los clientes del hachís que, al consumir a diario, salían a comprar cuando no les quedaba, independientemente de que fuera martes o sábado. Pero los fines de semana seguían siendo cojonudos y excelentemente rentables, vendía incluso más que en agosto. Por aquel entonces, ganaba unas cien mil limpias por semana y, por mucho que gastara, empezaba a acumular grandes cantidades de dinero.

Montse, por su parte, había iniciado sus estudios en la facultad de Medicina de la calle Casanova. Había decidido emular a su padre. Su vida como universitaria sí le había alterado los hábitos diarios, sobre todo en horarios, lo que trastocaba muchos planes con Julio, que libraba la mayoría de tardes. Montse, con sus nuevas obligaciones, más el gimnasio y la autoescuela, disponía de pocas horas libres. Se veían todos los fines de semana, pero solo un día entre semana, como mucho dos; todo dependía de los quehaceres y los deseos de ella, que alternaba a Julio entre sus tareas, su familia y sus amigos, intentando esparcirse en la medida que podía, procurando no dejar nada sin hacer.

Pero por poco que se vieran, los ratos con Julio seguían siendo maravillosos. Durante el invierno, aquella pequeña habitación abuhardillada de Poblenou les devolvió la pasión del verano en Garraf. Julio compró dos radiadores de aceite. Cuando gozaban de soledad, se incubaban para protegerse del frío. Montse tomaba píldoras anticonceptivas, lo que les permitió lograr mayor nivel de plenitud sexual, sin tensiones ni incomodidades.

Aplicaron un sistema de discreción para preservar su intimidad en la casa de Poblenou. Colgaban un trapo rojo en una de las ventanas cuando no querían ser molestados, pero aun así era difícil librarse de los «Goonies», como Montse llamaba a los amigos de Julio, ya que muchas veces estos no hacían caso de la advertencia, y tocaban el timbre con insistencia hasta que se les abría; aunque después de la instalación de las puertas de hierro en la escalera y la habitación, era normal que permanecieran encerrados mientras los demás retozaban, discutían y se reían abajo entre partida y partida. Los «Goonies» podían llegar a juntarse como con cuatro o cinco individuos más, aparte de los cuatro insensatos que Julio manejaba, lo que provocaba que cuando el alboroto alcanzaba niveles exagerados, notablemente perceptibles desde la calle, el propio Perla bajaba en *gayumbos* cagándose en Dios y, dando collejas, desalojaba aquella salita llena de humo marihuanero y con el suelo pegajoso por la cerveza derramada.

—¡Venga, a tomar por culo de aquí! Ir a liarla con la puta que os parió, cabrones.

—Si yo no he sido, es el capullo este, que está todo el rato tocando los huevos... —replicaban, entre risas y más collejas, los gandules.

Juan Heredia pasaba por allí de vez en cuando; lo hacía en coche. Él no solía parar por la casa a menos que supiera que Julio estaba solo. Se ponía enfermo cuando veía la maraña de motos y bicis en la puerta. Se cabreaba mucho cuando escuchaba las risas y el jaleo, perceptibles a veces incluso con las ventanas cerradas. Juan reñía constantemente a Julio por aquello e insistía en que debía cortarlo de raíz. Julio reprimía al grupo, en la medida que él creía conveniente, y la verdad era que no se mostraba excesivamente duro, ya que cuando Montse no estaba, a él le gustaba que sus amigos estuvieran allí. Todos lo respetaban, y él se podía sentir, aún más si cabe, el jefe de aquella pequeña red de fríos mercaderes.

A aquella casa, entre ellos, la empezaron a llamar La Caverna y, transcurridas las primeras semanas de novedad, el flujo de afluencia de gente se calmó. La banda se concienció de que aquel era un lugar de reposo y diversión tranquila, así que se prohibió el consumo de éxtasis y de ajos en La Caverna. Cuando no había chicas había variedad de músicas y de estilos muy diferentes, pero casi todas de carácter agresivo; sonaban bandas míticas anteriores a su generación.

Julio no permitía subir a nadie al piso de arriba a excepción de Montse, pero nadie en absoluto tenía las llaves. A Montse no le gustaba que cualquiera anduviera fornicando en el sofá de abajo, le daba asco y manía, apretaba a Julio para que no lo permitiera; pero a veces era inevitable y, si ella no estaba, Julio, como buen amigo, daba cuartel y se subía dejando a solas a algún colega a punto de pillar cacho. Luego lo confesaba con tal de promover el cotilleo. La regañina de Montse le hacía gracia y le producía mucha risa. Montse acabó comprando varios juegos de fundas para el sofá con la intención de lavarlos semanalmente.

—Déjalos, mujer, que no pasa nada, si quererse es bueno.

—Pues que se quieran en otro sitio, qué asco Julio... que ya me he encontrado algún pelo... y la lechada por ahí, ¡venga!... Qué manía, tío... Y tú no te rías, no sé cómo te puedes sentar ahí.

—Venga, que está limpio, ¿qué quieres que haga? La Irma, que se le puso aquí a tono al Mikaelo... y yo que sé, pues los dejé y me fui para arriba, no les iba a aguar la fiesta, entiéndelo.

—¡Por favor!... Con lo mona que es ella... Con el Mikaelo, con las manos esas que tiene y los piños... buh.

—¿Te los imaginas? La Irma aquí a cuatro patas, y el Mikaelo ahí ¡venga, venga!

—Ay, Julio, ya vale, de verdad... Qué cerdo eres.

Con la dulce rutina de sus vidas avanzaba el invierno, la llegada de la Navidad y los días de fiesta. Siguieron recaudando dinero fielmente para las arcas de Julio, el negocio iba viento en popa, no así sus notas trimestrales del instituto que, aparte de cinco suspensos, también reflejaban las numerosas faltas de asistencia que acumulaba.

Navidad, San Esteban, Fin de Año y Reyes eran como cualquier sábado multiplicado por cinco, y cualquier día intermedio era mejor que un viernes de verano. La maquinaria de Julio funcionaba a la perfección vestida de Papá Noel, y del 20 de diciembre de 1995 al 7 de enero de 1996 Julito *el Perla* ganó más de un millón de pesetas limpios de polvo y paja, de las que gastó seiscientas mil en un Peugeot 205, que regaló a Montse al sacarse ella el carné de conducir. El coche permanecía aparcado en La Caverna y también estaba a nombre del Mikaelo, al igual que el seguro, en el que aparecía Montse como conductora ocasional.

El 20 de marzo de 1996 era el diecisiete cumpleaños de Julio. Una semana antes, Montse lo convenció para que la invitara a cenar en su casa, con su madre y su abuela. Él accedió a regañadientes, tras ella insistir bastante. Tenía que ser en domingo, así su madre podría estar. Montse le compró una camisa blanca, con rayas verticales grises, para que Julio se la pusiera ese día debajo de un jersey naranja, que también le había regalado. Ella cuidaba su aspecto y él se dejaba moldear. Vestía prendas de tendencia, firmas caras y las mejores marcas de *sport*, tanto en el calzado como en las chaquetas. A veces parecía sacado de una revista. Empezó una particular colección de relojes y gafas de sol, que iban desde el Swatch más urbano hasta un Omega de oro de cuarto de millón, desde las clásicas Police Santa Mónica hasta los últimos diseños de Arnette. Julio empezó a ver que los sueños eran alcanzables con dinero, pero no los sueños de un niño de barrio, los sueños de verdad, y empezó a soñar con un Rolex, con ir al casino, qué coño al casino, soñaba con ir a Las Vegas y tomarse un daiquiri o cualquier cóctel exótico, tumbado a los pies de una piscina, rodeado de pibas en tanga comiendo fruta helada. Los sueños de Julio empezaban a ir más allá de su realidad. Comenzó a visitar con mayor frecuencia las cafeterías y los pubs de tarde del ambiente selecto del grupo de amigos y amigas de Montse. Él la acompañaba y al grupo, en general, les caía bien. Su presencia de modelo publicitario, su bregada experiencia callejera y su carácter innato de líder lo hacían destacar entre aquella horda de niños de papá, emancipados de Casimiro, pues en él podían ver que existía una vida más allá del *Libro Gordo de Petete*. Poco a poco se fue quitando el estigma del lenguaje y los ademanes de barrio, para convertirse en un tío versátil, capaz de moverse dentro de cualquier ambiente. Cambió las raquetas cruzadas de los calcetines por cocodrilos y jugadores de polo. Justo lo que Juan Heredia había profetizado: era un candidato ideal para cubrir las necesidades de las nuevas expectativas del Francis.

La cena con Montse fue bastante amena. Ella encajó de fábula con el carácter dicharachero de la abuela Mariana, que caló enseguida las buenas maneras de la chica, que se había puesto muy guapa para la ocasión. Dolores la miró con recelo durante bastante rato, pero también acabó sucumbiendo ante los encantos y la simpatía de Montse, que se mostraba llana y muy amable. Charlaba encantada con Mariana, quien sentía que, tras muchos años de incomprensión, por fin una persona cuarenta años más joven que ella la entendía. Julio no hablaba mucho, aunque la mayoría de las conversaciones giraban en torno a él.

—Ay, hija mía, pero ya has visto lo que hay con este muchacho: cinco suspensos, y más de cien horas por justificar... En la cama durmiendo las pasa, haciendo el vago por ahí, trapicheando... Y la vergüenza que pasamos su madre y yo, que todo el mundo lo sabe y nosotras las últimas en enterarnos.

Dolores callaba. Hacía algún tiempo que, sin saberlo Mariana, Julio dejaba un sobre con dinero en la cómoda de su madre, alrededor de cien mil pesetas mensuales, las cuales Dolores había aceptado sin rechistar ni hacer preguntas, aun a sabiendas de que la vida y la libertad de su hijo podían peligrar. Ella cogía y, sigilosa, guardaba todo aquel efectivo, resignada, ya que, aunque no lo demostrara con excesivo cariño, adoraba al chico, pero era consciente de que él había elegido aquel camino y lo iba seguir con o sin su aceptación. Qué más daba, si la vida era una mierda también cuando olía a serrín y sueldo de camarera.

Aprovechando que Julio fue al lavabo, Montse sacó del bolso una circular y le pidió a Dolores que la rellenara y la firmara rápidamente. Montse explicó a las señoras que quería sorprenderlo por su cumpleaños. Tenía la intención de llevárselo a París durante un fin de semana. Ella sabía que Julio nunca había salido de España, apenas había salido de Catalunya, y le pareció que una estancia romántica en un lugar tan especial como la capital francesa le haría ilusión. La circular era un documento con los datos de Julio y que acreditaba a Montse como responsable de él. Siendo menor, con aquel documento no tendría ningún problema a la hora de salir al extranjero.

—¡Felicidades! —dijo Montse al ver a Julio el día de su cumpleaños.

Fue difícil convencerlo, aquella era la semana de carnaval, ese fin de semana se ganaba mucha plata. Toda la peña salía, las *collas* disfrazadas llenaban los bares y Sitges se ponía hasta el culo de martes a martes. Pero acabó aceptando, como siempre, las pretensiones de Montse. A ella le costó el tener que desvelarle la sorpresa con antelación, ya que se negó a posponer una semana el viaje, con lo que Julio se ganó una buena reprimenda de Juan Heredia, que no se enteró de lo de París hasta el regreso de Julio a Barcelona.

Entre postales de Saint-Denis, *brioches* y Pinord nadaron sobre embalajes y bolsas de papel con anagramas de Chanel, Dior y Vuitton. Entre Borgoña y Chandon, con los dedos cruzados, se juraron amor eterno. Porque se amaban con más desenfreno que locura y, aunque no se quisieran dar cuenta, los dos eran suficientemente conscientes de que sus mundos chocaban en un punto ajeno a ellos.

—Que sea la última vez, Perla... ¡La última vez! Cuando uno se gana la pasta tiene unas responsabilidades y, ni a París ni a Badajoz, cuando te tengas que ir a alguna parte me avisas. ¿Queda claro? —murmuraba Juan a la vuelta del Perla, que aguantaba el chaparrón sin hacer caso. Por mucho que dijera Juan, las cosas iban bien y él se sabía importante. Además, él hacía lo que él quería, eso había dicho el Francis, y Juan lo sabía, pero le sacaba de quicio la poca cabeza de los miembros de la banda de Julio—. Y no te hagas el loco, Julito, joder, claro que puedes hacer lo que quieras, pero dejarle trescientas rulas por la cara a esos subnormales... Luego me los encuentro en El Nueve, puestos hasta las trancas, invitando a la peña... Serán tus colegas y todo lo que quieras, pero esta mierda se tiene que acabar. El Francis quiere hablar contigo.

Don Avelino Heredia, a principios de los noventa, coincidiendo con el desalojo de los poblados, había comprado el cortijo en el que nacieron sus padres, en Jódar. Lo había puesto a nombre de su hermana, que, junto a sus hijos y a la familia de su marido, se encargaba de las bestias y de cosechar las aceitunas que se prensaban en el molino del cortijo. El aceite se embotellaba con el nombre de «Molinos de Jódar». Lo del aceite era cosa del Francis, que vio las posibilidades del cortijo y supo sacar rendimiento y autosuficiencia a aquella docena de hectáreas en las que había montado el negocio del aceite y la ganadería: «Las Tres Haches: Heredia Hermanos e Hijos».

Don Avelino había comprado aquella finca por pura melancolía, homenaje a sus padres y a sí mismo, ya que él también había nacido allí. Al viejo los negocios legales le daban lo mismo, él tenía claro lo que le daba de comer y los números le salían con o sin limpiar el dinero. Su antigua usanza le hacía pensar incluso que mantener todas aquellas empresas era un gasto y una comedura de cabeza innecesaria e insufrible para su edad. Aunque reconocía que, desde que el cortijo funcionaba como tal, daba gusto pasear a caballo entre los olivos, con el camino limpio y recogido. Solía comerse una pieza de fruta todas las tardes escuchando el chasquido del agua en la fuente del patio, frente a las cuadras, ante los susurros en forma de relincho.

Don Avelino viajaba a Jódar durante los meses duros de invierno, y no porque allí hiciera menos frío que en Barcelona, todo lo contrario, era el frío seco de la sierra Mágina lo que con la edad empezó a echar de menos. La humedad de Barcelona en invierno le comía los huesos. Le encantaba despertar en Jaén rodeado de nieve, bajar con el *jeep* a avistar a los toros. Ver las despensas llenas del fruto de la matanza y ver los botes de conservas apilados en los armarios le hacía recordar su niñez, cuando hurgaba en la cocina en busca de un trozo de chocolate del que merendaban los señoritos.

Aquel invierno, mientras don Avelino disfrutaba de sus peculiares vacaciones en Jaén, el Francis se dispuso a dar un golpe de estado que llevaba tiempo programando. Pensaba que su padre ya no regía bien. A su entender, el viejo chocheaba y, si no se adaptaban ágilmente a los tiempos que corrían, las incipientes mafias rusas y los delincuentes del Este les chulearían el terreno, como empezaba a ocurrir en otros puntos de la periferia. El Francis creía que debía imponerse y demostrar quién mandaba en los Grises, debían hacer de L'Hospitalet el bastión de los Heredia.

El Francis no iba a permitir que su padre regresara de Jódar, lo iba a retirar y pensaba enviar a su madre doña Candela y a Avelina con él. Don Avelino y doña Candela gozaban de buena salud, pero estaba empezando el declive de su vida, era probable que su organismo comenzara a fallar a consecuencia de la vejez. Avelina estaría con ellos para cuidarlos cuando llegara el día. Era viuda y no demostraba ni actuaba con intención de querer rehacerse amorosamente, por lo que la vida en Jódar le podría resultar interesante y, quizás allí, alguno de los mozos le podría animar las enaguas. Con ellos se iban a trasladar Úrsula y Ginés Malababa. Ginés sabía de caballos, era un hombre fuerte y podría ayudar en la finca, y Úrsula relajaría la vida de Avelina, ayudándola en lo cotidiano y haciendo compañía a sus padres. Úrsula y Ginés no habían engendrado descendencia en diez años de matrimonio. El Francis albergaba la esperanza de que en Jódar, lejos del trajín y el ambiente de los Grises y rodeados de paz campestre, le darían un nieto a don Avelino, que disfrutaba de pocos para la cantidad de hijos que tenía. Candelita seguiría interna en Sant Gervasi, y los fines de semana los pasaría en casa del Francis en

Gavà, con su cuñada y sus sobrinas. En vacaciones se trasladaría a Jódar. Una vez terminado el bachiller su futuro dependería de lo que quisiera estudiar.

Bartolo se quedaría en Barcelona y, desde L'Hospitalet, asumiría más responsabilidades en los negocios legales de la familia: en los ya existentes y en los que estaban por venir. Aquella parte de los Heredia iba a vivir la cara más amable de la guerra que el Francis pensaba desatar. Cornelio, Juan y Vicente iban a levantar las espadas en el campo de batalla, iban a ser los generales que a las órdenes de su hermano dirigirían la contienda en Barcelona.

Las mafias rusas se habían empezado a instalar en la ciudad, que se había convertido en un paraíso inversionista, una vez saturadas Marbella, Puerto Real y tantas otras zonas lujosas del litoral andaluz. Barcelona ofrecía varias opciones para el blanqueo de dinero a gran escala. Las nuevas bandas que llegaban eran organizaciones mucho mayores que la sencilla red que el Francis dirigía. Él sabía que no podría luchar contra eso. Aquel ejército ruso contaba con una nube de mercenarios fraccionada en grupos independientes: sanguinarios moscovitas y gigantes siberianos, ucranianos, moldavos, polacos, rumanos y turcos nutrían aquellas legiones, que cometían los encargos de la mafia rusa y tenían total libertad para cometer los suyos propios.

El plan del Francis era saltarse a los clanes gallegos, que se desmembraban a consecuencia de las sucesivas embestidas del juez Garzón, quien llevaba más de diez años encarcelando narcos y desmantelando empresas relacionadas con el narcotráfico. El Francis quería importar la cocaína directamente de los cárteles colombianos y hacerla llegar a Marruecos, donde había menor control de mercancía comercial. Los guardias y los funcionarios eran igualmente sobornables que en España pero, al cambio, salían mucho más baratos. La coca iba a ser transportada por tierra marroquí desde la costa atlántica hasta la mediterránea y, una vez allí, se fletaría hasta las costas de Tarragona mediante grandes embarcaciones, en las que llegaría hasta las aguas del litoral, donde barcazas de pesca y pequeñas embarcaciones de recreo recogerían la mercancía, descargándola definitivamente en tierra. Las nuevas rutas iban a llevar hachís y cocaína a la península, mientras que las drogas de diseño, los ácidos y la heroína se seguirían transportando por carretera procedentes de Holanda. Para que esas nuevas rutas se pudieran llevar a cabo y fueran rentables, las cantidades a importar y la demanda a cubrir debían ser mucho mayores de lo que habían sido hasta entonces. Había que ganar clientes y eliminar proveedores. La mejor manera era deshacerse de la competencia o hacerse con ella.

El desconocimiento del terreno de las bandas del Este había hecho que se dedicaran a actividades delictivas de diversa índole, como los atracos y asaltos a mansiones y joyerías, robo de autos de lujo, tráfico de animales y de armas, y todo lo que pudiera sustentar la red de peristas, también a sueldo de esas mafias y que copaban un importante mercado negro, en el que se podía comprar desde un Kalashnikov hasta un Picasso auténtico. Por otro lado, controlaban la prostitución, terreno que los rusos habían arrebatado a los sudamericanos.

Pero el tráfico de droga todavía quedaba un poco lejos para aquellos gánsteres despiadados, ya que, aunque ellos lo intentaran, no era fácil confiar en los rostros rudos, incubados al antiguo calor del *soviet*, criminales feroces que apenas hablaban un castellano descifrable más allá de sí o no. El Francis pasaba de robos y putas, así que pensó en aprovechar la no intromisión de aquellas bandas en el narcotráfico para hacerse con el control total de la importación a gran escala en Catalunya, y le daba igual sacrificar el menudeo para conseguirlo. De ese modo, cuando los rusos quisieran entrar en el mercado de la droga tendrían que acudir a él y, para entonces, ya contaría con el respaldo de los cárteles colombianos.

El plan del Francis empezaba en los Grises.

El 3 de marzo de 1996, a las cinco en punto de la tarde, el hermano mayor de la familia Heredia entró en casa de Alfredo Gavilán. Iba acompañado de sus hermanos Cornelio, Juan y Vicente. La piel de cocodrilo que forraba sus botas pisaba la moqueta roja, que ostentosamente cubría el suelo en casa de los Gavilán. La gabardina negra de piel ondeaba dócil y sedosa sobre sus hombros al caminar, haciendo balancearse una bufanda blanca. Como el elegante traje que lo arropaba, el pelo largo rizado y engominado parecía flotar con cada paso que daba por aquella habitación. Alfredo se levantó temeroso y sorprendido, avanzó hasta él y, en un abrazo, hizo sonar el cuero con dos palmadas sobre la espalda del Francis. Dio la mano al resto y les invitó a sentarse.

—Qué sorpresa tan grande, *sentarse*... ¿Queréis tomar algo?

—Lo que tú tomes está bien.

—¡Niña! Trae dos Xibecas, y pon dos más a enfriar —gritó Alfredo asomado al pasillo—. ¿Qué es lo que se os trae por aquí?

—Alfredo, mis hermanos y yo hemos venido a hablar de negocios, pero primero queremos saber si estás con nosotros...

—Joder, Francis, te veo muy serio, macho... Y eso, dicho así, da un poco de *yuyu*.

—Tranquilo, Gavilán, si estás con nosotros, no hay nada que temer.

La conversación se interrumpió cuando la hija pequeña de Alfredo entró en la sala con las dos cervezas de litro y cinco jarras heladas.

—Preciosa.

—¿El qué?

—La niña digo, que es preciosa. Tiene los ojos de su madre —dijo el Francis observando una foto grande de la pareja que adornaba el salón.

Alfredo Gavilán cogió la bandeja que llevaba su hija y, de un modo protector, acompañó a la niña hasta la puerta.

—Tú dirás, Francis.

—¿Qué pensarías si te dijera que no voy a vender más dosis en mis pisos?

—Te diría que estás loco, porque hay noches que la cola llega hasta los patios.

—Alfredo, ¿qué te parecería ser el único aquí?

—¿El único dónde?

—Aquí, en los Grises, solo tú en las tres mil viviendas.

—Francisco, si no te explicas mejor, no entiendo nada.

—Que todo llega Alfredo, y tú has sido un buen compadre, tú te has portado como un hermano con los míos, y mi padre sabe eso... Lo sabe y lo valora Alfredo, como sabe que los Mata con los Antonios no son de fiar.

—Francis, yo en vuestras cosas no entro. Tuvisteis vuestros problemas y vosotros sabréis cómo los solucionasteis. Yo ni me metí entonces, ni me pienso meter ahora... No te lo tomes a mal.

—No me lo tomo a mal, relájate, Alfredo... Hemos venido a saber si estás con nosotros o contra nosotros... Y aún no has contestado...

—Yo no estoy con nadie, Francis.

—Pues lo vas a tener que estar, Gavilán... He sido yo el que he venido a buscarte... No esperes a que la situación dé la vuelta.

—Joder, Francis, no puedes llegar aquí y esperar una respuesta inmediata. Yo me debo a Alberto.

El Francis se levantó y dejó la gabardina, que sostenía sobre el regazo, en un asiento vacío. Se desabrochó la americana y caminó lentamente por la habitación.

—Ya lo sé, Gavilán... Ya sé cuál es tu problema... Tu problema es que eres así de chiquitito —dijo interpretando la medida con sus dedos—. Yo te ofrezco ser así de grande... ¿Alberto? ¿Quién es Alberto? ¿Vosotros conocéis a Alberto? —preguntó mientras miraba a sus hermanos, que observaban en silencio—. Gavilán..., yo te estoy ofreciendo mucho más —continuó hablando y andando en círculos hasta alcanzar el oído de Alfredo, al que le susurró—: Alberto Górriz está muerto, como lo van a estar Juan Mata y los Antonios antes de que mañana canten los gallos de la Matilde... Tú mismo, Gavilán... Tú verás con quién estás.

A la misma hora a la que el Francis entraba en aquella casa, cuando el reloj que había en la pared sobre el sillón de Alfredo marcaba las cinco de la tarde, dos hombres entraban en la finca La Sabinosa, en una zona sin urbanizar detrás de la montaña de Montjuïc. Allí estaba Alberto Górriz, traficante conocido y uno de los grandes proveedores de la ciudad. Se encontraba con una amiga y un amigo. El amigo estaba en el sofá viendo la televisión cuando los sicarios entraron por un ventanal y le descerrajaron dos tiros en la cabeza. Usaron silenciadores, pero un golpe advirtió a Alberto, que bajó de la habitación sorprendido y desnudo. Murió en la escalera de un tiro en el pecho y otro de gracia en la cabeza. La chica falleció en la cama, ni se enteró, estaba durmiendo y uno de los matones se acercó hasta ella, le dobló la almohada sobre la cara y disparó. Mataron hasta a un rottweiler que había encadenado en una caseta junto a la entrada.

El Francis cogió su gabardina, sus hermanos se levantaron con él. La sensación de soledad invadió a Alfredo, que creyó las palabras que había escuchado. Supo que el Francis era capaz de eso y de mucho más y, antes de que los Heredia cruzaran el umbral de la puerta, dijo:

—¡Francis! Espera.

Los cuatro Heredia se detuvieron.

—¿Lo ves, Gavilán? La situación ya ha dado la vuelta —le dijo el mayor volviéndose hacia él.

Esa misma noche, Juan Mata y Antonio Cáceres morían en la A7, en un choque provocado al ser ametrallado el coche en el que viajaban. Casualmente no les alcanzó ninguna de las balas que les dispararon, pero la pérdida de control del vehículo y la colisión posterior les costó la vida a ambos. Esa misma noche, Antonio Carmona yacía en un club de chicas en Castelldefels. Apareció muerto por asfixia en una de las habitaciones junto al cadáver, también asfixiado, de la prostituta que le ofrecía sus servicios.

El 7 de marzo de 1996, a las tres de la mañana, en la calle del Tigre, a la salida de una sala de fiestas en pleno centro de Barcelona, un hombre fue tiroteado desde una moto en marcha. Se trataba de Saturnino Montoro, alias *el Caracas*, también conocido como *Cara toro*, un venezolano afincado desde hacía años en la ciudad y, quizás, el mejor enlace de los cárteles colombianos en España, al margen de los clanes gallegos.

El 18 de abril de ese mismo año la Guardia Civil, conjuntamente con la gendarmería francesa, detenía en Portbou a Gonzalo Meco y a Francesc Ribas, quienes viajaban en una autocaravana con cinco mil pastillas de éxtasis y doce kilos de heroína ocultos en el chasis; pero un oportuno chivatazo los quitó de en medio. Meco y Ribas dirigían una banda de extrema derecha llamados los UNU, «Una Nación Unida», organización que lideraba grupos de *skinheads* que patrullaban las calles incitados por la xenofobia de los discursos y charlas que los detenidos daban en un local alquilado en Vallcarca. Allí entró la policía para detener a los presentes e incautar gran cantidad de dinero, armas blancas y de fuego, así como diversos objetos de valor sustraídos en las cacerías nocturnas.

Meco y Ribas disfrazaban su actividad con un predicado fascista, racista y clasista que seducía a los jóvenes procedentes de los extractos más pobres. Jóvenes españolitos que creían que la miseria que les rodeaba era la consecuencia de la ineptitud con la que, a su entender, se había manejado la nación desde la muerte de Franco. Para ellos todo era culpa de la mal llevada democracia, que permitía a comunistas y maricones expresarse con libertad y sin vergüenza. La idea de que los extranjeros venían a quitarles el trabajo les ofuscaba la razón y les proporcionaba una excusa para prolongar su vaga y violenta actitud. Por las noches salían a la caza del morito, negro o *travelo* de turno, que era apaleado hasta perder el conocimiento. Las bandas neonazis eran temidas por el resto de tribus urbanas y colectivos de juventud.

Aquellas acciones criminales eran el resultado de los contactos y la posterior coalición entre los Heredia y los Monsalve, un clan familiar de narcotraficantes colombianos, representado en Barcelona por la figura de Juan Carlos Monsalve, hijo del patrón, y del que el Francis se valió para eliminar a la competencia.

Cornelio, Juan y Vicente movieron los hilos de todos los

camellos y pequeños proveedores que conocían. Con los Mata, los Antonios, Alberto, el Caracas y los UNU fuera de juego, quedaban pocas opciones para conseguir grandes cantidades. Los hermanos Heredia, tras el baño de sangre, iniciaron una importante campaña de relaciones públicas, y aunque era un secreto a voces quién estaba detrás de aquello, nadie osaba decirlo muy alto.

La reunión con Francis que Juan anunció a Julio a su regreso de París tardó en producirse. Los acontecimientos la fueron posponiendo, tiempo que el chico aprovechó para centrarse, asustado por las noticias de los asesinatos que se producían. Así que, metido en su labor, ganó un buen dinero durante varios fines de semana consecutivos, y setecientas mil limpias en semana santa. Lo que él ganaba era lo mismo que aportaba al clan: el cincuenta por ciento del beneficio neto. El Francis podía estar contento, porque Julito había hecho mucho en poco tiempo. En un año tenía más de trescientos clientes fijos; luego estaban los ocasionales, que podían ser cien más.

Aun así, había que amortizar las nuevas rutas, y eso hacía que los números del Perla, a pesar de ser buenos para su corta edad, no fueran suficientes para el clan, que crecía a pasos de gigante. Si Julio no crecía al mismo ritmo, el Francis se vería obligado a meter más gente en el centro, sin importarle que le comieran terreno. Si el chico se dejaba imponer competencia, se vería obligado a retroceder a la venta en el barrio y perdería el nivel de vida del que empezaba a gozar. Si eso sucedía, si Julio dejaba que el Francis introdujera líneas de venta en los locales que él controlaba, debería resignarse, ya que él era un crío respaldado por una banda de críos, que habían tenido suerte de no verse avasallados por cualquier grupo rival de mayor edad.

En cierto modo, habían sobrevivido y prosperado por la influencia y la protección de los Heredia, por todos conocida; pero si fueran ellos los que les metieran oposición, el grupo no tendría autonomía ni fuerza para mantener sus zonas libres de disputa. Eso al Francis no le importaba. Al final de la cadena era él quien ponía la mano, independientemente de quién produjera la pasta. Lo que el Francis tenía claro era que en las discotecas, en los pubs y bares del centro se debía recaudar más de lo que se recaudaba. Julio Perla tenía un mes de tiempo para ratificarse y demostrar que no era necesario reforzar su territorio.

Juan Heredia concretó que el 23 de abril, día de Sant Jordi, Julio y Francis se verían en el bar del Parras, a mediodía. Julio acudió nervioso y lo hizo solo, como le dijo Juan. El Francis estaba en la barra soportando las charlas de los pelotas que le pagaban los vinos y le regalaban los oídos. Cuando Julio llegó, el Francis apartó la cerveza de un pesado y colocó un taburete.

—Siéntate aquí, muchacho. ¿Qué quieres tomar? —preguntó.

—Una mediana —respondió Julio, que siguió contestando con monosílabos: «sí», «no», «ya», «bien» y poco más.

—Vamos, chaval, suéltate un poco que estamos en familia, ¡coño!

Pasado un rato salieron del Parras, fuera esperaba el Gordo, un gitano enorme con barba de una semana, ataviado con una camiseta negra apretada sobre su gorda panza, con el logo de los Ramones impreso en blanco. Julio ya lo había visto otras veces. El Gordo hacía de guardaespaldas al Francis y siempre lo acompañaba en otro vehículo discretamente. El Perla subió en el coche del Francis, un BMW M3 color Burdeos, con los cristales tintados, teléfono incorporado y todo el interior hecho por encargo. El chico se abrochó el cinturón de seguridad al sentir el fervor con el que la potente caballería de vapor tiraba del auto. Observó las anchas solapas del traje, los cordones, los cristos y las vírgenes que le colgaban del cuello sobre la pechera abierta y peluda, la perilla recortada, los ojos ocultos tras los cristales negros sobre la montura blanca de Armani, el pelo ondulado y negro, con vida propia. La nariz como la de Juan, los sellos de oro en los nudillos agarrando el volante. Las uñas duras y largas lacadas con esmalte transparente buscaban una canción. El Francis conducía despacio, bajó el volumen de la música y empezó a explicar a Julio, con franqueza y sin rodeos, su situación.

—Hay que crecer, chaval, y no conformarse con lo que uno tiene... Hay que querer más. Lo estás haciendo bien, pero hay que apretar, ahora más que nunca. Tienes que moverte, abrir más puntos, no te puedes conformar con los bares del puerto, hay que estar en el Raval y tienes que entrar en Gracia. Allí hay mucho bareto, tierra de nadie sin camellos fijos, tienes que moverte y poner gente... Estar pendiente de quienes mueven esa zona, les haremos una oferta... Yo te ayudaré, bajaremos los precios en las entregas grandes, si reventamos el mercado serán ellos los que acudan a nosotros... ¿Lo entiendes?... Tenemos que ser fuertes, porque luego vendrán los rusos a mojar de nuestra perola... Se están haciendo con todo, los hijos de perra. Se han apoderado de la calle sin que nos diéramos cuenta, y ahora no paran de meter putas. Si las traen hasta de África, joder; todas las negras que ves en La Rambla son nigerianas y angoleñas que han metido las mafias del Este, apenas hay sudacas ya. Y en los barrios queman los coches de los alunizajes y los atracos, en la misma puerta del bloque donde venden lo que roban, y nadie les dice nada... Para que luego digan de los gitanos.

Julio y Francis transitaron con el coche por La Rambla, vestida de gala por la festividad del patrón de Catalunya, llena de puestos de libros y rosas. Se bailaban sardanas al son de las *grallas* y los timbales mientras las *collas* bastoneras danzaban entre el enjambre de estatuas humanas y los millares de transeúntes, agolpados en busca de un libro o una rosa que regalar.

El Francis relajó el tono tras la charla y, amigablemente, explicó a Julio sus batallitas de niño y sus correrías de no tan niño en aquellas ramblas. Rota la tensión inicial, Julio se soltó, ya cómodo y más relajado reía las gracias y, poco a poco, empezó a decir las suyas propias.

Lentamente salieron de la ciudad, lo hicieron por el norte: Badalona, Santa Coloma, Premià, Mataró. Julio dejó de reírse acojonado cuando el Francis se detuvo en el arcén, en un punto por el que no pasaba nadie. Francis bajó del vehículo sin parar el motor; lo rodeó por delante. Cuando estuvo en la ventanilla de Julio golpeó el cristal con los sellos de sus nudillos. Julio pulsó temerosamente el botón iluminado del elevalunas, la figura del Francis se iba coloreando a la vez que el teñido cristal bajaba. Los rayos del sol y una suave brisa se colaron en el interior del coche, junto a la sonrisa del Francis, que con las manos apoyadas en el marco de la puerta dijo:

—¿Sabes conducir?

Los músculos de Julio se volvieron a relajar, la tensión le soltó el nudo que momentáneamente le había encogido el bajo vientre.

—Sí, bueno... No sé... O sea, sí sé... Lo que pasa es que... No sé.

—¿Sabes o no sabes?

—Sí, sí que sé, he llevado el coche de mi novia y alguna vez el de Juanillo.

—Pues venga, tírale; si has llevado el del Juanillo, este será como llevar una bicicleta.

Julio bajó, rodeó el coche y se subió al volante, se limpió las gafas de sol con el jersey, se abrochó el cinturón, ajustó el asiento y los espejos, bajó el freno de mano, embragó y metió primera con soltura, miró atrás dos veces, una girando el cuello y otra por el retrovisor, con lentitud soltó el pedal de embrague y dio gas girando levemente el volante a la izquierda, el coche culeó un poco, pero lo controló sin problemas. Ya con las cuatro ruedas sobre el asfalto, aceleró y volvió a embragar, la pequeña aguja verde reflectante trepaba rápidamente por la esfera del cuentakilómetros. Sintió la fuerza del motor en sus manos a través de los mandos de aquel bólido. Condujo unos cuarenta kilómetros desde Mataró hasta Tossa de Mar. Entraron en el pueblo bajando por el Passeig Marítim. Julio lo estaba pasando bien, en el Francis veía los gestos, las expresiones, la simpatía y la gracia de Juan, le trataba de un modo similar; se notaba que Juan había calcado el talante de su hermano. Aunque en los negocios fuera un tío duro y despiadado, fuera de ellos era un tipo divertido y amigo de sus amigos y, a pesar de doblarle la edad, le trataba de igual, como a un hombre. Francis conocía a la familia de Julio desde niño y eso le hacía considerarlo de un modo especial, como a un primo.

Francis notó la cara de sorpresa de Julio al ver en un VW Golf negro, aparcado en la misma calle, al Gordo, el guardaespaldas, junto a otro tío seco con aspecto de difunto, ambos detrás del mismo modelo de gafas de sol.

—Todo el rato han estado con nosotros —dijo ante la atónita mirada de Julio, que recordaba haber puesto total atención conduciendo y ni se había enterado de la presencia de la escolta.

Los dos tíos permanecieron aparcados en la puerta de un restaurante, La Gavina, en el que Julio y Francis entraron. Fueron recibidos por un empleado, que los acomodó en una mesa redonda un tanto apartada en la terraza del piso superior. Caminaban siguiendo al camarero entre las mesas, en las que acomodadas familias devoraban como tejones suculentos platos de gambas, galeras, langostas y vieiras, acompañadas de arroces, calamares, ostras, rapes, rodaballos y bogavantes. Los cubiertos tintineaban en los platos, resonaban los vinos deslizándose dentro de las copas, junto a alguna voz salida del tono del murmullo.

Julio se sentía observado, pero las miradas se levantaban al paso del Francis, que las acaparaba todas. Detrás de su aspecto reluciente, las cadenas, los anillos, el traje blanco y los zapatos de punta chata, también blancos, su aura detenía las conversaciones, que se convertían en cuchicheo. En la sala había muchas mujeres atractivas y Julito no perdió detalle de ningún escote ni de ninguna falda que dejara ver un resquicio de muslo.

Ya sentados, comieron y bebieron, hablaron de la gente y de las drogas, hablaron de negocios. El Francis dio consejos paternales a Julio; hablaron de fútbol, de coches y de mujeres.

Tras la comida, ambos tomaban una copa posterior al café cuando un tipo de unos cuarenta años, bien vestido, pelo rubio, engominado y tez morena, propia de diez sesiones de uva, se acercó a la mesa. El Francis se levantó y le estrechó la mano. Julio también se levantó. En el hilo musical del restaurante sonaba flojito «Europa», de Carlos Santana.

—Javier, este es mi primo Julio —dijo el Francis.

Los camareros sirvieron una copa a Javier, a quien el Francis empezó a preguntarle por la familia. Ambos iniciaron una cháchara que duró unos veinte minutos. Concretaron en verse para enseñarse casas y coches. Quedaron para viajar en yate, para jugar al golf y montar a caballo. Hablaron de reuniones e inversiones, de cifras y valores, de intereses y comisiones, e intercambiaron horarios y fechas, entre todo aquel montón de quehaceres. Julio entendió todo el contexto literal de aquella conversación, pero tenía presente que ocultaba un mensaje cifrado que solo aquellos dos hombres entendían. Una vez concluida la charla, Javier apuró su copa, se levantó y se marchó.

El Francis y Julio permanecieron allí saboreando el licor, mirando el paisaje en silencio. El Francis pidió la cuenta y pagó con Visa. Mientras le pasaban la tarjeta daba vueltas a los menguados cubitos de hielo que, junto al último sorbo de whisky, giraban dentro de su copa. Observaba el mar, que se veía desde la terraza de La Gavina. Eran finales de abril y los días soleados animaban a prescindir de la chaqueta.

—¿No te darías un baño? —comentó el Francis, levantándose después de firmar el *ticket* y de dejar un billete de dos mil pesetas de propina.

Salieron del restaurante y el Francis rodeó con su brazo los hombros de Julio, y, dándole un meneo y una palmada en la espalda, entre risas, le dio las llaves del BMW.

Julio condujo de nuevo siguiendo las indicaciones del Francis, que, a la vez que lo guiaba, preparaba unas rayas sobre la caja del CD que estaba sonando.

Transitaban por una carretera comarcal dirección Lloret, siempre seguidos por el Golf, cuando el Francis dio a Julio la indicación de meterse en otra carretera más estrecha, que subía una colina y acababa en una mansión en pleno acantilado. Se detuvieron ante una valla blanca que, tras unos segundos de espera, se abrió. Más allá de la valla, la carretera transcurría entre unos jardines verdes con pinos, sauces, encinas y setos recortados, rosas, lilas, margaritas y mucha buganvilla enredada en los márgenes. El camino terminaba en una rotonda frente a la casa, donde había una fuente en el centro rodeada de grandes maceteros cubiertos de geranios rojos. Julio aparcó debajo de una pérgola de madera con madejas de jazmín que trepaban por los pilares. Se giraba, una y otra vez, buscando el coche de los guardaespaldas, que no aparecieron.

Ambos hombres avanzaron subiendo la imponente escalera de mármol que precedía la entrada. Julio no osaba preguntar, estaba abrumado ante tanto esplendor floral. Se oía el canturreo de los pájaros, y la brisa arrastraba un aroma mediterráneo que hacía palpable la cercana presencia del mar. Antes de que llegaran al final de la escalera, las grandes puertas de cedro se abrieron y, de entre ellas, apareció una dama rubia de pelo largo y cuidado, con curvas, muy atractiva, de unos treinta y cinco años, enfundada en un elegante vestido rojo a juego con sus tacones y, deduciblemente, con su barra de labios.

—Señor Francisco, qué alegría volver a verlo —dijo aquella mujer con un marcado acento británico.

—Lo mismo digo, Margaret, para mí siempre es un placer verla... Julio, esta es la señorita Margaret Reeves, y ella se va a encargar de que nos relajemos... Margaret, mi primo Julio.

—Encantada... Pasen por aquí, por favor... Les hemos preparado una pequeña sesión de *spa*, mientras disfrutan tranquilamente de las vistas de nuestras piscinas climatizadas. Las señoritas Ley y Lin les recomendarán una serie de ejercicios para realizar en los diferentes cañones y chorros de nuestro recorrido finlandés, que concluirá en la sauna. Luego esas mismas señoritas les practicarán un masaje tailandés integral de relajación. Más tarde, una vez desestresados, pasarán una excepcional velada junto a nuestras chicas *Book*, en una de nuestras suites de la tercera planta... Y teniendo en cuenta que el señor Julio es la primera vez que nos visita, debo advertirle que las normas de la casa no permiten la práctica de sexo con las masajistas, y no toleran ningún tipo de insinuaciones inmorales hacia ellas. Debe saber que nuestras masajistas son dos de las mejores profesionales de Europa en su especialidad... Les pido que las valoren y las respeten como tales; guarden su encanto masculino para la velada.

Siguieron a Margaret hasta una sala vestida con obras de arte en forma de pinturas y esculturas, muebles clásicos, alfombras persas, paredes enteladas, lámparas victorianas con lágrimas de cristal, candelabros de plata, molduras doradas y una chimenea de mármol. Julio estaba alucinado, y más que iba a alucinar sentado en aquella sala sobre un sofá capitoné de cuero verde. Al pasar las páginas del álbum que Margaret les dio vio que en aquel catálogo de fotos salían desde universitarias anónimas que estaban bien hasta modelos publicitarias, *strippers*, actrices, *vedettes* y bailarinas de algunos de los mejores espectáculos de teatro y televisión. También había mujeres que simplemente eran espectaculares y ya está.

Estuvieron nadando y probando los diferentes chorros y terapias, guiados por las explicaciones de las masajistas filipinas, que intervenían bajo el sonido del agua que, caliente y espumosa, salía con fuerza de aquellos *jacuzzis* y duchas gigantes.

—Esto sí que es vida —decía el Francis una y otra vez.

Transcurridos veinte minutos de sauna, se metieron en salas diferentes, donde, a Julio la señorita Ley y al Francis la señorita Lin, les dieron un masaje. Bajaron al bar de la piscina, donde aguardaban las señoritas seleccionadas.

Aquel chalé era un burdel de lujo, pero al más alto nivel, ya que contaba con un listado de socios. La sociedad tenía un número de plazas limitadas y no se admitían nuevos socios, a menos que un titular causara baja. Había bastante secretismo respecto a la ubicación y al personal que trabajaba en aquella casa, que funcionaba con citas concertadas, no haciendo coincidir nunca a sus clientes. Eligieron dos chicas de un corte similar: altas, rubias naturales, guapas y con una talla de busto superior a la cien. Julio nunca había compartido intimidad sexual con una mujer mayor de veinte años, ni superior al metro setenta de altura. Lucía se llamaba la chica. Española, canaria, de Tenerife, y modelo de lencería. Intercambió alguna palabra con ellos haciendo gala del peculiar acento guanche.

—Luego te veo, Julito, pásalo bien.

Julio y Lucía se quedaron a solas, y ella se mordía el dedo índice de su mano derecha mientras él, ya más entonado, le magreaba las cachas y los pechos. Tras un par de revolcones decidieron servirse otra copa y tomarla tranquilamente en la habitación. Julio no tenía la sensación de estar con una prostituta. Creía vivir uno de sus sueños en Las Vegas.

Ya en la habitación, ella lo empujó tirándolo sobre el colchón. La estancia era redonda, con la carpintería blanca. La cama era de estilo colonial y estaba en el centro de la habitación. Tenía cuatro patas altas de bubinga barnizada, que se levantaban haciendo de pilares engarzados por un dosel cerrado con cortinas de lino blanco. Julio yacía de bruces, arrojado por Lucía, sobre el pomposo edredón. Se deleitaba mirando las cornisas de escayola que coronaban la entrega de las paredes y que imitaban los mismos rosetones que había tallados en las molduras de maple. Por delante de la cama colgaba una lámpara de bronce moldeado, que sostenía unas bombillas cuya luz era regulable y tiritaba, emulando la de las velas.

—Pon música —dijo Julio.

Sonaban los compases iniciales de «Beast of Burden», de The Rolling Stones. Lucía caminaba con cadencia hacia Julio, con el «*My back is broad, but it´s a hurting*» del principio de la canción. Comenzó a bailar sintiendo la letra y cada acorde de la melodía, deslizaba sus dedos desde su húmeda lengua bajando por su cuello, las yemas mojadas descendían por sus pechos y rodeaban su ombligo para acabar hendidos en su pelvis, sobre la tela verde de las braguitas, con cada «*to me*» del tema de los Rolling. «*Come on baby, please, please, please...*», decía levantando sus piernas y enredándolas en las patas del dosel a modo de barra de *striptease*. Utilizaba las cortinas como pantallas de luz que reflejaban su silueta al interior de la cama, mientras daba vueltas alrededor. Seguida por su blonda melena, danzaba sensualmente. Con un punto y un sentimiento rocanrolero, zigzagueaba y serpenteaba (movía los hombros, las caderas y el culo con la misma elegancia y el mismo ritmo del gran solo de guitarra que Richards se marca en esa canción). Él rotaba el cuello en todos los sentidos en los que ella se desplazaba, sus pupilas encendidas la buscaban más allá del lino. En el desenlace de la coreografía, la chica disminuyó la electricidad de sus movimientos para canalizarlos a través de sus manos de un modo suave y epicúreo. Ya frente a Julio, deslizó sus dedos por su torso para llegar hasta las caderas y soltarse el cierre del tanga. Aquellas tres tiras de ropa se desprendieron de sus muslos, bajaron entre sus piernas dejando ver su sexo rasurado parcialmente. Él se incorporó de entre los cojines, estiró las manos y la lengua trazando un camino de antorchas en busca del interior de Lucía. Ella se arrodilló y deslizó el calor de sus mejillas entre los muslos de Julio, que, ante aquellas caricias inundadas, tiritaba como la luz. Se cabalgaron el uno al otro entre abrazos de fuego, tragos de ginebra e incontrolados géiseres de pasión.

Aquella fue la primera de una serie de infidelidades que Julio cometió respecto a Montse, quien con intuición femenina había notado en los últimos meses algún cambio en las conductas sexuales de Julio. Era algo que no sabía definir; la tocaba de una manera especial, más sensual y sensible, y aunque disfrutara más en los encuentros sexuales y tuviera mayor calidad y número de orgasmos se sentía sucia. Era algo que ella no le había enseñado, sentía que no lo habían aprendido juntos y temía que Julio lo hubiera aprendido con otra mujer.

Aquellas sospechas se confirmaron en la tarde de un nublado día de otoño de aquel mismo año. Estaban solos en La Caverna y, después de hacer el amor, Montse se acurrucó metiendo la mano debajo de la almohada; se pinchó, sacó la mano y apartó la almohada. Encontró un pendiente dorado con una bola gris. Lo observó en su palma abierta en ausencia de Julio, que estaba en el lavabo. Miraba fijamente el colgante, revisaba el cierre, lo palpaba cerrando los ojos tratando de reconocerlo, sabía que no era suyo y que nadie, aparte de ella, entraba allí. Pero no debía de ser así, porque aquella candonga quincallera no era suya, aquella fea orejera de bisutería no le pertenecía, y apretaba los ojos enrabietada buscando en su memoria dónde había visto ella esos pendientes, qué burdas orejas serían capaces de lucirlos, quería encontrar en sus recuerdos la cara de la zorra vulgar, capaz de portar aquella baratija.

—¿Te la chupa bien, la Yoli?
—¿Qué?
—¿Que si te la come bien, Yolanda?

Montse vio en los expresivos ojos de Julio que era verdad, ni siquiera se esforzaba en las excusas. Él se quedó parado, también trataba de recordar de quién podían ser los pendientes. Montse sabía que eran de Yolanda, pero él no tenía claro si eran de Sonia, de Isa, de Almudena, de la camarera del Street, o de la del Savanah, quizás de la otra Sonia, o de la otra camarera del Savanah.

Montse se quedó desolada llorando, desnuda por dentro y por fuera. En el fondo lo sabía, detrás de aquellas caricias y nuevos juegos eróticos estaba la esencia de otra mujer. Por la piel de Julio campaba el efluvio de muchas hembras, que le ofrecieron sus mieles durante el tiempo transcurrido entre Lucía y Yolanda.

Julio había crecido mucho desde el día de Sant Jordi en el que tuvo la reunión con el Francis. Siguiendo sus consejos había reorganizado la banda, quienes pasaban a recibir un porcentaje, como acordaron con Julio según las nuevas tarifas. Amparados por los nuevos precios, hicieron grandes relaciones públicas; el hecho de que gastaran mucho e invitaran a la peña a consumiciones en los locales en los que se movían hacía que ganaran rápido el favor y la simpatía de la gente, tanto de clientes como de propietarios, que estaban encantados con el grupo. No llegaban a beberse todo lo que pedían, de haberlo hecho, habrían acabado en coma etílico cada noche. Simplemente gastaban y si se les aguaba el whisky, pues pedían otro, aunque el aguado estuviera entero. Lo pasaban en grande y contagiaban a la gente.

Julio y su grupo empezaron a distribuir droga en entregas grandes a los camellos que actuaban en los bares, pubs y discotecas que ellos frecuentaban, y en los que el grupo se hacía popular. Se dispersaron veloces por varios ambientes nocturnos, y salían cada noche. Julio empezó a descuidar a Montse. Sin darse cuenta, empezó a cumplir sus sueños y deseos de forma individual, se dejó engullir por el dinero y la fiesta y colocó cantidad de material. En un mes dobló su número de clientes. En el verano de 1996, Julito *el Perla* y su banda tuvieron más de novecientos clientes fijos de viernes a domingo. Y en esa ascensión por la cresta de la ola, entre la adrenalina y la espuma que le refrescaban la cara, abrazado a los labios jugosos de los conejitos que se le acercaban al verlo gastar grandes cantidades de dinero, en ese viaje de fama, lujuria y nombradía perdió el amor por Montse. Lo perdió, o simplemente lo guardó en el armario, junto a sus tesoros. La poseía como poseía los objetos de sus colecciones.

Julio la observó llorar y se dio cuenta de que aquel domingo de otoño había sido la última vez que se acostaba con ella. Ya lo habían hablado otras veces, ya habían discutido por innecesarios flirteos y roces con lobas despechadas que lo rondaban. Supo que no iba a volver a gozar de la sonrisa de Montse, tumbados en un colchón boca arriba, filosofando sobre la vida, hablando de cine o fantaseando vueltas al mundo, cambiando de ruta, continente y latitud. Se acordó de la primera noche en el Naval, se acordó de París, de las lecciones de conducción, de las clases de esquí y de los chapuzones en Garraf; de todas las cenas, de todos los desayunos. Recordó tantas tardes y tantos paseos, recordó tantas risas que rompió a llorar, se sentía miserable por haber sacrificado todos aquellos buenos momentos de verdadero placer por ratos fugaces de simple regodeo. Entonces juró que no volvería a pasar, imploró otra oportunidad, pidió perdón con babas en los ojos y lágrimas en la boca.

Entre impotentes llantos suplicó clemencia arrodillado a los pies de Montse, que se vistió y se marchó. Él entendió que había dejado de tensar el lazo que lo unía a ella, pero no se había dado cuenta hasta entonces de lo que suponía dejar de estirar aquella cuerda de seda rosa salmón, como las almohadas del Naval. Solo entonces fue consciente de que toda aquella nostalgia era cortesía de la memoria, ya no habría más anécdotas que añadir a los recuerdos. Montse ya no era presente sino parte del pasado, lo único que podía guardar de ella eran las fotos y la ilusión de que una vez la tuvo.

Aquel verano Julio creció al mismo ritmo que lo hizo Francisco Heredia, que también ganó peso, y no solo en las neumáticas lorzas de su cintura; meses antes de que Montse encontrara el pendiente que confirmó sus sospechas, los acontecimientos se sucedieron.

El 21 de mayo de ese año, en Las Tres Calas, una pequeña urbanización costera entre Cambrils y la Ametlla de Mar, en la provincia de Tarragona, fallecía tiroteado Manuel Asensio, que dirigía una red de prostíbulos de carretera entre el Vendrell y Vinaròs. Manuel Asensio se había entregado por completo a las mafias del Este a cambio de subsistir y mantener cierto estatus. Aquella alianza al Francis ni le iba ni le venía, pero un vasto tramo de playa al sur de Catalunya, llamado golfo de Sant Jordi, era lo que movía los intereses de los Heredia en aquella zona. Allí las actividades de descarga del Francis se iniciaron a principios de aquel mes de mayo. Asensio no tardó en meter la cabeza, arrastrando consigo la de un caimán de la Guardia Civil de Cambrils que tenía untado. El comandante apareció ahorcado el 13 de junio de 1996, en una casa alquilada por él mismo en Vilafortuny.

Sin Asensio ni el caimán, el Francis controló los dispersos grupos de delincuentes y pequeños traficantes que allí actuaban. Esas bandas se quedaron con los clubes de Asensio y el menudeo en pequeñas poblaciones y, en esos mismos clubes, se movían a sus anchas, sin apenas presión policial, la cual se concentraba más en la periferia y el centro de Tarragona capital. La provincia de Tarragona era un escenario ideal como punto de descarga y almacenamiento, allí los hombres del Francis se infiltraron con sobornos en algunas flotas pesqueras de diferentes localidades y descargaban con facilidad una tonelada quincenal de hachís y una bimensual de base de coca al 98% de pureza.

El 21 de junio, Julio recibió sus notas mediante correo certificado, ya que ni siquiera se había personado a recogerlas en mano. Suspendía las asignaturas de Lengua catalana y castellana, Matemáticas, Física y Química, Literatura, Filosofía e Historia, y no evaluado, por falta de asistencia, en Educación física, Ciencias naturales, Ética y Música. A él le daba igual, pero debía matricularse de nuevo y repetir tercero de BUP para poder presentar su solicitud de prórroga de estudios con el fin de evitar el servicio militar. El Mikaelo ya había sido sorteado y en septiembre debía incorporarse a filas. La mili ya estaba en fase terminal, Julio era del setenta y nueve, la quinta del ochenta y uno sería la última en ser sorteada. En el futuro el ejército español sería completamente profesional.

El 1 de julio el Francis recibió la visita de Octavio Prados, emisario de los clanes gallegos de Rianxo y Arousa, que empezaban a estar preocupados por el descenso de entregas y mayor espacio de tiempo entre ellas por parte de sus clientes nacionales. Los gallegos sabían que no podían parar al Francis, que mantenía especialmente felices los intereses de los cárteles colombianos, que seguían mandando regularmente sus cargamentos hasta Souk el ar Jbel, un pequeño pueblo pesquero cercano a Larache, en la costa atlántica marroquí. Si los gallegos atentaban contra el Francis provocarían la ira de los cárteles. La mafia de la Ría de Arousa aún contaba con la gran demanda proveniente del centro de Europa, así que se plantearon un pacto al que llamaron «la conexión Barcelona».

Los gallegos querían utilizar las nuevas rutas de los Heredia, ya que las suyas se veían constantemente amenazadas por los vigías de las fuerzas y cuerpos de seguridad del Estado, tanto de España como de Portugal, que día sí y día también incautaban mercancía, apresaban barcos y detenían a miembros de las dos grandes familias mafiosas. Los gallegos ofrecían la posibilidad de que los Heredia utilizaran sus vías europeas de distribución: Pontevedra, Amberes, Ámsterdam, Berlín. Ellos introducían la cocaína y el hachís en el corazón del continente europeo, desde donde se repartía hasta cualquier ciudad.

Muchas veces los *changes* no se hacían por dinero, sino que se intercambiaban cantidades de diferentes drogas; holandeses, belgas y alemanes producían éxtasis y ácidos de primera calidad e importaban opiáceos y heroína desde Afganistán y Turquía, que cambiaban por cocaína y chocolate, junto a pastillas y tripis, a los gallegos. Los clanes gallegos podrían traer, a un precio razonable, drogas de diseño y heroína para el Francis, que se ahorraría el viaje, y él, por su parte, ofrecería la posibilidad de transportar los cargamentos gallegos junto a los suyos.

El 15 de agosto, Juan Heredia fue enviado al café Dulcinea, en la Gran Vía de Madrid. Juan debía entregar un maletín con diez millones de pesetas a un secretario del Ministerio del Interior, que, aprovechando el período vacacional, proporcionaría un documento sellado y firmado de inmunidad diplomática, que permitía el atraque y la descarga en el puerto de Tarragona de un buque de transporte con bandera de Costa Rica, no requiriendo ningún tipo de registro ni comprobación, según dictaba aquel salvoconducto.

El 21 de septiembre, Miguel Ángel Lomba Robles, *el Mikaelo*, se persona con un billete de tren a su nombre, pagado por el Ministerio de Defensa, en la base naval de la marina en Cartagena, provincia de Murcia. Allí recibirá instrucción militar durante tres meses aguardando su destino, que iba a influir notablemente en el de la banda de Julio, a la que se le iba a presentar una oportunidad única.

El cuarto día sin Montse, Julio estaba más animado. Contestó al teléfono; era Mariana, preocupada. Hacía más de una semana que no sabía de él, y charlaron un rato. Él, con mejor humor, quedó en pasar a comer. Al colgar el teléfono volvió a sonar y Julio descolgó pensando que era Mariana de nuevo.

—¿Qué...?

—¿Cómo que qué? Tres días sin cogerlo y ahora dos horas comunicando... ¿Dónde te has metido? He pasado por ahí lo menos veinte veces.

Era Juan Heredia.

—Venga, no seas exagerado.

—Diez o más, por mi madre que no miento.

—Bueno, ¿qué pasa?

—Vente, que el Francis quiere vernos... Ha pasado algo.

—¿Qué ha pasado?

—Ven y te lo cuento.

—No puedo, voy a comer con mi abuela.

—Pues ya irás otro día, vente ya, de ya.

Julio se quedó con un pero y tres puntos suspensivos en la boca, que eran rebatidos por el pitido intermitente del teléfono, que indicaba que el otro lado había colgado. Por fin salió de casa con intención de dirigirse a alguna parte, aunque lo hacía por obligación, ya que, falto de cariño, le apetecía más ir a ver a su abuela y sentirse un poco niño. Solo detrás de la puerta de su casa en la Barceloneta podía deponer su actitud de tío bregado y relajar la cara y la voz. Solo allí podía actuar de un modo propio a su edad. Ahora, sin Montse, solo ante su escasa familia, disponía de la intimidad necesaria para arrojar el disfraz y dejar de ser el Perla durante un rato.

Julio acudió a la llamada de Juan subido en el 205 de Montse. Era la primera vez que lo conducía sin estar ella. Montse encauzaba su espíritu delictivo; ahora nada ni nadie le cohibiría de saltarse las normas como le viniera en gana. Él había aprendido a relacionarse en las altas esferas de la juventud gracias a ella, que le inculcaba cultura, modales y tendencia, y que siempre lo mantuvo en la cara amable de la noche.

Condujo hasta los Grises, lo sucedido no debía de ser

tan grave cuando no había barricadas ni controles armados en los accesos de la zona. Solo una trinchera de gitanitos borrachos de soleares, con las sillas de playa desplegadas en el asfalto al calor de la lumbre. Bajo una sombrilla agujereada cantaban, al compás de sus desafinadas guitarras y percusiones improvisadas. Julio fue identificado visualmente a la primera, sin necesidad de parar o bajar del coche. Avanzó por el maltrecho alquitrán y aparcó en el descampado, entre las desconchadas e inutilizadas farolas. Vio el flamante BMW Burdeos del Francis, junto a otros cochazos que no identificó. Se asomó a los patios antes de subir, había mucha gente y hasta allí llegaba la cola que salía del portal del bloque de los Gavilán. Julio subió a casa de los Heredia, fue cacheado en el rellano y se advirtió de su presencia al interior de la casa, desde donde se dio orden de hacerlo entrar. Cuánto había cambiado aquella casa sin don Avelino y las mujeres. Una limpiadora aliviaba la suciedad y el polvo dos veces por semana, pero ya no olía a olla de carne ni a café de puchero; las habitaciones estaban mal ventiladas, el ambiente impregnado de tufillo canutero y había platos en la cocina y pelos en el baño, aparte del desangelado aspecto de las paredes: sin muebles, pinturas, fotos ni adornos. El Francis los había mandado empaquetar y enviado a Jódar, para que sus padres no añoraran nada. El chico anduvo por la casa diciendo «Hola». Sin encontrar a nadie, traspasó el comedor y, en la habitación contigua encontró la poco sociable cara de Vicente Heredia, que escueta y sobriamente le dijo:

—Siéntate.

Julio dio los buenos días irónicamente y permaneció de pie mirando por la ventana. Segundos después, entró Juan.

—Hombre, qué alegría verte, macho, me tenías asustado.

—¿Qué ha pasado?

—Ahora te explicará mi hermano. Monsalve está aquí.

—¿Quién es Monsalve?

Julio no conocía a Juan Carlos Monsalve, pero sí las rutas del Francis. Sabía ubicar Cambrils, Marruecos y Colombia en un mapa, sabía que de allí llegaba la droga que se introducía en Barcelona. Sabía eso y poco más, desconocía el itinerario y el proceso hasta llegar a Europa de aquellas rocas blancas que él vendía y cuya vida se empezaba a forjar en forma de hoja verde al otro lado del Atlántico.

En las laderas de las montañas, a orillas del Casanare, adentradas en la selva, desde Nueva Antioquia hasta Floridablanca, estaban las plantaciones. En grandes fincas ocultas en los bosques, en el triángulo formado por Bucaramanga, Cúcuta y Medellín tenían los Monsalve sus laboratorios, donde con la hoja recogida más allá de la cordillera oriental, con cemento, gasolina, éter y amoníaco elaboraban la base de coca que, empaquetada, salía hacía cualquier parte del mundo.

La droga partía desde Colombia oculta en diferentes formatos, cantidades y transportes. Habían quedado atrás los años en los que el cártel de Medellín estaba unido y las avionetas volaban hasta Tucson, Austin o Baton Rouge haciendo escala en El Norte. Bajaban mexicanos desde Ciudad Juárez, Monterrey y Hermosillo, cuando Culiacán todavía costaba de encontrar en los mapas. Eran los tiempos en los que las mafias de Sao Paulo mandaban planeadoras que cruzaban las selvas del Pará y el Amazonas hasta Sabana y Campo Corral en busca de oro blanco.

El imperio que Pablo Escobar dirigió con mano dura y mantuvo unido en los setenta y ochenta estaba seccionado en centenares de cárteles, que en los noventa batallaban entre sí en las calles de Medellín, contra los paramilitares en los bosques y contra la guerrilla en la selva. La cacería que el gobierno norteamericano orquestó sobre la figura de Escobar solo concluyó con su muerte en una persecución por los tejados de un extracto marginal. Los Pumas entrenados por la DEA que mataron a Escobar se fotografiaron junto al cadáver exhibiéndolo a modo de trofeo, como si se tratara de un gamo abatido en los lagos de Dakota. Después de aquello, la anarquía reinó desde Santa Clara a Río Sucio. Los cárteles de Cali y Bogotá comieron terreno a la selva, dominando mayor número de plantaciones y laboratorios.

Los paramilitares y mercenarios armados y adiestrados por el cártel también se revelaron y se metieron a traficantes, igual que las guerrillas que, como todos, decidieron que la única actividad económica rentable era la droga.

De aquella guerra civil no declarada que vivía Colombia por el control de la coca, solo se beneficiaban los cargos de la policía y del ejército, que patrullaban asfalto y campo sobornando al bando que encontraran, siendo los principales interesados en que no terminara el conflicto y que, cuantos más intervinientes tuviera la contienda, más carteras, zulos y caletas tendrían para birlar. Así que en esa espiral de corrupción los capos de los cárteles perdieron la palabra y el honor, se mataban unos a otros peleando el terreno. Qué lejos quedaba el tiempo en el que había dinero y clientes para todos, ahora nadie tenía suficiente, todos querían ser Pablo Escobar, ya no les bastaba con la casa, la familia, las rancheras, los caballos y las *kawas*...

Todos querían ser millonarios y andar en un auto diferente cada día. Todo funcionó hasta que empezaron a comerse unos a otros.

Don Néstor Monsalve, jefe de los Monsalve y padre de Juan Carlos, había perdido dos hijos en enfrentamientos con bandas rivales, eso le había hecho retirarse de las disputas callejeras, trasladando sus bases de salida de la droga del país a los puertos de la Ciénaga, cerca de Barranquilla, adonde llegaba desde las fincas por la carretera de Cartagena, o por la que sigue el curso del río Magdalena. Los camiones de los Monsalve lucían una cinta roja pegada en la parte superior del parabrisas, distintivo que lo hacía visible en los previamente remunerados controles del ejército en Sahagún y Chiriguaná.

En la Ciénaga, la droga se ocultaba en muebles huecos de madera tropical, que se fabricaban en serie en una cadena de montaje en Santa Marta, montada junto a un aserradero de iroko que abastecía de madera la fábrica, y de una planta productora de abono y fertilizantes que aprovechaba las virutas del vaciado de los muebles. El hedor camuflaba el olor de las toneladas de cocaína que allí se envasaban y se cargaban en contenedores y que en tráiler partían hasta el muelle de la Ciénaga, donde se embarcaban con destino a África y Europa.

Las líneas de los Monsalve a ese lado del Atlántico funcionaban sin problemas, era en el cabo del hilo que cogía el Francis donde algo fallaba. No era casualidad que en la misma semana se hubiera perdido un cargamento cerca de Al Hoceima, Marruecos, y que la policía marroquí, en coalición con la española y la portuguesa, tuvieran parado y pendiente de una orden de abordaje a un buque con bandera de Libia, retenido a unas quinientas millas al norte de Madeira.

En esa misma semana, la Guardia Civil de Salou incautó, en un piso cercano al faro de esa localidad, trescientos gramos de base de coca, nueve millones doscientas mil pesetas y dos armas de fuego del calibre 38, así como documentación. Esto los condujo a una nave de conservas de pescado en el polígono Belianes de Cambrils, donde se incautó más droga y donde realizaron pesquisas que llevaron a un chalé en la Llosa, en cuyo garaje se intervino una lancha rápida con cuatro motores Yamaha 250, que mostraba evidentes síntomas de estar dedicada al transporte de estupefacientes a través del Mediterráneo. Durante los registros hubo once detenidos, seis en Cambrils, uno en Málaga y cuatro en Al Hoceima, a parte de los veinticinco tripulantes del *Inshala*, el buque Libio retenido en el Atlántico proveniente del mar Caribe. Aquel buque metía en el ajo a Monsalve, que se apresuró a reunirse con el Francis con el fin de lavarse las manos sin salpicarse.

Era evidente que el Francis tenía un topo dentro de su organización; ya se había movilizado la legión de abogados encargada de defender a los detenidos, presenciar los interrogatorios y explicarles el cuento del jilguero que cantó y lo cazaron. Había que parar el levantamiento de mantas, había que darle la vuelta a los colchones y volver a hacer las camas. El Francis se dejaba aconsejar por Monsalve, a la vista estaba que había tomado la ciudad al más puro estilo Medellín; con el recetario del colombiano y bastante malicia indígena, pensaban lamerse aquella herida y desenmascarar al chivato que había vendido los entresijos de la familia Heredia.

Los cabecillas y jefecillos de Francis iban pasando por la antigua habitación de masajes de don Avelino en los Grises, convertida en sala de tortura para la ocasión.

Habían forrado el suelo con un plástico sin levantar las alfombras; habían retirado los muebles contra una pared y colocado la camilla de masajes en el centro de la habitación; había varias sillas y un sofá y había un cubo blanco manchado de sangre con el agua roja. El plástico del suelo tenía un tono rojizo, se notaba que fregaban la sangre sin cambiar el agua del cubo. Juan hizo pasar a Julio, al que, al entrar, le impactó mucho el escenario: en una esquina había un hombre colgado de una especie de aparato clavado a presión en el hormigón del techo, del que salía un arnés que sostenía al tipo. Aquel utensilio parecía diseñado para torturar.

El hombre tenía las manos atadas por encima de la cabeza, no llevaba pantalones, ni zapatos, ni calcetines. Estaba sostenido en mangas de camisa y calzoncillos, con los pies atados, su cara estaba inflamada y ensangrentada, tenía los ojos morados y los pómulos desfigurados, en un tono amarillento y verdoso. Se le empezaban a formar manchas en el tórax provocadas por las contusiones, que oscurecían por segundos debido a la sangre coagulada interiormente, y que se podían apreciar a través de los agujeros de la camisa, llena de sietes y jirones y empapada de sangre.

En aquella sala llevaban tres días con las ventanas cerradas y las persianas bajadas interrogando gente. En un televisor se sucedían vídeos porno y se ponía el volumen a tope para que no se oyeran los gritos de los torturados. La escena era macabra y Julio, por primera vez en su vida, sintió miedo de verdad. Reconoció la escena de la película que el vídeo proyectaba sin volumen, ya que el torturado había dejado de gritar. Julio recordaba la cinta de vídeo. Juan se la había dejado no hacía muchos años. Salía una rubia de rodillas en una pista de tenis frente a un cubano macizo.

La habitación estaba oscura, no se distinguían las caras

con claridad entre aquella penumbra rota por la luz del vídeo. Juan y Vicente caminaban detrás de Julio, este último se giró un par de veces. Asustado, buscaba el amparo visual de Juan, que le respondía tensando la vista e indicándole que siguiera caminando. Entre la sombra y el umbral que formaban el juego de luces de los agujeros de las persianas, Julio distinguió la figura del Francis y la de Cornelio junto a la de otro hombre. En el sofá estaba el Gordo; sentado en una silla, junto al colgado, otro tío, y dos más de pie, uno a cada lado de la camilla.

Un infame olor a mierda se esparció por la habitación, el colgado se estaba cagando encima, le goteaba el orín por las piernas, y las heces, en pegotes, le saturaban los calzoncillos y caían al suelo.

—Dios, ¿qué es esa peste? —dijo el Francis tapándose la boca con la manga. Se está cagando, el hijo puta, abrid las ventanas.

Los matones de Monsalve abrieron las ventanas que con gritos se les ordenaba. El aire entró como antídoto de las náuseas que empezaban a padecer todos los allí presentes. Cuando abrieron y levantaron las persianas, la luz se coló para dejar ver toda la escabechina que se estaba produciendo. El sol iluminó el rostro del colgado, que levantó la vista hacia la ventana haciendo un sacrificio, balanceó sus pies girando mínimamente el péndulo que lo sostenía, y sacando fuerzas de flaqueza arrancó un hilo de voz que gritaba:

—Auxilio...

—Maldito cabrón, hazlo callar.

—Pero es que está lleno de mierda, ve tú —discutían los matones, rifándose quién debía acercarse a acallar los lamentos del colgado.

—Tú, sube el volumen —indicó Monsalve a uno de los *sardinos*, que cogió el mando a distancia de la tele.

Julio caminó hasta el centro de la sala ante la mirada de todos y, con la vista puesta en la pantalla del televisor, dijo:

—Uy, menuda raqueta debes de tener aquí debajo... Sí, nena, te voy a enseñar mi mejor golpe.

El tío del mando a distancia apretaba el «más» en los

controles a la vez que la película iba cobrando la voz, cuando la rubia que aparecía dijo: «Uy, menuda raqueta debes tener aquí debajo». Y el negro cubano contestó: «Sí, nena, te voy a enseñar mi mejor golpe».

Hubo un segundo de silencio en la habitación y Juan Carlos Monsalve se empezó a reír a carcajadas, contagiando al resto y fundiéndose todos en un minuto de risa incontrolable.

—La vio, la vio y la reconoció el huevón hijo de su madre... Ya vio la película —gritaba riendo y señalándolo con su dedo índice—. El muy marica, ya la vio.

Las risas se fueron apagando paulatinamente, el Francis acercó una silla vacía hasta Julio.

—Siéntate, Julito, vamos a hacerte unas preguntas y esperamos que digas la verdad... ¿Conoces a ese hombre?

—No, aunque con el aspecto que tiene podría conocerlo y no saber quién es.

Julio fue sometido a un interrogatorio suave, que empezó el Francis y terminó el propio Monsalve, quien, tras una serie de preguntas, determinó que el chico no sabía nada. Hizo un gesto asintiendo con la cabeza a Francis, quien le dijo a Julio que se podía marchar y que no debía explicar a nadie lo que había visto allí. Él acató y juró guardar silencio, y enseguida abandonó la sala acompañado de nuevo por Juan y Vicente. Ya en otra habitación, los tres se fumaron un porro y Juan le explicó lo sucedido y quién era Monsalve.

Aquel incidente se solucionó en los dos días más que duraron los interrogatorios. Nunca se hicieron oficiales los nombres de los chivatos, pero cuatro hombres desaparecieron en una embarcación deportiva, que navegó durante setenta y dos horas a la deriva. Los cadáveres de los ocupantes del barco nunca aparecieron. El cuerpo que tenían colgado en los Grises se lo comieron los cerdos de Malababa padre en menos de cuatro horas. Los Heredia no estaban seguros de haber acabado con los topos y los círculos de confianza y conocimiento se estrecharon, aunque Julio, gracias a su desparpajo, consiguió meterse dentro. Ya no se volvió a hablar más de aquella oscura escena en la antigua sala de masajes de don Avelino.

Las andanzas de Julio seguían el mismo camino que en verano, apenas acudía al instituto y se acercaban las navidades, que le reportaban mucho *cash*. Julito *el Perla* seguía batiendo récords personales: del 30 de diciembre de 1996 al 2 de enero de 1997 hizo más de dos mil entregas, puliendo medio kilo de coca y mil quinientas pastillas de éxtasis en cuatro días. Se acercaba el día de su cumpleaños, dieciocho años, mayor de edad legal y también penal. Debía ir con más cuidado a partir de entonces, nunca había tenido ningún mal rollo, pero desde el 20 de marzo en adelante cualquier tropiezo le pondría en el patio de los mayores, un lugar que tenía claro que no quería visitar.

Se apuntó a la autoescuela un mes antes de su aniversario. Para ese día ya había aprobado la teórica, y la segunda quincena de marzo ya tenía carné de conducir. El apogeo de Julio era incontenible, no cabía en sí mismo, sentía que tenía todas las libertades posibles de un hombre. Tenía dinero y la potestad de ir adonde quisiera con total holgura de movimientos. La semana después se compró un coche, un Toyota Celica rojo, muy bajo, con las ruedas muy anchas, un equipo de música potente y sesenta mil kilómetros. El verano se acercaba, Barcelona hervía de fiesta y turistas, y la primavera daba fortuna a Julio, que encontró la bomba del verano en los servicios que el Mikaelo estaba ofreciendo a la patria.

Estaba destinado desde enero en la comandancia de marina del puerto de Ibiza. Sus relaciones sociales en el ambiente tranquilo de la isla en invierno y su viciosa nariz farlopera lo habían llevado a contactar con una familia importante de Sa Penya, un complejo de callejuelas entrecruzadas en la cima del casco antiguo de la ciudad de Ibiza, desde el que se organizaba y repartía gran parte del menudeo existente en la isla.

El Mikaelo subía hasta allí prácticamente a diario. En una de esas subidas entabló conversación con Saturnino, miembro de una de las casas a las que acudía a comprar.

Saturnino, a sus cincuenta años, conocía casualmente de oídas a los Heredia de Barcelona. Una noche que el Mikaelo tenía permiso de pernocta, entre rayas, canutos y cervezas, él y Saturnino charlaron de precios y de la posibilidad de llevar mercancía hasta allí. Saturnino lo habló con sus hijos y socios y el Mikaelo habló con Julio por teléfono; únicamente dijo:

—Aquí podríamos ligar mucho, hay niñas muy guapas.

Sin entrar en más detalles. Al poco tiempo cogió un permiso de fin de semana y ambos se reunieron en Barcelona para concretar cómo hacer llegar material en grandes cantidades sin necesidad de la mano de los Heredia. Julio quería dar un bocado gordo al pastel que el Mikaelo le estaba proponiendo.

El 23 de abril de 1997, un año después de aquella reunión con Francis y su estancia en la mansión de Tossa, Julio desembarcaba en el puerto de Ibiza de un buque verde de Transmediterránea, procedente de Denia, Alicante. Acudía dispuesto a cerrar por primera vez un gran trato en solitario. Se hospedaba en el hotel Island Tryp, en la Playa de Talamanca. Llegó por la mañana, se instaló y pasó a ver al Mikaelo por la comandancia, que más que un puesto militar parecía un piso de solteros: con una dotación de siete marineros, un cabo y un comandante, carecían de competencias, los asuntos portuarios los llevaba la Guardia Civil y las funciones militares de la isla las desempeñaba un cuartel de infantería terrestre cercano al aeropuerto, con una dotación de doscientos hombres. El Mikaelo era el único que estaba allí por mera suerte en el sorteo, el resto estaba por enchufe. La única razón por la que aquella comandancia seguía en funcionamiento era por las jerarquías militares y dictámenes regidos por índices de población, que obligaban al puerto de Ibiza a disponer de una dotación de marineros de reemplazo. Allí se pasaban el día limpiando dos pequeñas embarcaciones que únicamente utilizaba la Cruz Roja del puesto de Figueretas. Limpiaban el *jeep* y el edificio, además de jugar al *ping-pong* en una mesa de líneas desgastadas y red raída que había en el salón principal, junto a unos sillones de cuero marrón y un televisor.

Al atardecer, Julio y Mikaelo subieron a Sa Penya en busca de Saturnino. Se pararon ante una caseta de puerta azul mal pintada y mal ajustada, por cuyas rendijas se escapaba la luz titubeante de la hoguera que ardía dentro. El Mikaelo golpeó la puerta con el puño.

—Saturnino —dijo.

Una sombra oscureció las rendijas y abrió. En el interior Julio pudo ver una vieja con la cabeza cubierta por un pañuelo negro arrodillada junto al fuego, en el que había un cazo de latón. El aroma que salía de aquel cuenco metálico le era familiar, era café gitano, como el que hacía doña Candela en los Grises. Saturnino salió.

—Ya estáis aquí, vamos donde mis hijos, que hay luz y donde sentarse... Ahora vengo, madre.

Cruzaron la calle y, siguiendo al hombre, se metieron en una casa de dos plantas; atravesaron el zaguán por el que entraron. Había mujeres y niños hablando, todos callaron cuando Julio y Mikaelo traspasaron la puerta. Olía a puro, un viejo fumaba sentado en una esquina recostado sobre una garrota y envuelto en el humo que echaba la faria que sostenía entre los dientes. Subieron por una escalera al piso de arriba; allí, en una salita, había cuatro hombres fumando chocolate y viendo un partido de fútbol.

—Pasad, pasad y *ponerse* cómodos. Oye, ahora que os veo bien, tu jefe es muy joven, ¿no? —preguntó Saturnino mirando a Julio.

El resto de los habitantes de aquel sofá dejaron de observar el ataque del Barça para calar el juvenil rostro de Julio, que salió del paso diciendo:

—Bueno, solo lo parezco.

Uno de los del sofá apagó la tele y los cuatro se pusieron de pie a la vez.

—Se acabó el partido, vamos al salón, que estaremos más cómodos. *Papa*, dile a la Clara que suba más cervezas.

Pasaron a otra habitación más grande, se sentaron a una mesa vieja de pino, las paredes blancas agrietadas, desconchadas y vacías de elementos decorativos. Julio sacó varias muestras de coca, éxtasis y hachís que puso en la mesa. Había estudiado bien la operación en cuanto a precios, pero no tenía ni idea de cuál podía llegar ser la demanda a cubrir por aquellos gitanos isleños. Tras unas horas de conversación, catas y explicaciones, el ambiente se fue relajando; hubo bromas, confianzas y un acuerdo.

Salió de aquella casucha con un trato favorable que le podía hacer ganar dinero, pero él no tenía barcos, ni contactos que tuvieran, salvo los de Francis, aunque eso no lo dijo. Se fue de allí con el compromiso semanal de diez mil pastillas de éxtasis y un kilo de coca. Debía moverse rápido porque, a partir de la segunda semana de mayo, los gitanos de Sa Penya querían empezar a funcionar. Tenía dos semanas escasas para empezar, y quince más para acabar.

Había que organizarse rápido. Pensaba que si se lo hacía solo aquel verano, ganaría la confianza de los Heredia y dinero para invertir, y así pasaría a jugar en las grandes ligas. Si explotaba el filón que la suerte le había puesto en Ibiza, la isla sería como un bar de Gracia y al siguiente verano la controlaría entera, y, ya junto al Francis, podrían invadir incluso Mallorca. Julito *el Perla*, sin saber cómo, de un modo innato, empezaba a pensar como un gánster, empezaba a ver el mundo como un tablero en el que poner fichas.

El grupo de Julio se quedaba pequeño ante la dimensión de aquel trato. Los cinco de la Barceloneta pensaban cruzar dos mil pastillas de éxtasis y doscientos gramos de coca cada día de miércoles a domingo, durante quince semanas consecutivas, con equipos de gente que alternaría constantemente, aprovechando el poco control de equipajes y personas que había en los *ferrys* que cruzan procedentes de Denia y Barcelona hasta la mágica isla blanca. El propio Julio, más Jordi Salvador y el Guti, rotarían acompañando y vigilando a las diferentes mulas, que viajarían hasta Ibiza a diario, donde el Mikaelo los recibiría y, en un lugar seguro, se haría la entrega, para retornar al día siguiente a Barcelona, donde cobrarían el viaje. En Barcelona se quedaba Pablo Muñoz, al mando de la operación desde La Caverna y dirigiendo los asuntos del barrio mediante nuevas incorporaciones al grupo.

Cada mula llevaba entre cincuenta y cien gramos de coca y quinientas unidades de éxtasis, ocultas en las maletas, en los zapatos, pegado al cuerpo, en los huevos, en la vagina, en el culo, en la gorra o donde fuera. Los cinco de la Barceloneta pagaban cien pesetas por cada pastilla transportada y quinientas por cada gramo desembarcado en el puerto de Ibiza. Cada mula cobraba unas cien mil pesetas por viaje y las mulas discretas podían llegar a hacer cuatro o cinco viajes al mes. Los billetes se pagaban mediante una tarjeta de crédito a nombre de una agencia que suministraba personal eventual para la animación y el socorrismo de los hoteles. Empresa que ellos mismos crearon. No disponía de local, ni de ningún tipo de sede social, se pagaba un autónomo y estaba domiciliada en la dirección de La Caverna.

El Popeye, un vagabundo del barrio, firmaba como administrador y cedía sus datos y número de DNI a cambio de dinero y bebida. A través de esta empresa fantasma se compraban los cuatro billetes diarios de ida y vuelta, que siempre iban a título de la agencia Ibizastaff, y así nunca constaban los nombres de los viajeros en el embarque. Durante el trayecto las mulas eran discretas, generalmente viajaban en camarote sin apenas salir a cubierta, para no ser demasiado visibles a los ojos de la tripulación. Pero, a veces, les resultaba inevitable sucumbir a las provocaciones de las turistas italianas, aunque casi siempre era de vuelta cuando sucedía, liberados de la tensión. Al ir de vacío, muchos complacían las necesidades de vivir una última noche de locura de las viajeras que regresaban a Barcelona después de tres días de demencia y descontrol contagiadas por el calor y el libertinaje de la fiesta pitiusa.

Julio invirtió todos sus ahorros en aquella primera entrega durante la segunda semana de mayo de 1997. Primero almacenó la entrega completa, equivalente a los primeros cinco viajes. Lo hizo con cautela y utilizó terceras personas para ello. No quería que saltara la liebre en casa de los Heredia.

El primer viaje lo realizaron ellos tres solos: Julio, el Guti y el Salva. Había que probar la ruta y decidieron correr el riesgo. Julio ya había viajado a principios de primavera y el Mikaelo lo había hecho con regularidad durante el invierno, conocían el poco control de los puertos y las embarcaciones. Embarcaron de noche. Caminaron por la plataforma cubierta que conducía a las entrañas del barco, andaban dispersos entre la gente, que avanzaba con ellos arrastrando y cargando maletas. En la pasarela, dos policías nacionales fumaban un cigarro charlando, sin observar al grueso de viajeros que se disponía a embarcar. Julio y los demás se agruparon y ocuparon las primeras plazas de acceso a la nave, alentados por la no preocupación de los policías, pasaron de uno en uno disimulando y hablando. Una señorita cogió los billetes y comprobó la lista de embarque.

—Tres pasajeros de Ibizastaff —dijo, y los devolvió añadiendo—: Que tengan buen viaje.

Las piernas les temblaban al desfilar por aquel pasillo, en el que había más miembros de la tripulación. Los tres se miraron cuando al pasar por una escotilla observaron las bodegas, donde operarios del puerto introducían los vehículos que iban a viajar en el interior del barco. Cada uno de ellos era olisqueado por un cocker de la policía. Se sintieron más relajados al abrigo de la minifalda azul de la chica que cordialmente los recibía, ofreciéndoles los recursos de un edificio flotante que se asemejaba más a un hotel que a un barco: había restaurante, bar, salón recreativo y discoteca. Tenían un camarote de dos y una plaza en la sala de butacas.

Las luces de Barcelona flotaban en el horizonte de popa y fueron visibles durante horas. A la mañana siguiente rebasaban peñascos y pequeños islotes que hacían palpable la cercana presencia de tierra, ya visible en el horizonte de proa. Entraban lentamente en la bahía de Ibiza, la megafonía del barco confirmó el hecho dando la temperatura ambiente de la ciudad en ese momento y agradeciendo la confianza depositada por los señores viajeros. La gente se empezó a agolpar en las puertas de salida del *ferry*, que transitaba poco a poco entre buques gigantes y transatlánticos ya parados junto al hormigón. Por fin los marineros atracaban y lazaban los cabos en la peana del puerto.

El andén estaba plagado de personas y ellos caminaban todavía recelosos entre aquella multitud que se iba y venía. Al final de la peana había un puesto policial cuyos inquilinos charlaban y fumaban con la misma estampa y actitud de los policías del puerto de Barcelona. Los tres chicos abandonaban tranquilamente la pasarela de cemento, cuando Julio se levantó las gafas para ver con claridad el cartel naranja de Ibizastaff, que el Mikaelo sostenía con su mano derecha levantada sobre el millar de cabezas que abarrotaban la atarazana de Ibiza. Los tres caminaron hacia él, a su espalda se levantaba, sobre los bares del puerto, el pegote de casas blancas de Sa Penya. Los cuatro se abrazaron con evidentes síntomas de satisfacción, todo había salido bien, pero había que repetirlo en setenta y cuatro ocasiones.

El Mikaelo había alquilado un Ford Fiesta azul y un apartamento en Platja d'en Bossa, uno de los meollos guiris de la isla. Allí, con todo el mogollón de ingleses y alemanes, sería fácil pasar desapercibido. Del puerto fueron directos al apartamento. En la calle ya había mucho ambiente para las tempranas fechas que eran:

—Aquí lo flipas con las tías. Están todas buenas y son unas golfas —decía el Mikaelo mientras el resto observaba embobado las cortas faldas.

Ya en el apartamento buscaron un escondite para guardar la mercancía. El Salva debía tomar un avión esa misma tarde para regresar de nuevo por la noche con el primer grupo de mulas; el Guti, al día siguiente, con el segundo; y Julio, con el tercero al cuarto día. En su segunda vez en la isla esperaría la nueva vuelta y tercera de Salva, que contando el viaje inicial completaría el total de mercancía de la primera entrega, equivalente a cinco viajes. La harían efectiva y cobrarían el primer pago, con lo que se cerraría el primer anillo del gran círculo, la primera vuelta de pedal de una cadena que les iba a llevar a la cima de su primera montaña de dinero en común.

Gastaban mucho en pasajes e intermediarios y el grupo estaba un tanto dividido, había quien pensaba que no salía tan a cuenta y que era mucho tute para tan poca recompensa, eran demasiados a repartir. Pero aquello no era nada con lo que se avecinaba, bastaron dos noches de fiesta en Ibiza para darse cuenta de la dimensión que podía alcanzar el menudeo en la isla. Se dieron cuenta de que estaban haciendo de oro a la gente de Sa Penya. La *merca* de la calidad que Julio hacía llegar hasta allí se vendía a quince mil pesetas en la calle y en las macrodiscotecas, donde a altas horas de la noche se pagaban dos mil, y hasta tres mil pesetas, por cada pastilla de éxtasis.

A mediados de junio, introdujo dos correos más para el lunes y el martes, pasando a contar con uno por día, siete días a la semana. La carga de esas mulas adicionales se postureaba y se embolsaba en el piso de Platja d'en Bossa. Se incorporaron nuevas mulas y las más veteranas pasaron a ser pastores y a hacer labores de control durante los trayectos. Julio, el Salva y el Guti pasaban más tiempo seguido en la isla. En pocas noches, controlaron los accesos y los lavabos de las cuatro grandes discotecas de Ibiza y de los clubes alternativos. Pulir gramo a gramo cada fin de semana todo el excedente de los nuevos correos fue lo que realmente les hizo ganar dinero. La droga comprada a precio de Heredia y vendida directamente, por ellos mismos, al precio de la calle, la *farlopa* y, sobre todo, con las pastillas fue con lo que se forraron. Podían llegar a ganar diez millones de pesetas limpios por semana.

El trabajo era bastante estresante, demasiados viajes en barco, un día con gorra, otro con tinte, otro con gafas, pelo corto, largo, rapado, con barba, perilla, y diferentes estilos en la vestimenta. Así saltaron una y otra vez el Mediterráneo en el verano de 1997, disfrazados ante los ojos de las tripulaciones de los diferentes barcos que cubrían el enlace con las islas. Cuando salían desde Denia iban hasta allí en tren, lo que hacía más pesado el trayecto, aunque compensaba el hecho de que la travesía marítima fuera más corta que desde Barcelona. Llegaron a conocer todos los rincones y secretos de los tres puertos. Durante las esperas para embarcar, con la sonrisa de las azafatas, las idas y venidas al lavabo y los apurados cigarros consumidos por el viento en cubierta, Julio tuvo claro que la jugada era introducirse en el personal de Transmediterránea.

Durante uno de esos viajes, en pleno mes de julio, iba sentado en la sala de butacas de un *ferry* que salía desde Denia, cuando una chica joven y atractiva se sentó a su lado. Tuvo que apartar su bolsa para que ella se pudiera sentar. Le extrañó y desconfió, los asientos iban numerados, pero nadie ponía atención, dada la cantidad de plazas libres que había, propiciada por la aburrida oferta de actividades del bar y la discoteca. Era un viaje diurno y en la sala de butacas proyectaban una película de Jean-Claude Van Damme, la chica se colocó el auricular de audio para oír la *peli*. Julio leía el último pliegue de hojas de *Un mundo para Julius*, de Bryce Echenique. Durante cinco minutos la chica demostró no estar cómoda, cambiaba de postura una y otra vez, estiraba y contraía las rodillas, cruzaba las piernas, cambiaba el peso de su torso en diferentes posiciones pareciendo no encontrar la suya, cogió los dos cables del auricular por debajo de su barbilla y los estiró, desprendiendo los botones auditivos de sus orejas.

—Vaya mierda de película, la he visto doscientas veces —dijo ella posando su vista en Julio—. Te queda poco, ¿eh? El otro día lo acababas de empezar.

—El otro día, ¿cuándo?

—El otro día, en Barcelona, ibas en cubierta, llevabas el pelo más largo, ¿puede ser?, y barba, de eso me acuerdo, de eso y del libro, estás muy cambiado pero el libro te delata. Me llamo Sandra, ¿y tú?

—Yo Julio.

—Mira, como el del libro, Julius es Julio, ¿no?

Sandra preguntaba inocentemente, amparada por su sonrisa y los bucles negros y rizados que le colgaban sobre los hombros.

Ambos se involucraron en una charla distendida y agradable.

—¿Viajas mucho, no? A Ibiza, digo.
—¿Por qué lo dices?
—Porque el día del libro no ha sido la única vez que te he visto. Te he visto más veces en el puerto de Barcelona.
—Y tú... ¿a qué te dedicas?
—Soy azafata de Transmediterránea, tengo una semana de vacaciones y voy a ver a mis padres.
—¿Viven en Ibiza?
—Sí, yo vivo en Ibiza.

Julio siguió respondiendo y haciendo preguntas a Sandra, que se explicaba como un libro abierto. Ambos lo pasaron bien y obtuvieron buenas vibraciones el uno del otro. Él se mostró sincero en las cosas banales y mintió en lo que pudiera delatar su actividad. Al llegar a Ibiza se intercambiaron teléfonos y concretaron una cita en la que ella debía enseñarle la isla desde el punto de vista nativo y oriundo, alejado de la turística imagen de pegote y postal.

Al día siguiente la llamó y quedó con ella. A pesar de llevar más de dos meses moviéndose por Ibiza, Julio no conocía más que los bares y pubs del puerto de la ciudad y de San Antonio, aparte de las discotecas que rondaba. Eso era todo lo que conocía de Ibiza, además del número doce de la calle Norte de Sa Penya.

Se citó con Sandra en uno de los cafés *fashion* de Bara de Rey, junto a un cartel gigante que proclamaba: «*Here opening very early*». Quedaron temprano, para desayunar. Julio cogió el Ford Fiesta de alquiler y se dejó guiar por Sandra, que lo condujo hasta el norte de la isla. Ambos se gustaban, se cayeron bien, aunque todo el interés de Julio en esa cita se debía a la profesión de Sandra. Pero, a pesar de eso, ella había empezado a suscitar cierta atracción en él.

Desde Santa Gertrudis siguieron cruzando la isla en diagonal hacia el suroeste, continuaron atravesando atalayas hasta volver a encontrarse con el mar en la Torre del Pirata. Subieron a pata la empinada cuesta campestre, hasta el mirador frente a los imponentes y mágicos islotes, visión idílica de la Ibiza pirata, junto a la antigua torre vigía que flanqueaba el acantilado.

—En los días claros, al amanecer, se puede ver la península —dijo ella mirando el horizonte.

Julio la rodeó con sus brazos por la cintura, la brisa levantaba el pelo de Sandra y su aroma entraba en él a través del olfato. Ella se giró sensualmente dentro del cerco que formaban los brazos de Julio y, agarrándolo de las solapas de la camisa, lo besó durante un minuto. Luego, sin decir nada, descendieron la colina cogidos de la mano; el desnivel les hizo trotar y, a la carrera, entre risas, alcanzaron el coche. El sol iba cayendo, subieron costeando de nuevo hacia el norte, no permanecían mucho rato en las playas. Se lanzaron desde la recortada roca a las quietas aguas que encontraron en Cala Bassa, donde también tomaron un helado. Acabaron acaramelados haciendo manitas y carantoñas en la playa de San Antonio ante el afamado Café del Mar, fundidos en besos como dos turistas suecos ante la megafotografiada puesta de sol sobre Conejera.

Sonaba un tema de Police; Julio se despertó con un dolor de cabeza increíble, apenas recordaba nada de lo sucedido la noche anterior. Estaba en la cama de un apartamento cuyo balcón daba al puerto de Ibiza; Sandra andaba desnuda por la casa. Julio no recordaba haberse acostado con ella, ni haber conducido desde San Antonio. Sandra notó que estaba despierto y entró en la habitación con un zumo de naranja.

—Vamos, capitán, que vas a perder el barco.

—¿Dónde estamos? ¿Qué hora es?

—Son las dos de la tarde. Estamos en el piso de mi hermana, pero tranquilo, ella no está, trabaja en la península.

—¿Y cuándo vinimos aquí?

—Después de cenar en la pizzería nos tomamos unos chupitos de absenta.

—Sí, de eso me acuerdo... ¿Y qué más?

—Nos llevamos la botella y estuvimos fumando en la playa, luego fuimos a un disco-bar en San Antonio... Horrible... Seguimos bebiendo y tú te pusiste fatal...

—¿Yo?

—Sí, tú, y luego perdiste el conocimiento, te monté en el coche y te traje hasta aquí... Me costó un mundo subirte, luego parecías algo recuperado, como que te despertaste, y...

—¿Follamos?

—No, tío —respondió Sandra con resignación.

—Estaba amaneciendo, puse música, unas copas, y pensé que íbamos a follar, pero empezaste a charlar... y a charlar, y me lo contaste todo.

—¿Todo? ¿Todo el qué...?

—Uf, pues no sabría por dónde empezar, tu vida, cuando eras pequeño... Que tu padre se fue... El cole, tus amigos, el fútbol... Tu madre y tu abuela... Los gitanos del barrio, ese tan chungo, que anda que... El barrio es para verlo, según contabas.

—¿Y qué más te dije? —preguntó él intrigado.

—Los relojes que coleccionas, lo que te has gastado en ropa en un año... De una tal Montse que te robó el corazón, pero que tú fuiste un hijo puta y le pusiste mil cuernos...

—¿Y qué más?

—Lo de tu colega, el que hace la mili aquí... y lo de los viajes.

—¿Qué viajes?

—No pasa nada, no se lo voy a decir a nadie.

—Pero vamos a ver, ¿qué es exactamente lo que te conté?

—Julio, deja de hacer el papel, no pasa nada, lo voy a hacer, mi respuesta es sí.

—¿Qué es lo que vas a hacer?

—Transportar droga para ti en el barco, cobrando claro... Cuando me lo propusiste dudé, pero después de pensarlo, sí que es verdad que nunca me han registrado... Estuve a punto de dormirme con el rollo de los gitanos y el Vicente ese, que no te traga... Y su hermano, que tiene una mala sangre que no veas... Pero luego empezaste a hablar del Mikaelo, la mili y los viajes y a mí se me abrían cada vez más los ojos, fue como si empezara una película... Al principio pensaba que te lo estabas inventando, pero luego empecé a atar cabos, por eso te solía ver en el barco, y por eso la barba, las gorras, las gafas... Joder, si estaba cantado...

Julio tenía la sensación de haberla cagado al ver a Sandra canturrear con sus propias palabras, contando su vida al dedillo como si la hubiera anotado. Al fin y al cabo estaba dispuesta a colaborar, que era lo que él quería, pero se lo había contado todo. Julio estaba decepcionado consigo mismo, se bebió el zumo, se vistió y se marchó diciendo:

—Mañana te llamo. —Tuvo que volver a llamar al timbre después de cerrar, Sandra abrió y él preguntó—: ¿Dónde has aparcado?

Sandra entendió el mosqueo de Julio, así que no le dio importancia al desplante. Otra de las cosas que le confesó fue que se sentía verdaderamente atraído por ella. Sandra se sentó a esperar la llamada y el dinero fácil. Él no puso en alerta a la banda de su flagrante patinazo, con el que había puesto al descubierto todas sus líneas. Un fallo así en un negocio con los Heredia y acabaría colgado del techo de la antigua sala de masajes de don Avelino.

Todo siguió según lo previsto en los días posteriores mientras Sandra apuraba sus vacaciones. Tras ser instruida y advertida, se incorporó a la nómina del grupo. A partir de entonces, los cuatro miembros que estaban en Ibiza de *los cinco de la Barceloneta* empezaron a vivir la verdadera *Ibiza experience*. Sandra hacía dos portes semanales con los que colocaba en la isla quince mil pastillas de éxtasis y dos kilos de cocaína cada semana. Cubría la entrega de Sa Penya y todo el excedente se vendía en dosis. Aliviados del estrés de los viajes empezaron a disfrutar de la calidad de vida de la roca y la hospitalidad balear ante las carteras llenas. Sandra cobraba quinientas mil por viaje y no había que pagarle el billete, ni mantener la costosa empresa ficticia. Redujeron notablemente el gasto en intermediarios y ganaron cantidades infames de dinero con la incorporación de las líneas que abastecieron el menudeo al segundo mes, y el fichaje de Sandra en el tercero, que aumentó las cantidades destinadas a dicho menudeo y recortó los gastos de transporte un cincuenta por ciento.

El verano se cerró con un balance positivo de ciento cuarenta millones repartidos entre cinco. Pablo Muñoz no había pisado la isla en todo el verano, pero su labor logística y de coordinación de mulas y entregas había sido fundamental para que todo saliera a pedir de boca, no habían tenido ni un solo percance con la policía. Y, celebrándolo, despidieron el verano con una cena a mediados de septiembre. *Los cinco* en Cala Jondal, por fin Pablo veía con sus propios ojos la mágica isla que lo había hecho millonario.

Durante dos fines de semana consecutivos, en el mes de agosto, Julio había dejado sin material al Francis. Se había excusado diciendo que eran demandas de traficantes de pequeñas ciudades, y habían salido a precio de grandes portes, pero el Francis se olía algo. Él había ganado suficiente con eso, pero era la autonomía de Julio lo que le intrigaba. A su regreso a Barcelona Julio lo confesó todo, Juan se sintió orgulloso de él, pero el Francis se enfadó y le recriminó el no haber compartido beneficios, y sí haberlo hecho con sus amigos. Julio intentó aplacar la furia del Francis.

—Pero no te pongas así, joder, te lo estoy ofreciendo ahora, para el verano que viene, imagínate que hubiera salido mal y nos trincan a todos, ahora ya sabemos cómo hacerlo y el año que viene lo haremos para ti, pero a lo grande.

El Francis templó su humor ante las concesiones de cara al año siguiente, pero le ardía dentro el saber que Julio no iba a rentar ni un duro en ese invierno. Se lo iba a pegar a la bartola a expensas de los más de veintiocho millones que había ganado en Ibiza a sus espaldas. Eso era lo que repateaba el tuétano de Francisco Heredia, saber que Julio no iba a perder el culo vendiendo bolsitas como hasta entonces.

En cierto modo el Francis tenía razón, bajo su mandato habrían ganado más dinero, sobre todo él, que hubiera hincado el diente a toda la venta callejera con su correspondiente porcentaje, pero a Julio le había salido redondo; más o menos habría ganado lo mismo con el Francis que lo que había ganado repartiendo con sus colegas. Un verano a piñón en Ibiza había sido como tres años en Barcelona. Pensaba gozar de su gran fortuna, por muy pequeña que les pudiera parecer a los Heredia.

Lo siguiente que hizo al retornar a casa fue regalar quince días de vacaciones en un viaje al Cairo, para su madre y su abuela. Durante esos días contrató a una empresa de reformas que pintó el piso de su abuela, cambió las puertas, instaló parqué en el pasillo, salón y habitaciones; compró muebles y electrodomésticos nuevos, cambió el baño y la cocina, conservó recuerdos y objetos especiales y de gran valor sentimental, que su madre y su abuela guardaban. Supo fusionar el diseño y la tendencia del nuevo mobiliario con el toque sutil de melancolía de los elementos antiguos que había en esa casa desde antes de que él naciera. Mariana y Dolores quizás no se encontraban a gusto con aquella situación, no se podían desprender de la sensación de estafarse a sí mismas, ya que aquel no era el porvenir que ninguna de las dos esperaba para él. Pero, resignadas, tardaron poco en asimilarlo y empezaron a disfrutar de los regalos que Julio les hacía, que era condición indispensable para disfrutar de su simpatía y compañía.

Siguió manteniendo sus contactos más fuertes en la calle, camellos con mucha clientela que mantuvieran medianamente su volumen de ingresos. Dejó perder a los camellitos y el trapicheo de los que trafican para pagar vicios. Esas bajas en la cartera de sus clientes las recogía el Mikaelo. Después de lo de Ibiza *los cinco de la Barceloneta* pactaron volver a formar sociedad el verano siguiente. Durante aquel invierno descansarían de sus actividades como banda organizada. Acordaron el reparto de los clientes de un modo ecuánime y consensuado, y cada uno se responsabilizaría en el grado de implicación que creyera necesario como proveedor, sin ningún tipo de obligación para con el resto de la banda, ni en la seriedad, ni en la disponibilidad, ni en lo económico.

El Guti tenía claro que no quería pulir ni una micra hasta que llegara el verano, así que planeó un viaje en solitario de seis meses recorriendo el continente americano. Pablo Muñoz se quedaba con la venta en el barrio, a pie de banco en la Plaça de La Font y los bares del Puerto Olímpico, incluido el Parras. El Salva se conformó con las entregas de un grupo de raperos de Terrassa, que acudía a recoger mensualmente un único y rentable paquete. Julio era el que tenía mayor compromiso con los Heredia, que desconocían aquel reparto de territorio. Julio se veía en el atolladero de tener que mantener a los camellos de las discotecas del centro, así como abastecer a los de la Plaça del Sol, y del resto de bares y clubes de Gracia y Sagrada Familia. El Mikaelo se quedó con todo el menudeo en las discotecas de la periferia y las afueras de Barcelona; tenía problemas de adicción, que aumentaron a su regreso de Ibiza, y andaba todo el día liado con otros adictos, con los que gastaba dinero incontroladamente. Cayó en una espiral en la que todos los días eran de fiesta.

La Nochevieja de 1997 Julio cenó en casa de su abuela, hecho excepcional que no sucedía desde 1991. Habían recibido la visita de la tía Cecilia, hija de Mariana y hermana pequeña de Dolores. Cecilia vivía en Canarias desde que acabó la carrera de turismo. Julio había convivido algún año de su niñez con ella, pero de aquello hacía mucho tiempo. Cecilia se había ido muy joven de casa, primero temporalmente para estudiar y posteriormente para trabajar. La falta de roce hacía que la relación entre ellos fuera fría, ya que Cecilia no solía visitarlos a menudo y escasamente mantenía un par de conversaciones telefónicas al año con Mariana. Cecilia viajó con su marido Ángel y sus dos hijos, Mónica y Adrián, de siete y nueve años. Los dos mocosos jugaban tirados en el sofá a la serpiente y al buscaminas en el nuevo Nokia de Julio. La telefonía móvil había entrado en su vida gracias al fabuloso invento de las tarjetas prepago, que ofrecían la posibilidad de tener una línea telefónica sin necesidad de identificarse y sin ningún tipo de ligadura contractual.

—El piso ha quedado de fábula, lástima que no sea nuestro. ¿Trujillo qué dice? —le comentó Cecilia a Dolores.

—Trujillo no dice nada, el hijo es mucho más perro que el padre, ni siquiera sabe lo de la reforma. Esto lo ha pagado mamá con sus ahorros, él hace años que no pasa por aquí. En el banco paga religiosamente el alquiler y si no, Trujillo mandaría un secretario a intimidar. Encima tiene mano en el ayuntamiento, y si fallas tres cuotas seguidas, estás en la calle... El del primero le ofreció veinte millones y no vendió, el cabrón está esperando a que vengan los americanos que en la playa compran los edificios enteros, echan a los inquilinos, tiran el bloque y hacen pisos nuevos; ellos se llevan las pelas y además les dan un piso y un bajo. Los Trujillo son unos rateros de mierda... Mamá anduvo detrás de él un montón de tiempo para que arreglara las humedades, pero ni puto caso, están esperando a que se mueran mamá y Quimet, el del segundo. Cuando eso pase, y Dios quiera que sea dentro de mucho, a la puta calle, porque al resto los tiene con contratos cortos, que nunca renueva. Por lo que se ve ya no somos dignos de este barrio, fíjate si ha cambiado, ahora es para ricos, y claro, cuando mamá no esté, hará reformas y meterá a otros a los que les cobrará veinte veces más.

Julio escuchaba la conversación que su madre y su tía mantenían sentadas a la mesa, mientras Mariana servía la sopa de pescado y llamaba a los pequeños a cenar. Durante la cena, entre plato y plato, siguieron charlando. Ángel, el marido de Cecilia, hablaba con Julio de coches y trabajo, cortésmente lo trataba de hombre a hombre, respetando su figura como varón de la casa. Julio notó el trato cálido de su tío político, se sintió a gusto y después del café y unas copas osó hacerse un canuto en la mesa que compartió con Ángel, quien fumó unas caladas del primero y se atrevió a hacerse el segundo. Ambos tuvieron que oír las réplicas de Mariana.

Entre risas, whisky añejo, chupitos de orujo y huevo moruno, aguardaban la retransmisión de las campanadas en la televisión.

El 3 de enero, Cecilia, Ángel y los niños regresaron a Las Palmas. Julio los acercó hasta el aeropuerto y, viendo despegar el Boeing de Iberia desde la gran cristalera que miraba a las pistas del Prat, sintió de nuevo en su corazón las palabras que Cecilia había susurrado a Dolores la noche de las campanadas. Había confesado en secreto, sin saber que el chico escuchaba, que Trujillo padre, en más de una ocasión, le había practicado tocamientos al coincidir en el portal. Cecilia dijo que incluso la había llegado a esperar a que volviera del instituto. Julio puso su empeño en vengar los abusos que aquel ratero, rufián y usurero había propinado a su tía. Así que dedicó quince días al seguimiento del hijo de Trujillo, y en esas dos semanas se puso al día de todos sus vicios y obligaciones.

Trujillo tenía sus oficinas en la calle Roger de Flor, entre la Ciutadella y el Fort Pius. Allí dirigía la inmobiliaria y la gestoría. En esa oficina trabajaban siete personas, dos mujeres y cinco hombres. Trujillo hijo acudía cada mañana a las nueve después de dejar a sus hijas en el colegio, permanecía en su despacho atendiendo visitas y organizando pagos hasta mediodía. Cada día a la una, salía acompañado de una de las mujeres de su oficina, casualmente la más joven y guapa, que se llamaba Olga. Juntos cogían un taxi e iban a comer a buenos restaurantes; no se demoraban mucho, hora u hora y media. Después cogían otro taxi hasta Horta, donde Trujillo tenía un apartamento en un bloque de lujo.

Olga era una rubia de bote, alta, con las tetas operadas, seguramente pagadas por Trujillo. Lo que Olga no sabía es que no era la única que se la chupaba a Trujillo en aquel apartamento. En quince días Julio pudo ver a dos mujeres más acompañarlo hasta allí. También pudo deducir sus hábitos drogodependientes. Cuando una tarde de viernes, durante un seguimiento, el coche de Trujillo se paró frente a unos bloques marrones, en la Diagonal con Pere IV, el conductor de Trujillo se apeó y entró en los bloques para salir a los cinco minutos y retomar la marcha. Allí pulía Evaristo, camello abastecido por Julio, quien confirmó que el chofer de Trujillo acudía cada viernes a por dos gramos de la mejor *perica* que allí vendían.

Ese mismo viernes Julio siguió a Trujillo hasta Il Angelo, un burdel de lujo en Sarrià. Julio entró detrás de Trujillo, que no lo conocía. Una vez dentro, se sentó junto a él en la barra. Trujillo daba evidentes síntomas de ir drogado; pidió un gin-tonic. Se notaba que era un habitual, porque todas las fulanas lo saludaron y, antes de que le sirvieran, ya tenía a una morenaza hurgándole la bragueta. Julio sacó un paquete de Marlboro y, pidiéndole fuego, agitó la cajetilla de tabaco, de la que asomaron dos pitillos sobre la hilera alineada de filtros del paquete recién abierto. Trujillo atendió el gesto, aceptó la invitación de Julio y le dio fuego.

—¿Viene usted mucho por aquí?

—Siempre que puedo, hijo... Tengo cuarenta y dos años, y he vivido toda mi vida en Barcelona, voy de putas desde que mi padre me llevó al barrio Chino cuando cumplí catorce años, desde entonces no he dejado ir. Este club funciona hace ocho, y yo no he vuelto a pisar otro, no soy capaz de serle fiel a mi mujer, ni a mis amantes, pero sí a este harén de ángeles... Aunque dicen que en Tossa de Mar hay un chalé, que es lo más.

Julio y Trujillo estuvieron charlando como una hora, diferentes chicas iban y venían estirando de ambos. Entró un tipo moreno de pelo lacio ligeramente largo, por debajo de las orejas, de unos treinta y tantos, vestido con tejanos, camiseta blanca y una chupa de cuero negro con corte de americana y una ristra de flecos por la espalda de manga a manga. Sus camperas negras avanzaban poco a poco, deteniéndose y saludando a los diferentes grupos de tíos que había sentados en las mesas; cuando llegó hasta Trujillo le dio una palmada en la espalda.

—¿Cómo vamos, José Luis? —Y mirando a Julio a los ojos dijo—: ¿Y tú eres?

—Julio —respondió el chico extendiendo la mano, que fue estrechada y fuertemente apretada por aquel hombre moreno de facciones duras y marcadas, ojos achinados y pestilente aliento impregnado de ginebra. Una cicatriz le descendía por el lateral de la cara desde el ojo izquierdo hasta la mandíbula.

—¿Julio qué más? Los hombres cuando se presentan tienen nombre y apellido, chaval.

—Julio Perla —dijo el chico un tanto afligido e impresionado, mientras estiraba de su mano intentando zafarse del apretón.

—Yo soy el Chino.

—¿Chino qué más? —preguntó el muchacho.

—El Chino, y punto.

El Chino pidió ginebra, sola, sin hielo.

—Deja aquí la botella —le dijo al camarero después de apurar de un trago el chupito que le habían servido.

—No deberías haberle dicho tu nombre, el hijo puta es policía —dijo entre risas Trujillo.

El Chino también se reía, como se reían la maraña de putas que los rodeaba. Se rió hasta el camarero, Julio fue el único que no lo hizo. Aquellas palabras retronaron en su interior, aunque pasados unos segundos Julio asimiló que no tenía demasiada importancia. Su nombre y apellidos figuraban en su DNI, pero dependía de la intensidad de la relación entre José Luis Trujillo y aquel policía, aquella amistad podría interponerse en la intentona de joder al usurero de su abuela. Pero por mucho poli que aquel Chino fuera, Julio no pensaba deponer su plan. Abandonó el local después de que Trujillo y su amigo subieran a las habitaciones con dos putas cada uno.

El 22 de enero de 1998, a las diez de la mañana, Julio entró en las oficinas de los Trujillo, en Roger de Flor. Llevaba una mochila pequeña en la espalda, empujó la puerta de entrada, que ilícitamente (según normativa municipal) abría hacia dentro, pasó una recepción en la que había una mujer mayor, a la que Julio ignoró, y siguió andando entre mesas de oficina ante las miradas atónitas de los empleados. Caminó firme y tranquilamente hasta el final de la sala iluminada por fluorescentes, allí, antecediendo a una puerta en la que se podía leer «Dirección», había una mesa en la que estaba sentada Olga. Se detuvo ante ella y sin quitarse las gafas de sol dijo:

—Vengo a ver a Trujillo.

—¿Tiene usted cita? —preguntó la chica.

—No.

—Pues me temo que no va a ser posible que el señor Trujillo lo reciba hoy, si lo desea, puedo consultar su agenda y concertarle una entrevista para los próximos días. ¿Usted es?

—Yo soy el rey del mambo, hija de puta, y ahora mueve el culo como si estuvieras en el pisito de Horta, dile a tu querido que quiero verlo ya... ¡Espabila, zorra!

Olga se levantó de un salto, como si la hubieran pinchado en el culo, con la boca abierta, las tetas puntiagudas y los ojos de par en par. Se giró, llamó y entró en el despacho de Trujillo; no le dio tiempo de cerrar la puerta, Julio la cogió por el pomo y entró detrás de ella.

—José Luis, este chico quiere hablar contigo.

—No tengo tiempo, tengo una reunión a y media y estoy esperando una llamada muy importante.

—Creo que deberías atenderlo —insistió Olga, haciendo reiterados gestos subiendo y bajando la cabeza en señal de asunción.

Sonó el teléfono, Trujillo lo cogió.

—Hombre, buenos días tenga, estaba esperando su llamada —dijo hablándole al aparato.

—José Luis, me ha hablado del piso de Horta y me ha llamado zorra —remarcó Olga en voz baja, pero en un tono contundente. Trujillo levantó la vista en busca de los ojos de Julio, que permanecían ocultos detrás de las Rayban. Sin dejar de mirarlo se disculpó y colgó el teléfono.

—Está bien, Olga, déjanos solos.

La mujer abandonó la habitación en silencio.

—¿Nos conocemos? —preguntó Trujillo.

—Yo a usted sí... He venido a comprarle un piso.

—De la compraventa se encarga Eduard, uno de los chicos que hay fuera; pero haciendo una excepción lo atenderé encantado. ¿Señor...?

—Perla —dijo el chico levantándose las gafas y sentándose en una de las dos sillas que había al otro lado de la mesa en la que Trujillo permanecía sentado.

El tipo sabía que había visto a Julio no hacía mucho en alguna parte, pero no era capaz de adivinar cuándo, ni dónde.

—¿Y de qué propiedad se trata?

—Passeig Nacional, número cuarenta y seis, primero B, la Barceloneta, Barcelona.

—Mucho me temo que esos pisos no están en venta; además, si no me equivoco, hay inquilinos con renta antigua en esa finca, si lo comprara no los podría echar, ni incrementarles el alquiler; aunque disponemos de viviendas de similares características en otras zonas de Barcelona. ¿Puedo preguntar a qué se debe el interés por ese piso en concreto?

—Soy el nieto de Mariana Creus, la viuda de Alejandro Díaz Corbacho.

—Ah, ellos viven allí... Bueno, Corbacho ya no, desgraciadamente.

—Me he gastado dos millones de pesetas en reformar el piso, ya que usted no atendió ninguna de las peticiones de mejora que le hicimos.

—Eso tendrían que haberlo hablado conmigo, no deberían haber hecho ninguna obra ni reparación sin mi consentimiento, y, de todos modos, permítame que dude de que el arreglo de las necesidades de esa vivienda pudieran alcanzar un coste tan elevado.

Mientras Trujillo hablaba Julio abrió la mochila y empezó a sacar fajos de dinero, ocho montones de un millón cada uno, y los alineó encima de la mesa. Julio permanecía serio y Trujillo quiso destensar el ambiente con una sonrisa.

—Pensaba que no ibas a parar nunca —dijo al ver que Julio ya no sacaba más billetes—. ¿Qué es eso? —preguntó.

—Ocho millones, más dos que me he gastado, mi primera y única oferta.

—Mira, niñato, no eres el primer hijo de puta que pretende chantajearme, ocho millones... No te lo vendería ni por cuarenta, recoge tus cromos y lárgate de aquí, antes de que te pise como la cucaracha que eres.

Julio recogió la pasta y la devolvió a la mochila, contaba con que Trujillo no aceptara a la primera. Aquello solo era la primera presión cerca del área, era normal que Trujillo quisiera jugar el balón. Julio se levantó, se colgó la mochila y se bajó las gafas, Trujillo se quedó sentado, ambos se miraban fijamente con desprecio.

—Piénsatelo, maricón, ocho kilos, ni uno más... Nos volveremos a ver.

—¿Me estás amenazando, hijo de puta? —Julio se marchó con el eco de los gritos de Trujillo, que siguió chillando desde la puerta de su despacho hasta que el Perla abandonó la oficina.

En los días posteriores a ese encuentro, Julio se dedicó a intensificar su ataque sobre Trujillo. Practicaba el mismo seguimiento, pero se dejaba ver, llamaba la atención para que él advirtiera su presencia. Seguía a Trujillo desde primera hora de la mañana cuando salía de su lujoso ático en La Rambla. Iba detrás de él como si fuera el cobrador del frac, se podían encontrar hasta cuatro o cinco veces al día. En el colegio de las niñas, en la puerta de la oficina, tomando café con algún cliente, en Horta con cualquiera de sus amantes, o a la puerta de su casa regresando de pasear los fines de semana con sus hijas y su mujer. En presencia de ellas y en el colegio, Julio solía ser más cauto y comedido en sus comentarios e insinuaciones.

—Buenos días, señor Trujillo, a ver si cerramos ese trato que tenemos pendiente —decía guiñándole un ojo, tensando y apretando el rostro de Trujillo, al que la constante presencia del Perla le empezaba a abrir una úlcera estomacal.

Julio marcaba el ritmo del partido, hacía un *pressing* constante en la vida de Trujillo que, como era de esperar, decidió jugar al contraataque. El único sitio donde Trujillo podía estar sin que él apareciera era en Il Angelo. Julio no había vuelto allí repelido por la presencia del Chino, aunque sabía que tarde o temprano se las iba a tener que ver con aquel pendenciero peleón con aspecto de matarife y cara cortada.

La semana de carnaval de 1998 Julio la pasó en Cerler, Huesca. Acudió con el Salva y Pablo a visitar a Gabriel, un chico del barrio que hacía la temporada de nieve trabajando en uno de los bares cercanos a la estación de esquí. Con ellos iban dos chicas, una de ellas era Noelia, el último ligue de Julio. Llevaban un mes de relación, pero sin mucha formalidad, solo eran buenos amigos. Él se seguía viendo de vez en cuando con Sandra, la azafata de Transmediterránea, pero esporádicamente. Por su parte solo era sexo y por el lado de Sandra era soplar las brasas, manteniendo el fuego esperando el verano. Juntos lo pasaban bien pero, de no ser por la relación comercial que les unía, habrían prescindido el uno del otro al segundo polvo.

Con Noelia era diferente, a Julio le gustaba en todos los aspectos, pero después de Montse no se había vuelto a entregar en cuerpo y alma a ninguna chica. Aprovecharon la visita para dejarle un paquete a Gabriel, que normalmente se subía algún tema, para buscarse un poco la vida más allá del sueldo de camarero. Julio enseñó a esquiar a Noelia; al segundo día ya descendían pistas negras. Tenían un apartamento alquilado, en el que después de esquiar se pegaban tremendas fumadas con Gabriel y sus amigos. También rondaban la escasa actividad nocturna de Benasque.

Cuando Julio regresó a Barcelona, su abuela Mariana, preocupada, le explicó que un hombre, policía, con una cicatriz en la cara había estado pasando durante dos días seguidos por casa, y había hablado de las coacciones a las que el chico estaba sometiendo a Trujillo, que había soltado a su perro de presa. Mariana dijo que el hombre fue amable y que lo invitaba a reunirse con Trujillo de nuevo para llegar a un acuerdo. El Chino había sido amable con Mariana, pero no lo fue en absoluto con Julio el día que lo encontró tomando unas copas en el Savanah.

El Chino ya iba borracho cuando entró en la discoteca, se apalancó en la barra y bebió dos lingotazos de ginebra en dos minutos. Tras el tercero se levantó del taburete y caminó hasta la pista, donde danzaba con los brazos levantados detrás del culo de las turistas, que bailaban desfogadas y no tardaban en rehuir de él. Las españolas ni se le acercaban, rezumaba alcohol. Asqueado de que todas las mujeres a las que se acercaba dejaran de bailar, se volvió a la barra y pidió otro chupito; la camarera le recriminó que no le había pagado los tres que había consumido anteriormente. El Chino sacó la cartera y enseñó la placa de la Policía Nacional.

—Estoy en misión oficial, guapa, así que no me jodas y deja ahí la botella.

Se sirvió otro trago, la camarera desistió en su empeño y advirtió al encargado de lo sucedido, que optó por no hacer nada y controlar el comportamiento del Chino, que seguía bebiendo. Julio y el Chino se encontraban a unos diez metros de distancia, había unas veinte personas entre ellos, y ninguno de los dos se había percatado de la presencia del otro.

El Chino observaba el estupendo trasero de Noelia, que oscilaba al compás del tecno eléctrico que se pinchaba en el Savanah. El Chino tenía la mirada perdida en aquel fabuloso y duro pandero, levantó lentamente la vista recorriendo toda la espalda de Noelia, movía la cabeza esquivando el entramado de cuerpos que le interfería tan prometedora visión. Noelia seguía bailando cuando una inoportuna boca interrumpió su fascinante sonrisa besándola, beso que ella devolvió con fervor y multiplicado. El Chino se frotó los ojos para ver con mayor claridad el rostro del afortunado furtivo, embaucador de serpientes que había seducido aquellos finos y perfilados labios. Vio la cara de Julio y sintió que conocía a aquel jovenzuelo descarado. El cero por ciento sobrio de su cerebro trató de recordar aquella cara, aquel flequillo, y una voz emitida poco más de un mes atrás en Il Angelo sonó dentro de su cabeza.

«Julio Perla», decía aquella voz, que el cien por cien de las neuronas ebrias del Chino atribuyeron a aquella faz de niño bueno. «Julio Perla Díaz, Passeig Nacional, 46, 1.º B». Julio fue al lavabo. Estaba orinando aparentemente solo en los meaderos de pie, pero sintió que compartía el espacio con alguien. Buscó en el espejo del baño a la persona que sentía tener detrás, pero no veía a nadie. Ya había acabado de mear, aún no se había abrochado, cuando oyó unos pies arrastrándose detrás de él. Volvió a buscar en el espejo y giró más el cuello, tratando de ver qué o quién estaba en su descuidada retaguardia, cuando un fuerte manotazo le estalló en la espalda incrustándole en el urinario con los pantalones a medio subir. Un tío entró casualmente en el lavabo.

—¡Fuera de aquí! —gritó el Chino. Julio se reincorporaba cuando otro manotazo a palma abierta lo volvía a tumbar en la losa amarillenta de meadas—. Muy bien, Julio Perla, nos volvemos a ver.

Julio se puso de pie, se abrochó y se colocó mínimamente bien el jersey.

—Se te ha pegado la tapicería al bajarte del coche —dijo sonriendo y haciendo clara alusión a la patética chaqueta vaquera de flecos, que el Chino no se quitaba ni para cagar. Aquella insolencia le costó un puñetazo en la boca y retornar al interior del meadero. De nuevo se volvió a levantar—. Está bien, ya vale. ¿Qué quieres? —dijo Julio doliéndose de su labio partido.

—Ya sabes lo que quiero... Que dejes de tocarle los huevos a Trujillo, si lo haces te pagará lo que te ha costado la reforma... Pero el piso no está en venta.

—Yo no quiero que me pague nada, quiero que me venda el piso.

—Chaval, no lo has entendido, el piso no está en venta... ¿Y de dónde habéis sacado tanta pasta? Porque sé que la única que trabaja es tu mamá. Tanto tú, como el chocho arrugado de tu abuela no dais un palo al agua, te tengo controlado, Julio Perla... Dime una cosa: ¿cómo un mierda como tú se ha ligado a una tía tan buena como esa?

—¿Como cuál?

—No te hagas el sueco, gañán, que no le voy a hacer nada... La de ahí fuera.

—No lo sé, supongo que le gusto.

—Le vas a gustar tú... Vacía los bolsillos... Sí, tú... ¿Ves a alguien más?

Julio posó las llaves, el móvil, el tabaco, el mechero y la cartera en el lavamanos. No paraba de abrirse la puerta, el Chino expulsaba a la gente que pretendía entrar a hacer sus necesidades, unos a mear, otros a cagar, y la mayoría a amorrarse a los grifos para saciar su incontrolada sed. Otros iban a follar o a drogarse, pero aquella noche el lavabo del Savanah no era un reservado de lujuria, aquella noche era la oficina del Chino. Cuando hubo un apelotonamiento importante en el pasillo de acceso al baño, acudió el encargado.

—¿Qué ocurre aquí? —irrumpió un tipo pequeño con la cabeza rapada, escoltado por dos cachas de gimnasio.

El Chino mostró la placa y dijo que estaba en un ejercicio de identificación y contraste de declaraciones, que los dejaran a solas y que procuraran que no entrara más gente. El encargado obedeció y colocó a un machaca en la puerta para impedir la entrada a los lavabos.

—Joder, Julio Perla, mira la que has liado.

—Yo no he liado nada.

—Que te calles, date la vuelta y levanta los brazos.

El Chino le propinó una patada en el culo con la planta del pie, lo empotró contra el azulejo naranja, con la palma de la mano le empujó la cabeza pegando su cara a la fría cerámica, lo cacheó, y del bolsillo trasero del tejano le sacó una bolsita de coca, del otro bolsillo trasero extrajo doce mil pesetas, y del bolsillo monedero le sacó un huevo de hachís. Por suerte, habían quedado atrás los tiempos en los que cada noche iba cargado de material y dinero.

—Te dije que sacaras todo lo que llevaras en los bolsillos, no tenías que guardarte nada, ¿no querías compartir conmigo, eh?... Eso no está bien... Todos tenemos vicios, pero hay que compartir. Para que te sirva de escarmiento me lo voy a quedar todo, y esto por hacerme perder el tiempo —dijo el Chino, guardándose las doce mil pesetas.

Hurgó la cartera, sacó cuatrocientas treinta pesetas en monedas de cinco, veinticinco y cien, y junto con las llaves del coche las tiró al retrete y tiró de la cadena.

—¡Hijo de puta! —gritó Julio al ver cómo arrojaba las llaves del Toyota a la taza del váter.

El Chino le volvió a pegar contundentemente en la cara, esta vez con el puño cerrado. Julio se golpeó con dureza la espalda y la cabeza contra la pared y se escurrió hasta quedar sentado.

—Deja en paz a Trujillo. Si quieres los dos millones de la reforma, acude el viernes a Il Angelo y te los dará. Hazme caso, chaval, es un buen trato... Si no, nos veremos a menudo.

Fue lo último que dijo el Chino antes de abandonar el

lavabo. Julio fue expulsado del local; regresó a casa en metro, estaba dolorido. Pasó un día entero encerrado sin salir de La Caverna. Al segundo día cogió la copia de las llaves del coche, lo recogió y, dubitativo, condujo hasta los Grises.

Explicó lo sucedido a Juan, que se quitó de en medio al oír el nombre del Chino. Lo emplazó a hablarlo con el Francis.

—Ese tío es peligroso, mira cómo te ha dejado la cara... Mi consejo es que cojas la pasta y lo dejes estar, al menos de momento. Lo de Ibiza está al caer, y no sería bueno tener al Chino en frente, así que tú verás. Si decides coger la pasta no vayas solo, puede ser una trampa, no te fíes ni un pelo del Chino... Yo en tu lugar desaparecería un tiempo. Vete de vacaciones, escápate unos días hasta que empiece el jaleo. El Mikaelo se ocupará de la calle, le pondré alguien encima, últimamente está funcionando bien... Déjalo correr un tiempo, tu abuela no se va a morir mañana, ya comprarás esa casa, tarde o temprano, por más o por menos, si la quieres la tendrás. Hay que esperar a que la situación dé la vuelta.

Julio siguió los consejos del Francis y organizó una excursión con el Salva y Pablo para cruzar el Atlántico y encontrarse en una paradisíaca playa caribeña con el Guti, con el que habían mantenido contacto telefónico con regularidad. El Mikaelo asumía, bajo la responsabilidad del Francis, todo el manejo en la calle. Era el más necesitado, sus ahorros estivales caían en picado y necesitaba mantener un nivel de ventas como el de otros inviernos. El Francis y Juan sabían que el Mikaelo era un inútil, pero soportaba los ingresos a buen ritmo, y ante el pasotismo del resto del grupo, el Francis decidió atarlo en corto. El Mikaelo pasaba a ser el enlace más directo de los Heredia en la Barceloneta.

Julio no acudió aquel viernes a Il Angelo. Ya compraría aquel piso, lo haría tarde o temprano. El viernes 27 de marzo de 1998, Jordi Salvador, Pablo Muñoz y Julio Perla estaban tirados a los pies de una palmera ante el atardecer, en una pequeña bahía natural, sin edificaciones, en una playa de arena blanca con pequeñas agrupaciones de cocoteros y precedida por unas lomas de arbusto verde, detrás de las que se levantaba una colina de selva frondosa, en la que había repartidas y semiocultas, entre la vegetación, algunas barracas de madera con techo de chapa. Controlaban todos los flancos: a la izquierda, a las once, dos negras meneaban sus voluptuosas y apretadas carnes jugando a palas, dentro de unos minúsculos bikinis. A la derecha, a las dos, tres turistas francesas, blancas como la leche, tomaban en *topless* los últimos rayos de sol que ofrecía la tarde. No había nadie más en la playa. Estaban en el tramo costero entre Savanna-La-Mar y Mandeville, a unos cincuenta kilómetros de Kingston, Jamaica, a donde habían llegado esa misma mañana en un vuelo de British Air procedente de Londres.

En Kingston cogieron un taxi, se hacían entender en correcto inglés, pero les era imposible interpretar el balbuceo que los nativos emitían con la boca semicerrada. Parecía que estuvieran comiendo; también era inglés, pero inglés jamaicano, y difería mucho, sobre todo en cuanto a pronunciación, del inglés londinense que se estudia en los institutos catalanes. Por suerte para ellos, llevaban anotada la indicación del Guti: «Al atardecer en Butter Bread Bay», así que enseñaron el folio con la localización escrita, el taxista lo leyó, y dijo hablando con deje, como con cantinela:

—*To Badeh Bet Bey, come on.* —E hizo un gesto de «vamos» con la mano.

En la radio sonaba «Three Little Birds»: «*Don't worry about a think...*». El taxi avanzaba por una carretera desgastada entre campos rodeados de pequeñas colinas, a los pies de las cuales mujeres, niños y chavales iban andando o en bicicleta por las cunetas. Todos parecían extremadamente tranquilos, parecían estar perpetuamente descansando, y la ropa parecía quedarles tremendamente grande a la mayoría de hombres y niños. Pero las mujeres... Ay, las mujeres. Las mujeres eran todas preciosas, detrás de sus ojos grandes, y esos labios carnosos, esas tetas enormes, esos culos fuertes y esos cabellos largos y ondulados. Aquellas hembras de piel morena se movían con una elegancia innata, a pesar de la aparente penuria económica que las rodeaba. Sin rímel ni rojo intenso, sin pieles ni gasas, eran exageradamente atractivas, poseían una belleza tribal que arrebataba la vista de aquellos ojos barceloneses, que no dejaban de contemplar el cautivador paraje por el que transitaban.

Grupos de cuatro o cinco hombres se agrupaban charlando en los cruces de carretera y en los porches de las frágiles casitas que se levantaban al pie de los caminos. Había tramos en los que la vía estaba sin asfaltar, y manadas de niños corrían detrás del taxi entre la polvareda. Los niños gritaban y hacían gestos pidiendo comida y dinero, ellos sacaban la cabeza por la ventanilla diciendo adiós. Estaban entusiasmados cabalgando por la isla, de nuevo juntos. El trayecto se les hizo corto. Al llegar a Butter Bread, el taxista en el perfecto inglés de la reina que todos entendieron, dijo:

—*A hundred american dollars, please.*

El día era engullido por el mar en un remanso naranja de nubes oscuras, que se diluían mientras bajaban y cambiaban de forma observadas por las gaviotas. La selva que tenían a la espalda emitía sonidos de aves más grandes, el suave arrastrar de las olas ponía la música, el ir y venir del agua marcaba un ritmo pausado de reggae. La puesta de sol hacía agradable la temperatura, que había sido bastante sofocante a lo largo del día. De pronto, de entre la madeja de arbustos y lianas, una voz gritó:

—¿Alguien ha visto a tres perros barceloneses de corazón oscuro? Os dije «en la bahía de Butter Bread al atardecer» y habéis llegado, no me lo puedo creer.

Gutiérrez salió de la selva con unas barbas de palmo y el pelo largo, en chanclas, bermudas y camiseta de tirantes. Los tres se pusieron de pie y corrieron hasta él.

—¿Y el Mikey? —preguntó Guti, refiriéndose al Mikaelo.
—Se ha quedado en Barna.
—¿Y eso?
—Ahora es la putita de los Heredia, anda con el Robin Hood y el Céspedes, y va todo el día enganchado —dijo Pablo con tono despectivo. El Salva no dijo nada.

—Bueno, venga, estamos los que estamos y hemos venido a divertirnos —propuso Julio callando a todos. Los cuatro se abrazaron en coro al son de «Equipo-A, Equipo-A... ta-na-na-naaaa...».

El Guti había alquilado un *jeep*, en el que los condujo hasta unas cabañas en la playa de Lucea, al noroeste de Jamaica. Aquellas barracas redondas de troncos apilados verticalmente y tejados de paja, ramas y hojas de palmera eran cojonudas. Dejaron sus cosas en el interior y corrieron dándose empujones hasta el agua. Cuando el agua les sobrepasó las rodillas cayeron abatiéndose en infantiles placajes los unos a los otros. Estuvieron nadando hasta que oscureció, luego se secaron en la orilla y el Guti hizo un cerco con piedras, en cuyo interior rompió ramas secas a las que, junto a unos troncos, prendió fuego. Los cuatro se sentaron en corro con la única luz de la hoguera. El Guti sacó una bolsa de su mochila, era transparente, pero parecía plástico verde. Estaba llena de marihuana, medio kilo. Gutiérrez la arrojó a la falda de Julio junto con un librito de papel Rizla King Size.

—Hazte un porro.

—Ya ves, pero esto ¿qué es?

—Me ha costado cuatro duros, no está tan buena como la holandesa, pero coloca mogollón... Aquí los rastas no son muy enrollados, pasan un huevo de los turistas, les intentan sablear todo lo que pueden, pero yo he hecho un buen amigo.

—¿Es de aquí?

—Sí, pero lo conocí en Guatemala, en un lugar precioso, cerca de una ciudad llamada Clavos...

Gutiérrez había empezado su periplo americano a primeros de octubre. Y alrededor del fuego comenzó a explicar la experiencia a sus amigos.

El 2 de octubre de 1997 había volado hasta Nueva York, donde pasó tres semanas alojado en una pensión en Brooklyn. Desde allí inició un *road trip* haciendo autostop por toda la costa atlántica hacia el sur. Solía viajar con camioneros, y cada población que le sonaba de alguna película paraba a visitarla. Bailó «Born in USA» a todo trapo en la cabina de un Mack 7.000. Dormía en moteles de carretera y albergues de ciudad. A primeros de enero atravesó Nuevo México, pasando por Albuquerque, cruzó la frontera mexicana por El Paso. Desde el autobús pudo ver las cruces rosas de Ciudad Juárez. En Chihuahua, gracias a un contacto hecho en Palm Beach, compró una vieja camioneta con la que atravesó los altiplanos de Coahuila y la sierra de Parras.

En febrero cruzó la frontera de Belice, y después la guatemalteca por San Ignacio. El 5 de febrero de 1998, después de cuatro horas de autobús para recorrer sesenta kilómetros, Sergio Gutiérrez llegó a Clavos, Guatemala.

El Salva, Pablo y Julio escuchaban con la boca abierta todas las anécdotas y peripecias del Guti, del que únicamente apartaban la vista para buscar la pega en el papel de fumar, echar troncos al fuego o volcarse la botella de ron en sus perplejas fauces.

El Guti se apeó en Clavos atraído por el nombre de la localidad. La estación de autobuses era una explanada enorme rodeada de selva. Había un cartel gigante en el que en letras rojas y amarillas se podía leer: «Bienvenidos a Clavos». Guti pasó por debajo de aquel letrero de colorines, el sendero se estrechaba entre la maleza, por detrás de las innumerables plantas asomaban destellos blancos y azules que evidenciaban el gran lago que permanecía quieto, oculto tras las verdes hileras de descontrolada vegetación.

Las inyecciones económicas de las empresas turísticas norteamericanas durante los años noventa habían hecho de la pequeña ciudad, junto al resto de la región de Petén, uno de los lugares más visitados de Latinoamérica.

El Guti atravesó una vieja arcada, testigo de la barbarie del siglo de oro, y se perdió en la marabunta de gente que andaba de aquí para allá por abarrotadas calles, que eran mercadillos improvisados a las puertas de las casas.

Pasados pocos días, alquiló una motocicleta y con ella recorría las poco transitadas pistas de tierra que cercaban y se escapaban del bonito lago de Petén. Se desviaba por senderos que transcurrían surcando los cúmulos de árboles, lianas y enredaderas. En esas excursiones descubrió Rojo, un poblado en la cima de un cerro, y allí conoció a Theodor, un mulato jamaicano que, con su hermana Liona, llevaban una especie de *resort* rural en la selva. Tenían una serie de cabañas de madera construidas en las copas de los árboles. Desde aquellas casetas suspendidas en lo alto se veía el río, los lagos y los altiplanos, que se cubrían por una neblina rojiza al amanecer. La intención del Guti era proseguir su descenso hacía el sur del continente, pero en Rojo quedó prendado. Liona influyó mucho en esas sensaciones. Theodor y Liona eran jamaicanos de creencias rastafari, aunque bastante progres, se podría decir que eran más *hippies* que rastas. Desatendían bastante la atención de los clientes y preferían dotar de cierto secretismo a su *resort*, lo que hacía que por regla general los visitantes fueran conocidos o amigos de conocidos. Sacaban lo justo para comer y mantener las instalaciones, eran autosuficientes en muchos aspectos.

A cambio de comida gratis los clientes participaban felizmente de las obligaciones de la comuna. El alojamiento costaba diez dólares norteamericanos por persona y noche, eso no era nada para el hondo bolsillo de los papás empresarios que enviaban a sus hijos *hippies* a recorrer el mundo. Theodor y Liona tenían corrales, recogían fruta, cultivaban verduras, hortalizas y, por supuesto, grandes cantidades de marihuana que Theodor vendía e intercambiaba en Clavos y en Poptum por maderas y otros elementos de construcción para la mejora del Flaying House's Hostel. Aquella selva, en esencia, no era muy diferente de Barcelona. Los hermanos Jones hacían crecer su dinero en una cuenta a plazo fijo en el NBJ National Bank of Jamaica, cuenta que en unos años les garantizaría un descansado y prometedor futuro a la sombra de los cocoteros, en una playa al nordeste de su patria natal.

Una noche, cuando todos dormían, Liona cogió al Guti de la mano y lo condujo hasta su habitación. En las alturas, bajo un espectáculo en forma de tormenta eléctrica sobre el horizonte, se abrazó a la pasión de Liona. Los encuentros entre ellos se sucedieron y en uno de tantos, ella dijo que el lugar más bello del mundo era Butter Bread Bay, la playa donde había crecido, y definiendo el esplendor del lugar, lo animó a continuar su viaje. De Puerto Barrios, en la bahía de Amatique, Guatemala, zarpaba un carguero que en dos singladuras llegaría a Kingston, Jamaica. Tres días después, Sergio Gutiérrez se reencontraba con sus amigos.

Los tucanes y los loros templaban la salida del sol en Lucea; aún humeaba la ceniza del fuego, testigo de las andanzas del Guti. Despertaron con la sensación de no saber dónde estaban, solo Gutiérrez se libró de aquel escalofrío. Un jamaicano con rastas y mala cara montaba una carpa en la playa, el ruido destripaba la paz, los tubos de hierro golpeaban entre sí al ser descargados con mala leche. Los cogía de la caja de un camión, cuyo motor traqueteaba rompiendo la magia de la mañana. Se bañaron en el mar, y en un bareto cercano a las cabañas desayunaron café con una especie de tortas poco cocidas, con mantequilla por encima.

Allí descubrieron que ese trozo de pan era un Butter Bread. La forma redondeada de la arena blanca, como aquella torta dulce, le daba el estrambótico nombre a la playa en la que habían quedado el día anterior. Recorrieron todo el norte de la isla, exploraron los acantilados de agua cristalina, flora verde y piedras negras. Siguieron viendo nativas perfectas, alternaron con interesantes turistas místicas acompañadas de los esculpidos torsos que lucen los millonarios intrépidos y los vividores operados. Vieron las gordas y adineradas barrigas yanquis, ennegrecidas mirando al cielo de Babilonia, que chocaban de frente con la miseria observada desde el *jeep* al pasar por la periferia de Saint Ann's. Al atardecer regresaron a Lucea. El rastafari aún no había acabado de alinear los diez barrotes. El toldo verde, que los debía arropar, todavía estaba doblado en la caja del camión, cuyo motor seguía encendido alimentando la corriente que mantenía vivo el volumen de la música que sonaba en la radio: «In the heart of America».

El rastafari no había terminado después de diez horas de montaje, pero la gente ya se arremolinaba en la playa.

Unos montaban puertas sobre caballetes y las cubrían con manteles a modo de mesas, otros, con relativa calma, transportaban desde los vehículos hasta la arena pesadas neveras, haciendo largas paradas cada cinco metros. Había cajas de ron, botellas y barriles de cerveza apilados. Por detrás del proyecto de carpa un grupo había mojado y prensado con tablas la arena, sobre la que instalaban amplificadores y tiraban cables improvisando un escenario. Los niños picaban grandes bloques de hielo con unos punzones largos y afilados. Las mujeres llegaban con palanganas llenas de comida preparada que transportaban sobre sus cabezas; en las manos llevaban cubos llenos de fruta. Parecía que con la bajada del sol y de la temperatura la sangre de aquellas gentes se activaba. Poco después empezaron a llegar infinidad de turistas y jóvenes jamaicanos.

En aquella playa bajo la luz de la luna, al amparo de las antorchas, danzaron y cantaron todo el repertorio de versiones de Bob Marley y de Yellowman. En bañador, con los prejuicios estéticos abandonados, hacían el ganso atrapados en risas de felicidad, tragados por la noche jamaicana.

Veinte días en la isla y sus relajados cuerpos seguían con ganas de marcha. Habían estado en todas las playas donde hubiera una fiesta. Se habían emborrachado día sí y día también. Se habían acostado con turistas americanas y europeas, con nativas, pagando y sin pagar. En Jamaica, a diferencia de Barcelona e Ibiza, gozaban de un respeto especial. Cuando en cualquier garito de lujo en el centro de Kingston o en las playas de Port Antonio levantaban la mano, los atendían como a verdaderos millonarios, no como en los cinco estrellas de España en los que los iraban pasmados buscando un referente televisivo, preguntándose interiormente:

—¿Y tú en qué programa sales?

Allí no tenían que justificar su juventud y anonimato para llevar mil dólares en el bolsillo de la bermuda cuando bajaban a la piscina, allí compartían comedor y barra libre con directivos de afamadas empresas británicas y norteamericanas, y nadie identificaba su procedencia bajuna, ni pretendía apartarles cuando establecían conversación con el John, Nick o Tom de turno, que cordialmente los invitaba a unas cervezas hablando de la liga de fútbol o hockey. En aquellas playas pipeaban con hijas de navieros y abonados al petrodólar. Allí, gracias a sus poderosas carteras, podían paladear y sorber las mejores esencias que acicalaban los poros de los más suculentos y apetecibles cuellos y escotes de la alta sociedad anglosajona. Ellos jugaban a ser hijos de prósperos empresarios y futuros inversores de los elevados recursos turísticos del antiguo Port Royal. Se divertían con descaro, placer y lujuria, y penetrando en oscuras alcobas rompían corazones y se dejaban amar.

Compartieron fumadas y cervezas con grupos de mochileros, surferos españoles y parejas en luna de miel. Cautivados por las historias que los viajeros explicaban en el salón del Purple Coffee, en la bahía del Black Flag, planeaban, con un mapa del Caribe desplegado sobre la mesa, un viaje en avión hasta Nassau, el corazón de las Bahamas. Una vez allí irían saltando de isla en isla, atravesando el conjunto que forma el archipiélago en dirección a Florida, para coger un avión en Miami y pasar el último fin de semana en Las Vegas. Aún les quedaba más de un mes para retornar a Barcelona. Contactaron con sus familias y amigos para que les giraran dinero.

En Barcelona todo seguía igual, el Chino no había vuelto por casa de Mariana. Julio habló con su abuela por teléfono, y también con Juan Heredia.

—¿Qué, cómo va? ¿Lo estáis pasando bien?

—Increíble, Juanillo, no se puede explicar, es tan diferente de todo lo que conocía...

—Joder, Julio, con la de años que llevo yo en esto, y todavía no me he pegado un viaje como ese...

—¿Y por ahí, qué tal todo?

—Tirando, el Mikaelo me tiene *amargaíto*. El otro día lió una buena en una discoteca en Cornellà... Pero bueno, por lo demás todo bien.

—Necesito que me mandes dinero, apunta...

En las Bahamas se gastaron mucha pasta, sucumbieron

a los encantos de los delicados restaurantes de madera pintada de blanco. En los miradores de los cayos, claudicaron ante los hechizos de los refinados pendones y las sexualmente elocuentes meretrices de piernas largas que rondaban las coctelerías de New Providence. Se colaron con jeta ibérica y artes de *latin lover* en las fiestas programadas por universitarios y universitarias recién graduados en lujosas casas alquiladas en coalición, en las que todas las asistentes femeninas competían en los concursos de la falda más corta y *Miss Camiseta Mojada*. Las ganadoras, como premio, eran subastadas en el trampolín de la piscina y, voluntariamente, se entregaban en el dúplex, en el jacuzzi de la habitación principal, al mejor postor.

Se ataron a las sillas de las popas de los *fishing boats*, con hilo de acero pescaron grandes peces espada y pequeños tiburones. En las Bahamas se emborracharon escuchando locas historias yanquis de piratas y barracudas. «*Crazy story, man*». En un bar cutre de la isla de Andros compraron la mejor cocaína que habían probado nunca y, el último miércoles de abril, estaban en una oficina de correos en Miami Beach recogiendo un nuevo giro de efectivo para poder pagar los pasajes y la estancia en Las Vegas.

El 30 de abril de 1998, Julio, a sus diecinueve años, cumplía su sueño de pisar las aceras de Sahara Avenue, y se fundía en el juego de luces que se levantaba al caer la noche en el desierto de Nevada.

El 7 de mayo, después de treinta y seis horas en aviones, salas de espera y *duty free*, salían por las puertas de la terminal de llegadas internacionales del aeropuerto del Prat. Sintieron el placer, la calma y la sensación de descanso de los retornos de las largas estancias, pero una nostalgia enorme por lo que dejaban atrás les hacía los pasos pesados. Un síntoma postvacacional agudo les invadió el corazón, sobre todo al Guti, al que el recuerdo del amanecer desde Rojo y la añoranza del calor y el aroma de la negra piel de Liona lo hicieron llorar, cuando en el taxi que los devolvía a la Barceloneta se sacó de la mochila un sobre en el que guardaba postales y tarjetas de todos los lugares en los que había estado o dormido.

Julio atravesó con la llave la cerradura de la puerta de casa, detrás de la que estaba Mariana, que entre lágrimas y gritos atragantados lo abrazó y lo besó una y mil veces.

El retorno a Barcelona suponía el retorno a las obligaciones, pero no fue fácil, porque algunas cosas habían cambiado. Las llaves de La Caverna no abrían la cerradura. Cuando estaban intentando abrir y llamando por teléfono al Mikaelo, apareció el Robin Hood, un fiestero de Cornellà que sacó las llaves y abrió. Los chicos lo conocían de oídas y de vista, era popular en el ambiente discotequero, tenía fama de violento y traicionero. El Robin Hood los dejó entrar y se mostró amable, pero no respetuoso, se movía por La Caverna como por su casa, todo estaba sucio y olía mal. La puerta de acceso al piso superior también tenía la cerradura cambiada.

—Ahí solo entra el jefe —dijo el Robin Hood, mientras Julio trataba de embocar la fallida llave.

El jefe era el Mikaelo, que, en ausencia de sus cuatro compañeros, se había buscado unos nuevos, sin tener mucho miramiento a la hora de hacer el *casting*. El Mikaelo se había juntado con una panda de descerebrados de Cornellà. Ofuscado por la espiral de pastillas y cocaína que consumía de lunes a domingo, había compartido todos los enlaces y clientes de la banda con José Gallego, alias *Robin Hood*, y Javier Céspedes, con quienes había empezado a hacer trabajitos para los Gavilán y, dada su violenta efectividad y falta de escrúpulos, eran serios aspirantes a hacer la faena más sucia del Francis.

En tan solo dos meses la trabajada estructura de reparto de *los cinco de la Barceloneta* había degenerado en un sicariato que aceptaba todo tipo de encargos, incluido el asesinato. La adicción del Mikaelo no le dejaba ver las claras intenciones de Gallego y Céspedes, que pretendían pasarle por encima a las primeras de cambio. Las llamadas al Mikaelo eran estériles, una y otra vez saltaba el buzón de voz.

—Está en Ibiza con Sandra y el Francis —dijo el Robin Hood.

El Guti, el Salva y Pablo se quedaron en el barrio, Julio se apresuró en reunirse con Juan Heredia para pedirle explicaciones. Después de hablar con Juan entendió lo caro que le estaba costando la falta de insistencia y su deslealtad por el negocio, le habían fallado las virtudes con las que había conseguido meterse en primera línea. Llevaba años escuchando el mismo sermón.

—Si le fallas a la gente se buscan a otro.

Ahora se daba cuenta de la certeza de aquella frase. La charla mantenida con Juan apaciguó un poco a Julio. Juan lo convenció de que nada había cambiado, él había elegido prescindir de la responsabilidad en la calle y, si el verano iba bien, podía ser una liberación de obligaciones para con los Heredia.

La reflexión y los recuerdos del viaje hicieron que Julio tuviera un enfoque diferente sobre el concepto de gastar el dinero. Aquel viaje le había abierto los ojos, había vivido mundos muy distintos que convivían más en cercanía que en armonía, había derrochado dinero en casinos, había abarrotado de billetes de cien dólares las rasuradas huchas de las putas disfrazadas de camareras, pero ni la ginebra, ni el whisky de etiqueta a veinte pavos la copa le había dejado mejor sabor de boca que el ron destilado en cocinas caseras, o el reposo en viejos barriles de miel, mezclado con el hielo producido en cubos dentro de recalentados y *requeterreparados* congeladores.

Aquel hielo, levemente manchado de arena caribeña, sabía mejor que el *pure iceberg* de los *frigos* del Flamingo. El Butter Bread era exquisitamente más sabroso, regado por el aguado café jamaicano, que el continental con expreso y zumo de naranja que te subían a la habitación del Sunshine de Nassau. La pasión de las carnes imperfectas abrazadas en las fiestas playeras daba más calor que los últimos métodos de implantación mamaria del que hacían gala las frías y perfectas siluetas esculpidas a golpe de talonario. Julio se dio cuenta de todo lo que había vivido a pesar de su juventud, pero sintió que había corrido demasiado desde los catorce años hasta entonces.

Tan solo contaba diecinueve y la vida lo transportaba en un vagón a todo tren, su ambición y la suerte le habían proporcionado la opción de la tranquilidad, pero todo tenía un precio. En el camino que había decidido llevar había más tensión que en cualquier empleo normal, pero el tiempo libre resultaba mucho más gratificante que el del mejor de los trabajos a los que podía aspirar. Surcando con el dedo los relieves del globo terráqueo que poseía desde niño, regalo de su abuelo en el ochenta y cinco, y en el que nunca había puesto demasiada atención, optó por llevar una vida más tranquila. El dinero era importante, claro que sí, muy importante, pero no para pagar el lujo más refinado y desorbitado.

La niebla del amanecer en Lucea había entrado en Julio, la hipnosis cansina caribeña le había azotado el corazón, los poemas y las historias recitadas por el Guti le habían robado la voluntad de tenerlo todo, de poseer lo último. La vivencia experimentada le había hecho darse cuenta de lo poco que valía su última adquisición de Rolex, tasada en seiscientas mil pesetas. La riquísima, finísima y viciosa *perica* de Andros no proporcionaba más placer que la hierba y el ron en las relajadas noches de hoguera con la compañía de otros viajeros y lugareños. El dinero era importante, muy importante para recorrer el mundo buscando lugares sencillos y baratos en los que no hacer nada.

Francis estaba en Ibiza relacionándose, la puerta abierta por Julio y el Mikaelo lo había conducido a un pasillo enorme con un sinfín de umbrales. El Francis los pensaba explorar todos. *Los cinco de la Barceloneta* se encargarían de la recepción de los correos y del menudeo en la isla, como el año anterior, sin tener que aportar porcentaje del beneficio neto de sus ventas; a cambio deberían coordinar las entregas del resto de camellos y nuevos clientes que el Francis hiciera, así como las del contacto en Sa Penya, y delegar todos los asuntos de la península en el Robin Hood y Céspedes.

Seguirían utilizando a Sandra como correo principal, pero el Francis también pensaba hacer un par de pequeños desembarcos en el norte de Ibiza, siempre y cuando cerrara un par de tratos importantes con las altas esferas del hampa balear. Uno de esos tratos se debía cerrar el segundo domingo de mayo en el Camp Nou. El Francis invitó a Eusebio Ríos, afamado hotelero mallorquín, que encontró en el tráfico de drogas una alternativa para reconducir la mala gestión de sus hoteles y restaurantes, sin tener que desatender su volátil nivel de vida.

El Francis tiró de un contacto en La Caixa para conseguir uno de los palcos vip que la entidad bancaria tiene arrendados en el campo del Barça. A pesar de la ascensión del Mikaelo dentro de la organización, el Francis era consciente de su adicción a la coca, lo que le provocaba una exagerada falta de modales y de educación, así que prefirió presentar a Julio como contacto en Ibiza a don Eusebio Ríos y su séquito.

Contrató, además, la compañía de unas señoritas, y el grupo disfrutó de un primer tiempo de fútbol abrumador a manos del Fútbol Club Barcelona, que se iba al descanso con un claro dos a cero en el marcador. En el área de *catering* de la tribuna, ávidos y apresurados camareros repartían canapés y cortaban jamón galantemente, enfundados en sus chaquetas blancas con galones y cuello cerrado, ante los comentarios y halagos que se llevaban los dos goles conseguidos por Rivaldo.

Julio sonreía y afirmaba las observaciones futbolísticas de Ríos. De pronto, al fondo, entre compromisarios blaugranas, mujeres de futbolistas y miembros varios de la farándula artística y política, Julio escuchó una carcajada siniestra, una risa que le sonó familiar. Julio vio un fantasma que le devolvió una mirada tan tensa que se podría haber cortado con un cuchillo. Allí, detrás de un pincho de tortilla y una copa de cava, estaba el Chino, para el que su presencia no pasó inadvertida. El Chino no le dijo nada, de hecho, no lo volvió a mirar, pero verlo allí de aquella guisa tan espléndida y tan bien acompañado despertó sus intrigas e hizo por saber más acerca de Julio.

El Chino no se habría enterado de nada de no ser por la cabezonería del Mikaelo, que decidió que la primera entrega de Sandra ese verano la debía cubrir Julio, y no el Guti como estaba hablado; por no discutir aceptó. «*Don't worry*», se había planteado la idea de dejarse el pelo largo y hacerse rastas, la paz caribeña, así que le daba lo mismo.

El 20 de mayo de 1998, Julio salió de los Grises escoltado por Juan Heredia, llevaba una maleta con ruedas en la que transportaba dos kilos de coca y quince mil pastillas de éxtasis. Se apeó en la estación marítima de Transmediterránea, metió la maleta en una de las consignas y se sentó a esperar a que Sandra la recogiera y entrara por el acceso de personal. Después él embarcaría junto al resto del pasaje; pero cuando Sandra apareció por la sala de consignas de la terminal marítima de Barcelona, no iba sola. El Chino la llevaba cogida del brazo. Julio los observaba sorprendido, oculto detrás de una columna. Cuando llegaron a la taquilla 663, Sandra se paró, el Chino la empujó fuertemente contra el armario metálico.

—Abre —le gritó.

Sandra introdujo la llave y las monedas, la luz se puso en verde, giró el pestillo, los pasadores se retrajeron y el Chino, apartando a Sandra de un codazo, estiró de la puerta y sacó la maleta. La tumbó en el suelo y la abrió; al ver el contenido, la cerró rápidamente, echando la vista a ambos lados, cerciorándose de que nadie lo veía.

—Ven aquí, puta —le dijo a Sandra. Puso la maleta de pie, se sacó las esposas y prendió su muñeca a la de ella, quedando los dos encadenados.

Sandra no se resistió, lloraba caminando prácticamente a rastras detrás del Chino, que, cansado de estirar de ella y de la maleta, se detuvo y le cruzó la cara de un guantazo, con el que Sandra cayó al suelo. Un empleado de la terminal acudió al rescate de la chica, pero el Chino mostró que la tenía esposada y enseñó la placa.

—Soy policía, esta señorita está detenida, por favor no llame la atención y déjeme proceder.

Tirando de Sandra salió del edificio. Una vez fuera, ya frente al coche, la cogió por el cuello.

—Escúchame bien, hija de puta, a mí tú me importas

una mierda, si haces lo que te digo y colaboras no te pasará nada, pero como intentes joderme, te comes todo el moco y te aseguro que con esto no hay quien te quite nueve años de talego. Eso es lo menos que te va a pasar como no colabores... ¿Queda claro?

Le quitó las esposas y la introdujo en el coche. Julio los seguía a distancia y se subió en el asiento trasero de un taxi.

—Siga a ese coche.

—Es la primera vez en la vida que me pasa esto —respondió el taxista emocionado, viviendo una experiencia reservada al mundo del celuloide.

Julio marcaba el número de Juan en el teclado de su teléfono. Cuando la pantalla lo advirtió de que el de Sandra lo estaba llamando, omitió la llamada pulsando la tecla roja de su celular y llamó a Juan. Y le explicó lo sucedido. Juan no daba crédito, estaba muy exaltado, le ordenó continuar siguiéndolos y escuchar su demanda en caso de que lo volvieran a llamar. Juan trataría de localizar al Francis, que diría la estrategia a seguir. Julio no mencionó la persona del Chino, tuvo miedo, pero antes o después se sabría que el Perla era el móvil que llevaba al corrupto policía a cometer aquel robo.

El Chino conducía un Ford Mondeo azul; salió de Barcelona por el este. Cuando la urbe, los atascos y las largas esperas en los semáforos empezaban a quedar atrás, el taxista se giró mostrándole el taxímetro, que ya marcaba cuatro mil pesetas. Julio sacó un billete de diez mil y lo dejó en el reposabrazos que había detrás del freno de mano, entre los dos asientos delanteros. Iban detrás del auto del Chino, que antes de llegar a Sant Just Desvern, se desvió a la izquierda en una pequeña urbanización. El taxi pasó de largo en el cruce, para no ser descubierto, y Julio se escabulló en el asiento. El taxista pudo ver la mirada del Chino buscando en el interior del taxi por el retrovisor.

—No nos ha visto —dijo el hábil conductor.

A un kilómetro de aquel cruce dieron la vuelta en la entrada de una finca, se metieron en la urbanización y rondaron las calles de aquel complejo setentero, venido a menos, hasta que encontraron el coche del Chino aparcado frente a una de las casas más bajas. Se veía luz a través de las ventanas, pero no se distinguía nada, apenas alguna sombra de vez en cuando. Después de una hora en silencio aguardando al final de la calle, con la vista puesta en la casa del Chino, Julio tuvo que sacar otras diez mil pesetas. Pocos minutos después el teléfono volvió a sonar. Sandra lo había explicado todo durante aquella hora y media, y el Chino, que había pensado quedarse con la droga y pedir un rescate por la chica, tuvo que replantearse la jugada al saber que Sandra y Julio eran correos de los Heredia.

El Chino supo entonces que no se podría quedar la droga; si lo hacía, ya podía matar a Sandra y echar a correr. Los Heredia jamás pagarían por ella ni perdonarían el robo, así que el Chino decidió por su cuenta entrar en nómina. Su petición era un porcentaje de lo que se rascara en Ibiza, a cambio devolvería la maleta, a la chica con vida y garantizaría la inmunidad de los correos. No era una mala propuesta.

El Chino explicó sus condiciones a Julio por teléfono, y le dijo que las detallaría más en presencia de un representante del clan Heredia. Dijo que tenía suficiente información como para desarticular la banda entera y exigió una respuesta antes de las doce de esa misma noche, si no, empezaría a tirar de la manta. Julio comunicó a Juan las exigencias del Chino, sin mencionar que se trataba de él. Dio la dirección en la que se encontraba, debía esperar allí hasta que los Heredia mandaran a alguien. Y allí esperando, la cabeza le daba vueltas pensando cómo se iba a saldar ese asunto. Julio temió por su vida, sacó las cuarenta mil pesetas que le quedaban en el bolsillo y se las dio al taxista.

—Si salgo de esta, te doy cincuenta más —le dijo al darle el dinero.

El taxista debía esperarlo a la entrada de la urbanización, en un solar sin construir en el que la explanada quedaba oculta por dos higueras frondosas.

Ya era de noche, Julio estaba sentado en la acera entre dos coches, cuando unos faros entraron seguidos de un derrape. Era el coche de Juan Heredia, conducía el Mikaelo. Julio se levantó y al distinguir el vehículo caminó con los brazos abiertos a su encuentro.

—Es ahí —les indicó Julio.

Subieron las escalerillas de acceso al pequeño pareado, llamaron, y Sandra abrió con la cara hinchada y evidentes síntomas de haber sido maltratada. El eco de una voz se oía en el recibidor, procedía del salón en el que sonaba «Fly me to the moon», de Frank Sinatra.

—Adelante, señores —gritaba el Chino—. Pasen y siéntense.

La casa del Chino sorprendía por lo limpia y lo bien arreglada que estaba sobre los muebles, junto a unas insulsas e indefinidas figuras asiáticas, había diversos marcos que dejaban ver la cara más humana del corrupto policía. Alrededor de una foto, en la que salía él de joven vestido con el uniforme de gala (presumiblemente el día de su graduación), había unas cuantas en las que se repetía el retrato de una niña pequeña y graciosa. El Chino acompañaba a la niña en varias de esas fotografías y, en todas, posaba arreglado y sonriente. Aquel lobo tenía otra vida en la que se disfrazaba de cordero.

—La chica está bien, casi ni la he tocado, de hecho cuando habéis llegado estábamos a punto de echar un polvo. ¿Verdad, cariño? —decía entre risas el Chino.

—¡Hijo de puta! —le chilló Sandra escupiéndole—. ¡Jamás! ¡Me das asco!

El Chino dejó de reírse, se levantó y le arreó un bofetón con el revés de la mano. Nadie movió un dedo, ni abrieron la boca, solo Julio la miró con compasión. El Chino se volvió a sentar, la tensión y la temperatura subieron cuando sacó el arma reglamentaria de la Policía Nacional, una Parabellum 9mm que posó sobre su rodilla con el percutor y el seguro levantados.

—No creo que te haga falta eso para cerrar este trato —dijo Juan Heredia desabrochándose la chaqueta y enseñando la culata plateada de un revólver treinta y ocho de Smith & Wesson, edición limitada, regalo de Juan Carlos Monsalve. El Chino volvió a empuñar su arma y se puso otra vez de pie.

—Está bien —dijo bajando la palanca de percusión de su pistola. La guardó en su cartuchera debajo del sobaco izquierdo—. Está bien —repitió levantando los brazos.

—¿No nos vas a dar de beber? —preguntó Juan.

El Chino cogió una botella de *bourbon* de encima de un mueble y desenroscó el tapón.

—Bebe —dijo, posando con fuerza la botella en el cristal de la mesa en la que estaban sentados.

Julio miraba y no decía nada, aquella situación se le iba de las manos, aquello ya no iba con él, era un mano a mano entre las raciales facciones del Chino y Juan. El Mikaelo se levantó.

—Tengo que ir al lavabo.

—De aquí no se mueve ni Dios... ¡Siéntate!

—Tío, tranquilo, que voy al lavabo, me estoy meando.

—No pasa nada, déjalo que vaya. Vamos a hablar tú y yo —tranquilizó Juan al Chino, que se empezaba a poner nervioso.

El Mikaelo recorrió la casa en busca del baño. A su vuelta pasó por la cocina trayendo consigo cinco vasos. El cristal rechinaba chocando con los pesados pasos del Mikaelo. El Chino, desconfiado, se giraba una y otra vez, intentaba controlar a todos los presentes, volvía a sostener la pistola en la mano apuntando constantemente hacia donde no miraba, alternaba de posición la mirada y el cañón del arma.

—¿Qué haces? ¡Siéntate ya! —gritó.

—Tranqui, vamos a beber —dijo el Mikaelo, que caminaba lentamente por detrás del Chino.

Los vasos se tambalearon y cayeron, el chasquido sonó fuerte, se hicieron añicos esparcidos en cientos de trozos por todo el salón. Juan se levantó y el Chino también.

—¿Qué coño hacéis? Sentaos de una puta vez.

Sandra y Julio se encogieron, el Chino encañonó a Juan, luego al Mikaelo, el sudor le corría por la frente y el cuello, en cuestión de segundos se le formaron unos rodales enormes en los sobacos de la camisa.

—De rodillas los dos —dijo volviendo a encañonar a Juan.

Y, en un gesto rápido, el Mikaelo se sacó un cebollero que había cogido de la cocina y llevaba guardado en la parte trasera de la cintura. Clavó con fuerza los cuarenta centímetros de hoja en la parte trasera del cuello del Chino. Aquel filo picudo de acero inoxidable entró entre las vértebras de Manuel Francino, alias *el Chino*, que soltó la pistola en un grito mudo echándose las manos al pescuezo, notando entre sus dedos la punta del cuchillo, que le salía por debajo del mentón y por encima de la nuez. Intentaba decir algo, pero solo movía la boca, por la que únicamente brotaban borbotones de sangre. Sus pupilas se dilataban rápido y perdía la mirada con los ojos muy abiertos, posados en el interior de los de Juan, que lo miraba como Julio y Sandra, sin decir absolutamente nada.

El Mikaelo apoyó la planta del pie en el culo del Chino y le extrajo el tremendo pincho empujando el cuerpo inerte, que cayó al suelo boca abajo.

Sandra empezó a chillar.

—¡Calla, puta! —gritó Juan.

Julio se sentó junto a ella, le puso la mano en la boca y trató de tranquilizarla.

—Te di una pistola para que le dispararas, imbécil, mira la que has montado.

—Ya, es que me la dejé en casa.

—Ve y tráete el bidón de gasolina, hay que quemar todo esto. ¿Dónde está la maleta? —le preguntó Juan a Sandra, y ella indicó la habitación—. Ve a buscarla. Y tú ¿por qué no me dijiste que era el Chino? Sabía que era él, pero esperaba oírlo de tu boca —le recriminó.

Sandra retornó con la maleta y el Mikaelo con la gasolina. Juan le dijo que registrara los bolsillos del Chino, el Mikaelo se agachó sobre el cadáver después de darle la vuelta. Empezó a hurgarle los bolsillos, Juan Heredia caminó dos pasos hasta ellos. Fue un abrir y cerrar de ojos, pero él ni siquiera pestañeó, posó el cañón de su pistola sobre la cabeza del Mikaelo, que permanecía agachado, de espaldas al fin de su vida. Juan disparó.

—¡No! —gritó Julio al ver estallar la cabeza de su amigo.

Sandra pataleaba entre gritos y llantos incontrolados, Juan Heredia se giró y levantó el revólver apuntando a la cabeza de Sandra. Julio se abalanzó sobre Juan e intentó apartar el arma. Juan disparó y el proyectil seccionó, a la altura de la segunda falange, el dedo corazón de la mano izquierda de Julio. El grito fue fuerte y prolongado. La bala se desvió y se alojó en la pared por encima de la cabeza de Sandra, que a gatas logró alcanzar la parte trasera del sofá, donde se agazapó.

—Pero ¿qué haces, idiota? ¿Estás gilipollas, o qué coño te pasa?

—¿Qué te pasa a ti? Loco de mierda, no hacía falta todo esto.

Juan soltó dos tiros más dentro de la estructura del sofá detrás del que se ocultaba Sandra, las dos balas atravesaron la espuma y la madera incrustándose en la pared.

—Sal de ahí, perra —dijo Juan—. Claro que hacía falta, el Mikaelo era un notas, hace años que te lo digo, estaba muy desfasado, Julio, ya no aportaba nada... Y esta puta, ¿cuánto crees que hubiera tardado en cantar? Se lo dije a mi hermano, esta zorra nos traerá problemas, pero ella andaba moviendo el coñito, y lo debe de hacer bien, porque al Francis no le bastó con tirársela una vez, no...

Soltó dos tiros más sobre la estructura del sofá.

—Vamos, rocía la gasolina, hay que largarse ya.

Julio sangraba considerablemente, se quitó la chaqueta y se la enrolló en la mano, luego se acercó a la garrafa de gasolina. Juan caminaba rodeando el sofá con el arma levantada en busca de Sandra. Julio soltó la garrafa y cogió la pistola del Chino, que estaba en el suelo, y apuntó a Juan por la espalda.

—¿A mí también me vas a matar? —preguntó el Perla encañonando a Juan con una mano.

Era la primera vez que Julio empuñaba una pistola cargada, lo único que había disparado era una vieja carabina de perdigones que tuvo de niño, y en Ibiza había jugueteado cinco minutos con el Cetme descargado del Mikaelo. La mano izquierda le dolía horrores, la sangre goteaba por su brazo posicionado en cabestrillo, ya había empapado la fina tela de la chaqueta Harrington de cuadros escoceses con la que se había intentado taponar la herida.

—Pero ¿qué estás haciendo? Julio, sabes que no, el Francis ha dicho que nos quiere de vuelta a los dos, en serio, hermano, sabes que a ti no, lo sabes, ¿verdad?

Julio dudaba de las palabras de Juan, buscaba un ápice de verdad en sus ojos, los suyos estaban emborronados de lágrimas; veía la cara de Juan borrosa detrás del llanto. Sin bajar la pistola se secó los ojos con el brazo maltrecho, llenándose el rostro de sangre, y levantó el percutor. Juan miraba a Julio y vio las dudas en su faz ya limpia de lágrimas, entonces volteó el torso buscando el cuerpo de Julio en su trayectoria de tiro. Todo pasó muy rápido: Juan se giró, Sandra se levantó y lo empujó con fuerza, el arma se disparó y Julio sintió el silbido de la muerte pasar junto a su oreja, luego comprimió el dedo índice de la mano derecha.

Julio vio el fogonazo salir delante de sus ojos, la fuerte presión de la pesada pistola le levantó la mano con violencia y dos orificios se abrieron en la cabeza de Juan, uno de entrada en la mejilla derecha y el otro de salida en la parte posterior del cráneo. La bala salió a la vez que un chorro de sangre, impactando todo en la pared. Juan cayó de espaldas con la cara y la cabeza totalmente desfiguradas.

—¡Mierda, mierda, mierda! —exclamó Julio una y otra vez—. La hemos cagado y nos van a matar —le dijo a Sandra—. Nadie puede saber lo que ha pasado aquí, así que tú no has estado aquí. ¿Está claro? —Sandra lo miraba inmóvil, aún era presa del pánico y tenía dudas de las intenciones de Julio—. Sandra, nadie debe saber que estuviste aquí, nadie, si saben que estuviste aquí te torturarán, cuando les hayas dicho lo que quieren saber te matarán y luego me matarán a mí, y matarán a tu familia por miedo a que hayas dicho algo. ¿Lo entiendes, verdad?

Dejaron allí la maleta con la droga, ya daba igual. Julio roció la casa de gasolina. Mientras empezaba a arder cogió una camisa de un armario y se la anudó con fuerza a la mano herida, se pusieron unas chaquetas anchas y cogieron unas gorras del armario del Chino. Julio se guardó el arma, antes de salir le repitió tres veces más a Sandra que nadie debía saber aquello y a la tercera recordó…

—¡Mierda! El puto taxista. ¡Lo había olvidado! —Julio pensó que se abría largado al oír los tiros. Salieron de la casa corriendo, las llamas ya eran visibles desde la calle.

Cuando alcanzaron el final de la travesía ya había vecinos en las ventanas que habían llamado a la policía y a los bomberos. El fuego llegaba a la cocina de la casa, las llamas prendieron los tubos y las bombonas de butano. La explosión se oyó desde Sant Just. Sandra y Julio corrían desaforadamente entre las callejas de la urbanización, cuando Julio divisó las luces del taxi detrás de las higueras; increíble, el taxista aún estaba allí, corrieron y se subieron en la parte trasera. El motor estaba en marcha.

—Vámonos, amigo… Vamos, vamos, vamos…

El taxi no se movía, Julio vio el agujero en el parabrisas y, desde el asiento trasero, empujó el hombro del taxista, cuyo cuerpo cayó hacia delante. La cabeza quedó sobre el centro del volante pulsando el claxon fuerte y continuadamente, el taxista estaba muerto. Julio lo levantó cogiéndolo del pelo para que dejara de hacer sonar la bocina que alertaba de su presencia. «¿Quién había matado al taxista?», pensaba, mientras acomodaba el pesado cuerpo muerto en el asiento del copiloto. Sandra se agazapó parapetándose detrás de los asientos delanteros, Julio se puso al volante, apagó las luces y salió despacito, oteando la calle. Vio un tipo corpulento con la camiseta negra de los Ramones que corría hacia el coche. Era el Gordo, él había matado al taxista y llevaba todo el día siguiendo a Julio. El Gordo era el pastor de Julio, después de lo del verano pasado el Francis no se fiaba y le había puesto vigilancia.

El Gordo corrió hacia ellos por el centro de la calle con la pistola levantada y efectuó dos disparos que penetraron por el parabrisas, rompiendo por completo la luna delantera. Julio encendió las luces y puso las largas, deslumbrando los ojos del Gordo, que efectuó dos disparos más. Los tiros rompieron la luna trasera del taxi. Sandra gritaba agachada en el asiento de atrás, el Gordo se detuvo y siguió disparando en repetidas ocasiones. Julio cerró los ojos y agachó la cabeza, perdiendo de vista la figura inmóvil y contundentemente iluminada, que ya con el cargador vacío recibió el impacto del vehículo, que circulaba a ciento cuarenta por aquella calzada estrecha y con coches aparcados a ambos lados.

El seboso cuerpo del Gordo rodó por el capó y el techo, salió por detrás y golpeó en el asfalto, sobre el que su cabeza rebotó violentamente las dieciocho vueltas que su poco cuidada silueta dio por el pavimento. Julio frenó bruscamente, las ruedas se bloquearon y el eco del chirrido sonó por toda la urbanización. El cuerpo del taxista salió despedido por la parte delantera del coche, dio marcha atrás hasta alcanzar el cuerpo del Gordo en su lateral, sacó el torso y la pistola por la ventanilla. Sosteniendo el arma con la mano derecha, apuntó, cerró los ojos, sintió el gatillo en el dedo de la mano buena y un profundo dolor del que le faltaba en la izquierda, lo invadió un ataque de rabia y apretó los dientes para soltar dos tiros que hicieron agitarse bruscamente el cuerpo del gordo gitano, que dejó de padecer espasmos y de balbucear.

Los dos disparos, acompañados de los correspondientes fogonazos que iluminaron la noche ya rojiza por las llamas, hicieron volver a esconderse a los curiosos vecinos, que agachados permanecían ocultos detrás de los ventanales. Algunos bajaron las persianas por miedo a las balas perdidas. Julio arrojó la pistola en el asiento del copiloto, ya vacío, metió primera y aceleró derrapando, con tal de esquivar el cadáver del taxista en su huida.

Al salir de la urbanización vio las sirenas rojas y azules a lo lejos. Derrapando, salió en dirección opuesta, pisó a fondo durante unos kilómetros. En el radiotaxi llamaban una y otra vez a la unidad que Julio conducía. Transitó por carreteras secundarias y poco concurridas, siguió hasta unos bloques viejos rodeados de descampados y bosque cerca del barranco de Caralleu. Allí los delincuentes incendiaban los coches robados con los que perpetraban alunizajes y atracos. Con la policía ya en la urbanización, la mitad de efectivos de guardias urbanos, *mossos*, policías y guardias civiles estarían buscando el taxi como locos, organizando controles y reduciendo el círculo. Julio estaba tardando demasiado en deshacerse del coche, pero estaban sus huellas, su sangre y la evidencia de todo lo sucedido. La mente le iba a cien y el corazón a mil, la mano le dolía mucho. Al llegar al descampado paró.

—¿Cómo estás? —le preguntó a Sandra, tratando de verla por el retrovisor; al no hacerlo, Julio se giró—. Vamos, levanta, ya pasó, hay que largarse de aquí.

Se veían algunas luces en los bloques más cercanos, no había nadie en la calle, hacía frío, se oía el ladrido de un perro a lo lejos... y Sandra no respondía, la habían alcanzado dos de las balas del Gordo. Julio no se había dado cuenta. Entonces reparó en qué momento Sandra había dejado de chillar: antes de chocar con el Gordo sonaron dos disparos y dos silbidos, seguidos de dos golpes blandos... Justo entonces dejó de gritar.

Le comprobó el pulso, estaba muerta. Julio Perla solo había visto un muerto en su vida antes de aquel día, el cadáver de su abuelo sobre la cama en el día del velatorio. Aquella noche había visto seis de golpe, él mismo había acabado con la vida de dos, y sentía que era responsable de las seis muertes. Todo aquello había sucedido por su culpa y no era capaz de sacudirse aquella pena funesta, su sereno y templado corazón no merecían aquel severo castigo, su nueva alma renovada tenía otros planes y caprichos. Él se quería hacer rastas y llevar una vida tranquila, lo había decidido no hacía mucho, pero lo tenía claro. Qué lejos quedaban sus sueños turbados por aquella pesadilla.

Tuvo unos segundos de pánico que lo dejaron inmóvil, incapaz de reaccionar. Pensaba que quizás los Heredia habían planeado que él también debía morir y no sabía qué hacer, no sabía si huir. Escapar, pero ¿adónde? ¿Qué pasaría con Mariana y Dolores? Ellas se quedarían allí en manos del Francis, a Julio no le quedaba más opción que dar la cara.

Entre lágrimas, con los ojos cerrados, se le escapaba la sonrisa de Sandra en aquel *ferry* saliendo del puerto de Denia, se le marchaban las carcajadas del Mikaelo después de marcar un gol en el futbolín del Parras, se dispersaban las gracias de Juan en los bancos de La Rambla echando piropos a las guiris. Se le iba tanto en tan poco tiempo, que necesitó un tiempo para llorar.

Julio arrancó unos jirones de la camisa y la falda de Sandra, los ató entre sí y los introdujo en el depósito de gasolina del taxi, los sacó y les dio la vuelta, introduciendo el lado seco, dejó un tramo del lado húmedo fuera y le prendió fuego. Se llevó un botiquín de primeros auxilios que había en la guantera, cogió la pistola y se alejó hacia la zona sin urbanizar. Cuando alcanzó una arboleda cercana se sentó entre unos arbustos a ver el coche explotar. Se levantó un metro del suelo y volvió a caer envuelto en llamas, con el cadáver de Sandra en el interior. Siguió corriendo y llorando, se internó en el bosque, donde una hora después, ya más calmado, se embadurnó la mano herida de alcohol y yodo. La herida dejó de sangrar, se practicó un vendaje fuerte, la experiencia del fútbol daba sus frutos. Se puso un guante de látex que había en el botiquín y se comió dos analgésicos para paliar el dolor. Con el alcohol sobrante quemó el estuche, las gasas manchadas de sangre y la camisa que había cogido en casa del Chino. Se sacudió un poco el frío, hizo un hoyo entre unas zarzas con una piedra y enterró la pistola. Siguió andando a marcha ligera por el bosque, por el que avanzó en dirección Barcelona. Atravesó a pie la Serra de Collserola, cruzó un par de carreteras. Observaba el resplandor de las luces que le advertían que la ciudad estaba más cerca. Sentir que detrás de la arboleda estaría el asfalto le daba la fuerza suficiente como para seguir caminando, a pesar de los escalofríos provocados por la fiebre y la pérdida de sangre, pero al llegar al claro detrás de los árboles, la ciudad no estaba allí, sino que encontraba otro entramado de pinos y enebros.

Ya amanecía cuando divisó la ciudad bajo sus pies al salir de las hileras de encinas. Bajó por el terraplén manteniendo a duras penas el equilibrio, tenía la boca seca y solo podía caminar. Cuando bajaba la avenida de Panamá, recordó haber paseado con Montse años atrás por aquella zona, le vino a la memoria una fuente que había en uno de los patios interiores del grupo de viviendas de Pedralbes. Aquellos patios estaban abiertos al público. Llevaba cinco horas caminando, estaba agotado y cagado de miedo, pasó los portales con cautela, se movía como una sombra debajo del tres cuartos negro del Chino y una gorra negra con el emblema de los Lakers en lila. Llevaba el chaquetón cerrado hasta arriba, la boca le quedaba tapada por el cuello y la visera de la gorra le cubría los ojos. Tenía los bajos de los pantalones húmedos y manchados de barro, igual que las zapatillas. Sabía que con aquella pinta, en Pedralbes, a esas horas de la madrugada, duraría lo que tardara en verlo cualquier patrulla de policía. Caminaba ligero, la claridad del cielo tardaría poco en desvelar su desaliñado aspecto.

Entró en el portal, que estaba vacío y silencioso. La mañana aún no había roto, solo algún adolescente regresando de sus correrías nocturnas quebraba el silencio, junto a los bramidos de los vehículos de los currantes más madrugadores. Se sentó en un banco de mármol, se mojó la calenturienta frente. Tenía el pelo sudado, estaba ardiendo pero sentía mucho frío, bebió, se limpió las bambas y los bajos del pantalón, se sentó un par de minutos y, al levantarse, le temblaban estrepitosamente las piernas. Con las manos cruzadas se frotaba los antebrazos intentando minimizar la sensación de frío, los párpados le pesaban y estaba pálido. Cerró los ojos y pensó en un entrenador de fútbol que tuvo de cadete, pensó en la charla que les dio una vez en la media parte de la prórroga en una final provincial, bajo un diluvio terrible, en un campo de tierra enfangado.

—Sin la victoria, los kilómetros recorridos, los golpes recibidos y la fuerza derrochada no se recuerdan con gloria, sino con decepción.

Esas fueron las palabras del míster aquella mañana de primavera, en la que Julio, con un gripazo enorme y cuarenta de fiebre, marcó el gol que dio el triunfo a su equipo.

Volvió a beber y, con ese espíritu luchador, salió de los portales bajando hacia el mar. Cruzó la Diagonal, rodeó la Zona Universitaria, aún quedaban putas y travestis en los aledaños del Camp Nou. Avanzaba dentro del chaquetón, resguardado por los coches aparcados en la acera. Las fulanas cruzaban la calle acercándosele, lo llamaban y lo provocaban, pero él caminaba a paso firme y sin mirarlas. Atravesó Les Corts, bajaba por calles discretas en paralelo a la Riera Blanca, se dirigía a L'Hospitalet, a los Grises. Le hubiera gustado irse a casa y meterse en la cama para despertar de ese mal sueño, pero era absolutamente consciente de que su única opción de seguir con vida era presentarse ante el Francis y explicar una versión totalmente creíble, que justificara el abominable hecho de que él siguiera con vida y Juan Heredia no.

Caminaba cada vez más debilitado, en la Plaça de San Isidoro había grupos de gente en corros que apuraban la noche. Por una de las calles que desembocan en la plaza, circulaba lentamente un coche de policía, un murmullo general recorría los corrillos de fumetas, que ocultaban sus porros. La pareja de maderos repasaba visualmente a todos los individuos. El coche pasó junto a Julio, los dos polis lo miraban, él seguía andando. Por instinto se buscó las gafas de sol palpándose los bolsillos del chaquetón, pero aquel abrigo no era el suyo, su Harrington de cuadros escoceses se había quedado en casa del Chino empapado de sangre, con las gafas, las llaves del coche, la cartera y el teléfono. Lo había perdido todo y esperaba que todas las pruebas de su presencia en esa casa y en el taxi se hubieran reducido a nada con el fuego.

El coche patrulla rodaba a la par de Julio, el corazón cada vez le iba más deprisa, no miró a los polis en ningún momento, y eso lo delató. El policía que iba al volante chistó intentando atraer su atención.

—Oye, ¡eh, tú! —dijo el poli abriendo la puerta del coche.

Estaba a punto de bajarse cuando una botella de cristal voló hacia uno de los grupos de personas que había en la plaza, la botella procedente de otro grupo estalló en el suelo, hubo gritos y voces, los polis se giraron y Julio siguió andando. El policía volvió a cerrar la puerta y condujo el vehículo marcha atrás hasta donde se iniciaba la trifulca. Antes de bajarse, buscó a Julio en la otra punta de la plaza, pero ya no estaba. Seguía caminando, cruzó la Gran Vía y rodeó el polígono, caminaba por el descampado arrastrando los pies, muerto de frío, la mano le dolía muchísimo.

A doscientos metros de sus ojos, tras más de seis horas de fuga, veía el panal de ladrillos grises. Caminó entre los coches con la visión borrosa y deformada, se apoyó en los contenedores, donde vomitó el agua que había bebido en Pedralbes. Llegó al bloque de los Heredia y entró en el portal. Con una mano en el estómago y la otra apoyada en la pared se vaciaba de aire y de vida en profundas y ahogadas respiraciones, toses y convulsas arcadas en las que no expulsaba nada. Llevaba horas sin comer, y había hecho un esfuerzo enorme, dadas las condiciones en las que se encontraba. Empezaba a tener sensaciones no compatibles con la vida. Reptó por las escaleras hasta el segundo rellano, llamó insistentemente al timbre, se quitó la gorra y se abrió la chaqueta buscando aire. Vio una luz lejana al abrirse la puerta. Julio estaba blanco y tenía los ojos hinchados, una silueta oscura se interponía a la luz y le hablaba.

En el umbral que separaba el frío y pulido terrazo de la cálida y encerada madera noble, ante un pasillo de luz desvanecida, con la boca llena por un intento de palabra susurrada, cayó desmayado.

De vuelta a la realidad

Volvió en sí después de una siesta de cuarenta y dos minutos. Hacía meses que no padecía un ataque de sueño, y más de dos años que no sufría uno tan largo. Despertó en una postura incómoda sobre un butacón. La habitación estaba bastante oscura, en la penumbra sonaban repetidamente unas palmadas mudas, acompañadas de unos gemidos sigilosos. La luz de una farola se colaba por el resquicio de persiana abierto y ayudaba a Julio a acostumbrar la vista, olía a tabaco, y una voz femenina dijo:

—Dame fuerte, *papi*.

Julio supo entonces dónde estaba, las palmadas mudas eran los flácidos y sonrojados muslos de John Claudio rebotando en las morenas y prietas nalgas de Marta sobre la cama del motel. Las láminas del somier crujían bajo el colchón con los últimos empujones de John Claudio, que respiraba con fuerza y emitía extraños y roncos bramidos animales, mientras la estiraba del pelo con una mano y le golpeaba intermitentemente las cachas y el culo con la palma de la otra. Ambos estaban tumbados de perfil, sobre su lado derecho, Marta le daba la espalda. El trance final del colombiano duró un par de minutos, ella tensó su cuerpo durante ese tiempo, aguantando las duras embestidas finales.

Julio aguardó inmóvil hasta que acabaron. El balanceo del catre cesó, John Claudio se salió de Marta, se quitó el condón, lo arrojó al suelo y se quedó estirado boca arriba rascándose la panza. Marta se levantó, cruzó la habitación y se agachó a coger su bolsa junto al butacón de Julio. Aquella flexión de los sudados y levemente marcados abdominales de Marta para alcanzar el asa de su blanda y estampada maleta propició que sus ojos se cruzaran con los de Julio; se miraron en el instante que Marta pasó agachada frente a él. Ella se sorprendió y abrió los ojos desvelando sus sensaciones, sintió vergüenza y se ruborizó. Julio entendió el sentimiento, también él sintió cierta turbación y, gentilmente, apartó la mirada.

John Claudio intuyó en el aire todas aquellas vibraciones, levantó la cabeza de la almohada unos treinta grados. Marta se incorporó y con la bolsa en la mano se encerró en el baño sin decir nada. Julio seguía quieto y en silencio; John Claudio, todavía tumbado, estiró los brazos dando un sonoro bostezo, se palmeó la barriga dos veces seguidas con ambas manos, y se sentó en el lateral de la cama. Alargó el brazo hasta la mesita y cogió un cigarrillo; después de encenderlo, dijo:

—¿Le gusta mirar, Julito?

—No... Lo siento, no era mi intención... Me acabo de despertar.

Julio miraba al suelo y se frotaba la frente con los cuatro dedos de la mano izquierda. John Claudio levantó su arrugado y desgastado cuerpo para ponerse un calzón holgado, una camiseta interior de tirantes y el reloj. Se volvió a sentar en la cama a terminar el cigarro.

—Debería mirarse esa *huevonada* de sueño que le da... Imagine que le agarra en el auto, o en una terraza, no lo quiera saber, mi hijo... Conozco un buen médico en Medellín que le quitaría esas mierdas... Un buen médico, eh... Sí, sí... No se vaya a pensar usted que le estoy hablando de un *pirobo* matasanos, no... Un *man* de Bucaramanga que estudió medicina en los Estados Unidos... A mi hermano Jefer Tyson le arregló de un hipo que le duraba más de seis meses... ¿Se imagina, Julio, lo que era para mi hermanito estar todo el santo día con aquella mierda en la boca cada diez segundos?, durante seis meses, ¿se imagina? Mi *brother* andaba loco. Lo habíamos probado todo, medicinas, sales y más mierdas. Fuimos a ver a un piche curandero que *andó* con más mierdas. Un día apareció aquel doctor al que le habían hablado de mi hermanito, le metió la cabeza en una bolsa de plástico, oiga, y le hizo respirar dentro de ella, luego la cerró dejándolo sin aire. Creíamos que nos lo mataba, oiga, mi papá por poco no le da con seis balazos, pero le retiró la bolsa y nos lo quedamos mirando, esperando el meneo que aquella mierda le daba en la boca, esperamos como diez minutos y, ¿sabe qué?... Se acabó, nunca más.

Libro Segundo

Narcolepsia

Las ediciones matutinas de los principales editoriales de prensa que salieron esa mañana aún no recogían nada respecto a lo sucedido en el pareado del Chino, solo hablaban de una misteriosa explosión de gas en la urbanización de Los Abetos de Barcelona, cercana a Sant Just Desvern, en la que podrían haber fallecido al menos tres personas. No así la primera edición del telediario de TVE, que a las tres de la tarde ya se hacía eco de unos violentos asesinatos en la urbanización de Los Abetos, aparentemente a consecuencia de una discusión durante una entrega de drogas y en el que podrían estar implicados un miembro de la Policía Nacional y un taxista. No daban nombres, ni especificaban la cantidad de muertos relacionados con el suceso, aún no había hipótesis y los detalles de la investigación quedaban bajo secreto de sumario. Pero la asociación de taxistas de la ciudad y la provincia de Barcelona ya tenía programadas movilizaciones, cortes de tráfico y protestas frente a la delegación del gobierno y de la Generalitat, exigiendo mayor protección y seguridad para los taxistas. Aquellas muertes iban a formar un buen revuelo.

Julio volvió mínimamente en sí, la luz agresiva de los fluorescentes no le permitía despegar los ojos, intuía sombras que se movían a su alrededor, pero no distinguía a nadie, ni oía con claridad los murmullos de las voces que le hablaban. Levantó levemente la cabeza, ya con mejor visión, observó su mano izquierda completamente vendada, y una aguja engomada a un gotero perforaba una vena de su brazo derecho.

—Está recobrando la conciencia —dijo una voz guarecida tras una mascarilla de tela verde.

Una mano se posó suave sobre su pecho, él volvió a abrir los ojos al sentir el lastre de aquella pesada extremidad sobre su caja torácica, vio las uñas lacadas, vio los grandes y gordos dedos rodeados de oro, siguió subiendo con sus ojos para ver la muñeca poblada de cadenas y esclavas, recorrió con la vista aquel antebrazo moreno y peludo, y encontró el también peludo pecho descubierto. Los cristos y los cordones sonaban silenciosamente al chocar entre sí. La perilla recortada y el pelo largo sobre los hombros, ondulado, flotando como si tuviera vida propia. Julio quiso hablar, pero aquella mano le puso un dedo en los labios, aquella boca de dientes blancos y paladar oscuro chistó:

—Ya está, ya pasó... Te has portado como un hombre... Ahora estás a salvo.

Julio supo entonces que estaba en los Grises.

Otra cara tapada se abalanzó sobre él y le puso una inyección. Volvió a perder el sentido. Lo mantuvieron sedado y alimentado por vía intravenosa durante cuarenta y ocho horas. Esos dos días permanecería ausente de voluntad, pero a su alrededor se movieron muchas cosas, entre otras, él mismo.

En la tarde de aquel mismo día, aquella tarde de mayo de 1998, en la Barceloneta, pasaban diez minutos de las seis. Dolores aún no había salido de casa para atarse a su obligación laboral. Las barras de los bares rebosaban de los recién liberados, y entre el continuado ruido de los culos de los quintos de cerveza golpeando la barra, se escapaba un murmullo, un rumor que ciegamente hablaba de los asesinatos en Los Abetos. Mariana y Dolores no eran ajenas al runrún, pero creían a Julio en Ibiza y yacían plácidamente sobre el sofá viendo la televisión.

Un niño en bicicleta cruzaba los puentes peatonales que atraviesan el Passeig de Colón. Aquella BMX de cuadro rojo y oxidado entró en la Barceloneta por El Pas de Sota, su ocupante no tenía más de diez años, pedaleó el Passeig Nacional hasta el número 46 y pulsó el primero B.

Mariana abrió el portal, el gitanillo de pelo ligeramente largo acomodó la bicicleta en el hueco de la escalera y trepó con agilidad los peldaños de dos en dos, moviendo con fuerza el escuchimizado cuerpecito que salía de debajo del chándal rojo en el que en la espalda se podía leer en letras blancas «C.P. L´H», y que claramente delataban la procedencia del chiquillo. Los cerrojos de la puerta de casa de Mariana sonaban al abrirse cuando el mocoso asomaba ya por el rellano.

El niño llevaba un sobre en la mano, se lo ofreció a Mariana, que como buena cotilla, no había avisado a Dolores, que permanecía en el sofá haciendo *zapping* durante los anuncios de una película. Mariana cogió el extremo del sobre, miró al niño, que era notablemente más bajo que ella.

—¿Y tú quién eres? —interrogó la vieja. El zagal soltó el sobre y, sin decir nada, salió corriendo escaleras abajo—. ¡Eh, tú! —gritó Mariana al oír el trajín metálico que hacía el niño al sacar su bicicleta. Con los gritos, Dolores se levantó.

—¿Qué pasa? —preguntó.

—Un niño, que trae esto para ti —contestó Mariana oteando el sobre por fuera buscando con curiosidad las señas o el remitente.

El sobre era y estaba en blanco. Mariana, más fisgona aún, se apresuró a clavar la larga uña de su pulgar izquierdo, lo hizo mordiéndose el labio inferior y guiñando un ojo a la vez, en un gesto de afán con las lentes de cerca a media nariz, ansiosa por descifrar el contenido. Aquel garfio natural penetró en el papel a través de un pliegue en la pega, la limada zarpa de Mariana destripó el sobre con un gesto rápido y seco, y de él sacó un folio con un texto impreso, que leyó en voz alta:

Apreciadas señoras: Es nuestra obligación moral, que no deber material, informarlas del hecho que a continuación relatamos. Esperamos entiendan que nos jugamos mucho al exponer abiertamente este suceso.

En primer lugar, disculpen el secretismo, pero es de crucial importancia que nadie sepa de nuestras conversaciones. Una vez entendido esto, sepan que Julio se encuentra bien, está a salvo, está con nosotros. El hecho es que, desafortunadamente, su hijo se ha visto envuelto en un desagradable incidente, que ha costado la vida a varias personas. Por fortuna podemos decir que Julio ha salido indemne de tan macabro acontecimiento, aunque dicha fortuna solo le ha permitido salvar la vida, porque su responsabilidad ante la policía no se va a hacer esperar. Así que por el bien de todos, y el de Julio en especial, las invito a que sigan nuestras instrucciones.

Deberán explicar a sus familiares, amigos, vecinos y sobre todo a la policía que discutieron con Julio, que discutió una, o las dos, les rogamos se pongan de acuerdo, y se tomen un nivel de seriedad importante al hacerlo. Que tras la discusión, Julio se fue, se marchó de casa agobiado por ustedes. Hace tres días desapareció, y ayer llamó diciendo que había encontrado trabajo en una granja. Cuando pregunten, ustedes digan eso, y que no saben más. Si no saben más, no les resultará difícil hacerlo creer. Háganlo por Julio, él mismo las llamará en menos de un mes, pero tengan en cuenta que la próxima vez que hablen con él por teléfono, las estarán escuchando, estarán escuchando dentro de poco, y escucharán todo lo que digan, a quien quiera que lo digan, así que esperamos que no hablen de esto con nadie.

Aquel texto frío y amenazador era obra de Emilio Izquierdo, abogado del Francis y una de las pocas personas dentro del último anillo de confianza que se había formado entre los clanes Heredia y Monsalve. Izquierdo había librado a Monsalve de un chanchullo que le habían supuesto un par de idas y venidas al juzgado. Aquellas gestas judiciales y la red de empresas fantasmas, que montaba para el blanqueo de dinero, hicieron que a Izquierdo se lo conociera como *el Zurdo*; el sobrenombre le venía como anillo al dedo, a pesar de ser diestro.

Dolores lloraba desconsolada. Cuando Mariana terminó de leer la carta que iba sin firmar, Mariana se quitó las gafas y arrugó el papel con fuerza.

—Lo sabía —dijo—. Sabía que algún día pasaría esto... Lo sé desde el día que oí cómo lo llamaban Perla dos mamarrachos.

Dolores rompió a llorar más fuerte.

—¿Y qué vamos a hacer? —preguntó entre desalentados quejidos.

—Pues hacer lo que nos dicen... Hijos de puta... ¿Dónde estará Julio? —contestó Mariana cruzando los dedos de ambas manos a la altura del pecho.

—Llamaré al Tiburón, así no puedo ir a trabajar.

—No, ve, y si te preguntan, dices que el niño se ha ido de casa, que habéis peleado y se ha marchado.

—¿Tú crees que tiene que ver con eso de Los Abetos?

—Hija mía, no quiero ni pensarlo.

Julio se despertó, sintió la frente mojada y se quitó un paño húmedo que le habían colocado; estaba solo. Escuchó los pájaros cantar en una parra, cuyas ramas se veían detrás de la ventana. Al tratar de incorporarse para otear la habitación, una punzada le sacudió la mano izquierda, se tanteó el vendaje con la mano buena, palpó sus dedos sanos arrugando el entrecejo por el cosquilleo doloroso, se tocó el contorno del presumible muñón, que yacía oculto bajo la madeja de tela que le apretaba la mano. De repente otra punzada le penetró por su mano maltrecha y le recorrió el brazo hasta el codo. Aquel calambre le hizo apoyar la cabeza sobre el hombro y morderse el bíceps en un gesto de dolor. Acompañó el gesto con un quejido, que el eco de la habitación amplificó.

Estaba sudado y retiró la gruesa manta y la colcha que lo arropaban. Se encontraba en una habitación con muebles viejos. Levantó la cabeza buscando la calle a través de la ventana, cuando vio su estampa reflejada en las puertas de espejo de un antiguo armario que había frente a la cama. Se miró a los ojos a sí mismo, y recordó la visión de su cara manchada de sangre en el espejo del recibidor del Chino.

Unos pasos irrumpían acercándose por el pasillo que había más allá de la puerta. Acudían alertados por el lamento de Julio. La puerta se abrió y entró una mujer, una señora de facciones agitanadas, más de cincuenta años, gorda, con el pelo cano y recogido en un moño, llevaba una bata de cuadros blancos y azules, y encima un delantal amarillo.

—Buenos días —dijo la señora.

—Buenos días —respondió Julio—. ¿Dónde estoy?

—¿Que dónde estás? En la luna estás tú. ¿Cómo se te ocurre meter la mano en la prensa, niño?

—¿Qué prensa?

—La del aceite. ¿Cuál va a ser?

—¿Dónde estoy?

—Chiquillo, estás en la casa de los señores, que te han acogido, y suerte tienes de eso.

La vieja miró a Julio y vio que no entendía nada.

—¿Qué pasa, que has perdido la memoria... o te haces el tonto *pa* que te adopten?

Como él negaba con la cabeza, la gitana dio una palmada al aire y dijo:

—Adiós, que te ha dado una *asnesia*, como en las películas... Estás en el cortijo Las Tres Haches, en Jódar, y te has *piyao* la mano en la prensa de aceite... ¿No te acuerdas de *na*? Ahora vendrá el doctor y te cambiará las vendas. ¿Tienes hambre?... Te voy a buscar algo, que la *asnesia* seguro que da *gana*... y como no te acuerdas de nada, te lo comerás encantado, será lo más bueno que recuerdes haber comido nunca.

El rumor de que Julio había despertado corrió rápido desde la cocina al resto de la casa. Ya gozaba de un guiso de ternera con patatas y media barra de cuarto, cuando Cornelio y Bartolo entraron en la habitación.

—Gracias a Dios que estás vivo, tú podrás explicar lo que pasó —dijo Cornelio caminando con decisión hacia Julio, que cesó de devorar tumbado en la cama.

Tenía bastante hambre después de dos días a base de

suero. Posó los cubiertos en la bandeja y se limpió la boca con una servilleta. Miraba a los Heredia sin decir nada.

—¿Fue una trampa, verdad? —preguntó Cornelio—. Mañana vendrá el Francis y dará la noticia a mis padres, la poli ya sabrá algo para entonces... Pero ¿qué es lo que pasó?

Julio miró a Cornelio y luego a Bartolo, después bajó la vista y tras un silencio dijo:

—No lo tengo muy claro... De todos modos prefiero hablar primero con el Francis, si no te importa... Ya no me fío de nadie.

Julio fue rotundo y siguió comiendo, sin mirar ni a Cornelio ni a Bartolo, que permanecía más alejado por detrás de su hermano. Bartolo dio unos pasos hacia delante y se presentó. Él y Julio no habían coincidido nunca, aunque habían oído hablar el uno del otro, quizás Julio más que Bartolo, que respetó su deseo de explicar lo sucedido ante el Francis antes que a nadie. Bartolo le expuso su situación legal ante lo acontecido, le hizo entender que tarde o temprano se le relacionaría con el asunto de Los Abetos y lo llamarían a declarar, pero los Heredia le habían tendido una buena coartada que lo mantenía lejos de Barcelona en aquella fatídica noche.

Todo el personal del cortijo afirmaría y juraría, ante un juez si fuera necesario, que Julio llegó a Jódar el 20 de mayo de 1998, que al día siguiente, a primera hora, se incorporó a la plantilla del cortijo —un contrato sellado en la oficina del INEM de Jaén, con fecha de efecto de ese día, lo corroboraría burocráticamente—. La entrada del diario de actuaciones del doctor Llanos de Jódar, también atestiguaría que atendió al muchacho en la tarde del 20 de mayo de una lesión producida por el aprisionamiento de una mano en uno de los engranajes mecánicos que prensan la aceituna. La infección de la herida obligó al día siguiente a la amputación del dedo corazón de la mano izquierda del paciente Perla Díaz, Julio, residente en la casa de empleados del cortijo Las Tres Haches. Había tres testigos que decían haber estado presentes en la nave de prensado cuando el chico se cogió la mano. Tenían incluso preparados media docena de testigos que afirmarían haber hecho el trayecto Barcelona-Jaén, en tren junto a Julio Perla el día 20 de mayo de 1998. El chico estaba a salvo de la primera embestida policial cuando esta llegara.

—Empieza a creértelo, debes actuar como si hubiera sucedido así.

Esas fueron las palabras de Bartolo al abandonar la habitación; Cornelio se fue detrás de su hermano.

Julio empezó a sentirse incómodo en aquella cama, quería estirar las piernas, se levantó y se asomó a la ventana. Una brisa fresca corría, levantando el aroma de los campos en flor, escuchaba un sonido que no sabía de dónde provenía, la vista no le alcanzaba más, pero desde una esquina se colaba el eco de los cascos de un caballo pisando un pavimento asfaltado. La llamada de un gallo tardío y unas voces a lo lejos terminaban de ruralizar el lugar. Una tos removió el ambiente a la espalda de Julio, que se giró, encontró un hombre alto y delgado, moreno de pelo bien cortado, gruesas lentes sostenidas sobre su gruesa nariz, bigote negro y bata blanca.

—Soy Llanos, el doctor —se presentó—. Y esta es mi ayudante Leticia.

—Encantada —dijo la chica morena y guapa, que entró detrás del doctor; ella también llevaba bata blanca.

Julio retornó a la cama. Leticia abrió el maletín y entregó una tijera al doctor, con la que cortó el vendaje que cubría la mano izquierda de Julio, mientras ella preparaba una palangana metálica con agua caliente, en la que vertió una solución yodada. El médico apartó las últimas gasas que tapaban la herida.

—Límpiala —le ordenó a Leticia, quien con una esponja humedecida en aquella palangana de humeante agua cobriza empezó a frotar el yodo y la sangre reseca en la piel de alrededor de lo que fuera un dedo corazón izquierdo.

Él aguantó el dolor cuando la enfermera le pasó la esponja por el centro de la herida. Una vez limpia, el doctor le cambió algún punto, lo volvieron a embadurnar de yodo y Leticia le aplicó un compacto y cómodo vendaje. El médico le dio un par de calmantes, luego recomendó a Julio que permaneciera en la cama reposando al menos un día más.

Ya había oscurecido, Julio estaba tumbado en la cama, cenaba unos huevos fritos con chorizo en la bandeja en la que había comido y que, con las dos pequeñas patas que tenía, le quedaba justo encajada en el regazo. Su espalda reposaba inclinada sobre tres almohadones.

Se disponía a mojar un pedazo de pan en la pomposa y suculenta yema amarilla que gelatinosamente cimbraba en el plato, cuando una bota golpeó y abrió la puerta. Ginés Malababa entró portando un pequeño televisor en los brazos, arrastró una silla ayudándose con el pie y posó la tele en ella.

—¡Mierda! —dijo al ver que el cable no llegaba hasta el enchufe.

Empujó la silla y la tele, acercándolas más a la pared, enchufó y encendió el aparato.

—Esto te tendrá entretenido los ratos que pases aquí, no tiene mando, pero tú no te levantes... Le pegas un grito a la Lola, la loca gorda que danza por ahí, charla mucho, pero es muy buena gente, como todos los de por aquí... Ya te darás cuenta.

—Tabaco —dijo Julio.

Ginés se metió la mano en el bolsillo y sacó un paquete de Winston con cuatro cigarros y un mechero, que arrojó a la cama.

—¡Lola! —gritó Ginés.

—¿Algo más? —preguntó.

—Ropa —respondió Julio estirando el algodón de la bata de hospital que llevaba puesta.

Ginés sonrió.

—Veré qué puedo hacer —contestó.

Lola entró en la habitación secándose las manos en el delantal amarillo que llevaba colgado al cuello, sobre sus enormes pechos.

—¿Usted dirá? —preguntó.

—Tráele un cenicero al muchacho... Y lo que te pida se lo traes.

—Gracias, Ginés —dijo Julio.

—Nada, chaval, a mandar, mañana te veo.

—Oye —dijo Julio antes de que Ginés abandonara la habitación—. No pude hacer nada.

—Lo sé, chaval... Descansa. Mañana nos vemos.

«*Qué desgraciaíca, gitana, tú eres teniéndolo to*», cantaba la Lola descubriendo las cortinas y levantando las persianas a la mañana siguiente. El reclamo de los gallos se sucedía fuera, donde el viento había cesado y unas nubes blancas adornaban el fondo azul que se veía detrás del entramado de ramas de parra. Julio se desperezaba en la cama.

—Vamos, que hoy tiene que estar todo bien ventilado, que viene el señorito Francisco... Y por lo que dicen trae malas noticias, algo gordo ha pasado en Barcelona... El señorito Ginés ha dejado unos pantalones y una camisa *pa* ti... y estas botas, a ver si te valen, si no tendremos que buscarte otro calzado. Los jornaleros me han dado estos calcetines y unos calzoncillos, están usados, pero limpios, que no te importe, es solo por hoy... La Jacinta me ha dicho que han mandado al Sergio que mañana te lleve a Jaén a que compres ropa... ¿Cómo es que no tienes ropa?... ¿O es que con la *asnesia* no te acuerdas de dónde la has dejado? —preguntó inquieta la Lola.

Julio se vistió lentamente y con cuidado, lo hizo todo lo rápido que el dolor de su mano le dejó. No reparó en la ropa hasta que no se vio con aquel tejano pitillo rojo que le venía corto y dejaba ver los calcetines blancos, con dos anillos dibujados en la parte superior, uno azul marino y el otro rojo. Trató de recogerse los calcetines para ocultarlos, pero quedaba mucho más ridículo que se le vieran las piernas entre el final del pantalón y los calcetines. Las botas eran unos viejos botines de baloncesto Karhu, grises, quizás en origen negros, y la camisa de franela, a cuadros verdes y amarillos.

—Parezco un payaso —dijo al mirarse en las puertas del armario.

Se pasó las manos por la cabeza tratando de adecentarse el pelo, pero no era el pelo lo que lo disgustaba del reflejo de su patética imagen. Tras diez minutos mirándose, asimiló su aspecto, salió de la habitación y atravesó un pasillo de puertas cerradas. Se veía el reflejo de la luz de la calle al final del corredor. Llegó a un distribuidor en el que había más puertas, macizas de pino melis, paredes blancas y rugosas, el suelo de gres rojizo, y un zócalo de baldosines blancos con dibujos florales en rojo hasta media pared subía junto a la imponente escalera, que trepaba por un lateral abrazada a los barrotes de pino torneados y encastados en un taco gordo de melis veteado y moldeado, que coronaba el pasamanos.

La majestuosa baranda crecía junto a los peldaños, también forrados de gres rojizo, con el mamperlán rematado en pino. En el hueco de la escalera colgaba una lámpara de doce candelabros de bronce pulido, con cordones de plata. Un ventanal de más de tres metros de altura dejaba entrar la luz por la pared opuesta a la escalera, que acababa en la segunda planta, y la baranda cerraba en cuadrado un amplio corredor de puertas de melis y el mismo zócalo de baldosines a media pared.

Julio se asomó a mirar por el grandioso ventanal, vio a Ginés Malababa hablando con unos hombres. Luego salió a la calle por una puerta doble y rodeó el edificio. Vio la sierra Mágina en todo su esplendor, se cruzó con un hombre que le dio los buenos días, vio la fuente y las cuadras, los caballos que había escuchado. Había perros sueltos y, a unos cien metros, dos hombres sacaban un tractor de una nave que había junto a unos huertos en los que otros hombres trabajaban. Un canal estrecho de agua separaba los huertos de tres invernaderos de plástico.

En el otro lado de la finca, el terreno ascendía en diferentes llanos escalonados, cerrados por vallas, en los que se veía algún que otro toro a la sombra de los olivos silvestres. El canal de agua descendía partiendo en dos un campo arado, detrás del que a Julio se le perdió la vista sin poder divisar dónde acababa el cultivo de olivos. Caminó hasta donde se encontraba Ginés, que se giró y, al verlo llegar con aquella pinta, sonrió.

—Coño, Julio, quién te ha visto y quién te ve —dijo.

—Ya ves —contestó resignado.

Ginés le presentó entonces a Sergio Doblas.

—Trabajarás con él... Cuando estés mejor... Con los animales y el mantenimiento. Sergio tiene buena mano, aprenderás rápido... Las bestias son como las mujeres... Primero se las doma, y luego a mandar... ¿Sí o no?

Ginés y Sergio se movían azuzados por su risa floja, Julio sonrió, pero seguía resignado.

—Y mientras tanto, ¿qué voy a hacer? Necesito más tabaco.

—No seas impaciente, tienes que reposar, date unos días... Mañana vas a Jaén, con este hombre, yo os daré dinero, te compras algo de ropa y un par de cartones... Más adelante, cuando trabajes, tendrás un jornal.

Julio asintió con la cabeza; seguía resignado y disgustado con su apariencia. También le molestó el comentario acerca del sueldo. Ginés sabía que Julio había dejado una pequeña fortuna en Barcelona.

El día había levantado una cálida mañana de primavera, las golondrinas volaban bajas. Ginés y Sergio indicaban a Julio los lindes visibles de la finca. Ambos permanecían en la misma pose, alineados, señalando con la mano derecha y la izquierda en la frente, a modo de visera. Julio escuchaba con la vista puesta en el paraje, le fascinó la idílica visión del núcleo urbano de Jódar abajo en la lejanía. En esa misma dirección, una pista asfaltada descendía hasta una valla negra, detrás la pista seguía sin asfaltar hasta perderse detrás de una colina. Los tres charlaban tranquilos fumando un cigarro, cuando una nube de polvo dobló la curva que rodeaba la colina, aproximándose a la valla a gran velocidad.

Un Audi A8 negro iba delante, un Mercedes 4x4 plateado le seguía. Los dos coches subieron rodeando las naves y el pajar. El 4x4 atajó por un trecho en pendiente y enfangado llegando primero a la explanada de delante de la vivienda; el Audi siguió por la calzada, rodeó la residencia de empleados y accedió a la misma plaza adoquinada cruzando un viejo arco de piedra, levantado entre dos grandes cipreses que flanqueaban la llegada del camino asfaltado.

Del 4x4 se bajó Vicente, vestido con un traje negro de pantalones acampanados, abrió la puerta del copiloto y ayudó a bajar a su tío Braulio, que se valía de una muleta para caminar. El viejo bajó ataviado con su chaqueta de pana con coderas. También le echó una mano para descender del auto su hijo Manuel, que viajaba en el asiento trasero. El Audi paró el motor, la puerta del acompañante se abrió, una mujer se apeó, Estrella Amador, Estrellita, la mujer del Francis, una gitana guapísima, notablemente maquillada, con el pelo suelto y unas largas pestañas que se escondían tras dos espejos de Dolce & Gabbana. La otra puerta del Audi se abrió y bajó Francisco Heredia en tejanos, con una camisa roja y unas zapatillas Diesel, blancas.

El Francis y su mujer abrieron las puertas de atrás del coche, del que salieron dos niñas de nueve y doce años, las dos morenas de pelo y piel como sus padres. La mayor se llamaba Raquel, llevaba el pelo recogido en una cola y había heredado la bonita cara de su madre, no así Sarai, la pequeña, a la que, por su edad, le faltaban varios dientes. Ginés y Sergio se acercaron a los coches. De la casa salieron Cornelio y Bartolo y, tras ellos, varios empleados, sobrinos de don Avelino, que también salió junto a su señora. Avelina y Lola salieron las últimas. Los familiares se abrazaban, muchos rompían a llorar conscientes ya de la muerte de Juan. Solo don Avelino y doña Candela desconocían el hecho.

Los mozos sacaban equipaje y bártulos de los maleteros de los coches. Julio avanzó tímidamente, quedando un poco al margen. Nadie reparó en él, hasta que lo hizo el Francis, que se le acercó, se quitó las gafas y le dio un abrazo.

—Luego hablamos —le dijo.

Tras el Francis se acercó Vicente, que también lo abrazó. Después todos entraron a la casa. Julio se quedó solo en la explanada, se acercó caminando hasta las naves donde pidió un cigarrillo a los hombres que cargaban cajas de pepinos en el remolque del tractor. Regresó fumándose el cigarro calmadamente, entró y se tumbó en la cama a ver la televisión. La mano le dolía menos, salvando alguna que otra punzada repentina, pero seguía siendo manco, todavía no podía coger nada. Lola le sirvió la comida: puchero y cuatro sardinas hechas a la brasa con una ensalada.

Comía un yogur natural azucarado cuando oyó en los titulares que abrían el telediario dijeron que los investigadores de la Policía Nacional y la autonómica. Colaboraban en el esclarecimiento de los asesinatos de Los Abetos. Ni miró ni escuchó la noticia, se sentía más o menos a salvo, y no quería saber cuánto sabían. Tras apagar la tele se echó una siesta, que fue interrumpida con la llegada del doctor Llanos. Traía consigo los análisis clínicos de Julio.

El doctor se sentó en una silla, junto a la cama. Estaba explicando al chico los resultados, cuando una sombra reluciente y alargada penetró en la habitación. El Francis caminaba los pocos metros que había entre la puerta y la cama, el oro sonaba en su pecho. El doctor se giró al oírlo tras de sí.

—Buenas tardes —dijo Llanos.

—Buenas tardes —respondió el Francis.

Julio sabía que había llegado el momento de enfrentarse a la verdad, a la nueva verdad. Se le durmieron las piernas, los brazos y las manos, un vértigo atroz le emergió del bajo vientre en forma de cosquilleo, fue ascendiendo por su torso hasta clavársele en la garganta, los ojos se le abrieron ampliamente, hinchó el pecho para dar las buenas tardes, pero era incapaz de mediar palabra, la boca no le respondía, ni los ojos, ni ningún músculo del cuerpo, padecía una cataplejía severa que lo mantenía inmóvil.

Llanos advirtió el anormal estado de Julio, vio su mirada perdida y su expresión asustada. El doctor lo empujó por el hombro, al ver que no reaccionaba pasó su mano de izquierda a derecha dos veces ante los ojos inamovibles del chico, que parecía estar muerto.

—Qué extraño —dijo Llanos levantándose y dirigiéndose verbalmente al Francis, que observaba sorprendido. El doctor le tomó el pulso y la tensión, con una linternilla le inspeccionó las cuencas oculares—. El pulso es bajo, pero nada fuera de lo normal... Es una pérdida momentánea de los impulsos nerviosos. Es posible que nos esté viendo y oyendo, pero es incapaz de reaccionar... Si se produjera conjuntamente con un cuadro de apnea prolongado, podría ser peligroso... Quizás sea una reacción a alguno de los fármacos. Deberá medicarse si le sucede con frecuencia —apuntó Llanos.

El doctor hablaba mientras revisaba todas sus constantes vitales. Llanos le apretó el plexo solar y el abdomen con ambas manos. El muchacho sufrió un espasmo que tensó su cuerpo, soltó el aire, pestañeó dos veces y recuperó la movilidad.

—¡Dios, qué chungo! —dijo Julio al despertar del trance.

—Si te vuelve a suceder y mantienes la conciencia, concéntrate en respirar —indicó Llanos—. Si le volviera a ocurrir, no lo despierten; si ven que no respira, apriétenle el pecho para que suelte el aire. Una vez vacíos, sus pulmones funcionarán por reflejo —le dijo el doctor al Francis—. Ahora es mejor que descanse.

Llanos recogió su material médico y sus papeles.

—Relájate, no es nada grave —dijo, posando cariñosamente la mano en su hombro, estrechó la del Francis y se marchó.

Francis ocupó la silla en la que había estado sentado Llanos.

—Buen tío, el doctor, ¿verdad? —dijo el gitano al sentarse—. ¿Estás mejor? —prosiguió. Iba concretando cada vez más sus preguntas, hasta que sin demasiados rodeos acabó preguntando—: ¿Cómo fue?

Julio también respondió sin rodeos.

—No lo tengo claro, era una trampa, o quizás no... En cualquier caso, Juan disparó primero, el Mikey mató al Chino, y Juan al Mikey, yo no sabía que nadie iba a morir. Empezaron a dispararnos, a mí me dieron en la mano. Intentábamos salir de allí, íbamos a rastras, él detrás de mí.

La última vez que me giré, ya no estaba, entonces empecé a correr y no paré hasta que llegué a tu casa. No sé nada más, ni siquiera los vi.

—¿Y el Gordo?

—El Gordo no estaba allí —dijo Julio.

—Sí que estaba, sí, pero esos hijos de puta le dispararon como a un perro, está en coma, no creen que salga de esta, pero el Gordo es un tío fuerte, seguro que se repone, si Dios está con nosotros sacará al Gordo de esta, él sabrá quién tramó la encerrona.

Los ojos de Julio se abrieron estrepitosamente, Francis malinterpretó la sorpresa de Julio y, dándole dos cachetes en el muslo, le dijo:

—Tranquilo, saldrá de esta. —Julio se relajó, pero no pudo evitar el llanto cuando Francis añadió—: El Chino te rondaba y el Mikaelo nos vendió, Juan fue el que se dio cuenta... Por eso lo mató, pero ahora no importa, lo que importa es devolvérsela a esos mamones multiplicada por diez.

El Francis no sabía contra quién luchar, y Julio lloraba porque sabía que no era verdad que el Mikaelo los hubiera entregado al Chino. El Chino rondaba a Julio, eso era lo único cierto. Juan Heredia sabía que Julito pagaría con la vida aquella imprudencia, así que inventó la historia del Mikaelo aquella misma noche, con el fin de salvarle la vida. El pobre Mikaelo, a pesar de ser un desfasado, no tenía ninguna culpa y, mucho menos, Sandra o el Gordo, por no hablar del taxista. Julio se sintió aún más culpable de todas las muertes. Sintió que podría haber salvado a Juan, que decía la verdad aquella noche cuando le juraba que no lo iba a matar, pero tampoco le hubiera consentido acabar con Sandra sin poner su vida en juego. Así sucedió, entre la duda y la valentía, entre la moral y la amistad le quitó la vida. Esa era la verdad que Julio Perla trataba de enterrar en lágrimas.

El Francis hacía conjeturas.

—Si esto lo hubiera montado la poli, yo me habría enterado... Los rusos, han sido los rusos, con los primos de los Mata... ¡Debí matarlos a todos cuando estuve a tiempo! —gritaba enloquecido y tremendamente ofuscado.

Don Avelino y doña Candela ya habían recibido la trágica noticia, un silencio sepulcral recorría la casa, solo se oían las desaforadas voces del Francis alegando por qué y a cuántos debía haber matado. Cuando por fin se calmó, dejó dos paquetes de Marlboro sobre la mesita de Julio; también dejó tres billetes de diez mil pesetas.

—Me han dicho que has estado pidiendo tabaco y que mañana vas de compras —le dijo el Francis en tono amable y jocoso; después apuntó—: Mañana por la tarde vendrá un sastre de Granada, muy bueno, que te mida y te haga un traje para el funeral de Juan, será en unos días —comentó en un tono triste y desolado.

Permaneció unos segundos en silencio e hizo un gesto de compasión con los ojos, entendiendo que Julio no tuviera palabras, luego se despidió y abandonó la habitación. Julio ya no volvió a salir aquella tarde, se quedó viendo la tele y se acostó pronto.

Julio pidió a Lola que lo despertara antes de las ocho y, a las ocho menos un minuto, lo hizo. También pidió una bolsa de plástico, con la que, puesta en la mano, se duchó. Se volvió a vestir con el atuendo de *Fofó*, como los trabajadores de la finca lo habían bautizado al verlo el día antes (cosas del humor andaluz). Desayunó con Lola en la cocina.

—Estos cereales se recogen aquí —decía la mujer mirando el logotipo de Kellogg's.

—Sí, sí... Tú ríete... Luego los meten en estas cajas de colores, *pa* que piensen que son americanos, así engañan a los niños... Si supieran que son de aquí, no los querrían.

A Julio empezaba a caerle bien la Lola, le hacían gracia esos puntos, con ese marcado acento calé. Julio preguntó por Sergio.

—Tiene que estar al caer —respondió ella.

Sergio apareció minutos después, traía mala cara.

—Tú, vamos —dijo en un tono déspota.

Julio miró a Lola, y ella dijo:

—No le hagas caso, se acaba de despertar y seguro que

ayer se acostó borracho... Pero enseguida se le pasa, en cuanto se trinque un carajillo en el bar de las rusas.

Sergio Doblas se desperezaba estirando los brazos en aquella cocina, escuchando a la Lola, mientras asentía con la cabeza.

—De Terry... Y una copa —decía el Doblas (como lo llamaban los jornaleros), esbozando una sonrisa al terminar de bostezar—. Mira... Mira, en cuanto el *Fofó* le vea las tetas a la rusa se va caer de culo, pero te digo una cosa... La rusa se va a quedar *planchá* al verle las pintas a él. Pero ¿quién te ha dejado esos pantalones, chiquillo?... Míralo, si parece un muñeco... Anda, vamos a mi barraca y te dejo ropa, que pareces un mamarracho vestido así... Como para llevarte a Jaén, con las buenas potras que hay allí... Vamos, que vamos a llegar tarde... Y a las cuatro, no más, tengo que estar aquí para vender un bayo, tú vendrás conmigo a cerrar el trato.

Partieron hacia Jaén después de que Julio se cambiara, y de la pertinente parada en las rusas, que una era una escoba fea, y la otra no tenía más encanto que una talla de pecho que bien podría rondar la 130.

«Eso sí, pero por lo demás, qué quieres que te diga», pensaba Julio, aunque a Sergio le dijo que estaba bien buena.

—La otra no vale *na*, pero a la de las tetas, estoy a ver si me la hago —comentaba el Doblas, con el volante entre las manos de una Ford Transit nueva de trinca, blanca con el logo de Molinos de Jódar en los laterales.

Hasta Jaén tardaron como una hora y media. El Doblas no corría con la furgoneta nueva, órdenes de Ginés (por la cantidad de multas que acumulaba en la vieja), de haber ido en su Terrano, habrían tardado la mitad por lo menos (eso decía él).

Aquel hombre tenía treinta y un años, pero su forma de ser y de hablar era digna de una persona de cincuenta. Tenía la cara cuadrada, era moreno, de ojos oscuros y hundidos, nariz afilada y boca grande (en todos los sentidos). Una incipiente calva se le formaba en la coronilla, por eso tardaba algún tiempo en cortarse el pelo (según comentaban los jornaleros), y se arremolinaba algunos mechones de cabello en el claro que empezaba a dejar ver su blanco coco. Era un tío muy fuerte, se le veía en su fornida estampa cuadrada, igual que su cabeza, pero bebía con frecuencia, y en cantidad, lo que provocaba que a pesar de su fortaleza soliese estar debilitado, sobre todo por las mañanas.

Julio podía imaginar que a nivel *shopping* Jaén no era Barcelona, pero la diferencia era mayor de la prevista. Jaén tampoco es que fuera una ciudad preciosa. Era más bien pequeña, y salvando el casco antiguo, cuatro calles y el legado Andalusí, lo demás no le sorprendió en exceso. Camparon bajo los innumerables carteles y letreros que patrocinaban el mayor olivar del mundo. Se compró un par de pantalones tejanos. Dos camisetas insulsas y discretas, una camisa y un jersey, después de eso ya iba justo de presupuesto por lo que, con lo que le quedaba, se compró unas zapatillas deportivas, baratas, y varias mudas de ropa interior y calcetines. Compraron tabaco y tapearon algo con unas cervezas antes de volverse al cortijo. A la vuelta hubo más ratos de silencio, el chico se deleitó observando el raso y seco paisaje, le sorprendieron las largas y oscuras manchas de esparto y las interminables agrupaciones de invernaderos. El Doblas solo hablaba de caballos en particular y de equitación en general, de cuadras, de piensos, de pastos, de riendas, de sillas y de doma.

Ya en el cortijo, Julio pidió al sastre que le trajera unos zapatos negros del 42, para el entierro de Juan, que ya tenía fecha. Sería el domingo de aquella misma semana.

A partir de aquel día solía acompañar al Doblas en los trabajos y recados que no implicaran derroche físico, que eran la mayoría, lo que le hizo más amenos los aburridos días. Con el Doblas iba a dar vueltas, presenciaba los tratos y aprendía los secretos de la venta de ganado. Quedó deslumbrado el día que el Doblas lo subió en el *jeep* y le enseñó las dehesas. Las manadas de toros campaban tranquilas, se solían mover conjuntamente. Arreciadas por repentinas furias lunáticas corría todo un rebaño dando cabezadas y cornadas al aire, levantando las extremidades delanteras (las manos decía el Doblas). Otras reses yacían solitarias, permanecían calmadas a la sombra de algún madroño, olivo furtivo o matojo bajo que proyectara un mínimo hilo de lobreguez.

El Doblas enseñó a Julio a distinguir los ejemplares con mejor estampa, dotes físicas y que dieran síntomas de bravura. Aquel hombre rudo y rural le explicó detalles poéticos de jerga taurina, que hablaban de nobleza, temple y arte. Entendió en las apasionadas palabras del Doblas que aunque aquellas gentes traficaran con la vida de aquellos animales, sentían verdadero respeto y amor hacia ellos. Recorrieron los campos por carriles sin asfaltar, avistando las diferentes manadas que ampliamente cercadas campaban con relativa libertad. El Doblas le explicó el funcionamiento de la ganadería; de entre las manadas, le enseñó los ejemplares seleccionados para ser abatidos en las diferentes corridas que Las Tres Haches tenían pactadas a lo largo de la temporada que acababa de empezar. Las tardes las solían pasar en las cuadras, retocaban a manguera la espléndida morfología de los esbeltos y fuertes ejemplares de PRE, «Pura Raza Española».

El pabellón se mantenía limpio y cada caballo tenía un *box* particular, de diez metros cuadrados. Estaban separados por unas rejas, pero los más fieros y bravucones se solían lanzar bocados los unos a los otros, abrazando los barrotes de hierro con los dientes, intentando alcanzar el lomo del vecino. Escuchaba atentamente las lecciones del Doblas, que le enseñaba a distinguir entre *isabelinos*, *castaños*, *alazanes*, *marrones*, *bayos*, *blancos*, *pardos*, *grises*, *negros*, *pintos* y *manchados*. Ni siquiera los más evidentes eran fáciles de acertar, eran claras alusiones al color del pelaje, pero era tanta la gama de matices que costaba distinguir un *marrón* de un *castaño* o un *alazán*, un *pardo* de un *negro*, un *gris* de un *blanco* o un *pinto* de un *manchado*. Julio aprendía toda aquella gama de matices observando a los animales y a los mozos que los atendían. Los empleados de las cuadras eran gente con experiencia equina, cuatro hombres se valían junto a dos peones (y a la mínima ayuda que Ginés y el Doblas ofrecían) para alimentar y sacar a todos los caballos al picadero. Después eran repasados uno a uno, se les escudriñaban los cascos herrados, apartando las diminutas piedras que se les clavaban en el albero. Se les mojaba concienzudamente y se les frotaba con unos cepillos tiesos enjabonados, luego se les aclaraba, se les desenredaban y se les peinaban las crines y la cola con grandes peines de largas púas.

Los diferentes ejemplares eran alternados diariamente en largos paseos por el campo, que los mantenían sanos y en perfecta forma. Cada animal disfrutaba de dos por semana, y todos los miércoles recibían atención veterinaria. De todas esas atenciones y privilegios solo gozaban los caballos que estaban en las cuadras, que eran los mejores ejemplares, los caballos de paseo de la familia y los sementales de pura sangre de la ganadería, que eran estandarte y orgullo de la familia. Más alejadas de la casa, en grandes cercados, estaban las yeguas, que parían los potros que afamadamente se vendían en las diferentes ferias ecuestres. Todos aquellos animales, tanto caballos como toros, llevaban grabado a fuego el hierro de Las Tres Haches, en el cuarto trasero izquierdo.

Dos días antes del funeral, durante un rato libre, Julio jugaba al balón con las hijas del Francis, en la explanada adoquinada frente a la casa, ante la mirada de Estrellita, que, sentada en una silla de plástico bajo una sombrilla, sonreía viendo a Julio instruir a sus hijas respecto a cómo tenían que golpear el balón. Sarai, la menor de las niñas, tiró la pelota lejos de donde se encontraba su hermana, Raquel corrió hasta detrás del arco de piedra para rescatar la bola.

—Dale fuerte —gritó Julio.

La niña cogió carrera y golpeó la pelota con la parte interior de su empeine derecho, como él le había dicho. Raquel chutó fuerte soltando la pierna después del impacto, el balón se levantó cogiendo la rosca perfecta, voló sobre el arco y, tras hacerlo cuarenta metros, empezó a bajar. Era un pase medido que Julio se disponía a parar con el pecho, observaba la bola que se acercaba blandita, preparó el cuerpo, pero aquella expectación lo tensó, tornándolo de nuevo inmóvil; la pelota le impactó en la cara, lo hizo tambalearse y caer al suelo. No se movía.

—¡Lola! ¡Ginés! ¡Socorro! —gritaba Estrella.

Julio se despertó de nuevo en aquella cama. Minutos después apareció el doctor Llanos, que le explicó que padecía un cuadro patológico; aquel último desmayo corroboró las sospechas del médico.

—Padeces una patología llamada narcolepsia, ¿has oído hablar de ella?... Es un trastorno de la capacidad para mantener la vigilia de forma voluntaria, en tu caso se acompaña de una cataplejía severa, algo normal en este tipo de dolencias. Lo que haremos es tratar de contener esos irrefrenables ataques... Empezaremos con doscientos miligramos diarios de Modafinil, eso debería mantenerte despierto, al menos quince o dieciséis horas seguidas, aunque los ataques no siguen un patrón de tiempo. Puedes padecer varios en un día, uno al mes, o uno cada diez años, pero es crónico... A día de hoy, no se ha encontrado ningún tratamiento capaz de revertir la narcolepsia.

Llanos vio la sorpresa y la congoja en los ojos de Julio.

—No sufras, nadie se ha muerto de esto —dijo el doctor entre risas, después de extenderle una receta para el Modafinil.

Aquella tarde, Julio ya estaba más recuperado del trauma, fumaba sentado en las sillas de plástico que había en la explanada adoquinada, casi todos dormían la siesta, y los que no lo hacían yacían sentados o tumbados. Oteaba las vistas pensando en su nueva dolencia, que sumada a la amputación del dedo lo mantenía inquieto y cabizbajo.

Tras unos días en Jódar, seguía triste y resignado. Divisó una nube de polvo a lo lejos doblando la colina. Aquel nimbo marrón repleto de partículas y piedrecillas del camino se apresuró por la pista y se detuvo ante la valla, que se abrió. El auto era un Mégane lila de tres puertas, que subió por el camino hasta detenerse ante Julio. Los ocupantes eran dos mujeres, la más joven conducía, ambas se apearon y Julio reconoció a Úrsula Heredia al instante, pero tardó unos segundos en identificar a la delicada, bonita y pequeña Candela, que ya era toda una mujer.

Úrsula Heredia, mujer de Ginés Malababa, había viajado a Barcelona, enviada por el Francis, que estaba paranoico y quería proteger a sus hermanos de cualquier ataque o detención. Pensó que con una mujer no se atreverían. Úrsula, a pesar de haber acabado viviendo en un cortijo, era una mujer moderna que se había criado en la ciudad, por lo que no le importó la imposición de su hermano de tener que acudir a resolver los asuntos legales relacionados con la muerte de Juan, cuyo cadáver fue identificado por la propia Úrsula.

El cuerpo calcinado de Juan era irreconocible, así que la identificación se basó en un cristo de los diablos, prendido en una cadena, ambos objetos de oro, así como en dos sellos anulares, uno con la efigie de un caballo y el otro con el hierro de la ganadería familiar, Las Tres Haches. Todas las piezas de joyería fueron limpiadas y entregadas a Úrsula, que donó una muestra de ADN para corroborar la identidad. La autopsia de Juan certificó que había fallecido de un disparo en la cabeza. Los técnicos de la policía extrajeron de la pared la bala que acabó con su vida. Atribuida por los expertos a ese hecho, después de la reconstrucción del crimen, la bala había sido disparada por una 9mm Parabellum, igual que las dos extraídas del cuerpo del Gordo, que se encontraba en el hospital de La Vall d'Hebron.

La pistola del Chino, de la misma marca y calibre, había desaparecido. En consenso, los forenses determinaron que el disparo se había producido a una distancia inferior a los dos metros, pero el efecto corrosivo del fuego en el cadáver hacía que la certeza sobre la distancia fuera relativa en un porcentaje elevado. El resto de detalles sobre la investigación seguía bajo secreto sumarial, aunque Emilio Izquierdo, *el Zurdo*, y su equipo de picapleitos seguían de cerca las pesquisas policiales. La implicación del Chino hacía que los policías se apretaran a sí mismos. También los estamentos políticos ejercían presión sobre los investigadores, que trabajaban el caso con persistencia y sin descanso.

Úrsula regresaba con toda esa información, ampliamente redactada por el Zurdo.

La tarde del día anterior al del entierro fueron apareciendo varios coches por detrás de la colina. Todos subían la carreterilla asfaltada, rodeaban la residencia de empleados y aparecían por debajo del arco, entre los cipreses. Fueron llegando espaciados en el tiempo, y aparcaron ordenadamente, hasta copar por completo la explanada.

Don Avelino y doña Candela ya hacía dos años que residían en el cortijo, con Avelina, Úrsula y Ginés. Para ellos la muerte de Juan suponía la consecuencia de las acciones y los nuevos negocios del Francis, aunque no había reproches, era la actividad con la que habían hecho fortuna y criado a sus hijos. El asesinato era algo asumido, les había tocado a ellos, como les había tocado a otros, hijos de aquellos que ellos mandaron matar.

Ginés había adquirido el cargo de caporal, en lo que a la ganadería se refiere. Su llegada a la finca coincidió con la jubilación del antiguo encargado de cuadras, dehesas y chiqueros, título que a Ginés le encantaba ostentar y pronunciar. Sergio Doblas era su delegado, una especie de capataz que, sin hacer mucho, mantenía ocupados a los empleados con sus voces y sus órdenes, que no cesaban. Con Julio templó el trato después de presenciar el respeto que el Francis le profería. Sergio era sevillano y había recalado en el cortijo después de su separación, durante una temporada de recogida de aceituna, pero su conocimiento acerca de los animales, su carácter altivo y su perfeccionismo (únicamente en lo que a actividades ecuestres se refiere) le hicieron entrar a trabajar con los mozos y promocionar hasta alcanzar el cargo que desempeñaba.

De los olivos y de todo lo relacionado con el aceite se encargaban Adán y Antonio Moreno Heredia; su hermana, Rosario Moreno Heredia, dirigía la oficina de Molinos de Jódar, en el pueblo. Los tres eran hijos de la tía Vicenta (hermana de don Avelino) y de Rafael Moreno. La tía Vicenta era la propietaria legal del cortijo, su hermano Avelino lo había puesto a su nombre, pero solo de la tierra. Los derechos de explotación del aceite y de la ganadería, así como todos los ingresos que el cortijo rentara eran de la red de sociedades del Francis, él mandaba, tanto en la casa en la que residían como en la tierra en la que trabajaban. Ellos acataban y respetaban la figura de don Avelino como patriarca virtual, y la de Francis como líder titular.

Lola hacía las labores del hogar junto a la tía Vicenta, Avelina y Úrsula.

Lola y Julio eran las únicas personas ajenas a la familia Heredia que compartían las horas de la comida y la cena con ellos, los demás comían en el bajo de la residencia de empleados. Allí había una cocina y un comedor, donde cocinaban los familiares de los empleados que alternaban turnos y obligaciones para cubrir esa función. La casa pagaba los alimentos y, salvando el vino, el licor y el pescado, con lo demás eran generosos. El flujo de gente de la residencia cambiaba por semanas, familias enteras iban y venían dependiendo del período del proceso del aceite en el que se encontraran. Los niños y zagales sembraban y recogían pepinos.

En una nave en la que los remolques volcaban las aceitunas, las mujeres hacían la selección de las sanas y cogidas directamente del árbol de las golpeadas y feas. Los hombres controlaban las líneas de prensado y vaciaban las cajas de aceitunas, previamente seleccionadas por las mujeres, en los engranajes de la molienda, nombre que recibía la vieja prensa de rulos que estaba pendiente de ser cambiada por una de martillos, más moderna. La escoria resultante había que apartarla con una herramienta de palo. Había que hacerlo con cuidado, ya que si el engranaje mordía el palo, tiraba fuertemente de él y el brazo podía ir detrás. Había quien había perdido alguna mano o parte de ella en aquellas fauces mecánicas.

En la tarde previa al funeral, Julio observaba la llegada de los coches, cuyos ocupantes, sobre todo las mujeres, bajaban consumidas en sonoros llantos, afligidos gritos e impotentes súplicas al señor, para que tuviera en la gloria al pobre Juan. Todos eran recibidos por Avelina, que los acogía en abrazos y se les unía en los lamentos y los sollozos; luego entraban a dar el pésame a don Avelino y a doña Candela, así como a los hermanos. Los Heredia Galera permanecieron toda la tarde sentados en el salón, recibiendo condolencias. Entretanto, unos albañiles terminaron de construir un panteón en la parte trasera de la casa, un tanto más alejado que las cuadras; aquella construcción acogería el descanso de Juan y el de los futuros fallecidos de la familia.

Del penúltimo coche que llegó bajó el sastre de Granada; él sí reparó en Julio y le hizo entrega de la prenda que había cosido para él, junto a una camisa y los zapatos negros. Julio cogió la ropa y se introdujo en su habitación; no vio llegar el último coche, estaba enfundado en sus nuevos ropajes observándose en las puertas de espejo del viejo armario, cuando la voz de la Lola resonó a lo lejos. Se oía el arrastrar de los pies por el pasillo, Lola abrió la puerta y entró a la vez que decía:

—¿Se puede?

Tras ella entró el crecido y, ya adulto, cuerpo del Chavo. Venía del salón de mostrar su duelo, lo que hacía que trajera los ojos llorosos y el rostro algo desencajado. Ambos se miraron durante un segundo, que parecieron muchos. Hacía un par de años que no se veían, el Chavo había engordado bastante, se distinguía en su anatomía la hinchada y rolliza figura de su padre, al que era calcado con aquella barba larga y descuidada. Transcurrido ese segundo, los dos chicos dieron un paso adelante y se fundieron en un sentido abrazo acompañado de besos y fuertes palmadas en la espalda.

La presencia del Chavo produjo sensaciones positivas en Julio que, aunque con el Doblas empezaba a pasarlo bien, necesitaba de caras conocidas. El Francis le había prometido que después del entierro podría llamar a su casa y hablar con Dolores y Mariana. Julio ansiaba ese momento, y no sabía bien qué les iba a decir, pero ansiaba ese día, estaba seguro de que hablar con su familia le restaría gravedad a la fuerte depresión que padecía.

El Chavo durmió en la habitación de Julio, en un plegatín que amablemente le instalaron. Los dos amigos permanecieron en vela hasta altas horas de la madrugada, rememorando tiempos y hazañas pasadas.

La mañana siguiente despertó quieta, callada, sin viento. Dos buitres planeaban en círculos sobre una loma a gran altura, eran el presagio del funesto día que empezaba. Hasta los gallos parecían contener su desafinado cacareo. Las gentes se movían en silencio, se respiraba el luto en el aire.

Antes de que la actividad matutina despuntara, llegó el cuerpo de Juan. Los empleados de la funeraria bajaron la caja mortuoria de un Fiat ranchera, negro. El féretro de madera oscura, rodeado de grandes molduras, llevaba un gran cristo dorado prendido en la tapa que destellaba bajo dos grandes coronas de flores. En los costados, de asa a asa, corrían unos gordos cordones, trenzados de hilos dorados y rojos. Acomodaron el ataúd en una habitación elegantemente adornada con flores, licores y bandejas de fruta. Allí se veló la caja cerrada de Juan Heredia durante dos días. Para la familia era un deshonor que el cuerpo de Juan hubiera sido examinad, «a un gitano se le entierra tal y como muere», pero la actuación judicial tiene más peso que las leyes gitanas.

En los entierros gitanos, a diferencia del resto de celebraciones de la cultura y raza calé, se mantiene la pena y se expresan los lamentos reiteradamente durante los tres días que dura el acto. Apenas se come, no se baila, no se canta, ni se juega, apenas se habla, y si se hace es en honor y alabanza del difunto. Se mientan sus gestas en vida y se ruega que comparta la gloria de Dios. Julio era el único que llevaba ropas nuevas, ya que de las que disponía no eran propias de un funeral, ni en corte ni en colores. El resto llevaban ropas viejas y negras, de las que se arrancaban jirones, haciendo gestos tremendamente apenados y sumergidos en lamentos.

Al tercer día sacaron la caja de la habitación; la condujeron hasta el recién acabado panteón. Entre súplicas, lágrimas y rezos, el pastor evangelista Mateo Cruz, venido desde Barcelona, dijo unas palabras, y entre todos los hombres, Julio incluido, introdujeron el ataúd en la cripta, mientras gritaban desgañitados elogios hacia la figura de Juan. Una vez dentro, introdujeron todas las flores, los licores y las frutas que había en la habitación, así como las joyas que Juan llevaba puestas el día que murió. Los hombres encendían cigarrillos y ahumaban todo el interior de la cripta. Luego fueron saliendo y, tras unas oraciones, cerraron el panteón, ante los llantos de la cuarentena de personas que observaban afligidamente la grandiosa tumba.

Esa tarde, todos los coches se fueron marchando con el mismo goteo paulatino con el que habían llegado. Poco a poco se fueron despidiendo y desalojaron la explanada adoquinada. Cuando ya no quedaba nadie, se produjo una reunión entre el Francis y sus hermanos; a esa reunión solo faltó Candela, que retornó a Barcelona con sus tíos. La reunión de los Heredia duró un par de horas. Julio ya había cenado cuando Bartolo salió a buscarlo; el Francis lo requería en su despacho.

Francisco Heredia estaba sentado en su butaca giratoria de piel negra; todavía llevaba las vestiduras rasgadas. Julio entró temeroso en el despacho, pisó la alfombra y caminó hacia la amplia mesa, detrás de la que se encontraba el Francis. El chico observó en su recorrido la librería de nogal donde asomaban diferentes tomos de enciclopedias taurinas, libros de morfología equina y figurillas conmemorativas de los diferentes concursos de doma y morfología. En la pared había pinturas y retratos ecuestres acompañados de trofeos de caza y cabezas de toro.

El Francis hizo un gesto que animaba a Julio a sentarse, deslizó un papel por la mesa con las señas y el número de teléfono del cortijo, luego empujó el teléfono acercándolo a Julio y le dijo:

—Llama a tu casa y diles dónde estás.

Después se levantó. Julio pensó que lo iba a dejar a solas, pero no fue así, simplemente se apartó un poco y permaneció de pie ojeando unos papeles a sus espaldas.

Siete días después se celebraba una comida, la primera de

las que cita la ley gitana en cuanto al respeto y el duelo de los difuntos. La siguiente se haría a los seis meses y la definitiva al año, con la que se cerraría el luto oficial, aunque los allegados mantuvieran las promesas personales. Para aquella ceremonia doña Candela preparó las comidas preferidas de Juan Heredia, como reza la ley calé. A esa comida solo acudieron los habitantes de la casa principal del cortijo, Julio y Lola incluidos. A Nieves no la invitaron, y se echó de menos la baja de Candela, que seguía en Barcelona inmersa en sus estudios. Al Francis le molestó el hecho de que la pequeña no acudiera, pero entendía los intereses académicos de Candelita, para la que deseaba lo mejor.

Tras la comida se sucedieron las alabanzas entre chupitos de Zoco, que acabaron por ser botellas. Para los gitanos todos los actos conmemorativos siguientes al entierro de un ser querido son de carácter festivo, y aquel prosiguió en el patio trasero, ya con la participación de todos los habitantes del cortijo, que junto a la familia cantaba, bebía y bailaba, dando palmas alrededor de una buena lumbre a la que se echaban las ropas de Juan. Las gitanas azuzaban sus caderas con la falda cogida y remangada, enseñando las rodillas, caracoleaban las muñecas en agitadas y altivas danzas en las que daban saltos entre olés y vítores hacia Juan. Julio se divertía viendo los descarados floreos y taconeos, participaba con los palmeros en los ritmos más fáciles, tenía los ojos encendidos de pacharán, y tímidamente coqueteaba con algunas de las mujeres más jóvenes, aunque se contenía, porque ante tanto revuelo no distinguía a las casadas de las solteras.

El Francis se puso en pie y caminó hasta el centro del corro que formaban las sillas, levantó los brazos, pidió la atención de todos los presentes, el jaleo cesó. El Francis dedicó unas palabras a su hermano, juró vengar su muerte mientras se besaba el dedo índice y pulgar de su mano derecha y escupió al fuego después de mentar a los anónimos asesinos de Juan. Arrancándose el frente de la camisa, tirando de la pechera, hizo la promesa de permanecer en el cortijo hasta engendrar un varón, al que llamaría Juan.

En esa sucesión de palabras prohibió a todos los que allí estaban nombrar Juan a ninguno de sus hijos, hasta que él mismo tuviera un vástago varón, que también se llamaría Juan. Esa fue la promesa que aquellas almas hicieron alrededor de aquella lumbre, que representaba los demonios de Juan Heredia.

La tarde caía cercando y haciendo cada vez más luminoso aquel fuego, que serpenteaba entre chispas y el chasquido de los troncos devorados por las brasas, que en un rojo intenso descansaban bajo la llama. Las voces, los bailes y las palmas continuaron después del juramento e hicieron mudas las llamadas telefónicas que se sucedían en el despacho del Francis.

Úrsula atendió la enésima llamada cuando acudía a reponer bebida y café. Era para Julio, era su madre, ya habían hablado días atrás, aquella llamada no estaba en el protocolo, eso indicaba que había llegado el momento.

Dolores advirtió a Julio de la presencia de la policía en su casa de la Barceloneta esa misma mañana, reclamándolo para un interrogatorio y una rueda de reconocimiento. La policía no especificó si a Julio se le acusaba de algo. Dolores dio la dirección del cortijo a los agentes, siguiendo las indicaciones de los anónimos que recibía.

A las ocho de la mañana del día siguiente, una pareja de la Guardia Civil del puesto de Jódar se presentaba en el cortijo con una orden de arresto sobre la persona de Julio Perla Díaz por su posible implicación en los asesinatos cometidos en la urbanización Los Abetos, en Barcelona.

Los guardias que acudieron a la busca y captura de Julio iban de uniforme. Preguntaron por el encargado de la finca, y los empleados les indicaron en la lejanía la figura de Ginés Malababa, que permanecía de pie ante la casa, expectante por la presencia policial. Ginés estaba dispuesto a atender a los agentes, pero cuando el Patrol verde y blanco llegó a la explanada adoquinada, el Francis salió a recibirlo. Los guardias, ligeramente menores de treinta años, bajaron del coche y se colocaron las gorrillas. Uno de ellos llevaba una carpeta, y aunque no había diferencias

Kelowna Branch
Date (DD/MM/YY) : 17/09/14 02:39PM
Checkout Receipt

Narcolepsia /
33132090491558   Due: 22/10/14

TOTAL: 1

Thank you for using the Library
Kelowna Branch 250-762-2800
Telephone renewals 1-250-860-4652
Web Site: www.orl.bc.ca
Email: Kelowna@orl.bc.ca

Library Hours
Monday 10:00 - 8:00
Tuesday 10:00 - 8:00
Wednesday 10:00 - 8:00
Thursday 10:00 - 8:00
Friday 10:00 - 5:30
Saturday 10:00 - 5:00
Sunday 11:00 - 4:00 (Oct - Mar)

Overdue fines are based on the
open days of the branch where you
BORROWED your items.

en sus uniformes, el de la carpeta llevaba la voz cantante.

—Buenos días —dijeron los policías prácticamente al unísono.

El Francis los esperaba en la escalinata que precedía la puerta de entrada a la casa; los miraba desde arriba con desprecio.

—Buenos días —contestó después de escupir al suelo.

Ginés no dijo nada, solo palideció un poco al ver el talante ofensivo y descarado de su cuñado. El guardia sacó un folio de la carpeta.

—¿Es usted el dueño? —preguntó con marcado acento andaluz.

—Por supuesto —respondió el Francis con ironía.

El guardia, con el otro agente un paso por detrás de él, prosiguió con su patrón de preguntas.

—¿Trabaja y reside aquí Julio Perla Díaz?

—Sí, ¿qué ha hecho?

—Eso no se lo puedo decir señor, pero debería avisarlo. Tiene que acompañarnos.

El guardia mostró la orden de arresto, el Francis la leyó mientras ordenaba a Ginés que fuera en busca de Julio. Habían hablado la noche anterior y todos sabían lo que tenían que hacer.

Julio fue registrado y esposado antes de subir al Patrol, donde se le leyeron sus derechos. Sus pertenencias fueron introducidas en una bolsa transparente. Fue trasladado a la casa cuartel de Jódar. Allí, ya sin esposas, le practicaron la identificación. Un sargento rellenaba la ficha de aspectos físicos, observaba a Julio e iba anotando el color del pelo, de ojos, facciones, fisonomía y rasgos relevantes de su anatomía. Le preguntó si tenía tatuajes o cicatrices de consideración, Julio levantó la mano izquierda aún vendada y esbozó una leve sonrisa.

En el mismo despacho, en otra mesa, los dos guardias que lo habían trasladado hasta allí concluían con un «sin novedad» su informe sobre la captura. Luego lo llevaron a otra sala, donde lo invitaron a un cigarro. Le fotografiaron y le tomaron las huellas dactilares. Tuvo que personarse el médico de la comandancia para desmontar y reponer las vendas de Julio. Posteriormente lo encerraron en el calabozo, donde permaneció durante horas. A las dos de la tarde le dieron un bocadillo de tortilla, envuelto en papel de plata, junto con un botellín de agua y dos mandarinas.

—Está bueno... Lo ha hecho la mujer de un guardia... Tu transporte se retrasa —le dijo el picoleto, que amablemente le entregó la comida.

Julio apenas hablaba con ellos, las instrucciones del Francis eran claras: «No hables con nadie hasta que llegue el Zurdo». Así que comió el bocadillo tranquilamente.

«¿Por qué no pondrán los andaluces tomate en el pan?», se preguntaba interiormente.

Su transporte se retrasaba, eso había dicho el guardia civil. Lo que ni el guardia ni Julio sabían era que el transporte estaba estacionado en el parking del mesón El Trabuco, en la carretera nacional 401, a veinte kilómetros escasos del puesto de la Guardia Civil en Jódar. En ese mesón gozaban de un menú de tres mil pesetas por barba los inspectores Cuder y Gómez, del servicio de información de la comisaría de la Policía Nacional de la calle Nil Fabra, en el Eixample de Barcelona, desde la que se dirigía la investigación de Los Abetos.

Cuder y Gómez deshuesaban a bocados el pequeño cuerpecito de un cochinillo lechal, debidamente horneado, acompañado de patatas, cebolla y pimientos. Sus tremendas e imperfectas bocas quebraban las tiernas carnes que desprendían del poco formado esqueleto del cerdito que sostenían con ambas manos.

—Lo mejor de estos viajes es el papeo —decía Jacinto Cuder con los labios y el negro mostacho manchado del pringue que le descendía por las comisuras de la boca.

Jacinto Cuder era un hombre de cincuenta y dos años, no muy alto y algo gordinflón. Tenía el pelo lacio y negro, como las anchas cejas y el bigote, los carrillos rojos y los ojos grandes y marrones. Era abiertamente de derechas, «muy de derechas», decía él. Se vanagloriaba de haber vestido el uniforme gris y de haber contribuido a la limpieza de

Barcelona durante su última época de patrulla, en la que vistió de marrón. José Manuel Gómez no hablaba, seguía comiendo y asintiendo a la vez. Gómez tenía veintinueve años, solo llevaba dos como inspector, y a pesar de tener un buen historial, tanto académico como profesional, todavía padecía los estigmas del novato. Los compañeros lo seguían viendo como el nuevo, el hecho de que nadie hubiera promocionado desde su incorporación a la comisaría lo hacía seguir ostentando el título.

Gómez era un chico alto y fibroso, trabajaba su físico en el gimnasio, y cuando no acompañaba a Cuder, cuidaba su alimentación. Era rubio de pelo liso y ojos azules, algunas mujeres se giraban al cruzarse con él, lo que le hacía sentir que además de tener estampa nórdica, era un hombre atractivo. Seguía llevando el mismo peinado de cacerola que a los diez años, tenía la nariz recta y el mentón cuadrado.

—No te cortes —le dijo Cuder al camarero cuando este les vertía el chorro de coñac en el café.

Los dos se quejaban de una muela. Cuder sacó un tubo de Efferalgan 1G, pidió dos vasos de agua y le dio uno a Gómez, que dudó de mezclar el medicamento con alcohol, pero la duda se disipó veloz, lo que tardó Cuder en ofrecerle un cigarrillo rubio.

—¡Échale, coño! —le sugería Cuder a Gómez delante de la tragaperras al ver como se desvanecían los avances y doblones conseguidos con las monedas del cambio de después de pagar la cuenta.

Gómez sostenía el cigarrillo con los dientes y se hurgaba el bolsillo; sacó ciento veinticinco pesetas y las echó en la máquina. José Manuel Gómez había sucumbido rápido a las desviaciones y vicios de una ajetreada comisaría corroída por la corrupción.

Los dos inspectores salieron tranquilamente del Trabuco. Ambos se detuvieron en la misma pose, con el palillo en la boca mirando el horizonte plagado de olivos y roto por la afilada sierra Mágina. A la vez sacaron sus gafas de sol y se las pusieron. Montados en un Peugeot 405 blanco sin marcas policiales, aparcaron en el terraplén junto a la pequeña flota de vehículos verdes y blancos de la comandancia de Jódar.

Los dos policías nacionales entraron en el puesto de la benemérita subiéndose las gafas a la par. Cuder cogió los documentos para la transferencia del detenido.

—¿Ha comido? —preguntó Gómez, refiriéndose a Julio.

—Hace algo más de una hora —respondió el sargento sin levantar la vista de la documentación que lentamente rellenaba—. ¿Me permiten las credenciales? —dijo.

Los dos inspectores sacaron sus placas, Cuder con más chulería que Gómez. Ellos eran inspectores y aquel sargento. Un simple mando de un cuerpo tanto policial como militar, eso sumado a que la admisión en la Policía Nacional requiriera de más estudios que en la Guardia Civil, hacía que los maderos actuaran de modo arrogante y un tanto despectivo respecto a los picoletos. Gómez no sentía ninguna superioridad sobre el resto de las policías, pero Cuder veía a aquellos como a paletos que nunca habían llevado un caso de verdad.

—Si pasa algo gordo mandan a uno de Jaén, de Granada o de Sevilla. Estos palurdos son una especie de policía local, no tienen nada que ver con los que ves en Barcelona —había comentado Cuder durante la comida.

Los inspectores siguieron al sargento por aquel cuartel frío, viejo y tenebroso hasta la puerta del calabozo. El sargento dio dos patadas fuertes en la puerta de hierro, giró la llave y abrió el pesado portón.

—Póngase en pie, levante las manos y cruce los dedos por detrás de la cabeza —gritó el sargento sacándose las esposas del cinturón.

El guardia civil habló en tono despectivo, parecía querer disimular el buen trato que Julio había recibido hasta ese momento.

—No va a hacer falta —comentó Cuder en tono clemente, al ver la mano vendada y el frágil aspecto de Julio—. Si se escapa le pego dos tiros —añadió sonriendo, y, cogiéndolo por la camiseta, lo arrastró hasta la recepción del puesto.

Gómez sostuvo al detenido por el brazo mientras Cuder firmaba la entrega; luego los tres subieron en el coche y partieron hacia Barcelona. Gómez conducía, Cuder iba leyendo el expediente en voz baja.

—Lo tienes crudo —dijo en voz alta, mirando hacia atrás al cerrar la carpeta.

El cerco policial giraba en torno a Julio desde hacía tres días. Debía justificar una serie de hechos que lo relacionaban con todos los fallecidos. Los listados de llamadas facilitados por las compañías telefónicas confirmaban el cruce de teléfonos entre Julio, Sandra y Juan, y otro nudo de diversas llamadas entre Juan, el Mikaelo y el Gordo durante la tarde y la noche de autos.

Esos cruces telefónicos se repetían con patrón similar días atrás, eso era suficiente como para llamar a Julio a declarar, pero no era lo único que tenían. La propietaria de La Caverna declaró que, aunque el contrato estuviera a nombre del Mikaelo, era Julio quien pagaba y quien actuaba como inquilino. La policía tiró del hilo y salió el contrato del seguro de un Peugeot 205, blanco y rosa. El seguro estaba sellado en enero de 1996, a nombre del Mikaelo; en él aparecía Montse Bruguera Llopis como conductora ocasional. Montse declaró en la comisaría de Nil Fabra, y en esa declaración salió el nombre de Julio.

Los teléfonos del Guti, el Salva y Pablo intentaron comunicar en reiteradas ocasiones durante el día siguiente a la noche de autos con los números de Julio y Mikaelo; también ellos declararon en la comisaría del Eixample. El nombre de Julio Perla Díaz, junto a sus señas y diversas anotaciones respecto a sus movimientos, copaban tres páginas de la agenda del Chino.

A la mañana siguiente Julio se encontraba en un calabozo individual en el Passeig de Lluís Companys. Lo despertó un agente de uniforme azul y camisa blanca y le dio un café con leche de máquina con cucharilla de plástico, excesivamente endulzado para su gusto; también le hizo entrega de una raquítica magdalena embolsada. De servilleta le dieron un clínex. A la media hora el mismo agente volvió.

—¿Qué hora es? —preguntó Julio intrigado.

—Las nueve —dijo el policía poniéndole las esposas. Aquel fornido pelirrojo no tuvo mucho miramiento al encadenar su mano enferma.

—¡Ah!... Tenga cuidado... Deberían cambiarme el vendaje, tomo medicación, padezco una patología que me produce desmayos esporádicos... En serio...

—Eso se lo explicas al juez —replicó el agente, que condujo a Julio hasta un despacho vacío, sin ventanas, con una mesa grande sobre la que había folios en blanco, un bote con lápices y una botella de litro y medio de agua, junto a una pila de vasos de plástico.

El policía introdujo a Julio en la sala, le soltó las manos de la espalda y se las esposó delante. Julio se sentó en una de las sillas con las manos prendidas sobre la mesa.

—¿Tiene un cigarrillo? —le preguntó el chico al policía antes de que abandonara la habitación.

—Aquí no se puede fumar —contestó cerrando la puerta.

Pasados unos minutos entraron en la sala Jacinto Cuder y José Manuel Gómez, ambos con desordenadas carpetas repletas de folios. El comisario Nebreda entró detrás con un café de máquina en la mano. Intentaron sonsacarle información antes de que llegara Izquierdo, pero no soltó prenda. El Zurdo llegó minutos después y, ya en su presencia, Julio respondió al interrogatorio, que siguió una línea similar a la que seguiría horas después el magistrado López Barba, en el Juzgado de Instrucción Penal 6 de Barcelona.

La toga de López Barba descansaba colgada de un perchero de pie, junto a una americana marrón claro y otra chaqueta blanca, pequeña, de corte femenino, que había sobre un bolso de piel también blanco. Esas prendas diminutas al lado de la chaqueta y la toga del magistrado eran de la secretaria que tecleaba hábil y rápidamente el taquígrafo, dando fe de todo lo que allí se decía. Lo hacía desde un rincón a la espalda del juez, bajo una ventana que daba a la calle. La luz entraba, pero una ristra de tiras anchas de una tela fina y amarillenta que parecía papel negaban la visión.

El juez era un tipo corpulento, castaño y barrigón, de

cara redonda, con gafas. Estaba sentado en una mesa gris estándar de oficina, dando la espalda a la ventana y a la secretaria. Ante sí tenía abierto un portátil Toshiba conectado a la corriente eléctrica, un teléfono fijo, una carpeta de cartón con el sumario y varios folios con anotaciones a bolígrafo. En el lado de la mesa en la que estaban sentados Julio y el Zurdo relucía el tablero gris y vacío. Julio estaba a la izquierda de la mesa, olía a sudor, se sentía sucio e incómodo. Declaraba tirado sobre una cómoda silla de piel negra. Respondía con la espalda curvada y la vista gacha, mirándose el regazo sobre el que descansaban sus manos esposadas. Izquierdo estaba sentado a su derecha, aguardaba el final del interrogatorio para alegar las posibles acusaciones. Su rodilla temblaba arriba y abajo en un incontenible tic nervioso.

El Perla declaró que había presionado a José Luis Trujillo para la compra de un piso, y que Trujillo le había puesto encima a Manuel Francino, alias *el Chino*. Confesó haber programado unas entregas de droga junto a Sandra Íñigo Corts, Miguel Ángel Lomba Aguilera y Juan Heredia Galera. Que el Chino interceptó dichas entregas antes de que se produjeran, incluso antes de que adquirieran la droga. Que el Chino lo chantajeó pidiéndole parte del dinero a ganar, con lo que Julio Perla sintió miedo y decidió huir. Que telefoneó a Sandra y a Juan para advertirlos de la presencia del Chino y disuadirlos de hacer la entrega. A su relación con Sergio Gutiérrez, Jordi Salvador y Pablo Muñoz dijo que eran amigos de toda la vida; pasaba igual con el Mikaelo, y consideraba normal hablar habitualmente con cualquiera de los cuatro, ya fuera por teléfono o en persona.

A la pregunta «¿Dónde estuvo usted entre las dieciséis horas del 20 de mayo de 1998 y las cinco de la mañana del día 21 de mayo de 1998?», Julio contestó que a las doce del mediodía del día 20 de mayo se subió en el Intercity diurno Estrella del Sur, que salió de la estación de Sants a las doce horas y cinco minutos. Que no se apeó del tren hasta llegar a la estación ferroviaria de Jaén, a las dieciocho y cuarenta de la tarde de aquel mismo día, que allí lo recogió Sergio Doblas, y que este lo llevó al cortijo sin hacer ninguna parada, ni permanecer a solas en ningún momento. Que en el cortijo cenó junto al resto del personal, durmió y al día siguiente, después de firmar el contrato, empezó a trabajar en la nave de la prensa, donde esa tarde, después de comer, se cogió la mano en dicha prensa. Que desde entonces permanece de baja hospedado en la residencia de empleados, esperando reponerse del accidente para reincorporarse a su puesto de trabajo.

—¿Tiene pruebas para adjuntar a la declaración? —quiso saber el juez retirando la vista de Julio y posándola en el letrado Izquierdo, que sacó una copia del billete del tren, el contrato de trabajo firmado y sellado el día 20 de mayo de 1998, y una lista con el nombre, el número de DNI y la dirección de más de veinte personas dispuestas a testificar haber compartido tiempo, comida y trabajo con el detenido los días 20, 21 y 22 de mayo de 1998 en Jódar, Jaén.

El juez revisó la lista.

—¿Los va a hacer venir a todos? —preguntó el magistrado.

—Si su señoría lo requiere para confirmar el paradero del acusado en esos días, tendrán que venir —contestó Izquierdo.

Tras un regateo verbal de treinta segundos, López Barba aceptó que los individuos que figuraban en esa lista testificaran en los juzgados de Jaén.

—Hasta entonces permanecerá bajo custodia policial —concluyó el magistrado, que dictó una orden para la reclusión preventiva, sin fianza, de Julio Perla Díaz en el módulo preventivo de la prisión de Tarragona hasta la corroboración y la admisión en el sumario de las declaraciones mencionadas.

Julio e Izquierdo abandonaron el despacho del juez, dos policías de uniforme que esperaban sentados en un banco del pasillo se levantaron al verlos salir.

—Ahora debemos separarnos —dijo Izquierdo, viendo la desesperación en los ojos de Julio, que lo miraba atónito, incrédulo de tener que verse entre rejas. El Zurdo lo cogió del brazo—: Eh, vamos, estaba previsto, no te derrumbes ahora, en cuanto testifiquen los del cortijo, te soltarán... Lo estás haciendo bien. La cárcel no es peor que muchos de los sitios en los que hayas estado antes, ya lo verás...

Izquierdo dio dos palmadas en el hombro de Julio, que bajó la vista resignado. Últimamente la resignación se apoderaba de él con facilidad.

—No le diga a mi madre dónde estoy, díganle que he vuelto al cortijo —le pidió a Izquierdo antes de arrastrar los pies y el cuerpo humillado y maniatado; iba flanqueado por los agentes que lo introdujeron en los calabozos del juzgado. Allí comió, junto a un moro, dos negros y un blanco.

En la celda de al lado, que era el doble de grande, se oía mucho bullicio. Julio no los veía, pero calculaba que debían de ser más de diez personas. El jaleo aumentó hasta hacerse enloquecedor cuando una docena de prostitutas desfiló detrás de dos atractivas mujeres policía. Algunas de las prostitutas iban prácticamente desnudas. Los gritos y los piropos se sucedían desde las celdas (algunos eran dulces, otros groseros y la mayoría depravados). Los lascivos y apretados cuerpos cruzaron el pasillo, pasaron ante las dos celdas y fueron introducidos en otra. Al retorno por el corredor de las policías el jaleo seguía, incluso aumentaba, parecía un campo de fútbol. Una de las policías sacó la porra y golpeó con fuerza los barrotes.

—¡A callarse! —gritó, y no hizo más que azuzar las violentas voces, que la despidieron al grito de:

—¡Lesbiana, lesbiana!...

Horas después, Julio estaba en silencio, triste y pensativo, arrinconado al final de una grada de obra a modo de banco, cuando un agente entró por el pasillo.

—¿Julio Perla? —gritó el poli.

El detenido se levantó y avanzó asustado hasta los fríos barrotes. Tuvo la sensación de que cualquiera que hubiera respondido habría acompañado al policía.

—Nos vamos, chaval, pon las manos atrás —dijo el policía antes de volver a esposarle.

Julio salió del parking de los juzgados de Barcelona en el asiento trasero de un viejo Talbot de la Policía Nacional.

Unas horas atrás, cuando Julio e Izquierdo salieron del despacho de López Barba, el magistrado posó la lista de testigos sobre la mesa, pidió a la secretaria que abriera la ventana, encendió un cigarro y arrancó la hoja de la declaración de Julio del taquígrafo, la observó y se la entregó a la secretaria para que le leyera un par de puntos. Luego volvió a coger la lista de testigos y se acercó el teléfono, estiró el brazo y lo flexionó delante de su redonda cara, descubriendo la esfera del reloj, descolgando el auricular del teléfono a la vez.

Eran las dos menos diez, y en un gesto de solidaridad *funcionarial,* y ante la dimensión de la lista, colgó el aparato, redactó una nota que adjuntó y, dirigiéndose a la secretaria, dijo:

—Envía esto por fax a Jaén mañana a primera hora, adjunta todo lo referente a Julio Perla Díaz... Solo lo de Perla Díaz —remarcó.

La prisión de Tarragona era un arcaico edificio de rudos muros empedrados, construida en su día a las afueras de la ciudad y que poco a poco se vio sitiada de asfalto, farolas y edificios. Cuando Julio llegó ya habían servido la cena. Primero fue atendido en la enfermería, luego se duchó. Aunque aún no disponía de ropa limpia, le dieron un calzoncillo y una camiseta, se vistió sollozando y cenó a solas bajo la luz limpia que desprendían las hileras de fluorescentes, en un grandioso comedor recién fregado, de mobiliario verde y paredes alicatadas en blanco. Crema de verduras y una escalopa de pollo con patatas fritas llenaban una insensible y apática bandeja de acero inoxidable.

Comió una pera de postre ante la presencia cuadrada de un funcionario que, benévola y amablemente, lo invitó a un cigarrillo antes de conducirlo hasta unas habitaciones individuales, con más pinta de alcoba que de jaula, destinada a los internos que ingresaban después del recuento nocturno y a los encuentros familiares. En uno de esos cuartos, sobre un blando y sobado colchón, testigo de tantos bis a bis, Julio padeció el insomnio del reo, hizo rodar su mente por aquella cama estrecha y sonora, su primera pernocta *taleguera* hizo gimotear al niño que había dentro de su adulta edad penal.

A la mañana siguiente Helena Herrera, que así se llamaba la ayudante y secretaria del juez López Barba, se presentó en el Passeig de Lluís Companys, como cada día de lunes a viernes, a las 8.50 h. Helena siempre llegaba diez minutos antes de su hora. Era una mujer elegante, y aunque no se sintiera especialmente guapa sí procuraba potenciar su imagen. Era una profesional reconocida, licenciada en Derecho y Magistratura, que se rompía el culo haciendo el trabajo duro de López Barba. Quizás Helena percibiera un sueldo mejor ejerciendo de letrada, al otro lado de la mesa, pero su aspiración era llegar a ser juez, como lo fuera su difunto padre José Antonio Herrera Pitarch, quien desde 1983 hasta el último día de su vida fue magistrado del Tribunal Supremo.

Era una mujer muy aplicada y organizada, vivía por y para su trabajo, sobre todo desde su separación dos años atrás, y aunque soñara en conocer a alguien y formar una familia, siempre estaba inmersa en redacciones, aplazamientos y sentencias. Ese día Helena y López Barba tenían que despachar ocho instrucciones, redactar tres sentencias y efectuar una reconstrucción.

Helena desprendió el dossier de Julio, así como todas las transcripciones de las declaraciones en las que se citara su nombre. También adjuntó la lista de testigos del cortijo Las Tres Haches. Introdujo todos los documentos en el fax, tal y como le había ordenado su jefe. La eficacia de Helena fue el martirio de Julio.

Eran las 9.12 h cuando la centralita del fax del Juzgado de Jaén acabó de escupir el pliegue de cuarenta y tres folios. A las 9.18 h, ese mismo fax expulsó un auto para dictar la detención de dos hombres, acusados del atraco a una gasolinera. A las 9.22 h, llegaba la notificación de la detención de un grupo de doce subsaharianos en un caserón abandonado cerca del cauce del Guadalbullón a su paso por Jaén. A las 9.28 h, otro informe policial pedía la orden de detención de un vecino de Jaén, posible autor de un homicidio.

El pitido del fax seguía chillando, y el juzgado seguía vacío, porque una comitiva de camiones y camioneros cortaban los accesos, en protesta a una sentencia que condenaba a tres años de prisión a un camionero de Cambil, acusado de transportar a un ciudadano marroquí oculto en el chasis de su camión. A las 9.32 h la Guardia Civil y la Policía Local de Jaén desalojaban las puertas y el parking de los juzgados, deteniendo a parte de los alborotadores y permitiendo la entrada a una multitud de funcionarios, abogados, testigos, demandantes y acusados.

El juez de instrucción Ortega Caicedo entró indignado en su despacho con la lista de los manifestantes detenidos en la mano. Lo primero que hizo fue tomarse un café, lo segundo enjuiciar a los alborotadores. Los faxes siguieron llegando y minuto a minuto fueron engordando los quehaceres de Ortega Caicedo. Pasó una semana hasta que el Juzgado de Jaén comenzó a llamar a los testigos del cortijo. Para entonces Julio ya era titular en el equipo de fútbol sala Los Gladiadores, montado por el Titi, que era todo un poeta y gran aficionado al fútbol. Él mismo, en colaboración con los funcionarios, había coordinado el visionado de los partidos del campeonato mundial, que tenía lugar en Francia durante aquel verano.

El Titi era chapista en la calle, pero su verdadera vocación era la de escritor. En su estancia en prisión había escrito dos poemarios y dos novelas, de las que la segunda estaba pendiente de publicar. Era de Cambrils. Sus ansias de dedicación a la literatura habían propiciado los coqueteos con la venta de droga con fines lucrativos, siendo uno de los perjudicados en los chivatazos del verano de 1996. El juez no interpretó como consumo propio los quinientos gramos de cocaína que le requisaron. Le cayó una *tarifa plana*: nueve años, de los que había cumplido uno y medio, y esperaba una posible libertad condicional, o un benigno tercer grado que lo devolviera a su vida tranquila y versificada frente al mar.

En prisión Julio vivía tranquilo gracias a la protección del Titi, que aunque no era nada violento tenía amistades que sí lo eran, peligrosos delincuentes de boca negra.

El chico acudía con resignación a los aburridos talleres de manualidades en los que estaban haciendo un ajedrez con las figuras de barro y el tablero de madera. A pesar de la protección del Titi, no se libraba de las miradas de odio y los poco disimulados empujones en los talleres y en la cola de la comida.

El sensacional partido de Zidane, en la final del Mundial contra Brasil, hizo que Julio perdiera cinco mil pesetas en una apuesta.

Su estancia se prolongó más de un mes. Los miembros del cortijo declararon en Jaén. Tardaron unos días en terminar aquella lista: tras adjuntar las declaraciones al sumario, el despacho de López Barba hacía personarse en el Juzgado de Instrucción Penal 6 de Barcelona a Francisco Heredia Galera, que debería explicar su relación con Julio Perla. Y a Sergio Doblas Luna, que debía concretar con mayor claridad quién, cuándo y cómo le ordenaron la recogida de Julio.

La policía apretaba al juez, era demasiada casualidad que Julio encontrara trabajo en una propiedad de la familia del muerto. Esa misma hipótesis fue la que hizo que la policía tuviera claro que él no era el responsable de los asesinatos, aunque estaban prácticamente seguros de que sí estuvo presente aquella noche. Pero no podían probarlo, la coartada estaba bien tramada, los reiterados alegatos y solicitudes que Izquierdo remitió al juzgado hicieron que López Barba se viera en la obligación de soltarlo. No tenía pruebas fehacientes para retenerlo durante más tiempo.

El 16 de julio de 1998, se decretaba la libertad sin cargos de Julio Perla Díaz. Bartolo Heredia esperaba aparcado frente a la puerta del centro penitenciario. Julio salía erguido y contento después de firmar su puesta en libertad, apresuró sus pasos cruzando la calle al ver el Volvo S80, rojo. Un chavalín bajó del coche y abrió el maletero, Julio arrojó el petate, Bartolo también bajó y lo abrazó en un sentido apretón, que fue correspondido con mayor fervor.

Hacía tiempo que Julio no abrazaba a nadie más allá del campo de fútbol.

Hacía demasiado que no veía una cara conocida. Había hablado un par de veces por teléfono con su madre y su abuela; no pudo ocultar su paradero, ya que no se evitaron las filtraciones en prensa respecto a su implicación, ni las correspondientes noticias que citaban tanto su internamiento en prisión como su puesta en libertad. Julio no quiso que Mariana y Dolores lo visitaran en semejantes circunstancias. Pero esperaba recibir alguna de los Heredia o su abogado. Aquel olvido era retóricamente justificado por Bartolo durante el trayecto en coche. En ese trayecto, Julio pidió ir a casa de su abuela, petición que estaba prevista y fue debidamente atendida. Disponía de una especie de permiso especial, ya que debía retornar a Jódar por orden expresa del Francis, que se preparaba para una guerra. Cuando las investigaciones y la repercusión social provocada por la prensa se enfriaran, empezaría la venganza.

La estancia en casa de su abuela fue fría, silenciosa y extraña. Los Heredia prohibieron hablar por teléfono, y por más que lo intentó, no pudo contactar con Pablo, el Salva ni el Guti, nadie sabía de ellos, todo el mundo los había visto no hacía mucho aquí o allá, pero nadie los echaba de menos todavía. Solo él percibió su ausencia. Buscó el dinero que ocultaba en el escondrijo de su armario, que resultó estar vacío. Julio se puso las manos en la cabeza y salió al pasillo con el fin de preguntar a su abuela, que apareció con una bolsa de deporte roja que le era familiar. No fue necesario que mediaran palabras, solo miradas. Mariana avanzó el pasillo y se metió en la habitación, volcó la bolsa sobre la cama, salieron cantidad de fardos de billetes prendidos con gomas de pollo.

—Diecinueve millones trescientas diez mil —dijo Mariana—. Lo he contado más de una vez —remarcó.

Julio cogió dos fajos de un millón cada uno, y retornó el resto a las bolsa.

—Cógelo —le dijo a su abuela—. He oído cosas en las oficinas de las cuadras. Hay que mover el dinero, ingrésalo poco a poco, aún hay tiempo, cómprate algo, un coche y un garaje, o yo qué sé... Hay que ingresarlo o gastarlo antes de que cambien la moneda.

El chico durmió en su casa tres noches y retornó al cortijo, donde Francis estaba enloquecido. Sus matones seguían los pasos de la policía acechando a los interrogados.

Con la rutina ecuestre, vacuna y campera, pasó unos meses de relativa calma. Ese sosiego solo era ambiental, porque el dolor de su dedo fantasma, que se prolongaba intensamente algunos segundos cada mañana al despertar, y la narcolepsia que lo inutilizaba durante algunos minutos cada ciertos días, le provocaban y lo sometían a los llantos silenciosos que lo mantenían despierto noches enteras. Todas esas sensaciones eran su condena, la penitencia estaba en el pecado.

En noviembre de 1998, se celebró en la finca Las Tres Haches el convite correspondiente a la segunda de las comidas en memoria de Juan Heredia. En aquel acto aún no era evidente en la anatomía de Estrellita Amador el hecho que confirmaría su segunda falta menstrual. La semilla del Francis nadaba dentro de ella en forma de minúsculo embrión. Sí era evidente, a los ojos de todos, la semilla de Ginés Malababa en el crecido vientre de Úrsula Heredia, que se encontraba en el séptimo mes de gestación. Llevaba una niña, Juana se iba a llamar, hecho que enfureció al Francis, que se quejó enérgicamente oponiéndose rotundamente a la elección del nombre. Su queja fue deliberada por un comité de ancianos que falló a favor de Úrsula. El juramento del Francis nunca barajó la opción de una Juana, tuvo que acatar el nombre de la niña, de la que además sería padrino.

Juana Malababa Heredia ya contaba con cuatro meses de edad cuando se celebró la tercera de las comidas, que cerraban el año de luto. Estrellita ostentaba un pesado bombo de ocho meses bajo la ligera camisola que llevaba puesta ese día. A 20 de mayo de 1999, las ecografías ya habían confirmado el sexo varón de la descendencia del Francis.

Para Julio aquel verano en el cortijo no se presentaba muy diferente al anterior, en lo que a sus actividades se refiere. En Barcelona los agentes Cuder y Gómez amontonaban expedientes y anexos al sumario de Los Abetos, era una montaña de papeleo inútil que no hacía avanzar el caso. No podían incriminar a los rusos, como obcecadamente proponía el Francis. Ni a los rusos ni a nadie, era evidente que alguien se había largado de allí con el arma del Chino, pero no sabían quién. Esas dudas hacían crecer la hipótesis de que se trataba de un profesional, y Julio Perla Díaz no daba el perfil.

Aunque carecía de diversión extrema para sus veinte años, Julio lo pasaba bien con el Doblas, se reían y se hicieron buenos amigos. Criticaban a Ginés cuando no estaba (en su presencia el Doblas era tremendamente pelota) y a veces tachaban y reprochaban en voz baja incluso al Francis. Desde una loma, montados en el *jeep*, se atrevían a otear con los prismáticos los bronceados cuerpos de Candelita, ya en plenitud como mujer, y de Estrellita, a la que le bastó un mes para recuperar su fantástico vientre plano después del parto de Juan Heredia Amador.

Las dos yacían tumbadas en la piscina, tomando el sol. Estrella recuperó la silueta y mantuvo las crecidas mamas lecheras de apretadas ubres.

—Dios, cómo está la Estrella... No le tiene que gustar *na* el cachondeo —decía el Doblas metiéndose los prismáticos en los ojos y relamiéndose el hocico.

A Julio también le gustaba más Estrella, pero el respeto y el miedo que el Francis le imponía no le permitía hacer semejantes comentarios en voz alta, no así el Doblas, que mentaba una serie de posturas sexuales a la vez que su fornido cuerpo recorría sus fantasías abrazado al de Estrellita. Todas esas calenturas emocionales las saciaban en el Waykiki, un club de carretera bastante cutre en la 401, cerca de Úbeda, donde hordas de colombianas, brasileñas, checas, rusas, rumanas y ucranianas, que se renovaban quincenalmente, aplacaban su instinto masculino. El Doblas acudía con regularidad, una vez por semana, a veces dos.

—Dependiendo de lo buenas que estén las nuevas —decía, argumentando su febril vicio putero.

Julio lo acompañaba de vez en cuando. Había semanas en las que las chicas no eran precisamente bombones.

A finales de aquel verano, Julio tuvo que pasar un reconocimiento médico militar, en Jaén, a consecuencia de la no prorrogación de sus estudios, y al ser sorteado para la incorporación a las filas del Ejército Español, en uno de los últimos sorteos de reclutamiento no voluntario. Un tribunal médico civil había determinado que la mutilación de Julio no mermaba ninguna de sus facultades físicas para desempeñar cualquier trabajo, no así su historial patológico como narcolépsico, que le impedía para el trabajo al mando de cualquier maquinaria o vehículo, tanto industrial como doméstico, pero teniendo tan corta edad, se le negaba cualquier tipo de subsidio.

El tribunal militar lo absolvió de sus obligaciones para con el Ministerio de Defensa, y todo debió haber quedado así, de no ser por la presencia en dicho tribunal del médico de la casa cuartel de la Guardia Civil de Jódar, que atendió a Julio la mañana que fue detenido, un año y algunos meses atrás. Ese médico era el capitán de la Guardia Civil, y doctor en medicina de combate, experto en quemaduras y amputaciones: don Ignacio Carrero España, que había servido recientemente en Bosnia, junto a los cascos azules de la ONU.

El doctor observó las quemaduras del muñón y automáticamente evidenció que aquella herida era propia de un disparo a quemarropa. El tribunal lo declaró exento de cargas militares, pero Carrero España envió por fax a Cuder y a Gómez el reconocimiento médico de la herida. Ese informe se presentó en el despacho de López Barba como evidencia de falso testimonio cometido por la figura de Julio Perla Díaz durante los interrogatorios a los que fue sometido. Esas suspicacias fueron hábilmente rebatidas por el doctor Llanos, que alegó en favor de Julio. Llanos dijo que los dientes de la prensa que aprisionaron, le retorcieron y seccionaron el dedo estaban mellados y rasgaron hondamente el tejido subcutáneo, inyectando la parda masa de aceite y pequeñas partículas de metal en el hueso y los tejidos que lo envuelven, lo que provocaba el oscurecimiento de la mano, como si se le hubiera practicado un tatuaje sobre la carne viva. Aquella conclusión médica era replicada por Carrero España, e invitaba a la biopsia del tejido más cercano al hueso.

El análisis de la prueba diría si se trataba de aceite o de pólvora. Un nuevo informe médico de Llanos, sumado a la opinión de un reputado neurólogo belga, junto a un elaborado alegato redactado por Izquierdo, advertían de la peligrosidad de practicar la intervención en la mano, ya que podría resentirse el sistema nervioso y hacerle perder movilidad en el resto de dedos. El alegato pedía clemencia, clamaba a las libertades individuales del defendido, que ya habían sido violadas y vulneradas con los más de cuarenta días de reclusión penitenciaria.

Se estaban transgrediendo las pautas y los principios de la presunción de inocencia, e incluso de los valores democráticos. No solo se estaba acusando a Julio Perla Díaz de falso testimonio, sino que se estaba inculpando de perjurio a dos docenas de personas. El enérgico alegato tachaba las pruebas de infundadas, aquel mismo tribunal había reconocido la no presencia de Julio en Barcelona durante la noche de autos. Finalmente se desestimó la petición de la biopsia. Los policías se resignaron, pero siguieron presionando al juez López Barba, que aceptó a firmar una orden de intervención telefónica del cortijo, la residencia de los Heredia en los Grises y la casa de Julio.

Las escuchas policiales no tardaron en ser descubiertas por el Francis, durante una conversación con Vicente, que ya se encontraba en Barcelona y asumía con solvencia las funciones que la vacante de Juan había dejado. Ambos escucharon ruidos extraños en el hilo telefónico, que se repitieron en posteriores conversaciones (muchas fueron simuladas para confirmarlas). El Francis y Vicente parodiaron el acuerdo de una entrega y la policía detuvo al correo, que iba vacío. Aquello confirmó las escuchas.

El Francis se obsesionó aún más, y sus *neuras* tejieron una fantasiosa conspiración entre los rusos y la policía. La locura y el empeño de proteger a su hijo, su mujer y su familia le hizo retornar a todos sus hermanos al cortijo, incluida Candela, que veía rotos sus sueños de independencia. La chica pensó en huir, pero su falta de libertad económica y su cultura gitana hicieron que abandonara sus estudios de Humanidades en Bellaterra, para cursar Magisterio en Jaén.

La desesperación y los delirios llevaron al Francis a llenar el cortijo con los soldados de Monsalve, que patrullaban las cercas y los caminos. Aquellos mercenarios daban un aspecto siniestro al bello lugar. Los empleados recibían exhaustivas inspecciones antes de entrar o salir de la finca, igual que los transportistas y proveedores, a los que se les requería más documentación. Se instalaron cámaras y se compraron perros adiestrados.

En Barcelona se estrecharon los círculos. Los sicarios colombianos eran los que cerraban los tratos y marcaban los precios. Si alguien compraba, les compraba a ellos; si no lo hacían, les robaban, y si reincidían, los mataban. Monsalve compartía los delirios del Francis, además de la aversión hacia los rusos, así que el Francis, en su temerosa ofuscación, le entregó la ciudad a Monsalve. Pactaron una coalición para combatir a un enemigo que por aquel entonces no lo era.

El domingo 2 de enero del 2000, dos hombres desembarcaban en el aeropuerto del Prat, en un vuelo directo procedente de Bogotá. Ambos hombres viajaban con pasaportes falsos y por equipaje únicamente llevaban una bolsa de mano. Tenían la reserva de un coche de alquiler y una habitación en una pensión de la calle Bilbao. Antes de acudir a la pensión, recogieron un maletín de una consigna en la estación de tren de Sants. Esos hombres tenían un pasaje para el vuelo que salía del Prat el día siguiente, a las 12.22 h, con destino a São Paulo.

El lunes 3 de enero del 2000, a las 10.35 h, uno de esos hombres ascendió las escaleras de la boca de metro de Balmes. Avanzaba con un gorro de lana negro y un chaquetón gris, caminaba junto a la gente a paso ligero e iba rebasando transeúntes. Dobló la esquina con Rosselló. En esa calle tres tipos salían de un afamado y elegante local de prostitución; llevaban allí desde la tarde del viernes 31 de diciembre, despidiendo y recibiendo milenios. Se trataba de Yuri Ivanovich y dos de sus guardaespaldas. El hombre del chaquetón gris y gorro negro caminaba hacia ellos con la mano derecha oculta bajo un periódico doblado, que aguantaba con la izquierda. Cuando estuvo a treinta metros sacó la mano de entre el diario, llevaba una pistola semiautomática con catorce balas en el cargador y una en la recámara, debidamente posicionada a la espera de ser percutida.

Mantenía el arma pegada al cuerpo con el brazo bajo y estirado, avanzó diez metros más para hacer una fulminante combinación de puntería y velocidad, en una acción digna de Billy Hickok, en la que sacudió con nueve balas (tres para cada uno) el torso de aquellos tres moscovitas, que cayeron al suelo vencidos por el plomo. El pavor de sus caras y los costosos abrigos que llevaban se tiñeron de sangre. El temible sicario se giró y, rápida pero cautelosamente, soltó dos disparos más, que entraron por la luna delantera del Mercedes limusina de Ivanovich, que esperaba aparcado en la puerta del club. Las dos balas impactaron en las cabezas del chofer y del copiloto.

La gente gritaba despavorida, se agachaba, se arremolinaba en pequeñas avalanchas tratando de acceder a los portales y a los comercios. El sicario de rostro serio vislumbró todos los flancos, se aseguró de que no quedaran posiciones rusas que abatir. Se tomó su tiempo al hacerlo, casi invirtió más en saberse seguro que en acabar con aquellas cinco vidas. Estaba tranquilo, sabía que de todos los testigos que corrían y se escondían presa del estupor ninguno lo estaba mirando a la cara. Aquel hombre era un profesional.

Salió corriendo, volteó en la calle Aribau, se desprendió del abrigo y del gorro, arrojó la pistola en una papelera, zigzagueó Córcega, Muntaner, Londres, se desprendió de la sudadera, quedándose con una camiseta de manga larga amarilla con el logo del Barça en el pecho, estiró la parte inferior de sus pantalones haciéndolos cortos y se arrancó unas fundas negras que ocultaban unas zapatillas blancas. Se colocó un diminuto *walkman* y bajó hacia la Gran Vía por Viladomat, simulando hacer *footing*. Media hora después, en el Paralelo, se montaba en el auto de alquiler que conducía su compañero de viaje; juntos salían de la ciudad por el sur en dirección al aeropuerto. A las 12.06 h, devolvían el coche, a las 12.17 h, embarcaban, y a las 12.32 h, con diez minutos de retraso, aquellos asesinos profesionales se desvanecían en el cielo camino de ultramar.

Yuri Ivanovich blanqueaba parte del dinero recaudado en Moscú; su puesto tan solo duró veinticuatro horas desierto. A los rusos no les costó rehacerse del golpe, lo que les costó fue saber de dónde procedía.

El 29 de enero del 2000, en el Media Beach, un *disco-lounge* con terraza en la playa situado en el bajo de una torre de edificios frente a la Villa Olímpica. Había cuatro hombres acompañados de dos señoritas; los seis eran rusos, bebían vodka entre tenedoradas de paella y desataban sus risas graves y tenebrosas. Era sábado, las siete de la tarde, la noche ya se había cerrado, las luces se encendían paulatinamente y el trajín de gente era cada vez mayor. Dos hombres aparecieron por la playa, se detuvieron ante la mesa de los rusos y vaciaron los cargadores de sus pistolas, matando a los seis. Uno de esos muertos era Vladik Eslavikov, también conocido como Vladimir Eslavik. Aquel ruso se dedicaba más o menos a lo mismo que Ivanovich, pero movía mayores cantidades de rublos.

Aquel atentado llevó a los rusos a reunirse y tratar de entender qué sucedía. Una investigación digna de un servicio de inteligencia estatal los condujo a la inferencia de que eran los Heredia y los colombianos quienes promovían aquellos atentados, aunque no entendían el porqué. La venganza y el desquite de los rusos fue terrible. El hermano de Alfredo Gavilán y dos soldados de Monsalve fueron degollados y colgados en los patios de los Grises. Amanecieron asesinados en el silencio de la madrugada del 7 al 8 de febrero del 2000.

El 22 de febrero, los directores de una oficina de Monsalve en la calle Girona, fueron ejecutados de un tiro en la cabeza, que recibieron arrodillados en la acera, a plena luz del día.

El viernes 3 de marzo, en el Rincón de Colombia, un bar cercano a la estación de El Clot, el local fue tiroteado desde un coche en marcha. En la refriega fallecieron tres personas, entre ellas una mujer embarazada. Aquella muerte levantaría una barrera tras la que el ensañamiento no conocería límites.

Julio permanecía ajeno a aquella guerra, seguía ligado a la rutina del Doblas, pero había adquirido el hábito de desligarse los fines de semana, en los que solía acompañar a Candela en sus paseos matutinos a caballo. Madrugaban y almorzaban en el campo, asomados a las recortadas laderas de tierra blanda que descendían el Barranco de Cabra. Gozaban de buenas charlas, no había otros muchachos de su edad en el cortijo, salvo algún jornalero, y tenían inquietudes culturales, musicales y de personalidad similares.

Eso propició que, sutilmente, con los regulares paseos, se insinuaran algo más que amistad. El sábado 15 de abril del 2000, Candela comía una manzana con las piernas estiradas, ligeramente levantadas, apoyadas sobre el tronco de un olmo viejo y estoico, solitario en mitad de un campo de esparto asilvestrado. La copa del olmo los guarecía del sol. Yacían despreocupados, con los caballos pastando, atados a distancia. Candela mordía la pieza de fruta roja con sus perfectos dientes, descansaba la cabeza en el regazo de Julio, que permanecía tumbado, con el torso algo levantado, apoyado sobre los codos, acariciando el bruno, brillante y sedoso pelambre de Candelita, quien dejó de morder la manzana para sucumbir húmedamente a los bocados de fruta prohibida que Julio le lanzó. Ambos se enredaron en acaramelados abrazos e interminables besos.

Aquel pecado original se hizo palpable en el aire muy pronto. Aquella mañana, el resonar de los cascos sobre el adoquín tenía un ritmo diferente. El Francis estaba en su despacho; las últimas semanas pasaba horas encerrado, sigiloso y pensativo. Se asomó a ojear el suave rechinar de aquellas ocho pezuñas herradas, que regresaban cansadas a las cuadras. Observó un gesto extraño en Candela, una espléndida sonrisa le recorría el rostro, acompañada de un gesto suave mientras se apoyaba en el hombro de Julio con excesivo cariño. El Francis salió y los observó discretamente mientras lavaban a los caballos. Vio cómo se propinaban salpicaduras de agua entre risas, se embadurnaban la cara con pomposos puñados de jabón en convulsas y desternillantes carcajadas.

—Luego hablamos —le dijo Candela a Julio después de darle un ligero y dulce beso, que Julio recibió quieto y con los ojos cerrados.

Candela salió veloz de las cuadras y se introdujo en la casa. Julio salía a paso lento con las manos metidas en los bolsillos, silbando un tema de Manzanita, cuando su relajada estampa tropezó pecho con pecho con la rígida efigie del Francis, cuyo rostro fue inamovible durante el tiempo que se aguantaron la mirada. No así el de Julio, cuya expresión mutó de la candidez de mueca embobada al tembloroso estupor que le secó la garganta, pasando por la tensión de la sorpresa de haber sido observado en tan pecaminosa actitud. Se escabulló sin mediar palabra apartando los ojos del iris negro del Francis, que no cesó el escudriñamiento visual de su figura hasta que se perdió cerrando tras de sí la pequeña puerta con mosquitera por la que se accedía directamente a la cocina.

Aquella tarde Julio salió de su habitación, en la que permanecía encerrado desde después de comer. La imagen del miedo y una sensación de culpabilidad paseaban por su corteza cerebral y lo atormentaban. Sentía que había vuelto a cometer un error, tenía que hablar con Candela, no habían consumado sexo en aquella escapada, había que zanjar aquel insensato desliz antes de que volara al viento de la confusión y de la interpretación de otras voces que no fueran la suya.

Julio divisó una silueta femenina de pelo largo y lacio difuminada a través del cristal translúcido de las puertas del salón. Se detuvo y repasó su discurso mentalmente, debía actuar como un hombre, debía enmendar sus desaciertos sin titubear ni dejarse llevar por falsas pasiones, su cerebro se turbaba por Candela porque no había otra por la que hacerlo, él sabía eso. Julio levantó la vista, respiró hondamente, firme y decidido empujó las dos hojas de pino abriendo el salón, se quedó mudo cuando Estrella Amador, que acababa de posar al bebé en un parquecito de colorines, se giró. Él observó la preciosa y fina faz inmaculada, sin maquillar. Los labios carnosos de Estrella se separaron perplejos, retrayendo lentamente la lengua a la vez que abría sus ojos marrones bajo el pelo suelto, que le caía salvaje sobre los hombros de una blusa blanca completamente abierta, con el sostén desabrochado en el escote, enseñando sus magníficos pechos, su recuperado y perfecto ombligo, bajo el que eróticamente se intuía una morena y leve curva antes de atisbar el encaje de las braguitas negras, que se escapaban del cierre suelto del tejano. Sus miradas se encontraron en un limbo intermedio, y por sus fosas nasales, por los resquicios de sus bocas y por los ventanales de su piel entró un aroma de química corporal. A ambos los poseyó un mismo impulso irrefrenable de deseo. Julio se quedó inmóvil y se desmayó.

Despertó en el despacho del Francis, estirado en un diván tapizado a listas rojas y blancas. Revivió pálido, con mala cara, estaba desubicado, y le hubiera gustado estar delante de cualquier otra persona.

—He estado pensando en aquello que dijiste acerca de viajar y demás —dijo el Francis en tono amigable.

Julio recordó una conversación mantenida tiempo atrás, días después del funeral de Juan. Asintió con la cabeza, entendiendo que el Francis tendía un puente que facilitaba el escape de la incómoda situación en la que se encontraba. Deducía el silencio de Estrellita por los matices verbales y la expresión bondadosa del mayor de los Heredia, que hablaba de un viaje. Aunque el término viaje solo lo utilizó en una ocasión, el viaje se transformó en recado, pasó a ser labor, para acabar convirtiéndose en una misión.

Dos días después, Sergio Doblas dejaba a Julio en el aeropuerto de Málaga. El Francis seguía sintiendo aprecio por él, tan solo le había hecho un quite y una espantada, como les hacía a los potros crecidos cuando los veía rondar el *paddock* de las yeguas. Como a un pura sangre, lo había encerrado en un remolque y lo enviaba a recibir lecciones de doma que lo enseñarían a contener sus impulsos de raza.

—Es la hora de los valientes... Es el momento de avanzar —dijo el Francis antes de explicarle mínimamente su cometido.

El 17 de abril del 2000, a las 11.15 h, hora local, Julio pasaba bajo los carteles en los que en signos árabes y latinos se leía: «Extranjeros». Estaba en el aeropuerto internacional de Tánger, Marruecos. Tras rellenar un formulario de entrada al país, un moro delgado y bigotudo, con camisa azul, golpeaba fuertemente con un sello verde su pasaporte granate.

Sabía poco de su misión, debía aguardar dos días allí hasta la llegada de un matón colombiano, con el que iría a las montañas y coordinarían un viaje. No sabía más.

Esperaba fumando un cigarro con impaciencia la tardía aparición de su mochila en la cinta de equipajes. Seguía resignado, no era un destino elegido por él.

«Vaya cagada», pensó. En el cortijo empezaba a estar a gusto, había conseguido dejar de fumar porros, virtud que anticipadamente sintió no poder contener estando en Marruecos. La larga espera de su mochila y los impasibles rostros del resto de espectadores le recordó la calma caribeña, y saberse conocedor de dos días de total libertad le animó el espíritu. Esa sensación coincidió con la salida de su mochila Alpin Wolf, verde y gris, por la boca de la cinta mecánica.

No meterse en líos y no telefonear a nadie hasta que llegara el colombiano, esas eran las únicas restricciones de comportamiento que tenía, junto con una serie de recomendaciones y lecciones del proceder moruno. Aunque no en exceso, había conocido a varios, y convivido mínimamente con algún ciudadano marroquí, sabía lo que todo el mundo en cuanto a la cultura musulmana y nada en particular de la alawí, bereber o rifeña (tribus norteafricanas que fueron fieles involuntarios, siervos, sumisos, sometidos, imprescindibles y aún hoy no reconocidos subsidiariamente como combatientes de la guerra civil española).

Caminaba el largo pasillo del aeropuerto de Tánger; pensó en las indicaciones de Ginés, que había viajado bastante a Marruecos y que le había dicho que no cambiara moneda en los puestos de cambio, que pagara en pesetas y cobrara los cambios en dírhams, así en menos de un día tendría cambio suficiente para vivir un mes. Ginés advirtió que era un país muy barato.

—Más o menos, un dírham, quince pesetas, pero está todo tan tirado que te va a dar igual, porque casi todo vale uno —dijo Ginés animando a Julio—. Los moros son enrollados. —Comentó lo mismo de un tío, un colombiano al que Julio debía recoger dos días después.

Antes de salir del aeropuerto se detuvo ante uno de los innumerables *rent-a-car*, desde el que un moro bigotudo le miraba profundamente.

—¿Julio? —gritó el moro.

Él se quedó perplejo y caminó dos pasos hacia el interior de la oficina. Aquel hombre posó un sobre abierto, amarillo y arrugado en el mostrador. Julio lo recibió dudoso y ojeó el interior antes de levantarlo; del sobre sacó las llaves de un Fiat 500, otro sobre más pequeño, blanco, y un mapa de Marruecos. Hizo el gesto de abrir el sobre pequeño que estaba debidamente cerrado, el moro posó la mano sobre la suya, percatándose del cicatrizado muñón.

—Este tú solo —dijo—. Tú no preocupes amigo, todo firmado, parking 202, Cinquecento azul, todo igual que coche normal. Tú traer, cuando tú acabar, todo firmado... Motor diesel, importante aquí, no todos hay súper... Seguro firmado, todo listo... Fianza listo. Español grande pagar... Solo cuando vienes depósito lleno... Y mapa de Marruecos veinte dírhams, *siñor..*

Julio sacó mil pesetas, y el moro le devolvió cincuenta dírhams; hizo el cambio monetario varias veces de memoria y se sintió timado, no le pareció nada barato.

—Para subsistir en Marruecos, hay que saber negociar,

las cosas no tienen precio fijo. —Esa fue otra de las indicaciones que Julio entendió después de tropezar en la labia bigotuda de aquellos avispados comerciantes.

Abrió el sobre pequeño al montarse en el coche; había una anotación con cinco puntos claramente separados:

17 de abril, Tánger, Rue de la Vielle Vile, n.º 9, Pensión Filadelfia, señor español.

19 de abril, Tánger, 15.06 h, Airmarroc, 679, Frankfurt-Tangier.

20 de abril, 19.00 h, Tánger, Café Haffa, monsieur Dinard.

21 de abril, Souk el Had de Izken, Wada al Cafetín, Abdul Amin.

617250429. Solo emergencias.

Julio no entendió nada de aquella nota, pero en cualquier caso los dos primeros deberes eran evidentes, encontrar la pensión y esperar el vuelo que traería al colombiano, él explicaría el resto. Pensó que debía ser un tipo competente, porque cuando preguntó cómo iba a reconocerlo, el Francis contestó:

—Él te reconocerá a ti.

Arrancó el coche y se incorporó temeroso a la agitada circulación: otra de las advertencias era la de que los moros conducían sin respetar las normas de conducción.

Se sorprendió ante la grandiosa autovía de tres carriles por sentido abarrotada de coches, él esperaba un país de piedras y cabras, no esperaba ver tanto hormigón, aunque los solares sin edificar se extendían cientos de metros a lo largo de la vía por la que transitaba. Sus ojos se pasmaron al ver un carro de base plana: un burro tiraba de la plataforma sobre la que descansaba una montaña de ladrillos sin ataduras que la contuviera.

Julio calculó por encima más de cinco palés, sonrió no pudiendo evitar pensar en el Doblas, ante la proeza del famélico asno, que arrastraba la carga con menos saña de la que su amo le profería agitándole una cuerda sobre el lomo. La distracción le costó un volantazo. Todo tipo de vehículos lo adelantaban; él, como buen barcelonés, iba por el carril del medio. Autos, motos, bicis, carros, autobuses, furgonetas, carromatos, tartanas, gente andando, todos se precipitaban de un lado al otro de la calzada en movimientos suicidas e imprevistos cambios de carril, trayectoria y sentido, que todos cometían y todos parecían controlar, ya actuaran como infractores o como infringidos. Los pitidos se sucedían en un lenguaje sonoro perceptible para la nube de apresurados viajeros que transitaba junto a Julio, pero aquel dialecto derivado del morse era inaudito para él, y empezaba a padecer estrés ante la larga cola de motores recalentados que emanaban humo de aceite mal quemado. Ya se notaba la cercana presencia de la ciudad. Sobre chabolas y puestos de melones amarillos se veía el extraño *skyline* de la desgastada urbe, y a la derecha, el horizonte marino daba cierta calma a la superpoblada avenida que hervía de movimiento y ruido.

Tánger era una ciudad sumergida en la última fase de una decadencia que arrastraba hacía más de medio siglo. Varada en el tiempo en los años cincuenta (en según qué aspectos en el medievo), conservaba el encanto, que no el esplendor, que los libros de historia le otorgaban. En el puerto, la arquitectura colonial plasmaba su importancia estratégica en el arte de la antigua usanza bélica. La medina enseñaba a través de sus frescas formas y redondas líneas el carácter indómito magrebí, que a lo largo de los siglos perdió y arrebató la ciudad a los europeos en numerosas batallas y sitios. Los edificios modernos (escasos todavía) recordaban que Tánger había dejado de ser la entrada de África, se había convertido en la salida.

Julio aparcó en el puerto. Un dírham le dio al gorrilla, que refunfuñaba tratando de sonsacar más propina.

—La, la... —dijo él, negando con la mano.

Otra consigna de Ginés Malababa. El gorrilla le persiguió cien metros, hasta que enfiló una de las empinadas cuestas que salían del puerto. Hacía calor, se había desprendido del jersey, trepaba el ladeado asfalto con el lastre de la mochila y caminaba por la sombra que proyectaban los alargados edificios, cuyos balcones estaban sembrados de antenas parabólicas. Preguntó por la medina, y se introdujo en ella. Avanzaba entre las gentes que apenas lo miraban, prescindían de él, sobre todo las mujeres, que caminaban cabizbajas a buen ritmo.

La calleja por la que subía cruzaba con otras más anchas y masificadas, algunos críos caminaban junto a él, ofreciéndole alojamiento y comida, otros droga, y otros simplemente le pedían dinero. Cansado de deambular buscando la Rue de la Vielle Vile, sacó una moneda de un dírham y detuvo a uno de los niños que corrían a su alrededor.

—Hotel Filadelfia —le dijo al niño.

El crío le indicó y, por otro dírham, lo condujo hasta allí. Julio no había entendido el lenguaje del tráfico rodado, pero el de aquel aspirante a mercader bigotudo lo caló a la primera, él mismo había hablado un idioma similar algunos años atrás. En la puerta del hostal sacó otra moneda, se agachó ante el chiquillo, que lo miraba con expectación, ya había ganado dos en diez minutos, el crío pensó que a ese paso se haría rico.

—Vuelve en una hora y es tuyo, tú solo —dijo Julio, cerrando la moneda en su puño e internándose en la oscura y estrecha recepción del Filadelfia, un modesto hostal con fama entre los mochileros y viajeros de carácter barato.

Crujían los suelos de madera lúgubre, como el tufillo porreta que se colaba por los resquicios de las puertas cerradas y denotaban la presencia de los vecinos. Hizo sonar un viejo timbre pulsador y una voz masculina ininteligible salió de entre los hilos de la cortinilla de la trastienda. El Filadelfia funcionaba desde principios del siglo XIX, y aunque en origen fuera un establecimiento de lujo, había cosas que no habían cambiado. La decoración era digna de museo, pero el bajo coste del alojamiento hacía que estuviera quebrada y gastada, sin presupuesto para reponerse. El mismo mal endémico padecía la ciudad, que derretía la nostálgica estampa literaria del Filadelfia, tornándolo un antro bruto y mal venteado.

—Busco al señor español —le dijo al recepcionista.

—Tú español —respondió el mesonero, cogiendo una llave del casillero que tenía a la espalda.

—No, yo no —replicó Julio, devolviendo la llave.

—Sí, tú sí —insistió el hombre, calvo, con gafas, de cejas negras, sin bigote, ni barba, mentón fino y rasurado, que empujaba sobre el reticente pecho de Julio la llave prendida a un pesado llavero cromado.

El chico se calmó y habló pausadamente.

—Sí, yo español... Pero busco al señor español... Busco a otro español... Otro... ¿Me entiendes, amigo?

El mesonero lo miró.

—Claro que te entiendo, imbécil, eres tú el que no se entera. El español eres tú, no hay más españoles, tú eres el español y punto.

Llegó a la conclusión de que solo conocía el lenguaje de los niños. Cogió la llave y se encerró en la habitación, que tenía baño y dos camastros con más años que el hotel. Había una ventana que daba a la calle, la abrió y soltó unas risas al ver al chiquillo sentado, esperándolo en un portal frente a la pensión. El niño mataba una a una las hormigas que rondaban la tierra del cuadrado de un árbol. Se vio a sí mismo en aquel niño. El perfume levantado por el choque del océano atlántico sobre la calma del Mediterráneo devolvió a sus fosas nasales un aroma familiar, que hacía tiempo que no sorbía; ese numen marinero lo relajó.

Ya duchado y acicalado, bajó en busca del niño. Julio le dio la moneda prometida, el niño sonrió.

—¿Hablas español? —le preguntó. El crío asintió—. ¿Cuántos años tienes?

—Doce —contestó el pequeño Busila, peculiar por su pelo rojo.

Julio se volvió a agachar ante Busila.

—¿Sabes dónde comprar hachís? —preguntó, y el niño volvió a asentir. Julio sacó un billete de mil pesetas y uno de diez dírhams—. Si me traes el mismo que fuma tu hermano, estos diez son para ti. Si está bueno, compraré más.

El niño cogió el billete y salió corriendo. Julio dudó si volvería a verlo, pero a los diez minutos el pequeño cabroncete pelirrojo estaba allí. Los dos días de espera los pasó haciendo turismo: probó la comida oriunda, visitó los lugares recomendados por una guía gratuita... Tomó té con menta en el típico café mirador, abarrotado de jóvenes nativos que charlaban observando las luces de Europa, que centelleaban al otro lado del estrecho. Aquella sociedad llevaba años contemplando, con una mezcla de miedo y esperanza, las antorchas de Punta Paloma.

El 19 de abril, Julio se comió un rollo de carne con un zumo de plátano y naranja. A las 14.45 h, ya estaba en la terminal de llegadas del aeropuerto. A las 15.10 h, se anunció que el vuelo de Airmarroc 679 procedente de Frankfurt llevaba cuarenta minutos de retraso. A las 16.22 h, con más de hora y media de retraso, la megafonía anunció que el avión había aterrizado; los pasajeros iban saliendo. Aterrizaron dos vuelos más, siguió saliendo gente.

A las 19.15 h, Julio estaba arrojado en uno de los bancos de hierro de la terminal. Había observado a todas las personas que pasaron por allí, se asomó al parking cada media hora, y nadie le dirigió la palabra. A las 21.35 h, cuando los policías del aeropuerto lo empezaban a mirar de un modo extraño, desplegó la nota y marcó el número de emergencia. Lo marcó tal cual; una voz femenina dijo en francés que el número no existía. Volvió a marcar el número con el prefijo español delante, la línea dio dos tonos, descolgaron y contestaron con un prolongado silencio.

—Sí —dijo la voz.

—No ha llegado —anunció Julio, a lo que siguió otro silencio largo—. Hola —insistió.

Pero la voz colgó.

No sabía qué hacer, sintió tentaciones de fuga al ver anunciada la salida de un vuelo de Iberia con destino Barcelona. Esperó una hora más y se marchó. Llegó al hotel, no estaba el mesonero, subió a su habitación y se duchó. Estaba intranquilo.

«¿Y ahora qué?», pensaba dubitativo. Le empezaba a gustar el país, ya no quería abandonar la misión, pero la ausencia del colombiano le hacía pensar que se abortaría. Ya había apagado la luz y se había dispuesto a dormir. «Mañana veré qué hago», se decía intentando conciliar el sueño, cuando una sombra rompió la luz que se colaba por la ancha holgura del bajo mal cepillado de la puerta. Una hoja de papel se deslizó sobre la madera del suelo de la habitación, que recuperó el tono luminoso al desplazarse el espectro por el tenue pasillo. Él se desveló súbitamente y, tras permanecer unos segundos sentado en la cama, cogió el folio.

Citas aplazadas.
20 de abril 922556135, 11h, señor español.

Leyó la nota y sintió un poco de acojone, aunque le dio la risa el secretismo, más propio de una intriga de espías.

«Ni que fuera el puto James Bond», se decía entre carcajadas mientras se liaba un petardo. Al encender el peta esas risas se mitigaron, poco a poco la ansiedad fue haciendo más pequeña la habitación, no tardó en borrársele el gesto gracioso del rostro, la incertidumbre lo volvió temeroso. Esos miedos entraron por la ventana cerrada, y tardaron en invadir el aire lo que tardó en sentirse vigilado. Se sentía en un medio extraño en el que no encontraba la manera de salir a respirar.

Marcó aquel número a la mañana siguiente, desde una cabina de la Plaza Mohamed VI de Tánger. El tono de llamada solo sonó una vez, la voz de una mujer emitió una palabra extraña.

—Soy el señor español —dijo Julio.

—Un momento —respondió la mujer con fuerte acento árabe. Julio empezaba a dominar el lenguaje.

La voz volvió al teléfono.

—Hotel París, paseo Zamrak, habitación 706, una hora —soltó la mujer antes de colgar.

Buscó y ubicó la dirección en un plano de la ciudad. Fue andando, no soportaba conducir por aquellas callejas abarrotadas en las que en cada esquina había un mercadillo. Llegó al hotel antes de la hora prevista. El París era un cuatro estrellas, pero en España le hubiese costado colgarse la tercera. Dudó si debía preguntar en recepción, pero optó por subir directo al ver abrirse la puerta del ascensor. Entró y pulsó el siete, la cabina se cerró y ascendió. Caminó timorato el pasillo que alternaba en zigzag el número de las puertas; se detuvo ante la 706.

Tras esa puerta se encontraba *monsieur* Dinard, un hombre de pelo cano, alto y delgado, elegantemente vestido con un traje pardo y camisa azul de cuello y puños blancos.

—¿Y el colombiano? —preguntó Dinard.

Julio se encogió de hombros y dijo:

—No ha venido.

El francés cogió un maletín que había sobre el escritorio.

—Tengo lo vuestro —dijo posando el maletín encima de la cama.

Julio miró el cuero negro con asas y pestillos cromados; pensó en abrirlo, pero el pánico y la ignorancia le negaban la improvisación. Dinard miraba a Julio esperando que abriera la pequeña valija. Lo hizo poco a poco y con temor. Levantó levemente la tapa, lo justo para ver las culatas negras y brillantes de dos Berettas. Cerró rápido la caja de piel, le bastó un instante para entender el secretismo, entendió que estaba más cerca de James Bond y de las novelas de Frederick Forsyth que de los chanchullos de barrio que él movía en Barcelona. Caminó hasta la ventana a través de la que vio circular un furgón de la Sûreté Nationale.

Había contemplado el talante chulesco de los guardias bigotudos e imaginado una noche en sus manos, sintió mucho miedo y se le quitaron las ganas de conocer al matón colombiano. Quería abandonar aquel puto país de cabras, piedras y babuchas, quería correr lejos de aquellas pistolas, quería aire en su vida. Ya había perdido demasiado en su primer encuentro con fuego real. Con lo que le había costado escabullirse de todas las consecuencias de empuñar un arma...

Pero el dilema no estaba en coger o no coger aquel maletín, de haber sido esa la elección, le habría resultado sencilla. El dilema era que aquel no era un viaje de placer, era una misión organizada por el Francis, y era él quien lo había librado de su escarceo pistolero, que tanto dolor había causado a todos. El Francis había perdido a un hermano. Julio se sentó abatido en una silla, sentía haber perdido mucho más que fraternidad, se había perdido a sí mismo y, por más que lo intentaba, no conseguía encontrarse. Aquella misión no era como las del *Thunder Shoot*, no le quedaban vidas, y aquella partida no se podía reiniciar.

Dinard vio todo aquel horror en los ojos brillantes del chico, que no contenía el gesto desencajado.

—Parece usted algo afectado —dijo en su buen castellano el francés, después de aclararse la garganta con una tos seca.

Julio lo miró y volvió a perder la vista en el limbo.

—No sé qué hago aquí, ni qué tengo que hacer... No sé nada —confesó con voz temblorosa.

—*Trebien...* Ya lo entiendo, eres nuevo en esto, eres muy joven... Y con esa inseguridad, no durarás mucho... En este negocio, qué hacer es lo más importante —contestó el francés, que pasó a tutearle y a expresarse con mayor claridad.

—Pues a mí nadie me ha dicho nada.

—Porque eres nuevo... Yo te haría el favor de guardarte esto, hasta que llegue el colombiano, pero no me pagan como para correr ese riesgo.

Dinard abrió el maletín y sacó las dos semiautomáticas descargadas, les metió los cargadores vacíos, levantó los seguros y las martilleó disparando aire al aire. Todos los mecanismos metálicos retráctiles percutidos por diminutas mazas y sistemas de gas chiscaron en una cadena sonora, hasta que el muelle de los cargadores terminó su recorrido.

—Nuevas —dijo el francés, sacando dos cajetines de plástico amarillo—. Munición hueca... Expansiva, *Full Metal Jacket...* Dos cajas —añadió—. Ocho tabletas de Modafinil... ¿Droga?... Será para el colombiano —prosiguió.

—No, eso es para mí —respondió Julio.

—¿Estás enfermo? —preguntó el francés.

—Nada serio —respondió el muchacho quitando hierro a su dolencia—. ¿Ocho tabletas...? ¿Cuánto esperan que me quede aquí? —exclamó indignado.

—Como poco, hasta que llegue el colombiano. Haz turismo hasta entonces, esconde bien esto y a esperar... La doble erre estará en Tánger la semana que viene, aprovecha y apuesta, ahora todavía se paga a buen precio, el sábado será tarde —dijo Dinard, que se levantó, se abrochó la chaqueta y extendió la mano a Julio, que le devolvió un blando y yerto apretón.

Julio bajó a la calle y no tardó en darse cuenta de que su aspecto juvenil de Pepe Jeans y Rip Curl, daban el cante cogidos al elegante maletín de piel negra. Decidió parar un *petit-taxi* y se dirigió al hotel, donde guardó el maletín. Primero lo escondió debajo del colchón, sobre el que se tumbó, luego volvió a sacar el maletín y lo guardó en el armario, después vació la ropa de la mochila y la desordenó en una montaña sobre él. Se volvió a tumbar y, en menos de un minuto, volvía a estar dando vueltas por la habitación con el maletín en la mano. Le comía el interior una sensación de impotencia, necesitaba un desahogo, pero no podía llamar a nadie, su compañero le había dado plantón. No sabía por qué ni para qué estaba en ese país, del que sentía en esos momentos que era el culo del mundo.

Pasó una hora hasta que metió el maletín en el maletero del coche, pero la malintencionada mirada del gorrilla lo hizo volverse cuando ya había subido la cuesta empinada y alcanzado la puerta del hotel. Condujo hasta el aeropuerto y guardó el maletín en una taquilla. Las tabletas de Modifinil las dejó dentro de su mochila.

Ya sin las pistolas, serenó su alma. Esa tarde paseó como un turista más por la medina y las Plazas del Cañón. Ese paseo le hizo rodear la ciudad en varias direcciones, en ese andar Julio descubrió las otras medinas, las de verdad, vacías de turistas, donde el país era realmente barato. Las diferencias culturales de los nativos eran claras y evidentes, no así las religiosas. No distinguía símbolos religiosos en la gente, pero las constantes llamadas a la oración a través de los altavoces de los minaretes daban muestra de la fe que la población tenía.

Paseó mucho en los días posteriores. A veces tenía que retroceder asustado por el apenado entorno por el que se encontraba caminando. El asfalto se convertía en adoquín y los edificios perdían altura convertidos en casas bajas, emblanquecidas con cal y cepillo de esparto; las aceras perdían amplitud, la calzada ganaba estrechez y las farolas dejaban de existir. Un aroma especiado que no sabía concretar corría junto al olor a pescado por aquellas vetustas callejuelas; desde alguna se oía el mar. Se asomó al acantilado avistando las bravas olas atlánticas golpear las fachadas de la espesura de quebradizas construcciones que se levantaban prácticamente sobre el océano. En uno de esos avistamientos furtivos, Julio oteó una broza de luces blancas y azules que dibujaban unas gradas techadas con toldos blancos y envueltos de candelas y candiles. Sobre la incandescencia de aquel lugar se escapaba un celaje de humo moruno perceptible en la distancia.

El sol escapaba a la tarde urdiendo la fuga sobre el mar. Julio avanzaba hacia el ruido musical que emanaba aquella visión. Al voltear un par de callejas sintió que compartía destino con un batallón de turistas, que avanzaba a su lado entre alcohólicas risas sobre el adoquín, que poco a poco se convertía en tierra; las casas bajas acabaron siendo chozas primitivas. De haber subido solo por aquellas rampas desangeladas se habría dado la vuelta, pero el pelotón de *guiris* le sacudió el miedo. Pensó que, ante cualquier percance, cogerían antes al suculento ejemplar suizo de abultados michelines, que cacareadamente hacía gala de un *Lotus* de titanio en la muñeca izquierda.

Tras el largo callejeo, se internaron en un local al aire libre (incongruencias africanas), en cuya entrada se leía: «Haffa Café Fonde 1929». Otro emblema de los años gloriosos del protectorado. Ese era el lugar donde Julio y el colombiano debían haberse visto con Dinard, según rezaba la primera nota que había recibido. De haber llegado hasta allí el primer día se habría dado la vuelta y habría salido corriendo, pero la intriga del juego de espías le hizo subir la adrenalina. Había traducido del titular de un diario una frase en francés que decía que la ciudad se preparaba para la llegada de «la doble erre». Ya era sábado, llegaba tarde para conseguir una buena apuesta, pero era necesario saber a qué se la jugaban esas letras.

Entró en el Haffa, donde las gradas construidas sobre el acantilado descendían arraigadas a la roca, formando estrechas plataformas en las que había viejas mesas y sillas de madera pintadas no hacía mucho.

«Un atisbo de arreglo decorativo», pensó Julio, que veía a todos los moros como seres flacos y bigotudos a los que solo les preocupaba ganar dinero para arreglar el coche o comprarse uno arreglado. Parecía que a lo demás no le diesen valor, aunque estuviera sin arreglar. Esa era la percepción respecto a los hombres, porque de las mujeres moras apenas había aprendido nada. Eso era lo que le faltaba al país, una mano de pintura y esplendor femenino, el poco que se podía encontrar lo ponían las turistas francesas más desinhibidas, que bailaban en tirantes y ceñidos pantalones blancos, que tapaban, pero enseñaban (incongruencias europeas) atrevidos tangas de color. Julio estaba en una mesa de una grada intermedia. Pidió una cerveza acuciado por la danza bretona, a la que daba gusto mirar, como hacían los moros.

En la mesa adyacente, un señor de unos cincuenta años explicaba a otro en correcto castellano las inmoralidades y perversiones cometidas en Barcelona por él mismo décadas atrás. Rememoraba sus retazos de verborrea europea con duras y jóvenes carnes como las que cimbreaban al compás de las cornetillas moras. La compañía de aquel hombre, otro individuo de edad similar, se levantó y se marchó. El narrador del relato rosa se quedó sentado, apuró su coñac, cogió un sombrero gris de ala corta y se lo puso.

—¿Ya se va? —preguntó Julio, buscando conversación.

—No me queda dinero... Y todavía hace frío al ponerse

el sol... A partir del mes que viene, sí que se puede quedar uno más rato... Y habrá más y mejores mujeres, pero para entonces, yo ya no estaré aquí —dijo el hombre levantándose y apoyando el peso de su cuerpo sobre un bastón. Movía todo su mecanismo corporal arrastrando su pierna derecha, presumiblemente ortopédica o de madera, oculta bajo el raso gris del pantalón, del mismo tejido que la chaqueta y el sombrero.

—¿Qué sabe de «la doble erre»? —preguntó Julio.

—Que ganará el torneo, y que había que haber apostado ayer —respondió el viejo entre risas y esfuerzo, subiendo la escalerilla que transcurría por el centro de las gradas.

«¿Qué torneo?», pensaba Julio mientras pedía otra cerveza, y siguió mirando a las turistas francesas.

El lunes 24 de abril, estaba junto a una multitud viendo el atraque del yate del jeque Abdala Al Kebir en el puerto deportivo; en esa embarcación viajaba «la doble erre». Julio ya sabía quién era, Busila se lo había dicho. Cinco dírhams cobró el pequeño cabroncete pelirrojo por la información. RR era un jugador de cartas profesional. El casino de Tánger albergaba uno de los torneos de un circuito mundial de póquer, The Golden Ace. Ni Julio, ni ninguno de los agolpados pudo ver a RR descender del barco, ya que no lo hizo. El torneo se celebraba el miércoles y las apuestas habían bajado por la no clasificación de Travis Pullman para ese torneo. Pullman era otro superjugador, y sin él en la mesa, la victoria de RR parecía estar clara. Perdió interés por el tema al conocer la historia, ni le iba ni le venía, no había estado tanto tiempo en la cárcel como para viciarse a las apuestas.

Esa noche fumaba aburrido mirando por la ventana, ya llevaba una semana allí, ya había fotografiado las abruptas cuevas de Hércules, los viejos cañones y el desconchado teatro Cervantes. Estaba harto de aquella ciudad, y lo peor era no saber cuánto tiempo de espera le quedaba en esa urbe olvidada, en la que solo se había relacionado ampliamente con el pequeño Busila. En ese momento decidió que si no había novedades durante el resto de la semana, se podría incluso ausentar unos días, estaba cansado de esperar sin saber qué era lo que se acercaba. Apuraba el petardo cuando la sombra misteriosa se volvió a cernir sobre la puerta, el papel volvió a resbalar por el suelo introducido en la habitación por el ente clandestino. Julio estaba tan harto de estar allí, que le había perdido el miedo, su presencia significaba avanzar.

«Martes 25 de abril, Tánger, 10.02 h, Airfrance, 0642, París-Tánger.»

En la nota figuraba solo esa orden. Julio suponía que su nuevo compañero le explicaría qué hacer. Estaba en el aeropuerto a las 9.50 h, llevaba una camisa blanca y una americana clara, quiso cuidar su imagen, no quiso parecer excesivamente joven a los ojos del colombiano.

A las 10.10 h, el pasaje del vuelo procedente de París iba llegando a la sala de recogida de equipajes. Una voz a la espalda de Julio pronunció su nombre, él se giró y encontró a un hombre de unos cuarenta años, con el pelo negro, lacio, pero graso y voluminoso, la cara marcada, llena de hoyos, los ojos pequeños, oscuros e indianos, la nariz redonda y los labios finos, llevaba bigote, pero era diferente al de los moros, era curvado, de pelo más largo y aparentemente dócil. A aquel hombre lo tapaba una chupa de cuero marrón, una camisa vaquera, unos tejanos negros y unas zapatillas blancas sin marca; portaba una pequeña bolsa roja colgada del hombro. Estaba algo fondón, aunque era alto, algo más que Julio, el colombiano estaba más cerca del metro noventa que del ochenta.

—John Claudio —dijo el tío corpulento, estirando la mano hacia Julio, que la estrechó con fuerza mirándolo a los ojos—. ¿Ha visto al francés? —preguntó el colombiano. El chico asintió con la cabeza.

Ya en el coche John Claudio abrió el maletín.

—¿Y ahora qué? —preguntó Julio, viendo de nuevo las pistolas dentro de la caja de piel abierta sobre las rodillas de aquel hombre.

—Ahora nada —contestó el tipo.

Julio condujo hasta la explanada del puerto donde solía

aparcar. No habían hablado ni una palabra desde el aeropuerto, cuando el colombiano dijo:

—¿Qué mierdas está haciendo?

El chico lo miró extrañado y recogió el cuello dentro de los omoplatos, deteniendo el vehículo.

—¿Qué mierda quiere, que suba por esa cuesta andando?... Dele hasta la puerta del hotel, carajo.

Julio volvió a arrancar y se puso de nuevo en marcha.

—Es que arriba está muy mal para aparcar —se justificó.

—Pues luego se baja usted, huevón —contestó con aspereza el hombre.

Cuando regresó de aparcar, el colombiano se estaba duchando; cantaba una ranchera. Julio se lió un porro tumbado en la cama oyendo los desafinados aullidos, y el chorro de agua pegar en su panza de oso.

John Claudio salió de la ducha con una toalla en la cintura. El pelo mojado y alborotado le derramaba gotas por la frente y los pómulos; las gotas varaban en el bigote, se lo escurrió dos veces con el pulgar y el índice de su mano derecha. En su anatomía indígena se reflejaba la mezcla latina en forma peluda poblándole el pecho y los brazos. El chico alargó la mano ofreciéndole el porro, el tipo se secó las palmas arrastrándolas por la toalla, sobre los muslos, agarró el canuto que esparcía un humo blanco y meloso.

—Pinche marihuanero —dijo a la vez que arrojaba el porro por la ventana—. No soporto el olor de esas mierdas, así que no las fume aquí, ni en el coche. Se las fuma en la calle, o en los pinches bares de moros... Yo no voy a esos sitios —dijo en tono firme.

Julio asintió sin decir nada; la corpulencia y, sobre todo, la seguridad de John Claudio al hablar le imponían bastante.

Aquel hombre había nacido en La Dorada, una pequeña ciudad, a ciento cincuenta kilómetros de Medellín. Fue un niño feliz, hasta que su padre prosperó en los primeros años del narcotráfico, trasladándose junto a su familia a la gran ciudad a finales de los años setenta. Entonces John

Claudio contaba quince años, y no tardó en acompañar a su padre y sus socios. Primero al bar, donde aprendió a hacer tratos, y luego a las fincas, donde aprendió a disparar.

La muerte de su padre y de sus hermanos en un atentado en 1982 lo dejó a merced de la calle, donde encontró una nueva familia con la que aprendió a matar. Participó en los años buenos y en los malos del cártel. Estuvo al lado de Escobar en las fiestas, y en primera línea en las guerras. Puso bombas con el narcoterrorismo, mató a decenas de hombres, algunas mujeres y algún que otro niño. Con la caída del cártel, se asoció con Gacha, Barrera y Guzmán en el traslado del negocio a Ciudad Juárez. Con ellos mató y enterró a muchos yanquis, colombianos y mexicanos y, junto a Monsalve padre, traicionó a sus traicioneros socios y siguió matando. El clan Monsalve había mandado a uno de sus mejores soldados a auxiliar las deficiencias bélicas de Barcelona.

—¿Qué vamos a hacer ahora? —preguntó Julio con la voz encogida, en un tono infantil y afligido.

—Esperar a que nos llamen —apuntó el colombiano. Julio le mostró las notas que había recibido—. Esto se lee y se rompe —dijo el tipo quemando el papel en el poyete de la ventana—. Acá no hemos venido a hacer un pinche trato de droga, ni a darle el adiós a un huevón, *hijo eh puta*, que nadie llorará... Acá vinimos a comprarle armas al Sirio, luego nos las cargamos hasta un puerto del este, de este pinche país, y, de allá, las mandamos a matar rusos. Si lo mira usted bien, es casi como si los matara uno mismo... ¿No cree, Julito? Estará bien, andaremos por ahí y, hasta que no recojamos lo nuestro, andaremos tranquilos... Luego, habrá que tener cuidado... Ándese con ojo en los teléfonos, la venta de armas la controlan los servicios de inteligencia.

Julio no sabía cómo interpretar el cometido.

«Al menos no hay que matar a nadie», pensó aliviado, pero las consecuencias del trabajo podían incluso ser peores. Aunque se sintió seguro con la presencia de John Claudio, junto a aquel grandullón estaba a salvo. Si Julio rompía el hielo que envolvía a ese hombre, podría gozar de su compañía. Al fin y al cabo estaba obligado a acompañarlo, así que decidió mostrarse servicial y dispuesto a aprender y ayudar en lo que hiciera falta.

Unos nudillos golpearon la puerta.

—Atienda —dijo John Claudio, gesticulando con la cabeza hacia la puerta. Cogió una de las Berettas y una de las cajas de balas, de la que sacó un proyectil que introdujo directamente en la recámara.

Julio se acercó temeroso. Una mujer habló en francés con acento marroquí.

—Abra, es la pinche mora de aquí, que me trae la ropa.

Julio abrió y recogió dos fundas de traje.

—¿Trabaja para Monsalve? —le preguntó el chico al hombre mientras se vestía.

—Yo trabajo para mí, Julito. Nosotros somos el ejército... ellos los ministros. Nosotros seguiremos siendo el ejército cuando ellos ya no sean los ministros. Yo hago lo que ellos me dicen, pero trabajo para mí.

John Claudio dirigía y efectuaba las acciones más sucias y sanguinarias de los Monsalve en Barranquilla y Medellín. Era fiel y leal a don Néstor Monsalve y estaba orgulloso de su trabajo y responsabilidad por y para su patrón, pero eso no lo apartaba de pensar que sus méritos y esfuerzos no estuvieran todo lo bien remunerados que debieran estar. Sus manos y su conciencia manchadas de sangre valían más de lo que recibían. Por ese motivo, John Claudio René Miratierra desviaba un cargamento en concepto de señuelo policial hasta Houston, EE. UU., pero esos cargamentos nunca aterrizaban en suelo norteamericano, ni eran incautados por la DEA, como Monsalve pensaba. Esas pequeñas entregas de trescientos kilos cada dos meses volaban directas a Sinaloa, México, donde se empezaba a construir la nueva capital mundial de la coca, «el nuevo Medellín», como los exiliados colombianos la llamaban.

John Claudio cobraba esos cargamentos con cheques emitidos por una sucursal de las Maldivas, pero el dinero de aquel paraíso fiscal debía sostener una criba del sesenta por ciento para ser canjeado en los Estados Unidos, que era donde escondía los ahorros de sus rentables hurtos, así que buscaba empresas capaces de convertir ese dinero impreso en papel paradisíaco en otro cheque canjeable por auténtico efectivo al veinte por ciento de comisión. Casualmente una de las empresas que John Claudio utilizaba estaba eventualmente en Tánger.

El colombiano cogió una carpeta arrugada de su bolsa, sacó las Berettas del maletín, armó una y se la guardó en un bolsillo especial que llevaba cosido en la parte trasera del pantalón. Se puso la chaqueta, guardó la otra arma en el armario, junto con la munición, e introdujo la carpeta arrugada dentro del elegante maletín de Dinard. *Monsieur* Dinard. Julio no había reparado en la marca del maletín hasta entonces. John Claudio le explicó que el término «Dinard» significaba pistolas.

—¿En francés? —preguntó el chico inocentemente.

—No, huevón, en el idioma que se inventan para estas mierdas —respondió el colombiano.

John Claudio le explicó el lenguaje. Una Samsonite, significaba armamento pesado. Un Ferrari, era explosivo. Y una Westfalia, era un contenedor variado que era lo que ellos iban a comprar.

—Ahora tengo que ver a don Ramón, él me cambiará estos cheques... Venga, dele a por el auto, que no pienso ir andando.

John Claudio guió a Julio hasta un restaurante construido encima de una empalizada sobre la arena de la playa, en la misma bahía de la ciudad. Julio había pasado por delante de aquel restaurante, que le había parecido un reducto turista y que tanto le había recordado a uno que había en la playa de Sitges.

—Este es uno de los mejores sitios para comer aquí... Ya lo verá, Julio... Tampoco es que sea el Plaza... Allá solo comen los ministros —reía el colombiano, que a la vez se quejaba del coche—. ¿No lo había más pequeño? —preguntó con ironía.

—Es el que me dieron —respondió Julio.

—¿Y no se quejó? —Julio negó con la cabeza—. Pues normal que no le dieran otro —sentenció John Claudio al bajarse del diminuto coche—. Pinches moros —dijo al ver acercarse a un gorrilla bigotudo, al que Julio dio medio dírham—. Cuando vayamos a la montaña nos agarramos un auto de verdad... No esta *maricada* de nenazas. Si nos disparan, andamos listos en esa birria —concluyó John Claudio.

Al chico le horrorizó la idea de que le dispararan.

—Si quiere lo cambiamos después de comer —dijo con voz asustada.

El colombiano se movía suelto por Tánger, se notaba que había estado otras veces allí, pero detestaba a los moros. Julio en una semana había aprendido a tolerar sus conductas, aunque le seguía molestando el feo gesto de pedir dinero.

Entraron en el restaurante. Una de las cosas que habían hecho desistir de entrar a Julio con anterioridad había sido el nombre, Miami Beach, turbadora visión para el Perla, que había estado no hacía demasiado en Miami. El restaurante era una construcción de madera cerrada por ventanales que miraba a la playa y al puerto; la vista era fantástica, y el ambiente acogedor. Era de pino y cristal, y del techo colgaban antiguos ventiladores negros, que agrandaban el aire colonial y la esencia perdida de los buenos tiempos de la ciudad. Los manteles de reluciente hilo blanco colgaban por los bordes de las mesas negras, elegantemente montadas.

La carta del Miami mezclaba platos y productos de las gastronomías marroquí y española. John Claudio solo comió platos propiamente españoles. Julio comió una ensalada marroquí con falafel y vinagreta de miel de primero, y una tajín de marisco de segundo. Ambos tomaron café y licor de hierbas. En aquel salón se hablaba mayoritariamente español, era una especie de casa de España donde los empresarios españoles hacían sus reuniones y añoraban su cercana tierra bebiendo Rioja y comiendo jamón. Allí John Claudio concertó una cita con don Ramón en el número 22 de Les Chamins Royales. Julio reconoció la calle, había pasado en coche en la visita a las cuevas de Hércules; lo habían sorprendido las inmensas villas y palacetes, cercados por muros colosales. Había alguna con garitas en la entrada, ocupada por militares. Jeques árabes, multimillonarios occidentales y mandatarios gubernamentales vivían allí; el mismísimo rey de Marruecos tenía su residencia de verano a escasos kilómetros del número 22 de aquella lujosa, vasta y extensa avenida.

John Claudio condujo el coche hasta allí; los dos iban leyendo los números de las grandiosas mansiones y de los espléndidos *riads* que allí se erigían. Tras aquellos costosos muros, las *djilabas* permanecían colgadas dejando paso a las finas costuras de Victoria's Secret y Calvin Klein, bajo las brasas de las *nargilas* humeaba doble cero y hierba holandesa, por las botellas de sus cachimbas corría burbujeante el whisky de malta en cada calada, como corría la cocaína por los billetes de cien dólares enrollados y enchufados directamente a las viciosas narices, que apartaban el Corán de las mesas de cristal antes de volcar las bolsas.

John Claudio paró en la acera, frente a la casa. Los dos bajaron del coche y cruzaron la calle. El colombiano pulsó el timbre del interfono del número 22.

—*Oui* —dijo una voz de hombre.

John Claudio respondió con un penoso francés:

—*Je suy le colombian, et je venir pour la visit avec mosieur Ramón, sivouple.*

El interfono se colgó y un pitido motorizado hizo abrirse la verja. Julio siguió a John Claudio por un ancho pasillo que transcurría entre palmeras; un mayordomo esperaba la llegada de los dos hombres. La casa era una gran cúpula central de la que se desprendían otras construcciones a inferior altura, desencadenando una cascada de balcones, algunos con bañeras, que acababan en una terraza común a las demás en la que había una piscina de medidas extraordinarias.

El mayordomo los condujo hasta una sala en el interior de la casa, donde les pidió que esperaran. Ambos se sentaron en un sofá de cuero negro. La decoración minimalista serenaba el lugar, los techos eran altos y estaban llenos de tragaluces por los que entraba el fulgor de la tarde y la trova melódica de canarios y jilgueros. No había cuadros, las paredes eran radiantemente blancas, estaban ampliamente vacías. Los escasos, estrechos y bajos muebles sin tiradores permanecían escuetos, con las encimeras vacantes de pompa y ornamento; aguardaban mimetizados en el mismo color de las paredes.

Tras una corta espera, avanzaron de nuevo siguiendo al mayordomo, vestido completamente de negro, con guantes blancos. Lo siguieron por diversos corredores y pasadizos hasta una habitación grande con una piscina en el centro. Allí, ante un ventanal, una mesa y una silla estaba sentado un hombre atento a un ordenador portátil. John Claudio saludó efusivamente a aquel hombre moreno de facciones y formas redondas. Llevaba un pijama gris con el dibujo de un pato en el pecho, el pelo bastante corto, barba de seis días, y unas gafillas a través de las que no levantaba la vista del *Hewlett Packard*.

John Claudio se acercó a él, y tras una corta charla, aquel hombre mandó venir al mayordomo, que apareció con un portafolio de piel granate con cremallera dorada, del que sacó dos cheques, que le cambió al colombiano por los suyos.

Julio no cayó cuando el colombiano dijo que aquel *riad* era propiedad del jeque Abdala el Kebir; tampoco cuando el mayordomo se refirió a don Ramón como *monsieur* Rodríguez. Fue antes de irse, cuando John Claudio dijo:

—Suerte para mañana en el torneo.

Entonces Julio se dio cuenta de quién era ese hombre. Ramón Rodríguez era «la doble erre».

RR, don Ramón, monsieur Rodríguez, Lucky Man, súper R, the Great Player, Golden Boy, Il Doctore, La Mano o *La Estrella* eran algunos de la multitud de motes y apodos que recibía en todos los grandes casinos del mundo, en los que empezaba a ser costumbre su fotografía levantando los cheques en el *photocall* de cada torneo.

Ramón Rodríguez era de Móstoles, donde había vivido

gran parte de su vida. Era hijo de un constructor que plácidamente se dedicó a llenar de casitas la vasta extensión que había entre Móstoles y Madrid. Ramón tuvo una infancia feliz junto a sus hermanos, al amparo de la fructífera profesión de su padre. Siempre fue una persona muy activa. No era un estudiante ejemplar, pero tenía una facilidad extrema para desarrollar cualquier cosa por la que prestara atención, y haciendo solvente esa virtud terminó sus estudios de técnico de albañilería. Tras esa titulación entró a trabajar para su padre. Ramón cumplía su labor de encargado de obras con la eficacia que en él era innata. Durante una baja médica que lo mantuvo veinte días en cama y veinte días más con movilidad reducida, se aficionó al póquer *on line*. En tan solo un año había ganado más de cuarenta torneos en la red, y acumulaba más de diez millones de pesetas en ganancias. Una casa de apuestas londinense reparó en su habilidad, contactaron con él y lo colaron en una partida del circuito mundial en Londres. Ramón ganó la bolsa de un millón de libras esterlinas de ese torneo. Solo un año después ganaba el cincuenta por ciento de las mesas a las que se sentaba. RR era el mejor jugador de *Texas Holdem* del mundo y una nube de oro giraba en torno a él.

Esa noche, ya en el hotel, Julio y John Claudio yacían en los camastros con la luz apagada, intentando dormir. A Julio le costaba alcanzar la somnolencia, estaba entusiasmado con la historia de RR que John Claudio le había explicado durante la cena.

—Qué *crack* —se decía pensando en don Ramón.

El colombiano no había conciliado el sueño todavía, ya que aún no resonaban sus rimbombantes ronquidos entre aquellas cuatro paredes. Sobre el silencio sonó un «tic», fuera de la habitación. John Claudio levantó la cabeza de la almohada, y en una fracción de segundo, antes de que la clandestina sombra invadiera el espacio de luz que entraba del pasillo, se levantó, cogió la Beretta de la mesita de noche y se abalanzó rápido sobre la puerta. La abrió y cogió al mesonero de la pechera, lo metió en la habitación, cerró la puerta, encendió la luz y empotrándolo en la pared le introdujo el cañón de la pistola en la boca. John Claudio le retorció las solapas y levantó el flaco cuerpecillo un palmo del suelo, hasta situar los acojonados ojos de aquel hombre a la altura de los suyos.

—¿Qué es lo que quiere? —preguntó al mesonero.

El frío metal le cortó el habla y agitó una nota que llevaba en la mano. Se le había borrado el gesto chulo con el que solía mirar a Julio, su irónica risa se volvía desgraciada en una mueca desconsolada, que temía por su vida. John Claudio fue soltando tensión en su brazo izquierdo hasta que las puntas de los pequeños pies de aquel hombre alcanzaron el suelo. Le arrancó el papel de la mano, abrió la puerta y lo arrojó al pasillo. Ya con el arma baja, leyó la nota para sí mismo, la arrugó y la lanzó a la taza del váter.

—Mañana nos vamos de aquí —dijo antes de volver a la cama.

Julio estaba alucinado ante la vibrante agilidad y sangre fría del colombiano. Era la primera vez que lo veía en acción, y estaba seguro de que era el tipo más peligroso que había conocido nunca.

A la mañana siguiente, cuando Julio se despertó, John Claudio ya se había duchado. Las dos fundas de Hugo Boss reposaban sobre su cama, llevaba de nuevo la cazadora marrón, la camisa vaquera y los pantalones negros con aquellas zapatillas blancas. Se echaba el pelo hacia tras con una mano y se peinaba el bigote con la otra, mirando cómo Julio se desperezaba.

—Espabile... ya cambié el auto —dijo.

—¿Qué hora es? —preguntó el Perla, alcanzando el reloj de la mesita de noche.

Eran las ocho de la mañana. El colombiano dijo que iba a ingresar los cheques de don Ramón. Julio no sabía que John Claudio robaba a Monsalve, pensaba que sus asuntos eran legales (dentro de la ilegalidad de la mafia). El colombiano le ordenó que se preparara; a su vuelta partirían hacia las montañas, tenían más de seis horas de viaje.

John Claudio apareció con un Grand Cherokee negro.

A Julio le hubiera gustado ver la cara del moro del *rent-a-car* bajo la influencia del colombiano.

Dejaban atrás la grisácea ciudad. Conducía John Claudio, que de un modo afable, para su agrio carácter, explicaba su primera vez en Marruecos, y contaba esta como la vez número quince que visitaba el reino marroquí. Comentó que de todos los países era el que menos le gustaba.

—¡Pinches moros! —decía constantemente.

Pronunciaba muchos mexicanismos, que se le habían pegado de sus estancias en Ciudad Juárez y en Sinaloa; los mezclaba con las coletillas propiamente colombianas, lo que le hacía un habla graciosa, ininteligible para muchos moros que hablaban castellano, lo que lo llevaba a cantidad de confusiones y equívocos a la hora de hacerse entender. Y aunque hablaba de ellos con claro desprecio, hacía comentarios graciosos, pero siempre con un humor negro, como su malévolo espíritu.

—Pinches moros... Menos mal que nos conquistaron los españoles y no ellos... Menos mal, Julito, con todo lo que nos hicieron sufrir ustedes. Qué sería de nosotros si estas ratas hubieran cruzado el océano... No lo quiera usted saber, mi hijo... Aunque, a lo mejor habría valido la pena, con tal de verle la cara al huevón *hijo de puta de Castro* con La Habana llena de mezquitas, todos rezando no sé cuántas pinches de veces al día, entonces tendría motivos para hacer la puta revolución, que es lo que mata de hambre.

Por la compra de armas John Claudio conocía las calles de muchas ciudades de África, ciudades extraviadas la mayoría, igual que Tánger, Mogadisho, Kano, Jartum o Addis Abeba entre otras, lugares calurosos, miserables y dejados de la justicia. Quizás Tánger fuera el menos temible de esos lugares, que no eran más peligrosos que el propio Medellín, pero él detestaba Marruecos.

Transcurridos unos veinte kilómetros hacia el sureste, la autovía se convirtió en un carril de doble dirección, lleno de baches y de tramos sin asfaltar en los que no cabían dos coches a la vez, lo que obligaba a ir con dos ruedas fuera del asfalto la mayoría del tiempo. La carretera se estrechaba, pero las planicies se abrían en verdes campos, los riachuelos eran frecuentes, pequeñas construcciones de ladrillo sin rebozar se levantaban en mitad de la nada. Atravesaban pequeñas aldeas de cuatro casas, desde las que los niños los saludaban. Mercedes antiguos de infinidad de modelos los adelantaban constantemente, aun con visibilidad nula o en subida. La carretera cruzaba los llanos y serpenteaba hacia arriba desde las faldas de las montañas buscando altura entre frondosos bosques de cedro. Había cantidad de hombres sentados en las cunetas mirando pasar los coches. Julio sintió al verlos que su sangre llevaba la misma estirpe continental que la de los africanos desplazados, esclavos emancipados que había visto en el Caribe. Eran víctimas de un síntoma vago similar.

Observaba anonadado cómo aparecían de entre los cedros niños exhibiendo enormes huevos de hachís, que mostraban a los coches tripulados por extranjeros.

—¿Qué le pasó en la mano? —preguntó John Claudio.

—Me dispararon —respondió Julio hinchando el pecho, intentando potenciar su hombría.

—Pues menos mal que no se estaba rascando la cabeza —dijo riendo el colombiano—. ¿Por qué no agarra su arma? —volvió a preguntar.

—No sé disparar —contestó el chico deshinchando el pecho y perdiendo todo el decoro y la veteranía.

Tras tres horas de viaje, la carretera circunvalaba por la Nouvelle Ville de Cheff Chaouen. Julio había oído hablar de aquella población a los turistas del porro, pero nadie le había contado nunca qué era lo que había más allá de las dos grandes cumbres que daban nombre a aquel pueblo pintoresco, cuya vieja villa descansaba blanca y azul, escalonada en la ladera.

Más allá de Chaouen la carretera se seguía estrechando, el bosque se volvía más espeso, el aire más frío y un aroma de hierba empapaba el aire refrescando el ambiente. Se internaban en el Rif y el paisaje ganaba belleza con la altura; se escuchaban pájaros y saltos de agua más allá de los árboles. Qué lejos quedaba la estampa de piedras y cabras, cuánto distaban aquellas verdes montañas de la imagen sahariana que tenían los que no habían pisado aquella tierra. Se veían mujeres con vestidos tradicionales de lana, en colores vivos, coronaban sus cabezas unos sombreros de paja grandes con borlas blancas de lana que les caían por las alas, iban en sandalias y llevaban una faja de cuero cogida a la cintura, sobre la que apoyaban decenas de pequeños troncos y ramas, volteados por una soga que aguantaban con una mano, tensando la cuerda sobre el hombro; la otra mano sostenía una correa que prendía cabras tozudas que se paraban a pastar cada cien metros.

El paisaje era bonito, pero estaba viciado como Tánger, la presencia de pequeñas aldeas se vaticinaba a través de laderas infestadas de envases y envoltorios de plástico. Aquellos vertederos multicolor daban la bienvenida en cada pueblo y, dependiendo de las dimensiones de la montaña de basura vertida, era presumible la cantidad de habitantes y casas.

Al pasar por uno de esos vertederos la vía parecía ensancharse. Al final de la carretera se veía un control de policía y, tras él, una caravana de más de un kilómetro. La hilera de coches permanecía quieta en el asfalto, que estaba trabado por miles de hombres que iban y venían con carretillas, bicis, carros y paquetes, jaulas, perros, cabras, ovejas, mulas, vacas y gallinas. Un caos parloteado y un murmullo animal se movía alrededor del coche.

Sobre los bordillos, mujeres profundamente arropadas desplegaban mantos de fruta, verdura, hortalizas, legumbres y tubérculos. Chiringuitos de chapa exponían corderos enteros y despellejados, colgados boca abajo. Chavales jóvenes les chistaban desde la acera enseñando grandes bolas de hachís, ante la mirada apartada de los militares armados con ametralladoras que patrullaban entre el gentío. Tardaron media hora en cruzar aquella calle ancha, que se volvía a estrechar al atravesar un puesto militar con barrera. A partir de ahí empezaba el laberinto de carreteras y pistas, las rutas de los traficantes del porro, los montes de Tietla Ketama.

Ya habían dejado atrás la desolada y triste Issaguén, por la que, antes que ellos, parecía haber pasado la guerra. Un Mitsubishi Pajero con matrícula holandesa, que estaba apostado en el camino, les hizo luces; John Claudio paró. Había dos hombres en la parte delantera del Pajero. El que conducía bajó y se acercó al Cherokee. John Claudio se levantó las gafas de sol.

—Abdul, ¿cómo le va, hermano? —dijo el colombiano extendiendo la mano por fuera de la ventanilla. Era la primera vez que Julio veía a John Claudio mostrarse amable con un local.

—*Salam aleikum* —dijo Abdul, que no llevaba bigote, tenía la cara redonda, la nariz recta y los labios gordos; no era muy alto, debía rondar los 175 cm, algo regordete.

Abdul les citó en un cafetín a sesenta kilómetros de allí, en dos horas, en Souk El Had De Izken, en las faldas de las cimas que rodean el Jbel Tidirhine, de 2.456 metros de altitud, en el corazón del Rif, donde se cultiva el ochenta por ciento del hachís que se consume en todo el mundo.

Abdul llegó puntual, se tomó un té mientras hablaba con algunos de los lugareños, que abarrotaban el cafetín. Al lado había una barbería, y una tienda de servicios múltiples: comida, ropa y material de ferretería. Ante los comercios había una acera mal pavimentada transitada por cantidad de hombres. Bajo el bordillo todo era tierra hasta el otro lado de la calle, donde un hombre en una silla de plástico regentaba una marquesina que sombreaba un único surtidor de combustible diesel. Tras el desnivel descendía hasta encontrar un llano, sin árboles, en el que había una pequeña mezquita, con un pequeño minarete (altavoz incluido), una Madrasa (escuela islámica) y un par de casas bajas (probablemente del clérigo y del maestro). No había nada más, eso era Izken, un enclave en una montaña de aldeanos agricultores cruzado por una inexistente carretera a cincuenta kilómetros de nada en ambas direcciones.

Siguieron el coche de Abdul, que se montó solo en el auto. Se metió por una pista de tierra que subía en redondo una ladera. El cortado quedaba en la ventanilla de Julio, que pegaba la espalda al asiento; veía oxidados vehículos empotrados contra los cedros y las rocas en el vacío del pétreo y forestal quebrado. La pista avanzaba subiendo y bajando laberínticas laderas, cambiando de loma, colina y montaña. Ya sobre los 1.500 metros de altitud, la carretera seguía abrazada al monte y, en la inmensidad del precipicio, se veía alguna casa entre los innumerables y frondosos cercos de tierra negra, plantaciones de cannabis, cuyos tallos apretados se levantaban más de metro y medio del suelo.

Aquella marihuana era diferente a la que Julio había visto antes, no era como la holandesa, ni la sudamericana, no era carnosa, ni ramificada, no le colgaban cogollos inflados, era una espiga acogollada y apelmazada, recta, que no iba a crecer mucho más. Aquello era *kif,* la flor del hachís. Los valles entre montaña y montaña eran abruptos, de lomas encadenadas cubiertas de plantas de *kif*. En alguna de esas lomas se levantaban casas bastante cuadradas, amuralladas, que a pesar de ser nuevas daban un aspecto medieval al entorno. Esas eran las casas de los dueños de la tierra, trabajada por los habitantes de las numerosas, pequeñas y tribales sociedades que vivían en aldeas sin electricidad. Esas gentes trabajaban y elaboraban el hachís, y eran mantenidos por el dueño de la tierra, que vendía la droga a la gavilla internacional de emisarios que campaban aquellas tierras, enviados por las mafias españolas, que negociaban con los millares de familias rifeñas que cultivaban *kif*.

Esas mafias acaparaban el noventa por ciento de la producción y una de ellas era la de los Heredia. El diez por ciento restante se lo llevaban muleros particulares, de vagina, recto o intestino, que cruzaban habitualmente la frontera por mar y aire.

John Claudio explicó todos aquellos detalles sobre el terreno, mientras seguían el coche de Abdul.

—Estas gentes son buenas personas, no tienen maldad, solo hacen *bisnes*... Viven así porque el resto del país vive así... Y no saben por qué... Pobres gentes... Son diferentes que el resto de pinches moros que encontramos de camino.

La mente abierta de Julio no tardó en asimilar que realmente no había diferencias entre unos y otros marroquíes, salvadas las que pueda haber entre un murciano y un extremeño. Lo que le sucedía a John Claudio era que con aquellos rifeños había convivido y había aprendido a aceptarlos, aunque su cultura transatlántica lo alejara mucho de aquellas (a su entender) extrañas costumbres.

Transitaban por un camino enfangado que concluía ante una verja blanca anclada a un muro gris, rebozado de cemento sin pintar, de dos metros de alto y treinta centímetros de ancho, que cercaba toda la parcela de dimensiones similares a las de un campo de fútbol. Tras la verja había unos garajes de ladrillo, cerrados con puertas basculantes y un barracón de chapa, lleno de leña perfectamente apilada. De unas zanjas anchas brotaban dos hileras de tomateras y otras plantas más bajas, aún sin fruto. Había un membrillero enano dentro de un pequeño cerco de piedras, una higuera y un nogal, bajo los que pequeños chuchos sin raza se movían meneando la cola, intrigados por la presencia de los advenedizos.

Abdul aparcó junto a un VW Golf amarillo, también con matrícula holandesa, bajó e indicó a John Claudio que estacionara en el otro lado del terraplén, bajo la higuera. Abdul se acercó al Cherokee.

—Abre —dijo dando dos palmadas en el capó.

John Claudio accionó una palanca bajo el volante, Abdul levantó la caja de chapa que contenía el motor.

—¿Cuánto? —quiso saber.

El colombiano movió la cabeza con el labio inferior montado en el superior, abriendo los brazos miró a Julio, quien rodeó el coche, miró las marcas en la popa del auto y exclamó:

—2.500, turbodiésel.

—Bueno —dijo Abdul levantando el pulgar—. El mío, 3.000 —prosiguió—. Montaña, sin problema, Golf, sin problema, también —decía mostrando con la mano el desnivel que subían sus coches—. ¿Cansados...? ¿Hambre? —preguntó.

Tanto Julio como John Claudio dijeron que estaban bien, pero ambos pidieron ir al lavabo. La taza no era occidental, se limitaba a una placa de cerámica con un agujero ensamblado al desagüe. Estaba limpio, había jabones, papel higiénico y un grifo bajo, con un barreño para hacer correr las heces y el orín cañería abajo.

La casa era una amplia planta baja con habitaciones y una cocina, y giraba en cuadrado en torno a un patio grande, con una fuente en un lateral. En el centro del patio había un torreón que se levantaba en una segunda planta, sobre la que había una terraza con dos grandes placas solares y una antena parabólica.

Abdul los condujo hasta un anchuroso salón, de unos veinticinco metros cuadrados, con el suelo alfombrado y un gran ventanal. Todas las paredes del salón contenían un sofá corrido de metro y medio de ancho, estampado en colores rojizos y otoñales, que dibujaban estrellas de ocho puntas y geométricas formas abstractas exactas a los dibujos tallados en el mobiliario que contenía un televisor de 42 pulgadas. Se descalzaron al entrar en la sala, advertencia previamente informada por John Claudio, que sorprendentemente se mostraba respetuoso y llevaba tiempo sin mentar despectivamente a los nativos.

—*Poneros* cómodos... Ahora vengo —dijo Abdul al abandonar la habitación.

—Pinches moros —dijo John Claudio cuando estuvieron solos—. ¿Ha visto usted el baño?... A eso me refiero cuando digo que no saben vivir... Si en uno como ese cagaba mi abuelo, pero ya lo cambiaron, carajo... Usted lo ha visto, Julito, ¿pero sabe lo peor?... Lo peor es que ese en el que usted ha orinado es nuevo. ¿Qué huevón se haría un baño nuevo y se pondría el agujero? Hay que ser pendejo —dijo sin levantar excesivamente la voz.

Dejó de hablar cuando Abdul retornó a la sala. El marroquí regresó con una bandeja en la que llevaba un plato con unos cortes de melón y sandía, dos plátanos cortados a rodajas y dos tazas blancas tipo *mug souvenir*, una con las equis de Ámsterdam y la bandera holandesa, y la otra con el escudo del Bayern de Múnich. En las tazas había zumo de naranja.

Julio y el colombiano comían agradecidos la dulce fruta. Abdul cogió el paquete de tabaco que Julio dejó sobre la mesa, se encendió un cigarrillo y se volvió a marchar sin decir nada.

—¿Lo ve? Yo ya he estado aquí más de diez veces, y aún no he visto un tenedor, mi hijo... A lo sumo un cuchillo, según lo que comas... Así que no escatime en servilletas.

Abdul regresó con un cenicero grande y redondo, *souvenir* de Londres, en el que se veía un gracioso *collage* del Puente de la Torre, el Big Ben, Saint Paul, los Beatles en Abbey Road y el busto de Shakespeare.

Abdul se sentó frente a ellos.

—¿Fumas? —preguntó a Julio, sacándose una pieza de hachís del bolsillo del tejano.

Julio miró a John Claudio.

—Dele, no estoy en mi casa... Fumen de esa *maricada* si quieren —dijo el colombiano resignado.

Abdul instó a Julio a hacerse un porro, él aceptó encantado; desde que John Claudio se instaló en su vida, no podía fumar a su antojo. Abdul mentaba todo el tiempo nombres españoles de los matones del Francis, y los de otras personas que Julio no conocía. También enumeraba las playas y las poblaciones de la provincia de Tarragona, en las que nunca había estado, pero que mencionaba como si las conociera. Abdul no había salido nunca de Fausa, una aldea que había bajando el camino, a un kilómetro, y cuyos habitantes recogían el *kif* de Abdul. En Fausa vivía Ahmed, tío de Abdul y quien le había enseñado todos los secretos del hachís, conocimientos que todos los habitantes del Rif tenían y que heredaban de sus mayores. Abdul tenía treinta y tres años, Ahmed cincuenta y siete.

Después de un rato de charla, de la que John Claudio se ausentó, una mujer entró en el recinto; se cubrió la cabeza con el pañuelo al ver el Cherokee aparcado bajo la higuera. Abdul salió y habló con ella, era su mujer, y se perdió por los corredores de la casa; ya no regresó. El colombiano se quedó dormido. Cuando se despertó salió con Julio y abrió una de las puertas azules que había en el muro.

—Venga por aquí —le dijo.

Tras la puerta azul había dos sillas, en las que se sentaron a contemplar el crepúsculo rojo y dorado que anunciaba el final del día. Bajo aquel último hilo de luz John Claudio preguntó:

—¿Le gustaría aprender a disparar, Julito?

—Sí, supongo que sí —respondió Julio.

—Mañana le daré unas lecciones... Me sentiré más seguro a su lado sabiendo que sabe manejar un arma —le dijo el colombiano antes de que oscureciera.

A la mañana siguiente la mujer de Abdul entró en el salón con unas tazas, una tetera con agua caliente, bolsas de té y un tarro de leche en polvo, uno de café soluble y otro de azúcar. Contrariamente a lo que había dicho John Claudio, sí trajo cucharillas; también unos panes redondos y mermelada. Los dos agradecieron el desayuno a la señora, que no dijo nada y recogió los platos de la cena anterior. En aquella sala lo hacían todo, comían, cenaban y dormían.

Ya habían acabado de desayunar cuando Abdul y Ahmed entraron en el salón.

—Gordo colombiano, tú, cabrón —le dijo Ahmed sonriente a John Claudio.

Los dos se dieron un abrazo. Ahmed era flaco y moreno, llevaba una chilaba marrón hasta los tobillos, unas babuchas blancas ennegrecidas de polvo y un gorro negro con el emblema de Nike. Tendió la mano a Julio y empezó a preguntar por las mismas personas y localidades por las que Abdul había estado preguntando el día antes. Tampoco él había salido nunca del Rif, solo una vez hasta Casablanca para una intervención quirúrgica de corazón. Comentó que planeaba un viaje a la Meca, como colofón a su tranquila vida. Tras las presentaciones y los comentarios Abdul dijo:

—El Sirio llegará el domingo.

Seguían condenados a esperar.

John Claudio preguntó a los dos hombres si seguía existiendo un bosque bajo y alejado, ideal para la práctica del tiro.

De camino recogieron unas latas y unas botellas del vertedero de Fausa; los niños se arremolinaban en torno a ellos detrás de graciosas risas y expresiones infantiles. Hasta aquel bosque había como una hora en coche por pistas y senderos sin asfaltar. Durante el trayecto el colombiano explicaba sin parar las sensaciones del arma, la concentración a la hora de apuntar y tecnicismos acerca del calibre y la reacción de los diferentes tipos de munición. Llegaron al bosque.

—Baje —le dijo John Claudio dándole el maletín.

Arrojó todas las latas y botes y alejó el coche unos quinientos metros. Volvía tranquilamente andando, mientras Julio abrió el maletín motivado; había visto al colombiano llenar los cargadores, así que, valiente, bajó el muelle y empezó a meter una por una las balas en el dispensador.

—Vaya, aprende usted rápido —le dijo cuando alcanzó el claro elegido para realizar el ejercicio de puntería.

El colombiano se sentó en una piedra e hizo sentarse a Julio en una frente a él, sacó una petaca de ron y le ofreció un trago.

—Yo no le voy a enseñar a sacar muñecos en una feria... ¿Me entiende?... Yo le voy a enseñar a ser letal con un arma en la mano... No le puedo hacer inmortal, pero le voy a enseñar a moverse rápido, a no fallar, a valorar la situación, a hacer el mayor daño posible, y a hacerlo por instinto, sin pensarlo.

Julio sentía una mezcla de miedo e intriga, consideró aquellas lecciones un tanto agresivas, y no estaba completamente seguro de poder llegar a ser letal. Esos remordimientos e inquietudes le rondaban la cabeza, era consciente de que no era lo mismo dispararle a una lata que a un hombre, sobre todo si el hombre iba armado.

John Claudio le contó una historia acerca del tipo que lo enseñó a disparar y matar, un judío holandés que se instaló en Medellín a finales de los setenta y montó una escuela de sicarios. Instruyó a miles de *sardinos* en las artes de la *balacera*. El judío murió tiroteado pocos años después, seguramente a manos de uno de sus pupilos.

—Nunca mire a los ojos del hombre al que le vaya a quitar la vida... Mírelo a la boca o al cuello, si lo mira a los ojos, ya no se podrá olvidar de esa visión... Cuantas menos miradas de muerto recuerde, más tranquilo dormirá, mi hijo. Pelear a tiros es como pelear con las manos. ¿Usted sabe pelear?

Julio inclinó la cabeza a un lado, y perdió la vista.

—No mucho —respondió dudando de sus fuerzas, sobre todo si se tenía que medir a tortas con aquel gigantón.

John Claudio se levantó.

—A eso me refiero, si lo enseño a tumbar latas, solo le valdrá para sacarle un peluche a su novia.

Julio se incorporó y se colocó frente a John Claudio, como él le indicó.

—Golpéeme —le dijo.

El chico lanzó un puñetazo fuerte, directo al rostro del colombiano, que levantó la mano agarrando e inutilizando el puño de Julio.

—¿Qué *maricada* es eso? —gruñó sonriendo.

Lo soltó y le dijo que le pegara de nuevo, pero con más saña, que fuera a hacer daño. Julio dio un paso atrás y se abalanzó soltando puñetazos y patadas, John Claudio se echó a un lado y a la vez le propinó un codazo en el costado, debajo del sobaco. El chico cayó al suelo bastante dolorido, le faltaba el aire y una punzada le recorría el pecho de lado a lado.

—¿Qué mierda de ataque es ese? ¿Qué se piensa que es? ¿Un dibujo japonés? ¿Es que nunca boxeó o jugó a pelear de pequeño? —preguntó el colombiano indignado. Él también empezaba a dudar de tener tiempo para convertir a Julio en letal, le faltaba la sangre y el arrojo que los niños medellinenses ya tenían con diez años.

Se peinó el bigote con dos dedos.

—Levántese —le dijo a Julio, que aún se dolía de las costillas y empezaba a pensar en tener alguna rota.

Se puso en pie con el gesto fruncido y dolorido, la mano sobre el pecho, el tronco curvado y las rodillas ligeramente flexionadas, con la otra mano sobre una de ellas. John Claudio agarró una rama larga de cedro y la agitó sobre la riñonada del muchacho, que bramó como un becerro.

—¡Hijo puta! —gritó con rabia.

—No deje ver la debilidad en su cuerpo, huevón, hasta un niño osaría atacarlo con esa cara de muerto que tiene —replicó John Claudio en tono enfadado—. Sus mejores armas son los codos y las rodillas, úselos tanto para atacar como para defender... Los puntos débiles de un hombre son los ojos, el cuello y el pecho, es ahí donde hay que golpear duro.

Tras una serie de *katas* y ejercicios inventados por John Claudio, Julio se sintió mejor con sus movimientos. Los halagos que se llevó su pequeño progreso en lucha bajuna latinoamericana hicieron que algunos de los golpes dolieran menos. Aprendió rápido que en una pelea todo vale, tirar del pelo, meter los dedos en los ojos y en las narices, agarrar de los huevos, morder, y si se tiene un arma disparar. Si hace daño vale, esa era una de las dos reglas; la otra era que no había reglas.

Después de las clases de lucha, John Claudio sacó unos panecillos y una tableta de chocolate.

—¿No vamos a ir a comer? —preguntó Julio.

—¿Ya está cansado, huevón? Si quiere nos vamos.

—No, no, nos quedamos —respondió el chico asustado, no quería disgustar al colombiano, que por momentos actuaba de modo paternal.

Después del tentempié le permitió fumarse un canuto, mientras él seguía contando terribles historias de crímenes, que abrían de par en par la boca y los ojos de Julio. Luego se levantó y esparció las latas sobre una madeja de zarzas, dejándolas a la altura del pecho. Cuando Julio acabó de fumar, cogió de la culata el arma que John Claudio le ofrecía agarrándola por el cañón.

—Dele al bote amarillo —dijo el colombiano sosteniendo la otra pistola.

Julio apuntó con el brazo erguido delante de su cara, situó en la distancia el bote amarillo detrás del cañón del arma, cerró el ojo izquierdo, mantuvo el pulso firme y disparó. La detonación le levantó bruscamente el brazo, sonó el eco diseminado y retornado por el bosque, una nube de pájaros aleteó abandonando las copas de los cedros. La zarza que contenía los botes ni siquiera se agitó, la bala no pasó ni cerca.

—¿Por qué cierra el ojo, pendejo? Dispare con la cara abierta, huevón —le recriminaba el colombiano, que levantó rápido la Beretta y al unísono apretó el gatillo.

El disparo volvió a sonar raleado en el aire, sembrándolo de pólvora. Los pájaros migraron a copas más lejanas, y el bote amarillo volaba. Dos disparos más que soltó el colombiano hicieron al bote volver a temblar y alejar el vuelo. Julio soltó un silbido suave y prolongado.

—Ya ves —exclamó fascinado. Tensó de nuevo el arma, abrió bien los dos ojos—. A la lata roja —dijo antes de disparar.

Mantuvo el brazo rígido tratando de que no se le levantara con el fogonazo y disparó. La zarza se batió, pero en lugar de la lata roja alcanzó una azul situada a un metro a la izquierda. Le gustó la sensación, a pesar de haber errado el tiro. Le motivó haber tocado un blanco. Efectuó tres disparos más, y al cuarto impactó en la lata roja. A John Claudio lo sorprendió la rápida adaptación y la buena puntería. Vació el primer cargador. De las quince balas del segundo, seis dieron en la lata a la que apuntaba; al tercero contó nueve aciertos; resultó tener un don para el tiro al blanco. John Claudio asentía con la cabeza, con el rostro orgulloso, *el sardino* se había ganado su respeto.

Bajaron hasta aquel bosque los dos días siguientes. Julio aprendió a disparar en movimiento, girándose, sentado y con las dos manos.

El domingo 30 de abril del 2000, se despertaron temprano. Ya duchados y desayunados, esperaban la llegada del Sirio, del que John Claudio contó a Julio que no era sirio, era un apodo, probablemente fuera argelino, aunque nadie lo sabía con certeza. El Sirio era un traficante internacional de armas, únicamente se movía por el continente africano, pero su mercancía llegaba a todo el mundo. Era la forma más segura y barata de conseguir armas a granel, a él acudían muchas mafias y grupos terroristas: muchas de las cambiantes y degeneradas dictaduras africanas, y la mayoría de las guerrillas de Sudamérica, adquirían los fusiles y las granadas a peso en lugar de por unidades; seguramente la mafia rusa también se valía de él para la obtención de las armas con las que mataban a los soldados de Monsalve en Barcelona.

Al recinto accedieron dos Cadillac 4x4, y un camión Mercedes con el que se podría haber corrido el París-Dakar. Abdul y Ahmed esperaban junto a la casa. Se bajaron dos hombres por vehículo, seis en total, todos rapados, con trajes oscuros y modelos similares de gafas de sol. Los seis hombres repasaron el recinto. Uno entró en la sala y miró a Julio y a John Claudio, que permanecían sentados. El hombre recorrió la casa, por el pasillo se encontró a la mujer de Abdul.

—¿Hay alguien más? —le preguntó hablando en árabe.

Ella señaló a una niña pequeña que jugaba en el suelo. El hombre salió e hizo señas al resto, la puerta trasera de uno de los Cadillac se abrió, y del coche se apeó un hombre delgado, calvo, metido en un traje de lino y unos mocasines de ante blancos. Llevaba unas gafas grandes y negras, con una V estampada en blanco, sobre el puente. Ese rostro rígido y funesto era la faz luciferina del Sirio, que avanzó hasta Ahmed.

—*Salam aleikum* —le dijo besándole la mano, en señal de respeto.

Ahmed retiró la mano, no sintiéndose merecedor de tan honrosa reverencia. El Sirio dio un abrazo a Abdul, luego chiscó los dedos y sus sumisos secuaces se apresuraron a bajar dos pesados baúles del camión. Aquel ángel rebelde se internó en el salón, sus hombres apartaron las mesas y colocaron las cajas junto a una de ellas.

—Buenos días —susurró el Sirio en correcto castellano, dirigiéndose a John Claudio. Julio se sintió ignorado.

—Buenos días —respondió John Claudio.

El Sirio se sentó, sus matones se distribuyeron por la

sala a excepción de uno, que con una pequeña pata de cabra desclavaba las tapas de las cajas.

—¿Cómo te va, amigo? —preguntó el Sirio.

—Como siempre, pero vamos a ir al grano, no vine a conversar... para eso, ya me traje a este *güey* —dijo John Claudio, antes de soltar una carcajada que fue entendida y respondida por todos, Julio incluido.

—Está bien, vamos al grano —replicó el Sirio, que arrugó la nariz tentando el aire como una serpiente y percibiendo la fragancia de la pólvora de las Beretta que Julio y John Claudio guardaban en el maletín de Dinard, suministrado por él mismo, que soltó el aire analizado diciendo—: ¿Qué tal las Beretta?

—Muy buenas —le contestó el colombiano con cierta ironía.

—Pues como esas, van doce más en el paquete —apuntó el Sirio.

Mientras, uno de sus compinches apartaba las virutas de madera que cubrían el siniestro metal; el matón sacaba las armas y las accionaba descargadas.

El Sirio empezó la explicación; parecía una sesión de teletienda, solo faltaba una maciza en bikini y tacones, pensaba Julio. El Sirio hablaba sobre la nocividad de sus pequeñas máquinas, que fueron pequeñas durante poco tiempo, porque tras la explicación de una serie de armas cortas, el matón sacó una microametralladora digna de Sony Croquet.

—Sirio, no vamos a matar raperos en South Beach... Vaya al grano, huevón... Muéstreme lo que le pedí —advirtió John Claudio con tono serio.

El Sirio asintió y el matón pasó a retirar el serrín de la segunda caja, de la que sacó un fusil de asalto, del que el Sirio explicó:

—R15, un arma vieja, sí, pero infalible, más viejo es el AK47, y es el que más vendo.

—Nosotros no somos una tribu angoleña que quiere asaltar el palacio presidencial... Sirio, nosotros hacemos una guerra más sutil y moderna —replicó el colombiano.

—R15, gran arma —interrumpió Ahmed como buen comerciante. Él y Abdul hacían de intermediarios, facilitaban un lugar seguro para la reunión, y el trato con el Sirio era un pequeño porcentaje de la venta.

El Sirio prosiguió su explicación.

—R15, diseñada por Israel en 1977 y fabricada en el ochenta y dos, esta arma es ligera, precisa, contundente. Con ellas han matado a muchos de mis hermanos, en las fronteras de Gaza y Cisjordania. Tengo fusiles R17, de boca ancha, también israelíes, de 1991, pero aún los utilizan para instrucción y maniobra; la munición del R17 es difícil de conseguir, ir a la guerra con ese arma te costaría caro... El R15 es lo que necesitas, tengo muchas balas, te haré un buen precio.

—¿Qué hay del explosivo? —preguntó John Claudio.

—Con el explosivo he tenido un pequeño problema, pero he traído lanzagranadas norteamericanos, verdaderos Tomahawk, comprados en México, material bélico cien por cien, amigo.

—¿Verdaderos Tomahawk? Déjese de mierdas, que no pensamos ir detrás de las FARC, pendejo... Me quedo las seis Star, las doce Beretta y ocho R15, cargadores y munición... ¿Cuánto cree que va a tardar en tener el explosivo?

—Por lo menos quince días, no más de un mes.

—Pues haber empezado por ahí, ándese con todo de vuelta, deje aquí un R15 con munición, y dos cajas de expansivas, para las Beretta... Cuando tenga el explosivo se vuelve y yo se lo recibo todo, entonces le pagarán. —Las palabras de John Claudio fueron expeditivas, el Sirio quiso replicar, pero fue contrarrestado hábilmente por el colombiano, que no lo dejó hablar—. No me cuente usted más mierdas, *brother*, un trato es un trato, yo le expliqué con claridad lo que quería... ¿Sí? Pues no me haga perder más tiempo, carajo, y vuélvase lo antes que pueda, que los pinches rusos no nos van a esperar.

El Sirio se levantó abrumado por las duras palabras de John Claudio, se aplanó el frente del traje y se bajó las gafas.

—Quince días —dijo con firmeza antes de salir de la

sala. Los matones dejaron un fusil y bajaron la munición solicitada.

La espera no había terminado, debían aguardar por lo menos quince días más, que acabaron por ser dieciocho. Durante esos días, John Claudio siguió instruyendo a Julio, le enseñó a utilizar el R15, a pelear con cierta dignidad, a disparar desde el coche y a moverse en mitad de un tiroteo, evitando ser un blanco fácil. A una de esas clases llevó tres sacos de melones que compró en la carretera. Pasó toda la mañana cortando y afilando ramas gruesas, cortadas a diferente medida, las enterró en el suelo y les clavó varios de los melones en la punta. Con troncos y fruta, reprodujo la reunión en el salón de Abdul, situó todas las estacas con melón en la misma disposición en la que estaban el Sirio y sus matones; también asignó dos monigotes que representaban a Abdul y Ahmed, valorados en ese simulacro como inocentes testigos desarmados.

John Claudio se sentó sobre un tronco en el centro del tinglado, las dos Beretta descansaban sobre sus rodillas, las empuñó a la vez que se levantaba, abrió los brazos marcando las nueve y cuarto y abatió los melones de los flancos, que lo amenazaban lateralmente. Fue cerrando los brazos a la vez que reventaba los cinco melones restantes. Por último disparó contra la representación de Ahmed y Abdul. No tardó más de tres segundos en destrozar las nueve cabezas simuladas. Luego volvió a colocarlo todo y lo intentó Julio. Tras cinco intentos fallidos, lo hizo al sexto, y la séptima vez lo repitió a la perfección.

El jueves 18 de mayo del 2000, el Sirio retornó a Izken con el encargo completo. Sus hombres bajaron las cajas y esperaron junto a él, que aguardó en silencio durante dos horas agarrado a una caja azul, que contenía un teléfono vía satélite. Cuando el teléfono sonó, una voz confirmó la transferencia a un banco de los Emiratos Árabes, después se marcharon con la misma seriedad y silencio con el que habían llegado.

Esa misma noche, tras la cena, con la oscuridad como testigo, cargaron los baúles en el Cherokee y partieron hacia el noroeste del país, hasta Tizni El Jarira, a veinte kilómetros de Al Hoceima, donde esperaba Hassan, uno de los patrones moros del Francis, que se encargaba de organizar la salida de las embarcaciones con droga. Llegaron a las 2.30 h de la madrugada, a las 3.00 h salía una lancha rápida con el paquete, que llegaría a una playa de Málaga antes de que despuntara el sol sobre la costa andaluza. Desde allí un camión refrigerado de frutas lo trasladaría por carretera hasta Barcelona.

Julio descansó al ver salir la lancha, el rato de peligro fue relativamente corto, aunque despiadamente tenso, sobre todo al cruzar los controles de Issaguen y Kefta. Amaneció y volvieron a Tánger. Julio pensaba que había zanjado su misión en Marruecos, tenía ganas de volver, pero a su casa, no a Jódar, ni a ningún lugar miserable con una misión que cumplir. Prefirió haber hecho la mili, prefirió haber tenido una vida normal y diez dedos.

Sus ansias de paz volvían a estar lejos de sus obligaciones, sintió que esa maldición lo había acompañado toda la vida cuando, tras una corta estancia en el cortijo de los Heredia, le comunicaron que debía retornar a Marruecos por tiempo indefinido. Julio sufría en sus carnes las paranoias del Francis, que lo seguía apreciando, y por eso lo mantenía alejado de Barcelona. Temía que los rusos atentaran contra él, pero no lo quería en el cortijo debido a su asunto con Candelita. Así que Julio volvía a gozar otra vez de la única y extravagante compañía de John Claudio.

Seguían enviando armamento con regularidad, y procuraban una entrega semanal de droga. La guerra ejercía demasiada presión política y policial, la prensa se ensañaba, y las fuerzas de seguridad controlaban los puntos de desembarco desde Alicante hasta Girona. Monsalve negoció con pequeñas redes mafiosas de Andalucía, que garantizaban los desembarcos en las costas de Málaga. Aquellas maniobras estratégicas llevaron a Monsalve a hacer nuevas amistades. El Francis no se sentó a esas nuevas mesas, permaneció voluntariamente encerrado. Paradójicamente, los soldados de Monsalve que custodiaban el cortijo acabaron por ser sus carceleros.

Julio habló desde el cortijo con su familia y siguió intentando sin éxito el contacto con sus amigos. La estancia en Marruecos se prolongó un año, y la guerra contra los rusos seguía sin tregua; ya habían muerto más de treinta personas por bando.

John Claudio siguió insistiendo para que el chico no perdiera la práctica del tiro, y cuando estaban en Izquen entrenaban con frecuencia. No tuvo que pasar mucho tiempo para que se hicieran buenos amigos. Se explicaron la vida varias veces, y aunque John Claudio acumulara mayor número de anécdotas, le sorprendieron algunas de las historias que Julio le explicó.

El lunes 14 de mayo del 2001, estaban sentados en un restaurante occidental en Meknes, Marruecos. Tomaban café en una mesa apartada. Julio, con plena confianza, contó a John Claudio lo sucedido en casa del Chino, omitiendo la parte de la verdad que lo convertía en asesino. El colombiano calló durante unos minutos, Julio también.

—Ahora lo entiendo, ¿cómo no se dieron cuenta?... Por eso no saben quién... Ni saben nada —dijo John Claudio.

—¿De qué? —Las palabras del colombiano sonaron como un disparo en el tímpano de Julio.

—Pues que usted los mató, cabrón... Usted la montó entera.

—¿Yo? ¿A quién? —preguntó Julio, perplejo.

—No se apure, mi hijo, ahora somos *parceros*, nos cubrimos la espalda... Aprovechemos esta confusión. —La maquinaria de traición del colombiano se activó, conectando el ciclo de estímulos que corrieron eléctricamente por su cerebro pérfido e infiel—. ¿Si yo le cubro la espalda, cubriría usted la mía, Julito? —preguntó peinándose el bigote y fijando su alevosa mirada.

Julio no tenía ni idea de lo que podía esconder la pregunta, pero su espalda se había quedado desnuda, bastante tenía con guardarse la suya como para cargar con los fornidos hombros de aquel indio. Caviló rápido, decidió no gastar saliva en excusarse, prefirió saber de la cruz que aquel hombre arrastraba, ahora eran *parceros*. Julio Perla Díaz, a sus veintidós años de edad, estaba a punto de escuchar la historia que marcaría su futuro. John Claudio acababa de descubrir su secreto respecto al asesinato de Juan pero, por suerte, el colombiano buscaba un socio, había oído rumores que parecían ser ciertos.

La estructura de empresas del Francis limpiaba eficazmente el dinero de los Heredia y parte del de Monsalve. Emilio Izquierdo contribuía todo lo que podía para aclarar el resto, pero no podía tanto como para hacer desaparecer legalmente los cientos de millones de pesetas, en efectivo, que las oficinas del clan Monsalve en Madrid y Barcelona guardaban. Esas cantidades no hubieran significado ningún problema, de no ser por el inminente cambio de moneda a la que Europa se sometía. Los euros ya eran de curso legal, las pesetas también, pero en siete meses dejarían de serlo.

Los rusos no tenían ese problema, el hecho de tener sucursales por toda Europa les había llevado a prever el cambio con anterioridad (y no fue porque no se hablara de ello), pero la guerra de Barcelona mantenía ciegos a los Heredia y a Monsalve, que dejaban escapar un tren. Monsalve supo atajar y llegó a tiempo a una estación que lo montaba en ese expreso en el que todas las mafias europeas ya viajaban a salvo y con billete.

Monsalve subió a ese tren a espaldas del Francis, y lo hizo pactando una reunión con los rusos. Su fin era el de negociar una paz que contentara a todos. Las perspectivas del Francis se convertían amargamente en un desenfocado fracaso, sus intereses se veían obligados a acudir al puchero de los rusos, y no al revés, como él había vaticinado años atrás, cuando decidió aliarse con Monsalve. El Francis no lo iba a aceptar, no negociaría la paz, había jurado acabar con los rusos, pero no se quería dar cuenta de que era imposible, por eso Monsalve no le dijo nada. El Francis permanecía incautamente aislado junto a los suyos en su idílica prisión. De no ser por John Claudio, Julio hubiera estado junto a él, sin verlas venir. Pero John Claudio guardaba un as en la manga.

En sus visitas esporádicas a Sinaloa, México, había escuchado que el Cholo Voluda estaba cabreado porque Monsalve intentaba arrebatarle el contacto con los rusos. La línea de distribución rusa iba a ser la moneda de cambio que Monsalve iba a exigir a la hora de negociar la tregua. Las líneas de distribución y el blanqueo al veinticinco por ciento de novecientos millones de pesetas en seis meses, ese iba a ser el trato. Él, a cambio, ofrecía un precio especial, y la cabeza de todos los Heredia. Izquierdo tenía claro de qué lado estaba, y tanto él como Monsalve consideraban a Julio de los Heredia. El Perla no estaba a salvo ni en el cortijo ni en Barcelona, y tampoco lo hubiera estado en Marruecos de no ser porque estaba junto a un traidor.

El Cholo Voluda era el líder de uno de los cárteles de Sinaloa. Se había hecho fuerte, tenía muchos hombres que peleaban y morían en las calles por él. las crecidas ciudades de Sinaloa ya aparecían en los mapas, y su asfalto era una jungla en la que cada día, en todos y cada uno de los barrios y distritos, había *balacera* y algunos pollos se volvían muñecos, como decían los primerizos sicarios menores de quince años. En mayo del 2001, Culiacán era la ciudad más peligrosa del mundo.

Voluda preparó una carambola, y el instigador que le untó de azulete la punta del taco para batir las bolas a tres bandas fue John Claudio.

El viernes 18 de mayo del 2001, Serghei Pablichenko aterrizaba en México D.F. El Zócalo hervía, abarrotado de turistas y rateros. Un grupo de hombres se apiñaban alrededor de un pequeño radio televisor. Voluda los observaba, cuando a cien metros divisó los rostros rudos y los abrigos demasiado largos para la plácida tarde que caía en el D.F., Pablichenko y sus matones se sentaron a la mesa de Voluda.

—Tequila para todos, y algo de comer —le dijo el mexicano al niño que salió a atenderlos.

Serghei Pablichenko era uno de los interesados en que el acuerdo con Monsalve no fructificara. Si el enlace ruso en Barcelona moría, él sería el sucesor. Si Voluda se deshacía del hombre de los rusos recuperaría la distribución, que, a cambio de un pacífico porvenir, iba a ser entregada a Monsalve, quien no pensaba soltar el hilo. Pero la posibilidad de John Claudio de controlar Barranquilla y los laboratorios de Medellín hizo que Monsalve no las viera venir; la familia entera había perdido la opción. John Claudio hacía honor a su deshonroso pasado de traidor. Julio, sin los Heredia, aliviaría sus problemas, aunque obligado a evadirlos, se podría pensar que los acuciaría si se involucraba en una perfidia, convirtiéndose, de nuevo, en cómplice de asesinato. Aquella alianza lo llevaría a ser parte importante de aquel nuevo gobierno que se urdía sombríamente.

La acción debía ser coordinada. La orden de acabar con los Heredia que Monsalve daría sería la bengala que anunciaría la puesta en marcha de la traición. Los rusos debían pensar que eran los propios Heredia quienes cometían el atentado contra Juan Carlos Monsalve y el enlace ruso en la reunión que debía sellar la paz.

Esa reunión se celebraría en Marbella. Cuando los Heredia estuvieran muertos, las nuevas amistades de Monsalve en las costas andaluzas contribuirían al entendimiento con los rusos, que acaparaban negocios inmobiliarios, la venta de autos y embarcaciones de lujo, algún hotel e infinidad de clubes y discotecas. Y de todo eso, Pablichenko no pensaba repartir nada cuando asumiera el control. Él mismo convencería a los jefes de Moscú de que la alianza con los Monsalve había sido un error. Con ese engaño serían los propios rusos quienes respaldarían la solución final del clan Monsalve en Colombia a manos de Voluda, que recuperaría el control de las líneas. Pablichenko cedía a John Claudio la venta de droga en Barcelona a cambio de una comisión, ya que la droga se desembarcaría en las playas de Andalucía.

John Claudio dirigió la trágica emboscada, y procuró una vía de escape para Julio, que debía volar hasta México. Solo allí estaría a salvo si algo salía mal; debía alejarse de los Heredia y debía alejar a su familia de Barcelona, por lo menos hasta que todo se calmara.

El domingo 17 de junio del 2001, Julio entraba en casa

de su abuela. Él sabía que no iba a ser fácil que Mariana y Dolores aceptaran escapar y esconderse. Dolores llevaba quince años trabajando en El Tiburón, las dos tenían su vida al margen de él y no podían marcharse así como así. Ellas sentían que no habían hecho nada, no entendían la dimensión del conflicto. Julio pretendía alojarlas en un hotel de cualquier ciudad de la península. «Una ciudad grande», pensaba, pero únicamente accedieron a volar hasta Las Palmas de Gran Canaria y permanecer en casa de Cecilia (tía de Julio), Ángel y los niños.

Antes de salir hacia el aeropuerto, Mariana le dio a Julio una postal.

—Llegó hace un año, pero como no podíamos decir nada por teléfono... —dijo la abuela, justificando la tardanza en transmitir la postal, que estaba sin redactar. En ella salía una foto aérea de Lago Petén, Guatemala. Julio llevaba tiempo intentando saber de sus amigos; aquella era la primera señal de vida en mucho tiempo.

El 21 de junio del 2001, ya con Mariana y Dolores en Canarias, Julio aterrizaba en Monterrey. Eran las 12.00 h de la mañana, hora local, y como John Claudio le dijo, lo estaban esperando.

Afrontaba la cadena de sucesos para liberarse de la penalidad que lo mantenía alejado de su voluntad, sentía que aquella ola de crimen lo arrastraría hasta tierra firme, pero no tardó en darse cuenta de que se había vuelto embarcar en una larga travesía.

En el aeropuerto de Monterrey dos tipos agrios lo recibieron. Trató de ser simpático, pero aquellos tíos lo condujeron prácticamente a empujones por un pasillo largo, después de recoger el equipaje. Salieron a las pistas y, caminando entre operarios y coches eléctricos cargados de maletas, llegaron hasta una avioneta, que ya estaba en marcha. La hélice venteaba y un zumbido férreo hacía oscilar el avión.

—Suba —le dijo uno de los hombres.

Él trepó por la escalerilla. En el interior del pequeño aparato había dos pilotos y otro hombre, que recogió los peldaños tirando de un cable. Aún no se habían sentado cuando la avioneta empezó a moverse.

—Lleve cuidado, y no se lastime, *brother*... ¿Cómo le va? —dijo el tipo extendiendo la mano.

Julio devolvió el saludo con un apretón y se sentó. Estaba un tanto abrumado por los rebotes que la nave daba, los neumáticos chocaban repetidamente en el bacheado asfalto. Una vez sentado giró el cuello para ver a través de la ventanilla los rostros tiesos de los matones, que se quedaban en tierra.

—Que se chinguen el culo, esos putos de Monterrey... ¿Le dijeron algo, amigo? —preguntó el hombre.

—No, todo lo contrario —respondió él.

La avioneta tomaba velocidad por la pista parcheada. Se oían las indicaciones de los pilotos, a los que se les intuía a través de una cortinilla gris. El aparato se levantó, y aquel hombre, que amablemente ofrecía un trago a Julio, perdió el equilibrio y se cayó.

—¡Siéntese ya, pendejo! —dijo uno de los pilotos asomando la cabeza entre las cortinas.

Ya con el avión en el aire y más estable, Julio ayudó a levantarse al hombre, que se sentó frente a él.

—¿Cómo se llama, amigo?

—Julio —respondió el chico, aceptando el trago de tequila de la botella de Don Julio que aquel hombre sostenía.

—Vaya, pues como este tequila, *brother*; yo me llamo Jack, como el Jack Daniel's —dijo el tipo entre risas.

—Jacobo, siéntese ya, y no diga más huevonadas —replicó uno de los pilotos, sacando de nuevo la cabeza entre la cortina.

Jacobo se quitó una bota y se la arrojó diciendo:

—Usted maneje, puto, le aseguro que le voy a partir la madre en cuanto lleguemos.

Jacobo se levantó y ofreció la botella a los pilotos, que bebieron. Julio miraba por la ventanilla; quedaban atrás minúsculas construcciones que eran engullidas por el frondoso espesor, que se desvaneció bajo un manto de nubes. Horas después, aterrizaban en una pista de tierra, entre Los Mochis y Boca del Río, en Sinaloa, México.

A la misma hora, las 23.00 h en España, Juan Carlos Monsalve ya dormía en una suite del Meliá Gran Lujo de Puerto Banús, Marbella. Doce horas más tarde, era Julio quien dormía plácidamente en una barraca en Boca del Río. Mientras, en la suite del Meliá, en Marbella, Monsalve y sus matones escudriñaban sin éxito todas las editoriales de prensa, nacionales y regionales en busca de la noticia que confirmara la masacre cometida en el cortijo Las Tres Haches. Ningún periódico se hacía eco del asesinato de ningún miembro de la familia Heredia. Monsalve trataba de contactar con sus hombres, pero ya era tarde, las comunicaciones estaban cortadas, el boicot de John Claudio había empezado. Monsalve acudió a la reunión; el encuentro tuvo lugar en un innovador café, en medio del elegante paseo marbellí. Los rusos ya estaban allí cuando llegaron los colombianos.

Repartidos por las mesas, en la misma terraza estaban los sicarios of John Claudio, que se levantaron sincronizados y abatieron a golpe de R15 a los ocho ocupantes de la mesa; dos viandantes perdieron la vida, hubo varios heridos y múltiples daños materiales. Desde el cortijo vieron la noticia en los telediarios. Ya sabían que Monsalve había muerto, estaban desconcertados, los teléfonos no contestaban y los soldados habían desaparecido.

Esa noche los 4x4 asomaron levantando el polvo por detrás de la colina; envistieron y rompieron la valla del cortijo; subieron la pista asfaltada. Al llegar a la explanada adoquinada empezaron los disparos; mataron a todo el que encontraron, mujeres y niños incluidos. Las Beretta, las Star y los R15 sesgaron la vida de todos los Heredia y quienes se encontraban cerca de ellos. Sembraron de muerte los pies de los olivos con la sangre de los que lograron escapar cuando empezó el tiroteo. La coalición de mercenarios colombianos y mexicanos no tuvo piedad alguna con las almas desarmadas que encontraban en los pasillos de la casa y en las habitaciones de la residencia de empleados.

Recorrieron el campo y los sembrados hasta el amanecer buscando a los que salían corriendo; uno de los mozos murió corneado por los toros cuando huía atravesando una dehesa. Solo los animales se libraron de la saña humana esa noche. Los cadáveres de los varones adultos fueron alineados e identificados en la explanada; los cuerpos de las mujeres y los niños fueron apilados en el salón de la casa, a la que prendieron fuego; soltaron a todos los caballos e incendiaron las cuadras. Los soldados de Monsalve creían que vengaban la muerte de su jefe; a John Claudio no le costó convencerlos de que el Francis había organizado el atentado. Con aquel engaño ganó su lealtad.

Tampoco a los rusos les costó creer a Pablichenko. El golpe de estado en Europa había sido un éxito. La familia Monsalve al completo se reunía en un restaurante, en el 324 de la avenida Simón Bolívar, en Medellín, para analizar y resolver la situación, cuando diez kilos de ciclonita hacían explosión; los que se libraron de la detonación fueron tiroteados en la calle al salir de entre las llamas. Los soldados, contables, emisarios y policías más fieles a los Monsalve fueron asesinados en las horas posteriores. El alzamiento triunfaba en ámbito internacional, la guerra había terminado.

Julio despertó en una chabola de adobe y tejado de chapa. Gallinas y pavos cacareaban en el exterior; se oía la charla de dos mujeres jóvenes. Se levantó y caminó hasta la puerta; iba con el torso descubierto, las mujeres sonrieron vergonzosamente.

—Hola —dijo él.

—Buenos días tenga, señor —contestó una de las mujeres, que prendía con pinzas una sábana grande y blanca en un hilo tirado de árbol a árbol.

Julio se puso una camiseta y se acercó hasta ellas. Juntó y llenó las manos bajo el caño fresco de un grifo, se mojó la cara y la cabeza, hacía calor.

—¿Y Jacobo? —preguntó a las mujeres.

—Salió a Culiacán, temprano. Vaya hasta aquella casa y pregunte por Zoilo —dijo la más guapa de las mujeres señalando una vivienda baja, blanca, saltada de pintura.

La casa no tenía puerta, solo unas trenzas de plástico colorido, que se meneaba con la tibia y suave brisa que corría. En el interior de la construcción había una mujer de espaldas, sostenía un pollo vivo en cada mano con las alas atadas y los aguantaba con fuerza por las patas; las aves se agitaban continuadamente. La señora balanceó los brazos en redondo hacia delante, primero el derecho y luego el izquierdo, las sienes de los animales chocaron violentamente contra el mármol blanco y gris; sonaron uno detrás de otro dos golpes secos y mudos, los pollos perdieron los ojos por detrás de los párpados y dejaron de moverse. La señora vio la sombra de Julio quebrar la pared, se giró levantando las aves domésticas que acababa de matar.

—La cena de hoy —dijo la mujer—. ¡Zoilo!... El *gringo* ya se levantó —gritó la señora.

Un señor con un sombrero de paja entró en la sala.

—No es *gringo*, pendeja, es español, es el invitado de John Claudio, hágale algo para comer. —Y dirigiéndose al chico, el hombre añadió—: Siéntese amigo... ¿Durmió bien?

Julio asintió y agradeció la cortesía y la hospitalidad. El tipo agarró dos vasos y una botella sin etiqueta en la que lucía el meloso color del tequila reposado.

—No —dijo Julio—. Zoilo lo miró extrañado, apartó los vasos y bebió a morro.

Boca del Río era una pequeña población al sur del Golfo de California, en el lado continental frente a la península, en la provincia de Sinaloa, donde los pescadores seguían siendo pescadores y los agricultores seguían recogiendo *mota*, que era el nombre que recibían los ladrillos de marihuana prensada y sin deshojar, de sabor duro y calada virulenta, que los traficantes llevaban más de cuarenta años colando por todos los pasos, desde Tijuana hasta Matamoros. Pero esos traficantes sí que habían alterado sus conductas. Sinaloa entera había pasado a ser la capital mundial de la coca. Julio Perla estaba en el corazón del llamado Nuevo Medellín. La forma de vida de los lugareños era similar a la de los marroquíes, pero con alcohol, gentes tranquilas, sin muchos quehaceres, sobre todo los hombres, que se aglutinaban en las cantinas y embriagaban su vida trago a trago. Beber tequila y cerveza era el deporte nacional.

Boca del Río no tenía un plan arquitectónico definido, las casas las levantaban donde les parecía, sin una estética ecuánime, sin miramiento alguno por el entorno. Las villas de los narcos descansaban en los acantilados y las lomas asomadas al golfo y a la península.

Jacobo regresó por la tarde. Julio flotaba en una hamaca atada a dos chopos, observando el mar y el conjunto urbano de la ciudad, un poco más abajo, entre las lomas. A su espalda se levantaba el Cerro Blanco, que acercaba un poco el aire frío del Mahinora, y en los días claros dejaba ver las nieves perpetuas de la Sierra Madre.

Jacobo era el hijo de Zoilo, quien llevaba toda la vida trabajando de caporal en una plantación de marihuana; antes lo había hecho para el cártel de Sonora, y ahora lo hacía para el Cholo Voluda. Sinaloa se había sacudido el caciquismo, que históricamente le habían impuesto desde Sonora y Durango. Ahora, desde El Dorado hasta Empalmea, con la ayuda de los colombianos, Voluda era el amo, y eso hacía que los cargamentos del cártel de Sinaloa saltaran libremente sin tributos, ni en Tijuana, ni en Nogales, ni en Juárez. La absorción de la infraestructura del clan Monsalve, gracias a la traición de John Claudio y la de Pablichenko, situaban al Cholo Voluda en la cima. El cártel de Sinaloa se convertía en una de las redes de distribución de cocaína más extensa y productiva del mundo.

Pasaron unos días hasta que John Claudio llegó a Boca del Río. En esos días, Julio no hizo gran cosa útil. Telefoneó a Canarias y habló con su familia; pasaba la mayor parte del tiempo con Jacobo en la cantina, o en la casa de la playa. «Mirando el Internet», como Jacobo decía, de su mano Julio descubrió el laberíntico y pornográfico mundo del World Wide Web. Y fue en Internet donde pudo leer acerca del estupor y el terror vividos en el cortijo de Jódar. Esa tarde lloró por Candela, por los niños, los empleados, por la Lola y por el Doblas. Por Estrella. Y lloró por la mala sangre y la falta de humanidad de sus nuevos amigos. Lloró por el

Francis y por Ginés, y sobre todo lloró por los bebés. Se sintió miserable, bebió tequila hasta perder el sentido; aquella noche lloró tanto, que se le secó el corazón.

Después de conocer mínimamente el funcionamiento de la red internauta, Julio intentó localizar la página web o algún directorio que le permitiera dejar un mensaje en el Flying House Hotel, de Rojo, Guatemala. El intento fue inútil, el *resort* rural guatemalteco no disponía de teléfono y mucho menos de Internet, ni siquiera aparecía Rojo en ningún mapa detallado, pero Julio contactó en un chat de mochileros con una chica argentina que pensaba viajar hasta allí en las próximas semanas. Julio le pidió que preguntara por Sergio Gutiérrez, y que si lo encontraba le dijera que un amigo estaba cerca y llegaría pronto.

Necesitaba reencontrarse con su gente, llevaba años conviviendo con extraños, sentía fatiga de soledad, se sentía perdido desde hacía demasiado, náufrago y huérfano. Tenía que llegar a Petén, Guatemala, pero no quería desvelar el paradero de sus amigos. ¿Qué debía ser lo que los mantenía ocultos? Al menos ellos estaban en lo que Julio presumía un paraíso, y quizás al gusto de su voluntad, aunque las hipótesis y la incertidumbre le saltaban constantemente de neurona en neurona.

No tardó en sumarse al insano hábito lugareño de tumbarse una de Don Julio por día; aquel reposo le secaba más el corazón y le endurecía el estómago. Cada mañana le dolía el dedo que no tenía, perdía la mirada en el limbo cada día al despertar, ponía el rostro agrio y fruncía el ceño para aguantar la punzada que atenaza el pecho de los hombres de corazón seco. Lo que Julio no sabía todavía era que esa punzada le tornaría el alma oscura, y que los corazones secos se vuelven negros. Nunca jamás volvería a llorar. De lo que sí se daba cuenta era que aquel dolor lo acababa de convertir en hombre, y lo hacía en ese momento y no años atrás como él había pensado hasta entonces.

El 7 de julio del 2001, John Claudio llegó a Boca del Río. Hasta entonces Julio no se había relacionado con mucha gente, hola y poco más en la cantina con algún amigo de

Jacobo o con el mesonero, algunas palabras con Zoilo y las mujeres, pero el estado anímico de Julio fallecía cada mañana al despertar.

Julio ya iba bebido cuando John Claudio entró en su chabola.

—¿Qué hace, huevón?... Me han dicho que se las pasa enteras aquí bebiendo, cabrón... ¿Es que no se alegra de ver a su compadre? —dijo John Claudio abriendo los brazos, esperando un meneo de su *parcero*.

Julio se levantó y lo abrazó sin soltar la botella y sin poner demasiado énfasis al rodear con sus brazos el voluminoso torso de John Claudio.

—¿Qué le pasa, cabrón? —le dijo el colombiano empujándolo levemente en el pecho.

Julio tendió la mano ofreciendo la botella, John Claudio la cogió, movió el culo leonado del poco reposo que quedaba dentro del cristal blanco.

—¡Pinche tequilero! —exclamó, y de un trago se bebió el licor que restaba—. No mame, Julito. ¿Qué es lo que quiere, acabar como estos huevones, todo el día tomando? Vamos, mi hijo... ¿Qué quiere, pararse aquí, en un tinglado entre pollos y cerdos, vigilando las plantas de otro, que vive en el acantilado y pasea en barco por las islas con unas buenas chamacas? Pero buenas, no como las indias de aquí. ¿Qué es lo que quiere, mi hijo, andar vigilando las plantas y haciendo paquetes de *mota*, o andar en el barco con las chiquillas?

Julio se lavó en el caño de agua, se vistió y siguió a John Claudio hasta el camino. Allí había una ranchera de Toyota, gris con franjas rojas en los laterales, con un alerón, también rojo, sobre la cabina, con dos faros grandes cubiertos por una rejilla negra.

—¿Qué le parece? —dijo John Claudio señalando el impresionante vehículo, con más de cuarenta centímetros de anchura de rueda. La carga de la ranchera quedaba oculta por una lona blanca, con el emblema de la marca.

—Está guapa —dijo Julio.

—Mucho más que eso, mi hijo —replicó John Claudio—.

Una de estas cuesta de ver en España... Tiene un motor de 4.500, 350 caballos, muchacho, esto es un toro... ¿Olvidó qué día es hoy?

—¿San Fermín? —preguntó Julio.

—No lo sabe —dijo el colombiano sonriendo y negando con la cabeza—. Nuestro nuevo patrón, el Cholo Voluda... hoy es su cumpleaños, y montó una fiesta... Y nos invitó... Venga, suba que nos vamos.

—¿Y Jacobo, no viene? —preguntó Julio, ya subido en la ranchera.

—¿Jacobo? Jacobo es un pendejo, olvídese de él... Él solo vigila las plantas —respondió John Claudio arrancando la camioneta.

Avanzaron hacia el norte por la carretera de la costa. A la izquierda las quietas playas blancas yacían inermes, como sus moradores detrás del matojo seco y bajo que flanqueaba la rota calzada atravesada por rápidos lagartos. Se veía en las cunetas las camisas viejas de las serpientes renovadas, que aguardaban la noche para acechar a ratas y comadrejas. El mar parecía muerto abrigado en el golfo, parapetado por la desértica península abatida por las olas violentas de un océano poco pacífico.

Después de cruzar el río Topolobampo, la vía trepaba con el acantilado, subiendo en altura respecto al mar, que quedaba a estribor, ante el quebrado que la roca levantaba más de cien metros. Una pista torcía a la izquierda, bajando el largo talud, hasta llegar al agua, donde una casa espectacular se erigía sobre un dique grande y cuadrado de hormigón, construido entre dos islotes planos. Estaban en el estero de Agiabampo.

John Claudio condujo entre las hileras de vehículos que había aparcados en la entrada, cruzaron la cerca ante la mirada de las decenas de guardias, debidamente armados. Las verjas se abrieron, la camioneta rebasó una serie de carpas, John Claudio giró y aculó el vehículo en la boca del entoldado; bajó y corrió la lona de la carga. Julio se asomó intrigado; dio un paso atrás al oír el rugido de los cuatro perros que gruñían agazapados en jaulas individuales.

—Al Cholo le gusta verlos pelear —dijo John Claudio antes de ordenar a un hombre que descargara los animales—. Luego los veremos en acción —prosiguió el colombiano rodeando a Julio con el brazo y acompañándolo hacia la mansión.

Cruzaron un puente bajo, en el que en el fondo se batía verdosa la vegetación acuática del manglar. Bandadas de peces naranjas y amarillos campaban entre las algas y las flores marinas. Los dos islotes y el dique artificial completaban un comunicado complejo bastante extenso, guarecido a la espalda por el alto precipicio. Los embarcaderos de madera se sucedían cada cincuenta metros. Julio dedujo que transitaba la zona principal, porque la tierra pelada, el hormigón y las barandas de pino daban paso a pulidas y gordas tarimas de madera tropical, como la estructura de la enorme casa de tres plantas cuadradas, de estilo colonial, completamente rodeadas por anchas terrazas repletas de plantas, flores, toldos blancos, tumbonas laxas y arrellanados divanes. Había hamacas y columpios, y en amplias librerías relucían desempolvadas las botellas de diversos y caros licores. Había bufete de cigarros cubanos, de marihuana y de cocaína. Mujeres en bikini bebían, charlaban y reían sin dejar de coquetear y de gustarse al sentirse contempladas por hombres con americanas blancas y gafas negras.

John Claudio guió a Julio por la escalera hasta la última planta, allí cinco hombres parloteaban entre risotadas sobre unos cómodos sillones de cuero blanco. Pajitas de colores y sombrillitas de papel decoraban sus cargados copazos. El humo de los habanos olía fuerte y volaba sobre sus peinadas coronillas. Una bandeja plateada y empolvada contenía una última raya. En una esquina había una jaula de bambú de dos metros de alto. En su interior un loro verde y gris repetía las barbaridades que aquellos hombres le decían una y otra vez.

—Dejen de incordiar al pájaro —les gritó John Claudio sonriendo.

Los hombres se levantaron y saludaron efusivamente

al colombiano, que cortés y educadamente presentó a Julio como a un gran hombre de Barcelona.

—Joven y grande... ¿Qué más se puede pedir? —añadió al concluir las presentaciones.

Julio puso atención en todos los nombres, y a cada tipo que le presentaban, ponía mayor cara de entusiasmo, esperando el apretón del Cholo, pero ninguno de aquellos hombres era Voluda, que aún no había llegado; lo haría justo para ver las peleas de perros. Julio calló y puso atención en las conversaciones, pero transcurrían tan absurdamente que se acabó abstrayendo asomado a la balconada mirando a las chicas que saltaban desde un trampolín de la primera planta. Se perdió con la vista puesta en aquellos finos tangas de colores y aquellos pechos desbocados al chocar con el agua; sintió impulsos masculinos que no había sentido desde que llegó a México.

Seguía engullido por la visión de las chicas cuando varias campanillas sonaron a la vez por toda la casa. Un hombre con una chaquetilla blanca y pajarita entró en la sala en la que estaban Julio y los demás.

—Señores, a comer —dijo agitando una de las campanillas.

Todos se levantaron y siguieron al camarero escaleras abajo. Julio fue tras ellos. Bajaron a la segunda planta que era completamente diáfana, solo las escaleras, los muebles y los sofás, junto a dos gruesos pilares, rompían la amplitud del dilatado salón, que albergaba en el centro una mesa gigante, pomposamente preparada. Lucía el sol en el exterior y se colaba por los ventanales filtrado en los toldos de las galerías. De las diferentes salidas de la terraza y de todos los pasos de escalera fluía gente siguiendo a los hombres de las campanillas. Todos los invitados rodeaban la mesa buscando su nombre en unas tarjetas plegadas que había de pie sobre los platos.

Julio tiró de la chaqueta de John Claudio al ver una tarjeta con su nombre.

—Le voy a hacer un favor... A ver si cambia esa cara —dijo John Claudio, que en un juego de manos movió varias tarjetas, hasta quedar la de Julio entre Paola Sosa y Victoria Palermo.

El resto de los comensales fueron alcanzando sus asientos. A la derecha de Julio se sentó una anciana enjuta de más de ochenta años, de pelo completamente cano y lamido, recogido en un moño alto; tenía facciones añiles y demacradas, iba ataviada con un vestido negro, con el cuello bordado en blanco. Era Victoria Palermo. Julio la miró, y después buscó espantado la mirada de John Claudio, que estaba al otro lado de la mesa, detrás de las botellas de vino francés, el tequila y las fuentes plateadas que rebosaban ostras, gambas, langostas y otros mariscos entre limones y piñas. John Claudio devolvió una sonrisa excusada.

—Pensé que era la nieta —dijo.

La pequeña Victoria Durango estaba sentada siete sillas a la derecha de Julio, en la misma hilera. Victoria dejaba oír su animada risa sustraída por los sonrojados halagos de Esteban Voluda, hermano del Cholo.

Sonaba un murmullo general. Con sutileza y anonimato, una mujer menuda pero muy atractiva entró la última en la sala. Solo quedaba un asiento libre a la mesa, el que estaba a la izquierda de Julio. Paola Sosa corrió su silla, Julio se levantó las gafas de sol.

—Hola —dijo recorriendo la figura de Paola, únicamente ataviada con un bikini negro y un pareo verde sobre sus caderas; ella le devolvió el saludo y la mirada, y tras guiñar un ojo se sentó a la mesa.

A Julio le habían advertido de que Voluda no llegaría hasta la tarde; le extrañó que tan fastuoso banquete se celebrara sin él. Su hermano Esteban hizo sonar una de las campanillas que los camareros habían dejado sobre la mesa, el murmullo se fue apagando y dijo unas palabras y promovió un brindis; todos se pusieron de pie y levantaron sus copas a la salud del Cholo.

La comilona siguió hasta el hartazgo que provocó la bebida. Tras el postre y los cafés, los grupos de conversación establecidos en la mesa se dispersaron de nuevo por la casa, retornando todos y cada uno de los convidados a las barras libres y los bufetes de droga, que durante la comida fueron generosamente repuestos. Julio rondaba de aquí para allá con un vaso de ron en la mano, saludaba a los que lo saludaban, pero no hablaba con nadie, eran fugaces palabras de cortesía. Antes había intentado la charla con Paola, pero ella no mostró demasiado interés en prolongar los breves comentarios que Julio emitió. Aunque en una actitud muy femenina, ella le iba lanzando miradas desde la distancia, miradas que Julio procuraba aguantar amparado por las gafas de sol, pero Paola era sutil y las mantenía efímera y fugitivamente.

No solo Paola apuntaba fijezas visuales hacia Julio, otras damas lo hacían, entre ellas las hijas de un importante socio del Cholo, y a las que muchos catecúmenos del Narcomex de Sinaloa pretendían. También los hombres se interesaban por Julio, aunque estos en pose defensiva, marcando las distancias. La mayoría, por no decir todos, aún no conocían la figura de Julio Perla, ni siquiera él mismo sabía de los galones que John Claudio le tenía preparados.

Julio se amorró como los demás a las bandejas de coca y arañó de las cestas de mimbre, de las que fálicamente despuntaban verdes, rubios, tiesos y apretados cogollos de maría. Se relajó descansando su peso en el pasamanos de la terraza, oteó con devoción las quietas aguas del golfo, sobre las que reposaba lejana y horizontal la península, quebrando la línea del infinito visual. La tarde enrojecida hacía destellar el claro remanso de espuma que batía los escollos.

Las campanillas volvieron a sonar por toda la casa, los empleados rondaban terrazas y salones, emplazando a los invitados que quisieran asistir a las riñas de perros, que era como mentaban a las sangrientas peleas, que solían concluir con la muerte de uno de los animales y, en ocasiones, de los dos. Julio buscó a John Claudio entre el gentío, aunque al avanzar sintió ganas de quedarse en la casa, ya que ninguna de las asistentes femeninas hizo el gesto de levantarse. Pero la curiosidad que las batallas caninas le despertaba apagó su ansia de seducción.

En pelotón salieron de la casa, cruzaron un par de puentes y se introdujeron en una carpa grande, como de circo, donde unas gradas pegadas a la lona miraban a un foso circular de tierra batida. Las gradas se fueron llenando, había alboroto, risas y silbidos, que fueron paliados hasta hacerse un silencio general, cuando un hombre alto, fuerte y moreno inició el ascenso por la grada hasta un pequeño palco.

Ese hombre vestía botas vaqueras, negras y chatas, un pantalón tejano, una camisa celeste y un sombrero blanco de ala ancha. Aquel tipo, con más pinta de *cowboy* que de *criminal thug*, era el Cholo Voluda. Cuando alcanzó su asiento se quitó el sombrero, y de pie, tras una reverencia mariachi, dijo:

—Amigos, gracias por venir.

Y toda la grada le devolvió la reverencia y una ovación de más de cinco minutos. Voluda, como si de un emperador romano se tratara, hizo un gesto agitando el sombrero. Y los juegos empezaron.

Un hombre con un micrófono empezó las presentaciones de los perros, mientras otros hombres iban cantando las apuestas, recogiendo el dinero y anotando con tiza en unas tablillas.

—Ahí va uno de los nuestros, el negro —dijo John Claudio llamando la atención de uno de los anotadores. Él era aficionado a la cría de perros de presa. Los llamaba por el color de pelo, y pasó toda la pelea diciendo: «Pinche marrón, nos lo va a matar».

El espectáculo era bastante violento, pero empezaba de un modo atractivo. Unos hombres embadurnaban el pelaje de los animales con grasa de caballo, los agarraban por detrás del cuello y los encaraban despegándoles las patas delanteras del suelo. Las mortíferas bestias se tanteaban mediante el olfato, con las caras a escasos centímetros de distancia, enseñaban las fauces amarillas, retraían sus babosas encías dejando ver todo su potencial incisivo. Rugían, ladraban y lanzaban bocados al aire, azuzados por los hombres que los aguantaban. La grada hervía, el gentío llamaba a los tablillas agitando billetes de cien dólares. Los perros, ya sueltos, se buscaban feroces, cada uno atacaba el cuello del otro. Las peleas eran cortas, los canes no tardaban en sangrar, y lo más horrible era cuando uno prendía el morro del otro y, en fuertes sacudidas, se desprendían pedazos de labio entre sangre y babas. El perdedor quedaba tan mal parado que le descerrajaban un tiro en la cabeza.

A Julio le pareció espantoso. John Claudio se lamentaba, todos sus perros habían perdido. Había perdido cuatro mil dólares en apuestas, y repasaba de cabeza cuánto había invertido en alimentación y vacunas.

Después de diez peleas pasaron a otra carpa, en la que había varias mesas redondas vestidas con salvamanteles negros, mantelería y servilletas blancas. Había un disc-jockey norteamericano. Las mujeres ya estaban allí, los hombres fueron llegando y llenando las mesas, volviéndose la mayoría con sus parejas, comentándoles horrendos detalles de las peleas, y explicando su buena o mala suerte a la hora de apostar. Julio se sentó junto a John Claudio y un grupo de hombres. Voluda iba de mesa en mesa saludando a todos los invitados y agradeciéndoles la asistencia. Cuando llegó a la mesa de Julio todos se levantaron, estrecharon su mano y abrazaron su torso, algunos hasta le besaron. John Claudio hizo las tres cosas y, tras hacerlas, dijo:

—Don Salvio. —Este era el nombre de pila de Voluda—. Nuestro hombre en Barcelona.

Aquellas palabras entraron amplificadas en los oídos de Julio, que se quedó atónito. Sonaba un tema llamado «Confessions», de Tha Mexakinz: «*Mi sueño es tener un chingo de mujeres, una pinche mansión, mucha lana y un nuevo Mercedes*», decía la canción, y esa era la filosofía de aquellos tipos. «*El hombre en Barcelona*». El eco de esa frase y la letra de aquel narcocorrido, en versión rap, hicieron reaccionar el seco corazón de Julio, que extendió la mano con la que apretó fuertemente la de Voluda. La mente le sacudió un reflejo, devolviéndole el pálpito al corazón. Julio miró fijamente a los ojos de Voluda, lo hizo sin pensar en nada, con el pensamiento en blanco, para que Voluda no pudiera ver más allá de su mirada. Se mostró frío, como John Claudio le había enseñado. Aquel apretón lo elevaba a un nivel superior.

Se dejó llevar al ritmo de «Hacer Dinero» y «Virgen del Cobre», volteó a las mujeres al son de «Bloody Money» y «Dulce Plata». El rumor se extendió por la sala y todos los comensales bailaron «Ojitos Dorados» junto a él.

Despertó a la mañana siguiente en una habitación de la casa, entre las piernas de Paola Sosa. *La italiana*, como los mexicanos la llamaban. Julio cayó en sus fauces de loba. Lo que Julio aún no sabía era que de haber saltado Paola al foso de los perros, les habría ganado a todos. Paola Sosa era la viuda de Alejandro Chamorro, quien había sido un mandamás de los primeros años del cártel de Juárez, que se alió con la gente de Sonora, hasta que esas mismas gentes lo liquidaron, al saber que la DEA tenía pinchados sus teléfonos y que no iba a tardar en caer. Chamorro y Paola se conocieron en Los Ángeles, EE. UU. Ella se instaló allí, huyendo de una *vendetta* con muertos en Roma. En Los Ángeles estiró el pequeño botín que robó, pero la adicción a la buena vida en general y a la cocaína en particular la llevaron a prostituirse en los ambientes elegantes de Sunset, donde intentó sin éxito la conquista de algunos de sus clientes más adinerados.

Paola era una de tantas putas que había en LA, de quinientos dólares, eso sí, pero seguía siendo una puta. Aunque Alejandro Chamorro supo apreciar las pequeñas diferencias. Tenía unos estudios mínimos. Las chicas norteamericanas, cubanas y algunas mexicanas también los tenían, pero quizás ella hubiera puesto más atención al cursarlos.

Era una mujer divertida, le gustaba el deporte, hablaba con sus clientes de fútbol, boxeo, baloncesto, caballos y coches, pronosticaba resultados, bebía whisky con ellos, les preparaba las rayas, los hacía callar para hablar ella, se ponía a su altura y los hacía saber que ella era más lista. Aquello le costó algún que otro bofetón, que su figura delicada, femenina y atractiva soportó y devolvió como un hombre, para sorpresa y estupor de los agresores. Paola Sosa era una mujer que tenía lo que había que tener, una chamaca con bolas, como decían los mexicanos, y solo un mexicano se enamoraría de una mujer así.

Ella y Julio no eran personas con historias muy diferentes, pero la figura de Julio estaba en alza, y la de Paola en decadencia. Ella vio en él un salvoconducto hacia una nueva vida.

Esa mañana Voluda había concertado un almuerzo privado en la cubierta de su yate. A esa mesa se sentaron Voluda, su hermano Esteban y Antonio Palermo, además de Julio y John Claudio, y allí se habló del nuevo mercado que había que establecer. El Perla debía disponer un transporte regular y seguro que cubriera la ruta Málaga-Barcelona, y actuar comercialmente captando clientes; John Claudio sería su enlace. Voluda ponía los operarios y el dinero inicial, pasadas dos entregas la red debería funcionar autónomamente y autofinanciarse, pero para ello se debían desembarcar doscientos kilogramos quincenales de base de coca para su consumo en Catalunya. El objetivo de Julio era incrementar esa cantidad; recibiría un incentivo si hacía crecer la demanda. Pero todo tiene un precio y Voluda quería una prueba de fe.

A Salvio Voluda, alias *el Cholo*, no le gustaba dejar cabos sin atar, y en Barcelona, el extremo de un hilo culebreaba viperinamente; aquel filamento era lo que quedaba de lo que había sido una gruesa cuerda. Julio debía encargarse personalmente de Emilio Izquierdo, *el Zurdo,* que era el último eslabón intacto de lo que fueron los Heredia y los Monsalve.

Muchas mafias sudamericanas hacían pruebas de fe a sus nuevos miembros, a modo de ritual de iniciación; los oriundos solían someterse a esos exámenes con menos de dieciséis años. Ese protocolo de admisión les procuraba una labor y un sueldo. La mano de John Claudio habría eximido a Julio del ensayo si el Zurdo estuviera muerto.

Voluda exigió que fuera literalmente la mano de Julio la que enviara a Emilio Izquierdo al otro barrio. El Cholo quería ver con qué clase de gallego iba a hacer negocios. Los mexicanos tenían un habla graciosa; el término «madre» significaba lo mismo que en España, pero ellos también lo utilizaban para referirse a su persona; y a las madres las llamaban jefas, o viejas. El término «vieja» valía para cualquier mujer, por joven que fuera. En ese argot calificativo los españoles eran «gallegos».

El deber de Julio salió de la boca de Voluda y el corazón del chico se aceleró, pero sus ojos mantuvieron la quietud, su seco corazón bombeó rígido sin alterar el ritmo, su espesa sangre oscurecida supo que debía hacerlo. Asintió, no hizo preguntas, sabía que contaba con John Claudio, recogió de la mesa las gafas de sol con la mano mutilada, apartó el vaso que había frente a él, cogió la botella de tequila y bebió a morro.

Aquella noche, después de cenar en casa de Voluda, Julio y John Claudio se quedaron charlando a solas en una de las terrazas.

—Hoy se portó como un duro en el barco —dijo el colombiano.

Julio asumió con hombría, pero con la mente abstraída. Debía retornar a Barcelona y liquidar a Izquierdo, nada más y nada menos, esa era su labor, esa era la asunción de otro error, la nueva condena para la libertad. Pero el chico no pensaba en eso, a pesar de que la conversación de John Claudio no hablara de otra cosa. Cada día que pasaba su vida se parecía más a la de John Claudio, pero Julio solo pensaba en cómo llegar a Rojo sin desvelar su destino, pensaba en sus amigos, aún le quedaba algo de humanidad, le quedaba pasado que recordar.

—¿Me deja la camioneta? —preguntó Julio cortando en seco las palabras de John Claudio. El colombiano calló.

—¿Dónde quiere ir?

—Siempre quise conocer Sudamérica... Aprovechar estos días... Ver más al sur.

—Claro. Latinoamérica es una gran nación... Yo se la mostraré, mañana mismo partimos... ¿Qué es lo quiere ver? Le puedo enseñar Colombia, mi país. No tenemos mucho tiempo, es un gran continente con culturas muy diversas, que comparten marcados rasgos de identidad y costumbres —dijo John Claudio poniéndose en pie, sumergido en una nube de patriotismo y sentimiento racial.

Aquel asesino mafioso, ladrón y traidor, hablaba de valores y respeto, de unidad, de raza, de esfuerzo y coalición entre hermanos, de justicia con los oprimidos. Aquel sicario al servicio del imperialista crimen organizado apelaba sin darse cuenta principios marxistas. Hubo momentos en los que parecía el Che Guevara (con todo lo que había rajado de la revolución).

Julio volvió a interrumpirlo:

—Había pensado ir solo —dijo el chico.

—¿A Colombia?... No, mi hijo. A Colombia no puede ir solo —replicó el colombiano.

—No... Había pensado en el sur de México, Guatemala quizás... Esa zona me atrae, siempre he querido visitarla. Colombia también, pero queda lejos. Colombia, la próxima vez —concluyó Julio, alabando y mentando las innumerables virtudes del pueblo colombiano, tratando de no disgustar a John Claudio, al que molestó que quisiera ir solo.

Una voz femenina mentó dos veces el nombre de Julio; la tercera vez se refirió a él como «Julito, cariño». Paola Sosa subía las escaleras; entró en la sala diciendo:

—¿Dónde se ha metido *tutto* el día? *Amore*, se perdió *il esquí en acqua* y las clases de submarinismo... Le habría encantado ver *tutti picolos* peces.

Lo rodeó con el brazo y le propinó un intenso morreo; él no puso fervor al ser besado. Ella empezó a hablar de las actividades que había practicado con el resto de invitados. La celebración de cumpleaños aún duraba, lo haría una semana más. Paola hablaba español californiano, mezclado con italiano e inglés, todo soportado con un brebaje acentual ítalomexicano.

—Ya lo entiendo, huevón, prefiere largarse con esta pendeja... Está bien, es su decisión... Le dejo la camioneta para ir donde le plazca. No se demore más de dos semanas —dijo John Claudio levantándose del sillón y arrojando las llaves del auto. Julio las cogió.

—Gracias —dijo el chico—. Necesitaré dinero... Si no le sabe mal —añadió.

John Claudio emitió un sonido chiscando la lengua en el

paladar, echó mano a su cartera y sacó dos billetes de mil dólares.

—Vamos, jefe, que parece usted mi abuela —le dijo Julio irónicamente.

—Será huevón —exclamó John Claudio sacando dos pliegues de billetes de cien, con mil dólares cada uno—. Julito, entiendo que esta pendeja le haya fascinado, pero cuando quiera conocer mujeres de verdad, mejor se viene conmigo, no le defraudaré... Que tengan buen viaje —concluyó antes de irse. Paola le sacó un dedo al aire gritando:

—*Vaffanculo, cornuto, fuck you...* Maricón —le gritó Paola agitando un dedo al aire. Y luego, dirigiéndose a Julio, reptando con la lengua su torso hasta alcanzar su braqueta, le preguntó—: *Where do we'll go with this money, papi?*

A la mañana siguiente, Julio y Paola se subieron en la camioneta. Pararon en Boca del Río. Julio recogió ropa y algunas cosas, se despidió de Jacobo y de Zoilo. La señora le preparó una cesta con fruta, unas tortas, carne ahumada, pollo empanado, una botella de agua y dos de tequila, además de un rollo de papel higiénico y una Biblia. Aquella señora, años atrás había preparado cantidad de cestas para muchos espaldas mojadas; decía saber lo que un hombre en ruta podía necesitar.

Partieron hacia el sur, dejando atrás Boca del Río, Culiacán, La Cruz y Mazatlán. En cola quedaba el triángulo de Sonora, Durango y Sinaloa. Descendían el país hacia tierras más tranquilas, igual de corruptas, pero menos violentas. Viajaban por la carretera de la costa, y aunque había algunos tramos buenos la transición era lenta. Marchaban con rumbo austral, quedando el Pacífico al oeste y la sucesión de sierras al este. Cruzaron las faldas de El Espinazo del Diablo y los Huecholes.

Atravesaron los puentes del Río Grande en Nayarit. Consultaban un mapa, y Paola se resignó al pasar de largo el cruce de Puerto Vallarta. Ella insistió que era un lugar en el que quería parar. Entendió la celeridad matutina de Julio al partir, pero no comprendía el ansia no descansada de continuidad. Repostaban, comían y seguían, y siguieron por los lagos de Chapala, donde Paola siguió resignada ante el hecho de no parar; igual le habría sucedido en los lagos de Michoan, o al reencontrar el mar en Zihuatanejo, de no haberse quedado dormida antes de pasar por allí. Paola despertó horas después. El sol despuntaba abriendo la mañana, iluminando las cumbres de la Sierra Madre del Sur, a cuyos pies transitaban por las vías de acceso a la ciudad de Acapulco.

Julio hubiera preferido prescindir de Paola, pero la italiana resultaba un buen señuelo para viajar sin John Claudio. Tras veinte horas de carretera, él padecía dolor de cabeza de tener que escucharla, aunque transcurrido ese tiempo los dos empezaban a encontrar cierta simultaneidad en sus caracteres. Julio estaba cansado y accedió a parar. Bajaron una avenida empinada, era temprano y el aspecto de los viandantes que había a esas horas no era muy chic. En la zona baja de la calle, hasta llegar al mar, se sucedían dos hileras de palmeras esbeltas y rellenas. Un hombre con un carro tirado por un burro recogía los cartones de un contenedor, frente al que había aparcado un Bentley color burdeos y un Jaguar verde metalizado. En el paseo, un corrillo de turistas campaba borracho, arrojando al suelo las botellas vencidas. La tercera edad seguía su avance por la playa y montaba las baterías de hamacas, parasoles y neveras.

Raterillos de diez años descalzos y con el torso descubierto iniciaban su jornada recorriendo el paseo y las calles transversales, al acecho de algo que rascar. Una señora de apariencia desgastada y cubierta con varias capas de ropa empujaba un carro de bebé, en el que llevaba una caja de leche; tres perros pequeños merodeaban a su alrededor. Las luces del paseo se apagaron, un nuevo día empezaba. Los maltrechos amortiguadores de un coche de policía graznaban malmetiendo el calmado y silencioso ambiente matinal de luz blanca, como la cálida orilla y la burbujeante espuma escupida por la ola y repelida por la empapada arena, en cada uno de los pequeños meandros que se formaban con cada beso de mar.

Julio aparcó frente a un hotel, Paola se mostró encantada, aunque no pudo evitar hacer un comentario respecto a la clase del establecimiento. ella destacaba uno con un torreón blanco entre palmeras, unos cien metros más abajo, pero Julio ni lo miró. Entró en el Sand Rock y pidió una habitación. A Paola le pareció un tanto desdeñosa su actitud, pero él sintió que llevaba demasiadas horas despierto, estaba muy agotado y temía desmayarse, así que se apresuró a meterse en la cama. Antes, le dejó trescientos dólares a Paola y se quedó dormido. Permaneció abatido durante diez horas seguidas. A pesar de las quejas de Paola, el Sand Rock era un hotel con cierto caché.

Paola se duchó y salió. Regresó avanzado el atardecer. Había almorzado en los cafés de la Gran Vía, había paseado por Miguel Alemán, bajado a las playas del Papagallo, y rondado los bulevares, donde compró un sombrero de talla pequeña, rojo, de corte masculino, y unos zapatos de tacón negros, con la suela roja. Comió en el acantilado de Guitarrón, se dejó invitar a copas por los yanquis de La Bahía Clara. Sonrojada, dejó incluso una puerta abierta a algún paseo en barco hasta Playa Azul.

De regreso al hotel compró una camisa para Julio y reservó una mesa en el Taco Gordo, un afamado restaurante local. A Paola se le había pasado la rabieta por el desplante de Julio, y aunque encontrara en él al amante más aburrido que jamás hubiera tenido, era consciente de que sus intereses pasaban por seducirlo. Quería tentar esa suerte, debía contener sus impulsos y procurar no ser pesada, sino divertida como lo había sido tiempo atrás. Para los mexicanos solo era una puta pendeja con suerte de la que se aprovechaban en varios sentidos, una rastrera que una vez fue la mujer de un muerto. Paola Sosa ya no era nadie, y si se mantenía en la órbita de aquellos mafiosos y mafiosillos era porque nadie pronosticaba las llegadas en los hipódromos de Belmont y Narraganzet como ella.

El evolucionado y global mundillo de legisladores y liquidadores se expandía rápidamente, dejando menos opciones de blanqueo, así que las mafias del mundo invertían cada vez más en azar, y los fines de semana era frecuente la presencia de Paola en la sala de televisores del Cholo, observando las pantallas. Paola cantaba primeros, segundos y terceros en las principales carreras de caballos de los Estados Unidos. Los secretarios de Voluda corrían telefónicamente las apuestas, variando las cantidades en función del porcentaje de posibilidades de acierto, usando el *Run Horse Digest* como baremo para contrastar las apuestas. La prestigiosa revista ecuestre tenía una fiabilidad del 69%; Paola, del 74%. A pesar de eso el trabajo de Paola no era del todo estable, muchos hombres se dedicaban a ello y la suerte iba y venía; tres fines de semana consecutivos de desacierto y estaría fuera.

Tras despertar, a Julio le bastaron pocos minutos para advertir el cambio en ella, así que, también él practicó una permuta de talante. Lo sorprendió el detalle de la camisa. Después de salir Julio del baño entró ella; cerró la puerta al hacerlo. A él le hizo gracia el hecho de que con los nuevos roles de carácter y amabilidad que estaban adquiriendo, también entraba un morboso juego de seducción. A la nueva Paola había que conquistarla. Salió del baño con paso garboso e imponente, los ojos negros, bajo la media melena recogida dentro del sombrero rojo con cinta negra y a la estrecha. Sus labios también rojos, como el adherido pero suelto vestido entubado hasta los muslos, y ligeramente volado por encima de las rodillas. Sobre los hombros el fino hilo de un diminuto bolso de cuero negro y una blusa larga y ceñida, de gasa transparente, negra como los brillantes zapatos de suela roja.

Paola ya conocía Acapulco, de hecho ya conocía todos los pueblos y ciudades en los que había querido parar durante el trayecto. A Julio lo sorprendió el trastorno sufrido por las calles con respecto a primera hora de la mañana. En el puerto el bullicio de gente no cesaba, el ambiente era oscuro, a pesar de la infinidad de bombillas y fluorescentes que proyectaban una luz miserablemente tenue. Había puestos errantes con braseros repletos de mazorcas, pollos y pancetas, parrillas con pimientos, sardinas, chicharros y dorados, cazuelas con ternera, otras con conejo, alubias y patatas guisadas. Cada diez pasos había un mariachi de guitarras, violines y vocal. Bisoños nenes, alguno menor de seis años, con la cara manchada de betún aguardaban junto a las puertas de los bares y restaurantes con su maletilla de limpiabotas. Lejos del tumulto, bajo el oscuro amparo de las farolas apedreadas, camellos precoces cerraban negocios menudos. E infantiles adolescentes de pecho aún no crecido rondaban lascivas las zonas más lúgubres de las calles, vendiéndose por escasos pesos a los viajeros pedófilos que rompían su angelical rutina fingida de misa y sesión de confesionario semanal, para convertirse en demonios durante un mes al año.

Después de cenar, Julio y Paola pasearon tranquilamente entre aquel bullicio de almas. Acapulco era una ciudad pintoresca, pero solo en su fachada marítima y centro comercial, el resto tenía un encanto de tiempo detenido y era absolutamente suburbial. Eran constantes las ruinas construidas en plegaria a vírgenes colonas en forma de iglesias, debidamente reconstruidas y llenas de pequeños altares, forrados de velas y enseres personales, fotos de niños y viejos, de vivos y muertos. En una de esas esquinas añiles de estampa bohemia y aroma colonial tomaron un café, al amparo de un bandoneón, que cantaba las hazañosas andanzas de un intrépido bandolero que interceptaba los cargamentos de la corona española que iban y venían de Ciudad de México hasta el puerto de Veracruz.

Se rieron y bailaron entre tragos de tequila, al influjo de aquellas historias que ridiculizaban a los españoles. Paola cantaba la canción de vuelta al hotel, daba vueltas en círculo con los brazos abiertos. En una mano llevaba los zapatos y en la otra el sombrero. Giraba descalza levantando el vuelo de su vestido sobre las losas de la Plaza de la Bocana, ante la mirada de los transeúntes y la carcajada de Julio, que la empezaba a descubrir. Ella parecía ser infinitamente más atractiva que el crótalo rapaz de polvo fácil que encontró en el cumpleaños de Voluda.

Atravesaron cogidos de la mano el hall del hotel, caminaron con ternura soportando la mirada del personal, que veía en ellos a una pareja más en luna de miel, no imaginaban los temibles secretos que aquellos cándidos y jóvenes enamorados podían esconder. Ya en la habitación, ella pareció sufrir un bajón emocional, y resumió en cuatro frases su vida en la casa de Voluda. Esas frases hicieron a Julio entender que el talante chulesco que fingía en casa del Cholo era para protegerse y sobrevivir, para soportar los rudos modales con la que aquellos brutos la trataban. Él apaciguó sensiblemente el llanto que empezaba a brotar en sus ojos. Al abrazarse, ella le posó la barbilla en el hombro y abrió los ojos mirándose en el espejo; sonrió silenciosamente. Ya estaba hecho, había mudado su piel, había atrapado a su presa, ahora tenía que mantenerlo entre sus mieles y él le procuraría una vía de salida. Paola Sosa estaba harta de vivir en México.

Los despertó el rugir del Pacífico a la mañana siguiente. El zarco mar se levantaba blanco y azul en tremendas y sonoras olas que un viento fuerte empujaba hacia tierra. Decenas de velas y tablas se deslizaban veloces y ligeras, dejando largos surcos.

La bandera roja ondeaba en el puesto de salvavidas que había estacado en la arena. El eco de los niños relinchando se unía en un solo sonido alegre e infantil. El aroma de los bronceadores se juntaba con el de las trastiendas de los restaurantes levantando un efluvio turístico. En las terrazas del paseo, los caños de cerveza a presión resbalaban por los cantos de las jarras, llenando insulsas pintas sin espuma que apagaban las risotadas yanquis.

El ardid sexual que las ocho patas de Paola tejieron, prosperó en Julio, que tras demandar el desayuno explicó su interés por llegar a Rojo. No detalló en exceso la posible situación de sus amigos, no dio detalles ni explicaciones de su vida en Barcelona, ni de sus tratos con Voluda, pero la trajinada y fornicada mente de la italiana tenía la información necesaria para prever la raza de Julio. Pronosticó el cuerpo de ventaja con el que iba a salir de la última curva. Con fe y esperanza había decidido abrazarse a Julio como un púgil vencido, sin fuerza para esquivar, ni aliento para pegar. Vio en él un caballo ganador, y le iba a fustigar el lomo hasta verlo entrar el primero.

A Paola, conocer el destino le daba la calma necesaria como para afrontar las sucesivas horas de viaje sin paradas. Entraron en Oaxaca por San Miguel, y en Chiapas por Cintalapa de Figueroa. El avance por esa tierra de altiplanos disminuyó considerablemente el ritmo, la carretera perdía consistencia y la caída del sol hacia el paraje invisible sin luna. Era noche cerrada cuando llegaron a San Cristóbal de las Casas. Estacionaron en una pequeña y desconchada gasolinera; solo había un pequeño edificio cuadrado. Tras el maltrecho cerramiento de maderas raídas y cristales quebrados, se veía una mínima luz.

Julio se acercó a la caseta y golpeó con los nudillos la puerta destartalada; una sombra se movió en el interior de la garita. Los dos cañones ensamblados de una escopeta de postas salieron por uno de los tantos agujeros que había en la desgajada cristalera.

—¿Qué es lo que quiere? —gritó una voz al otro lado del moderno arcabuz de doble gatillo.

Julio levantó los brazos apartándose de la trayectoria de tiro que lo amenazaba a la altura del pecho.

—Agua y algo de comer —dijo retrocediendo un par de pasos.

—Vuelva mañana, cabrón —vociferó de nuevo el hombre, sin perder tensión en los brazos con los que sostenía la escopeta.

Julio, consciente de que se encontraba lejos del alcance de los cañones, hurgó rápido en su chaqueta, sacando un billete de diez dólares, que agitó dando dos pasos lentos hacia delante.

—Tengo dinero, amigo... Solo agua y lo que tenga de comer —dijo sosteniendo el billete en alto, ante los negros tubos metálicos que lo apuntaban.

El tipo retiró el cañón hacia dentro, sacó la mano y cogió el billete; se esfumó en la oscuridad y regresó con una botella de agua y una bolsa de magdalenas. Julio tardó unas décimas de segundo en reaccionar y en asimilar que no había cambio. Horas más tarde aquel hombre hostil abrió y desplegó los carteles, y quitó las cadenas de los aceitosos y hollinados surtidores. Julio y Paola dormían dentro de la camioneta. ella no pudo evitar el chillido al abrir los ojos y ver otros tantos de pares observándola a través de las ventanillas del auto: ocho niños de pelo corto y orejas de soplillo se agolpaban alrededor del Toyota. Julio se despertó súbitamente al oír los aberrantes gritos de Paola.

—*Santa Madonna... Fucking children!* —gritó la italiana con una mano en el pecho, tremendamente sobrecogida. Por minutos perdió el fantástico moreno californiano. Aquel solo era el principio de un largo viaje.

Llenaron el depósito y avanzaron por la carretera. La paz de los valles y los bosques relajaron el tuétano de Paola. Su silencio cesó, volviendo a ser la dulce y simpática mujer que estaba encandilando a Julio.

Ella señalaba las colinas y los sembrados, las casas y los chamizos, los establos y las arboledas, el suelo rojo, las laderas verdes, la armonía de la meseta, el rumor de los pájaros, el sosiego del mundo varado y la sangre descansada. Se les iluminó el alma al coronar cada uno de los puertos, que serenos descansaban al pie de Las Tres Cruces.

Tardaron más de cincuenta horas en llegar a Rojo. Equivocaron la ruta más de una vez. Paola tuvo que hundir en el lodo las botas blancas de tacón bajo para rescatar la camioneta, de la que explotaron todos y cada uno de los recursos del 4x4.

Al llegar parecían salidos de *El día que cayó Saigón*. Las ropas, sus caras y la piel que dejaban ver estaban rebozadas de barro, tanto húmedo como seco. Los párpados llenos, las narices, las uñas, los zapatos. Un grupo de aldeanos les indicó la cumbre de la loma, hacia donde avanzaron hasta alcanzar una verja de rombos que cercaba una gran extensión de terreno. Un cartel del Flying House Hotel señalaba un carril estrecho que discurría paralelo al vallado. Lo transitaron hasta llegar a la puerta del resort, donde un hombre negro bajaba una escalera natural formada por una agrupación de gordas raíces semienterradas. Julio intuyó que se podía tratar de Theodor, aunque no lo sabía con certeza, solo el color de piel le hacía pensarlo.

—*Hi, mates* —dijo el negrata, que desistió de abrir la puerta al ver el enfangado aspecto que traían—. *Are you ok?* —preguntó el tío, al bajar Julio del coche.

—*Yes, thanks... It´s a hard journey* —dijo Julio riendo.

—*What do you want?* —volvió a preguntar el negrata.

—*We are looking for this place... We want to sleep here... We have money* —contestó Julio dándose dos palmadas en el bolsillo.

«*Money*» fue la palabra mágica, fue el «ábrete sésamo» de aquella cancela. Julio entró orgulloso en el recinto, al volante de la camioneta. Avanzaba lento detrás de Theodor esquivando pies de árboles talados y *bungalows* bajos.

Cuando bajaron del coche, Theodor dijo algo en inglés que Julio no entendió.

—*I hope that you are not afraid of high places.*

—Espero que no te den miedo las alturas —aclaró Paola.

Cogieron el equipaje y lo siguieron por una cuesta, internándose en un bosque espeso de árboles altos. Subieron por una escalerilla que giraba en redondo alrededor de un tronco hasta llegar a una cabaña de madera de veinticinco metros cuadrados, entre las copas, sostenida por tensores de acero y utilizando algunas ramas gruesas como soporte. Disponía de electricidad y baño con ducha, además de un estupendo lecho con vistas al bosque y al río.

Julio se arrojó en la cama sin importarle mancharla, estaba derrotado, pero pletórico emocionalmente. Aún no sabía si sus amigos estarían allí. Había pasado mucho tiempo desde que Mariana recibiera la postal, pero era la única pista, el único vínculo vivo con su vida anterior, y había llegado hasta él. Por primera vez en tres años se sentía libre, aunque era consciente de que solo era un sentimiento, porque lo cierto era que seguía condenado, mucho más de lo que lo estaba la última vez que vio a sus amigos.

Bajaron ya limpios y aseados. La tarde caída y vestida de nubes daba un tono rojizo al cielo que la espesura dejaba ver. Avanzaron un sendero hasta llegar a una casa rectangular de una planta, con un porche grande. Allí había unas mesas largas, dispuestas con ensaladas y jarras de agua. En otra mesa más pequeña cenaba un grupo de niños; tenían como vigía a la que presumiblemente era la madre de uno de ellos. Los adultos aún no se habían sentado, bebían ron y vino repartidos cercando una fogata que alimentaba un brasero, en el que sobre unas parrillas se hacían unos filetes y hamburguesas de ternera. Todos los que allí había eran blancos, a excepción de Theodor y de una mujer muy atractiva, de la que Julio dedujo que se trataba de Liona. El resto eran turistas *hippies* con rastas y melenas que permanecían a la espera de la cena. Julio se acercaba al grupo junto a Paola, tenía ansia por repasar todos los rostros en busca de sus amigos. En un radio CD sonaba un tema agresivo de Notorius Big. A Julio le hizo gracia la expresión de un niño rubio que, imitando la forma de una pistola con la mano, repetía el estribillo: «*I am a black man... gun & go... gun & go... go, go, go*», con la comisura de los labios manchada de ketchup. El golpe de un hacha resonaba una y otra vez, repetido por el eco en el bosque.

Julio y Paola se presentaron. El resto de huéspedes los recibieron agradablemente. Todos actuaron como si estuvieran en su casa. Theodor y Liona fueron quienes mostraron mayor pasividad, así era la vida en el FHH de Rojo. Les ofrecieron ron, cerveza, vino, whisky, refrescos, gin, vodka, tequila, zumo natural de naranja, piña, tomate o mango. Les preguntaron si les gustaba la carne muy hecha antes de lanzar al brasero dos chuletones de seiscientos gramos y dos *burguers* de media libra. Julio y Paola eligieron cerveza, pidieron la carne al punto y cogieron y azotaron las trompetas de hierba y la pipa de agua que cortésmente les rularon. Los amigos de Julio no estaban entre aquella tropa de *hippies* norteamericanos y europeos fumetas, a su manera devotos de Buda que escuchaban Gangsta Song mientras abrían botellas de la rivera del Loira, devoraban ternera argentina y alardeaban de la naturalidad de sus zumos.

Fue la respuesta «*from Spain*» la que abrió ampliamente los bonitos y oscuros ojos de Liona, que despertó de su actitud pasiva.

—*They are Spanish, go and look for Guti, and tell him* —le dijo Liona a su hermano Theodor, que se levantó sorprendido y salió en dirección al bosque.

—*Is Guti here?* —preguntó Julio.

—*Yes, he is taking some wood for the fire* —respondió ella.

El eco del hacha en el bosque cesó. Julio permaneció en silencio sin hablar, una sombra se movía fuera buscando la luz de la hoguera. Julio se levantó, caminó hasta la puerta y vio unas rastas tan largas como las que a él le hubiese gustado tener. Vio una barbilla peluda de la que descendía una gruesa trenza hasta el pecho ataviado de colgantes tan tribales como artesanales; vio los ojos verdes de su viejo amigo. La flaca pero saludable estampa de Sergio Gutiérrez abrazó el cuerpo paralizado de Julio, que con la impresión temió padecer un desmayo, pero no fue así, la vigilia resistió el envite que la rigidez muscular lanzaba. El abrazo fue sentido y prolongado, pero silencioso. Los presentes palparon la extraña languidez de aquellas dos caras mirándose a los ojos, buscando una explicación del tiempo perdido.

—Recibí tu mensaje —dijo el Guti, refiriéndose al que Julio le mando a través de una mochilera argentina que había abandonado el campamento unos días atrás. Julio supo que a Pablo Muñoz y a Jordi Salvador no les debía haber ido bien; Guti omitió su mención diciendo—: Luego hablamos.

Y lanzó una mirada que no invitaba al optimismo. Aquella mirada redujo el cándido reencuentro en silencios ocultos tras las conversaciones del resto, que bebían, reían y fumaban; lo pasaban bien, incluida Paola, que se divertía con el grupo. Julio y Guti permanecían ausentes, pensativos, añorando la ausencia de los que no estaban. Más tarde, ya levantados de la mesa, con el jolgorio encendido, el volumen a tope y los niños acostados, Julio y el Guti se perdieron en la oscuridad del bosque. Búhos, murciélagos, musarañas y polillas fueron testigos, junto a Julio, del macabro relato que los labios del Guti explicaron. Después de la movida con el Chino y de la muerte de Juan Heredia, el tinglado de Ibiza se vino abajo. Los matones de Monsalve se encargaron de restablecer los correos, dejando fuera a los compañeros de Julio, e incluyendo al Robin Hood. Los propios colombianos mataron a Pablo y al Salva por temor a rencorosos chivatazos o represalias vengativas.

—¿Francisco Heredia lo sabía? —preguntó Julio con frialdad.

—Él mismo los mandó matar —dijo el Guti, tremendamente abatido.

—¿Y tú cómo te libraste? —volvió a preguntar Julio.

—Habíamos quedado en casa de Pablo. Yo llegué tarde, doblé la esquina del Parras y los vi salir... Eran tres tíos, llevaban cogidos a Pablo, al Salva y al Peregrino, los montaron en una furgona y se piraron... No me atreví a decir nada —dijo el Guti entre sollozos.

—David Peregrino, ¿por qué? —preguntó Julio extrañado.

—No lo sé, debieron de pensar que era yo... Estaba acojonado, pasaron días y nadie sabía nada de ellos... Estaba cagado, tío... Hice la maleta y me vine aquí.

A pesar de las muertes de los Heredia y los Monsalve, que daban libertad al retorno de Guti, y por las que brindaron en señal de venganza, a pesar de aquel fuego cruzado y redentor que había aliviado las amenazas de su vida, el Guti era feliz en Rojo y no quería volver, había cerrado su círculo, gozaba una nueva vida sencilla y relajada, con todo lo que una persona rasa y sosegada podía necesitar. Julio también se consideraba campechano y tranquilo, pero arrastraba a la espalda una serie de personajes y responsabilidades (todos adquiridos) que no lo permitían abandonar.

El resto de los días fueron de risa y celebración, hicieron sonar los flautines indígenas y los *djanbus* caribeños. Todos los días eran fiesta, borrachos le aullaban a la noche en aliviados y refrescantes baños de luna en el río y las pozas. Julio y Paola se amaron con calor, celo y devoción, y en esos lascivos revolcones, con los abrazos y besos que los sucedieron se hicieron novios. Su comportamiento como tales salió de la cama, se entendían y bastaron diez días de relax para acabar amándose.

De retorno a Sinaloa, ella lo convenció para que la llevara con él a España, «volver a empezar», alegó. Retrató a los sinaloenses y a la nube de gregarios latinos afincados allí como seres mucho más incultos e ignorantes de lo que realmente eran. Voluda no objetó, era una baja asumible, estaban por llegar dos tipos de Florida que habían hecho diez de diez en Belmont; Paola era prescindible. Sacarla de allí fue mucho más fácil de lo que ella le había pintado. John Claudio insistió en que aquello era pasajero, «un encoñamiento temporal», así definió el colombiano la relación entre Julio y la italiana.

El 23 de julio del 2001, la conexión mexicana aterrizó en el Prat de Barcelona. Dos conversos rescatados del antiguo clan Monsalve arrastraban los pesados carros a rebosar con el equipaje de Paola, que oteaba curiosa intentando ver más allá de la cristalera. Tras ella iban Julio y John Claudio y, por detrás, Peter Smith Kingsley, el americano. Peter era el socio capitalista, canalizaría el dinero de Voluda mediante su red de American Fast Food. La reciente apertura de un nuevo restaurante de la cadena en el edificio del Maremagnum auguraba fuertes ingresos para la franquicia. El americano sacaría lustre a los billetes de la droga antes de enviarlos a México.

Para Julio, el retorno a Barcelona fue extraño, después de tres años. No tuvo la sensación de estar en casa. Esa inquietud lo llevó a demorar el reencuentro con su familia.

El americano pagó de su propio bolsillo las dos suites del Majestic, en las que estuvieron hospedados durante tres semanas. Paola se dedicó a subir y bajar por Gran de Gracia y la Rambla de Catalunya, haciendo uso de la Visa de nueve mil euros que el americano puso a su disposición. Julio se movió bajo la tutela de John Claudio. Recorrieron la ciudad soltando y atando cabos.

Hizo por ver a sus viejos contactos y se atrevió incluso

a visitar a los de los Heredia. Para él la gestión comercial iba bien. Pero no cumplía las expectativas de John Claudio, ni las ambiciones de Voluda. Para ellos, empezaba a ser un jovenzuelo que había pasado fuera demasiado tiempo. Veintidós años en Barcelona no eran delinquidamente equiparables a la misma edad en Medellín o en Sinaloa. Julio era un *pelao*, un *sardino*. John Claudio no se dio cuenta hasta verlo en su medio. Él trataba de justificarse, pedía tiempo, tiempo que no tenían. El Cholo esperaba ansioso el envío a Barcelona, y como él mismo decía, hablando en tercera persona: «El dinero del Cholo no se hace esperar». John Claudio había apostado fuerte por aquella ruta, había llenado de pájaros la cabeza de Voluda, había hablado de multiplicar por cinco, e incluso llegó a comentar deshacerse de los rusos.

Los relojes corrían, y lo único cierto era que su cartera de clientes no cubría el cincuenta por ciento del mínimo que Voluda exigía para empezar a trabajar. John había dado su palabra, y el Cholo se había gastado un millón de euros en el nuevo negocio del americano, que empezaba a atosigar a Voluda, ya que los costes de manutención de la expedición, y sobre todo de Paola, empezaban a preocuparlo. John Claudio contuvo a Voluda con falsas promesas y con la excusa de que primero había que liquidar a Izquierdo, y que no había que levantar sospechas al hacerlo.

—Cien kilos dentro de diez días... Eso o nada. —Fue lo que dictó la rasgada voz de Voluda a través de un teléfono.

John Claudio asumió el mando total de la operación. Las funciones de Julio se limitaban a conseguir un almacén cerca de Málaga, otro a las afueras de Barcelona y un camión. El chofer lo buscaría John Claudio. El Perla tardó seis días en tener atado todo su cometido, al que dedicó más de doce horas diarias. Viajó hasta Nerja, provincia de Málaga, donde arrendó una nave industrial con terreno. En Granollers alquiló un pequeño edificio abandonado en mitad del campo. Y en un polígono de Martorell compró un camión de cinco mil kilos, con pluma hidráulica. Los ceros sumaban en la cuenta de Peter Smith. Cada minuto que Julio invirtió, en lo que a él le pareció toda una gesta contrarreloj, John Claudio hizo un seguimiento exhaustivo sobre la persona de Emilio Izquierdo.

El 20 de agosto del 2001, a las 18.00 h, el Zurdo salió de su despacho en la calle Sepúlveda. Lo hizo por la puerta del parking montado en su auto, un BMW 750 gris oscuro de líneas redondas, perfiles bajos y acabados cromados. Tardó media hora en llegar a Montgat. Pulsó el control remoto que abría la puerta basculante del garaje de su pequeña mansión, la puerta blanca de hierro se recogió a la mitad, un motor estiró de ella hacia arriba. Izquierdo pulsó bruscamente el freno al ver a un hombre a pie subir la cuesta de su garaje, abrió los ojos detrás de sus lentes, se tapó la cara con las manos al ver el cañón de la Beretta negra, que fue disparada tres veces seguidas, dos en la cabeza y una en el cuello.

Emilio Izquierdo estaba muerto. John Claudio le había hecho a Julio el favor de matarlo personalmente, lo había librado de hacerlo a él mismo. El colombiano, ante la poca capacidad de Julio, inició una huida hacia delante, ideó un plan que les daría la opción de sentarse a esperar un milagro.

Pablichenko contactó con ellos un día antes de la entrega. La playa escogida para el desembarco se comunicaba a última hora para esquivar a los soplones. Eran las cuatro de la mañana del 24 de agosto, Julio estaba en la cabina del Iveco 5.000 con Williamson Torchado Robles, *El Tornado de la Francia*; así se lo conocía en La Francia, su barrio natal, en las laderas de Medellín, un suburbio empinado de ladrillo pelado, chapas y cartones. Williamson era un ídolo local, un púgil negro, bastante fino, que había llegado a disputar sin éxito el título nacional de Colombia del peso wélter. Se pasó la carrera esperando un combate en Las Vegas que nunca llegó. En La Francia se decía que estaba en Europa haciendo un circuito de peleas. A los ojos de los suyos seguía siendo *el Tornado*, pero el circuito europeo estaba lejos de la realidad, las peleas en las que participaba no iban más allá de las puertas de las discotecas y el guanteo de morosos.

En la playa de la Palomilla, entre El Palo y El Rincón de la Victoria, la noche negra descansaba cernida sobre el litoral andaluz. El camión permanecía oculto en un pinar al pie de la arena, entre arbustos y cañas. El horizonte buscaba la luz emitiendo un hilo de claridad que pretendía romper la modorra del cielo dormido, que mantenía ocultas las estrellas con un manto de nubes delgadas que refrescaban el ambiente y empezaban a soltar finas gotas de lluvia, que lentas impactaban y corrían sobre el parabrisas del camión.

—Ahí viene —dijo Williamson encendiendo un cigarro al divisar un foco tenue en la lejanía marina.

La pequeña barcaza avanzaba con calma hacia la orilla. No se había oído un alma en la hora y media larga que llevaban allí, pero no habían pasado ni un minuto a solas. Cuando el foco de la embarcación se vio cerca de la costa empezó el movimiento; los 4x4 de los rusos acercaron hasta la orilla los remolques que portaban las zódiac. Las lanchas iban y venían, los rusos bajaron a tierra más de cincuenta fardos en un momento. Todo estaba coordinado, todos sabían lo que tenían que hacer, ningún movimiento era en vano, nada estaba de más.

Una decena de hombres efectuaron el desembarco en quince minutos. Williamson y Julio se acercaron a ellos cuando estos les hicieron la señal pactada con una linterna. Les entregaron cinco fardos de veinte kilos cada uno, cinco quintales de los que *el Tornado* cargó dos sobre su hombro derecho y le pidió a Julio que le posara un tercero sobre el hombro izquierdo. Julio pretendió cargar con los dos que quedaban, pero levantarlos y caminar por la arena hasta el camión le resultaba casi imposible, por lo que optó por hacer dos viajes.

Condujeron hasta Nerja, donde tenían la nave alquilada; allí esperaban más hombres de John Claudio. Colocaron la mercancía en un doble fondo al final del remolque, delante cargaron trescientas cajas de melones y sandías. Dos coches y una furgoneta salieron de avanzadilla como vigía y señuelo; por detrás del camión, un Ford Escort negro hacía de escolta. El viaje fue tranquilo, transcurrió «según lo previsto y sin novedad», frase con la que fue transmitido a John Claudio el éxito de la operación. La fruta se vendió en la cooperativa agrícola de Granollers, y la cocaína fue descargada en la nave, que se había vallado y acondicionado mínimamente para que un grupo de hombres armados habitaran allí en relevos de 48 horas.

El 26 de agosto, Julio fue enviado al aeropuerto de Barcelona a recoger a Martín y Nílmar, dos hombres llegados de Colombia que llevaban poco equipaje.

En la nave de Granollers esperaba John Claudio, junto a un nuevo relevo de cinco hombres, Williamson entre ellos. Martín y Nílmar entraron en la gran sala diáfana que había en la planta baja del edificio. El eco hacía resonar los pasos, los matones controlaban con los R15 colgados al hombro.

—Menuda la que montó aquí, *papi* —soltó Martín.

John Claudio se levantó y abrazó a los dos hombres.

—Usted dirá, mi hijo —dijo Nílmar abriendo los brazos en señal de interrogación.

John Claudio señaló un banco de acero en el que había tres fardos de veinte kilos. La coca llegaba a un 98% de pureza. (En el narcotráfico, la calidad y el precio de la droga se miden por tandas de pureza. Si se tiene una fuente en origen, como era el caso de John Claudio, se recibe la droga en estado de base y se corta en una primera tanda, en la que se saca entre doscientos y trescientos gramos de más por cada kilo, dependiendo de la avaricia del traficante. Esa operación la hubiera podido llevar a cabo cualquier estudiante de química, lo importante a la hora de hacer la mezcla era perder la menor cantidad de material. Ahí estaba la habilidad del químico.) A John Claudio no le bastaba con sacar diez quilos de aquellos sesenta, él quería doblarlos, por eso había traído a dos maestros del corte.

—Me está pidiendo que saque más de cien kilos de ahí y que parezca primera tanda, eso no va a resultar fácil, *papi* —exclamó Nílmar ante la propuesta de John Claudio, que tornó su semblante ganando seriedad y color en el rostro.

—Maldito pendejo, por eso lo mandé traer hasta aquí,

cabrón... Si fuera fácil lo habría hecho yo mismo... Así que déjese de huevonadas y redacte una lista de lo que le va hacer falta, no tenemos tiempo —gritó John Claudio encolerizado.

Martín y Nílmar cocinaron a exigencia de su viejo amigo. Consiguieron sacar ciento diez kilos de aquellos sesenta iniciales. John Claudio podía guardar cuarenta kilos de base y rebajar algo el precio para hacer entrar algún cliente nuevo. Aun así su cartera de mercado seguía siendo pequeña, el beneficio era nada si se le pagaba a Voluda, y... «El dinero del Cholo no se hace esperar». Estaban sin blanca, tenían cuarenta kilos que no eran capaces de colocar y la fecha del siguiente porte se acercaba, pero no tenían dinero para organizar el viaje, ni para pagar al personal, vivían del menudeo y ni siquiera eso les iba bien, se veían superados por niñatos menores de edad que colocaban más gramos que el Perla en sus buenos tiempos.

La extinción de los Heredia, los Gavilán y los Monsalve fraccionó las calles en múltiples bandas, y en boca de todos esos grupos el nombre de un solo proveedor, José Antonio Gallego, alias *Robin Hood*, mote al que había dejado de atender, se había convertido en un tipo respetado, un hombre de negocios con una estructura organizada y estable.

—Pinche cabrón —dijo John Claudio dando un puñetazo en la mesa.

Había que volver a tomar la ciudad. Al colombiano le habría bastado una semana para hacerse con el control al más puro estilo Medellín, pero no tenía dinero para montar la contienda y no pensaba jugarse ni un solo centavo de su fortuna personal. Ni el doce de doce que Paola sacó en Belmont corriendo las apuestas por Internet en la primera semana de septiembre les alivió las penas, ya que solo le habían confiado quinientos euros que la italiana rentabilizó en 4.500.

—Si me hubierais dejado cinco mil como os dije estaríamos apostando en Hong Kong —solía decir ella.

Mariana y Dolores seguían en Canarias a la espera de que Julio las permitiera volver. Ellas vivían bien, se habían amoldado rápido, el dinero de Julio había ayudado bastante, pero él tampoco pensaba gastar ni un euro de su pequeño patrimonio en aquella fallida conexión. El dinero que Mariana y Dolores no dilapidaran serían el auxilio de Julio cuando la agonía terminara. Por el momento, no tenía ni idea de la difícil situación en la que se podía ver si no sucedía un milagro.

El 11 de septiembre del 2001, el milagro sucedió. Dos aviones, uno de American Airlines y otro de United Airlines fueron secuestrados por terroristas islámicos y estrellados contra el World Trade Center, ubicado en las torres gemelas, en la isla de Manhattan, Nueva York. Al Qaeda reivindicaba el atentado horas después de lo que se consideró un ataque bélico. La alerta roja se disparó en todas las fronteras y embajadas del mundo, todos los aeropuertos internacionales se detuvieron, el colapso social y militar fue total. Los satélites rastreaban el planeta palmo a palmo. Desde el Pentágono, en Washington D.C., se solicitó la identificación de cualquier ciudadano que no se encontrara en su país de origen, fuera cual fuera su nacionalidad y estuviera en el país que estuviera.

Infinidad de mulas del raudal de mafias internacionales fueron apresadas por todo el mundo. Cantidad de avionetas y embarcaciones fueron interceptadas. En las semanas posteriores al cataclismo económico que supuso el 11-S, nadie movió un dedo, el mercado de la droga se paralizó durante más de un mes. Nadie se atrevía a abandonar su refugio. Solo hubo que esperar a que la ciudad agotara sus existencias; fue como un sitio medieval. John Claudio no tuvo piedad y dejó seca Barcelona durante dos fines de semana consecutivos; esperó a que los Mercedes no tuvieran gasolina. Los cosméticos y el vestuario de las mujeres y las queridas no podían esperar. Los sobornos tenían que continuar, había que pagar permisos, las obras tenían que seguir. Más que vicio, a Barcelona le faltaba el líquido de sus mafias, le faltaba el sueldo de sus adictos, y bastaron quince días para hacerlo evidente.

Transcurrido ese tiempo, los teléfonos de Julio y John

Claudio no dejaban de sonar. El colombiano tenía los cuarenta kilos de pura colombiana que eran pescado en tiempo de veda. No fue benévolo ni en el precio, ni en la calidad. Martín y Nílmar convirtieron los cuarenta kilos en noventa, que John Claudio vendió a precio de primera tanda. Obligaba bajo amenaza de muerte a sus nuevos clientes a admitir dos entregas más, si no, no había trato; el primero en comprar fue Leandro Freishas, alias *el Portugués*, dueño de un bar de *striptease* en el Paralelo.

El Portugués fue el primero en morir; le pegaron dos tiros en la cabeza y uno en el cuello. El resto de nuevos clientes hechos por John Claudio cumplieron religiosamente el total de las entregas pactadas y firmaron un nuevo contrato indefinido. La calidad aumentó en las entregas siguientes, por lo que los clientes sometidos acabaron por estar contentos con el cambio de supermercado. John Claudio supo mantener conforme al hormiguero de camellos barceloneses.

José Antonio Gallego sabía que le estaban haciendo la cama. Había perdido el mote, pero no la mala sangre. Quiso responder y mandó matar a su socio en una promotora, quien había sucumbido a la ley de John Claudio. Gallego no pensaba renunciar a su incipiente imperio, pero su reinado era absolutamente coyuntural, estaba amparado en la burbuja económica que empezaba a flotar y en la falta de un clan dominante en la ciudad. Era un guepardo hambriento sentado sobre su presa y cercado de hienas babeantes, que avanzaban sin ningún temor cerrando el aro de fuego, que iba a consumir al que un día fuera *Robin Hood*.

El asesinato de José Antonio Gallego estaba preparado, pero no fue necesario cometerlo. Uno de sus múltiples socios lo asesinó y después exigió una recompensa a la gente de John Claudio. No hubo ninguna retribución para el desleal, la respuesta de John Claudio fue la misma que recibieron los asesinos de Viriato. «Roma no paga traidores», dijo el colombiano condenando a aquel infeliz, que apareció colgado en su casa en el pirineo de Lleida. El resto de los socios de Gallego aceptaron la nueva ley impuesta sin rechistar.

En la primavera del 2002, John Claudio ya dominaba Barcelona, y lo habría hecho igual sin Julio, que actuó como un simple peón, pero con los privilegios de una pieza del centro de la retaguardia. No se le obligó a ningún delito de sangre, aunque en Sinaloa le atribuyeran un magistral trabajo con Izquierdo. «Digno de su maestro», comentó alguna voz. John Claudio no fue egoísta, el chico le caía bien, se podía confiar en él, pensaba rápido y era comprometido. El colombiano lo colocó junto a él en la cadena de mando, le asignó un tanto por ciento del beneficio y la responsabilidad de la logística. Así le agradeció haber estado arrimando el hombro desde el principio, y le devolvió el respeto que Julio siempre le mostraba. Julio Perla Díaz, con veintitrés años, dejaba de ser un soldado. Su mirada reflejaba esa muesca tan particular que tienen los alfiles en el torneado superior.

Aquel verano se sintió realizado como hombre cuando siguió a José Luis Trujillo y se introdujo a punta de pistola en su coche. Williamson acompañaba a Julio. Llevaron a Trujillo ante un notario, donde firmaron la venta del primero B del número 46 del Passeig de Juan de Borbón, antiguo paseo Nacional, por la cantidad de 48.000 euros.

—Ocho kilos, ni uno más —dijo Julio al ver estampada la firma de Trujillo en el documento de compraventa.

El triunfo no tardó en arrastrar consigo la buena vida. Paola se comportaba como una mujer madura. Tan solo era cuatro años mayor que Julio, pero padecía el síndrome de las mujeres del cártel. Coleccionaba zapatos y muñecas de porcelana, hacía *fitness* y pilates, natación y yoga. Desde un piso de ciento veinte metros cuadrados, alquilado en Gracia, seguía corriendo apuestas con un perfil anónimo por Internet, y mantenía un récord de dieciséis de dieciocho, a primero, segundo y tercero en Belmont.

Las líneas de distribución de John Claudio iban viento en popa, las entregas aumentaban: cuatrocientos kilos cada noventa días. Esa era la afluencia con la que Julio empezaba a ganar verdaderas cantidades de euros, hasta la fecha todo había sido calderilla.

Dolores y Mariana se volvieron a instalar en su casa de

la Barceloneta. El tiempo pasado en Canarias les había servido para analizar, y acabar asimilando, la conducta mafiosa de Julio. A ninguna de las dos les gustaba Paola, calaban en ella la calaña camorrera, pensaban que aquel *itagniolo* con acento mexicano no era de fiar. La italiana las trataba con excesivo entusiasmo y admiración, lo que aumentaba en ellas la sensación de empalagamiento, aunque no decían nada. Permanecieron en silencio mientras les mostraba las seis habitaciones, cada una con baño, la cocina, los dos salones, el porche y la piscina de la propiedad adquirida en Castelldefels, a escasos metros de la playa.

Una empresa de decoración creó y fabricó los ambientes y escenarios deseados por Paola: porcelana, bronce y plata, estucados, madera y mármol, domótica, seguridad y tecnología. En el garaje el Audi TT plateado, el Mercedes 4x4 negro y el VW escarabajo azul ponían el aroma a fuego y gasolina. Dos empleadas llegadas desde Bucaramanga le sacaban lustre al lugar. A petición de Julio Williamson, este se instaló junto a ellos. *El Tornado de la Francia* ocupó una habitación retirada en casa de Julio, convirtiéndose en su guardia personal, aunque a él le gustaba decir que era su ayudante. Las horas de espera y de viaje invertidas en las entregas en Málaga hicieron de ellos buenos amigos.

John Claudio y su séquito prefirieron la paz y la serena quietud de las olvidadas y polvorientas urbanizaciones cercanas a Olesa de Montserrat. Entre pinos y encinas los colombianos se hicieron con una fase de tres chalés contiguos con terreno, edificaciones antiguas y cuadradas, amplias y muy funcionales con grandes ventanas. Construyeron cocheras y almacenes, vallaron y acondicionaron las tres fincas convirtiéndolas en una sola, protegida por hombres armados, perros y videovigilancia.

John Claudio entendió y respetó la decisión de Julio de no vivir en La Finca, que era como se le llamaba al fortín. Al fin y al cabo, él no era colombiano, tenía otras costumbres, y aquella era su ciudad, aunque realmente fue Paola la que decidió alejarse de la banda. Julio, poco a poco, había olvidado prácticamente su vida anterior, se había desentendido inconscientemente, empezaba a ver en el cártel su nueva familia. Sentía la amistad y el respeto de aquellos sicarios a los que veía como a hermanos, ellos cerraban su círculo interior.

A pesar de no vivir en La Finca, Julio empezó a pasar muchas horas allí, sobre todo en invierno, ya que Paola tenía menos compromisos sociales. Paola Sosa se relacionaba. No le fue difícil atravesar ciertos velos de la sociedad barcelonesa, e introdujo a Julio en las órbitas empresariales de la ciudad. Pero él prefería La Finca, donde cada día era fiesta, y en los televisores de doscientas pulgadas se disfrutaba de la Liga, la Premier y la Champions; las parabólicas acercaban los diferentes campeonatos sudamericanos. Julio volvió a disfrutar del fútbol en un campito de césped artificial con vestuarios que se construyó junto a la piscina de La Finca. Los colombianos compraron quince motocicletas y en manada recorrían la Serra de Sant Llorenç, al más puro estilo Medellín. El cártel de Barcelona era una realidad.

Todos estaban contentos, desde Sinaloa no había nada que objetar, John Claudio acudía sin demasiada frecuencia, los rusos continuaban sus negocios en paz, pero la calma no duraría mucho. El milagro del 11-S seguiría dando coletazos.

A finales de octubre del 2003, tuvo lugar una reunión del Fondo Monetario Internacional en Dublín. Aquel congreso diagnosticó un movimiento de líquido negro superior a los doce billones de euros, de los que el ochenta por ciento lo movían las diferentes mafias internacionales afincadas en Europa. Los inversionistas preveían una crisis económica a corto plazo y había que hacerse con aquel dinero. La presión de los Estados Unidos para cortar las vías de subvención del terrorismo islámico instó a Interpol y las agencias de inteligencia y seguridad europeas a desvelar toda la información (gran parte de ella obtenida ilegalmente) recabada desde el 11 de septiembre del 2001. Aquella acción provocó una oleada de redadas y detenciones por toda Europa, desde Marbella hasta Moscú, de la que la mafia rusa fue la peor parada.

Los intereses norteamericanos se empezaban a resarcir, siete meses en Irak bastaron para prever la ruina que estaba por venir. La administración americana tenía que interceptar el mercado negro de armas para colocar a sus propios intermediarios y los frentes abiertos por el mundo no bastaban para vaciar los arsenales rebosantes de pólvora caduca. Ellos mismos, mediante terceras personas, abastecerían a sus enemigos (qué sombra tan negra, la yanqui). Los rusos poseían rutas capaces de atravesar Afganistán sin parar en un solo control militar. A pesar de la invasión americana las líneas de abastecimiento de opio y heroína seguían funcionando, incluso con mayor flujo del que tenían antes del conflicto. Aquellas líneas se acabaron, igual que la red de desembarcos Colombia-Marruecos-Málaga, que tanto dinero les costó a los Heredia y los Monsalve. La Policía Nacional detuvo a los principales cabecillas de la mafia rusa, Pablichenko incluido, en Marbella, Valencia y Barcelona. Fue extraditado a Rusia, donde tenía seis causas pendientes. El gobierno británico también lo reclamaba por homicidio. La competencia había sido eliminada sin necesidad de pegar un solo tiro, pero daba igual, sin los desembarcos no había negocio, y volver a instaurar vías no era tarea fácil, había demasiado control.

A Voluda se le dieron largas desde Barcelona, se le pidió calma, iba a ser más sencillo invertir y transformar en legal el dinero amasado en los últimos dos años y enfriar un tiempo aquellas líneas, mientras se discurrirían maneras para que los cargamentos saltaran el charco, que se había vuelto a convertir en un océano.

El cártel de Barcelona se disolvió lentamente, la falta de acción hizo innecesaria la presencia de soldados y sicarios, solo los estrictamente útiles se quedaron. Williamson continuó junto a Julio, y apenas media docena de hombres junto a John Claudio en La Finca.

Julio y John Claudio se asociaron, y no les costó llegar a ser promotores de obra. Lo hicieron en la Costa Daurada, Tarragona, de la mano de los viejos socios de Francisco Heredia, quienes habían prosperado y sembraban de grúas el litoral, desde la Ametlla hasta El Vendrell. Ahora eran hombres de fe y palabra, su voz era misa al sur de Catalunya. En seis meses triplicaron la inversión de doce millones de euros, de los que dos eran de Julio y diez de John Claudio. La avaricia del colombiano rompió el saco y lo llevó a cometer innumerables irregularidades fiscales. No tardaron en llegar las inspecciones de hacienda, que reclamaba a la sociedad René&Perla la friolera de siete millones de euros. John Claudio ofreció a Julio la posibilidad de volver a Sinaloa con él. Dando parte del dinero a Voluda, podrían retornar sin reparo y él les daría ocupación. John Claudio prefería tributar para el Cholo que para la administración española.

—Pinches chupasangres. Ellos nos dividen, y así nos vencen —gritó el colombiano al entregar los dos millones invertidos a Julio, que decidió quedarse.

Volver a alejarse de su madre y su abuela no le apetecía, sentía que a Mariana no le quedaba mucho tiempo de vida y, aunque no las viera con frecuencia, quería estar cerca cuando cualquiera de ellas lo necesitara. Respecto a Paola, es posible que el tiempo les hubiera templado la pasión, pero habían empezado a quererse, otorgándose grandes dosis de libertad. Libertad que Julio se había tomado para algún escarceo sexual, aunque todos febriles y faltos de sentimiento, la mayoría en fiestas en La Finca durante los buenos tiempos del cártel.

Aquellos escarceos eran presumibles para Paola, pero no la incomodaban mientras las cuentas siguieran sumando, era feliz en Barcelona. La italiana retomó la educación en alto copete, en la que Montse Bruguera ya había empezado a instruir a Julio años atrás. Se convirtió en la nueva asesora financiera, ella fue la instigadora para que Julio comprara un local en Ciutat Vella en el que abrió un restaurante, que ella misma decoraría y Dolores regentaría.

El 20 de abril del 2004, el Mare Nostrum hacía su inauguración. Grandes empresarios, artistas de vanguardia y deportistas de élite se sentaron a la mesa en *la première*.

El restaurante funcionaba bien, cocina marinera tradicional catalana con un toque innovador. Contrataron a Armand Bou, Premio Nacional de Cocina en 2003, un chef francés de origen catalán que empezaba a hacerse un nombre en el mundillo culinario español. Las reservas tenían una espera mínima de dos meses, la pijería barcelonesa le daba tregua al Vía Veneto.

Julio prosiguió sus negocios de promoción inmobiliaria y, con parte del beneficio, adquirió el edificio en el que se encontraba el restaurante. El bloque era una casa del siglo XIX de tres plantas que se remodeló interiormente, conservando y restaurando la fachada original. Se instalaron unas oficinas en el segundo piso y se acondicionó el tercero como vivienda, bajo la supervisión artística de Paola.

La noche de un miércoles de junio del 2004, ocho comensales cenaban copiosamente en la amplia mesa redonda de la sala reservada, apartada y fuertemente iluminada, de paredes negras y mantelería blanca del Mare Nostrum. La noche se convirtió en madrugada. En aquella mesa estaban sentados dos funcionarios de seguridad, una funcionaria de justicia, dos empresarios, un famoso proxeneta barcelonés y dos putas. Tras varias rondas de café y licores los comensales pidieron ver al propietario del restaurante.

Martín, el *maître*, avisó a Dolores, que entendió que quizás quisieran felicitar al chef, y le pidió a Armand que se acercara hasta la sala antes de abandonar el restaurante. Ya no quedaban más clientes, pero aquella mesa había degustado prácticamente el total de la carta. La factura ascendía a 1.347 euros.

Armand Bou se volvió a vestir de cocinero antes de correr el panel japonés que dividía el reservado. Quien pareció ser el alma vocal del grupo se levantó y estrechó con fuerza la mano de Armand. Aquel hombre con los labios aún grasientos agradeció el saber hacer del guisandero.

—Los *calamarçets* estaban divinos —comentó entre risas, para proseguir en tono más serio e insistir en entrevistarse con el propietario del local.

El tono irónico del hombre abrió ampliamente los sorprendidos ojos de Armand, que con la vista perdida asintió.

—Veré qué puedo hacer —contestó antes de abandonar la sala en busca de Dolores, que escuchaba la conversación desde el pasillo y se apresuró a telefonear a Julio al móvil.

Julio ya dormía, lo hacía junto a Paola en el apartamento, dos plantas sobre el restaurante. Atendió extrañado, aunque calmado, la llamada de su madre.

—Que esperen —le dijo a Dolores.

Se duchó, se planchó una camisa y bajó. Al llegar vislumbró a través del panel japonés las carcajadas negras, el rubio de bote y las camisas pardas. Julio Perla quedó patidifuso al correr la puerta de la sala, jamás hubiera adivinado quién lo demandaba. No conocía a ninguna de las dos putas, ni a los dos empresarios de gesto perruno y mueca rígida, los dos estaban un poco superados por la tensión que invadió la estancia. Aquella reunión no eran los corrillos mercantiles a los que ellos estaban acostumbrados. Julio reconoció al proxeneta, al que saludó sin mediar palabra, únicamente agitó la cabeza. Las putas actuaban con toda la naturalidad que su trabajo les permitía. La funcionaria evidenciaba cierta tensión, no así ninguno de los dos lobos que recibieron a Julio con una sonrisa de oreja a oreja. La turbia e inflada estampa del recién ascendido a comisario de la Policía Nacional Jacinto Cuder se ponía en pie. Tras él lo hacía el también ascendido José Manuel Gómez.

—Hombre... Qué alegría volver a verte, chaval... Veo que no te va mal —dijo Cuder esbozando una risotada bajo el bigote negro y grasiento.

Tras el impacto inicial, Julio reconoció a Helena Herrera, la ayudante del juez López Barba, sentada a la derecha de Gómez. Ella no se levantó, la vergüenza le hacía tener la esperanza imposible de que no la reconociera.

Julio no tenía ni idea de a qué tipo de chantaje extorsionador estaba a punto de ser sometido, pero mantuvo los ojos firmes y el porte rígido. Pidió un segundo de disculpa y abandonó la sala en busca de una silla. Retornó con la misma serenidad con la que se había ido. Cuder y Gómez vieron el cambio, palparon la expresión madura, apreciaron las cicatrices invisibles. Julio Perla ya no era el niño asustado que habían ido a buscar a Jódar.

Con la desmembración del cártel, la detención de Pablichenko y sin los desembarcos, la única vía de entrada de droga eran las mulas, ingeridas, ocultas o en pastas sólidas con las que se elaboraban maletas. Centenares de ellas aterrizaban semanalmente en el Prat y en Barajas, pero ninguna tenía patrón. Los pequeños grupos volvían a tener el control de la calle sin la suficiente mano dura como para imponer fidelidad a sus clientes. De ese modo, ningún grupo prosperaba lo suficiente como para implantar su ley sobre la establecida, es decir, que nadie tenía suficiente poder como para comprar a la policía. Eso hacía que la mitad de las mulas no desembarcaran con éxito, perecían en las oficinas policiales de los aeropuertos, muchos delataban a sus compinches y otros incluso a sus contactos en Sudamérica. Conseguir una fuente a un precio razonable se había vuelto difícil, los altos precios hacían que en muchas ocasiones fueran los propios traficantes quienes hicieran el viaje.

Vicente Cuder había recibido con su nuevo cargo la orden de aplacar la masiva llegada de mulas a Barcelona, y había urdido un plan alternativo al férreo control que él mismo iba a someter a la llegada de los vuelos calientes. Aprovecharía el vacío que pensaba crear.

Cuder explicó sin tapujos su plan. A Julio le sorprendió que hablará abiertamente delante de las putas, aunque fueran de alto *standing*. Tampoco tenía claro el papel de Helena Herrera en aquella trama, era demasiada información que asimilar. Envuelto de atención y silencio, el comisario Cuder, sin cuentos ni embozos, masticó el plan.

El proxeneta actuaba con el instinto chulesco que le corría por la sangre. Santos Mira, que así se llamaba, estaba a punto de firmar una alianza que se saltaba el primer principio que le legó su padre al transferirle sus conocimientos. El padre de Santos Mira era *el Santo*, él abasteció de mujeres Barcelona con enorme éxito durante los setenta y los ochenta, fletó aviones desde São Paulo y autocares desde Bucarest, Sofía y Kiev, y su primer mandamiento era: «si traficas mujeres, no trafiques droga», y ese código lo mantuvo vivo y libre durante dos décadas. Solo el cáncer de colon lo retiró de la escena en favor de su único hijo reconocido (ilegítimos se le atribuían decenas).

Santos Mira había heredado en los noventa El Bahía, en Castelldefels, y no solo había mantenido el caché del local, lo había convertido en un club de lujo y en el mayor de Catalunya en cuanto a número de chicas: doscientas cincuenta mujeres se prostituían allí de jueves a domingo. Santos había conseguido aquel logro haciendo valer todos y cada uno de los consejos que su padre le dio, pero ahora había topado con Cuder, que no aceptaba un no por respuesta.

La policía quería apretar a las múltiples redes de narcotraficantes, pero no se podían extinguir todos los vicios de una ciudad, y Santos era uno de los pocos agraciados que iban a poder seguir practicando sus actividades ilegales. A Santos se le iba a permitir la renovación de chicas en su club y el suministro en el resto, se iban a tolerar los desembarcos de hachís en el sur de Catalunya, de los que se encargaba una pequeña banda de sevillanos que, sin inmiscuirse demasiado, suministraba a los proveedores, pero no se autorizaba la entrada de ni una sola bola de coca: únicamente las putas de Santos Mira las harían llegar. Las chicas aterrizarían en el Prat con una Visa turista convencional, ellas sufrirían la rutina de cacheos y registros aleatoriamente, como el resto del pasaje, pero el equipaje de esas chicas tendría un pase vip en los controles policiales. Del aprovisionamiento de los camellos se encargarían los propios policías.

A Santos Mira no se le dio la opción de discutir o negociar el trato, o hacía los portes o ninguna de sus chicas cruzaría los tornos de aduanas, por muy limpia que estuviera, así que no puso pega ni objeción al cinco por ciento de comisión que Cuder y Gómez le ofrecieron. Ellos levantaban la barrera, las putas de Santos harían los portes, pero alguien tenía que financiar la operación, ahí entraban los dos empresarios reusenses, dos hijos de puta, hijos del señorío y el esnobismo que apestaba la ciudad de Reus. Los empresarios necesitaban un empujón económico para levantar una empresa en ruina.

José Puentes Vespa, de cincuenta y dos años, y Evaristo Lanza Frutos, de cuarenta y seis, dos comadrejas empresariales que se creían duros y bravos en su pequeño universo y que se encontraban por primera vez ante tiburones del *bisnes*. Nunca antes, en sus patéticas y petulantes vidas de mercaderes embusteros, se habían sentado a hacer negocios de verdad. Se adentraban en un mundo en el que la palabra y los cojones eran la ley, ignorantes, sin saberlo, giraban la ruleta del sí o sí.

José Puentes y Evaristo Lanza habían contactado con Cuder mediante otro empresario, confidente de la policía, que andaba metido en la importación de autos de lujo, y al que José Puentes no había terminado de pagar un Jaguar Sveringe del 77, color mostaza, con asientos de piel, salpicadero en raíz de cerezo y volante de nácar. Aquel no era el único pago que la sociedad Puentes-Lanza había devuelto, su negocio no funcionaba todo lo bien que ellos habían previsto. La nave industrial, la maquinaria programada por ordenador, el personal y los proveedores, todo sumaba en negativo. Los incesantes llantos y pretextos que José Puentes dio en reiteradas ocasiones al vendedor de coches hicieron que los remitiera a Cuder. Así fue como decidieron la opción del dinero fácil. José Puentes fue cabal de inicio y rechazó la acción, pero Evaristo Lanza era un bravucón, pese a su corta estatura, al ver los ceros que podrían alcanzar sus cuentas en cada inversión. Insistió hasta convencer a su socio.

José Puentes Vespa era un hombre de estatura media, el pelo cano y escaso, que sumado a la barriga descolgada daba a entender su edad. Tenía el gesto afable y el rostro relajado, su hilo de voz era suave y constante, unas bolsas oculares le caían sobre los carrillos, otorgándole un aire cansado. Evaristo Lanza Frutos no era precisamente un tío tranquilo, era uno de esos canijos que van perdonando la vida; de haber medido ciento noventa centímetros se hubiera guanteado a diario. Era moreno, de ojos oscuros y saltones, nariz aguileña y metro sesenta de alto, delgado, y de aire excesivamente jactancioso. Solía dar gritos con una voz de pito que solo acojonaba a sus empleados, quienes la imitaban y le hacían burla a sus espaldas.

Julio escuchó todos los puntos tratados sin decir nada, lo entendía todo hasta el momento, pero le quedaba por vislumbrar su propia implicación y la de Helena Herrera, que de todos los asistentes a aquella reunión era la única a quien temía.

Las amistades del Perla en Sinaloa no habían pasado inadvertidas para los policías, ellos sabían que Julio Perla podía conseguir el mejor trato posible al otro lado del Atlántico. Hacerlo le supondría una comisión como la de Santos Mira, el cinco por ciento del neto, además de un salvoconducto para vender.

Helena Herrera no había mediado palabra desde que Julio entró en la sala, apenas lo había hecho durante la cena, estaba acostumbrada a tratar con todo tipo de calaña, pero siempre amparada por la alargada sombra del magistrado Pérez Barba y con la presencia de un guardia. Pero aquella no era la primera interlocución de Helena a solas con el hampa. La casualidad quiso que Helena hubiera empezado su andadura criminal pocos meses atrás. Casualmente, un primo de Helena, Humberto Herrera, era caporal de la Policía Local de Sant Just Desvern. A primeros de marzo del 2004, se habían iniciado las excavaciones de un solar en Sant Just, a un kilómetro escaso de donde Julio hizo explosionar el taxi con el cadáver de Sandra la fatídica noche en la que mató a Juan Heredia. La casualidad hizo que Helena estuviera comiendo con su primo el día en que fue avisado por *walkie* del hallazgo de una semiautomática Parabellum de 9mm, que había sido desenterrada por los operarios de una constructora durante los trabajos de limpieza y retirada de árboles y maleza, previos al movimiento de tierras.

Helena acompañó a su primo y ambos presenciaron el levantamiento del arma. Humberto Herrera firmó la autorización.

—Una P9 —dijo el policía municipal que la recogió con sus manos enfundadas en unos guantes de látex, sosteniéndola por el cañón, con la pinza de su mano derecha—. La reglamentaria de los nacionales, habrá que preguntar si han echado de menos alguna —apuntó el operario de policía.

La mirada de Helena se perdió en el horizonte de casas y edificios de nueva construcción, que borrosamente se erigían por detrás de la estampa de los policías y obreros. Todos aquellos bloques y pareados había sido una arboleda de enebros, pinos y boj. Helena levantó la vista alargándola, recorriendo la flamante y reciente avenida, plantada de farolas. El sol cegaba, rebotado en los impolutos y recién pintados pasos de cebra. Helena reconoció el lugar y recordó con exactitud la reconstrucción de los hechos. En esa dirección se había marcado la posible huida del asesino.

—Al final de esta calle, ¿no hay un bloque verde con galerías de aluminio, frente a un descampado? —le preguntó Helena a su primo sin dejar de mirar la larga calle.

—Sí, en el descampado ahora hay otro bloque —contestó Humberto. La reacción de Helena fue totalmente profesional.

—¿Recuerdas los crímenes de Los Abetos? —le dijo Helena a su primo, abriendo su teléfono móvil y marcando el número del juez Pérez Barba, que no atendió la llamada.

Helena dio mucha importancia al hallazgo de aquella pistola, así que marcó el número del comisario Nebreda, que la remitió a Cuder, quien indicó a Helena que no se moviera del lugar. Tardó más de media hora en aparecer. Lo hizo solo, conducía un Ford Cougar azul oscuro, nuevo de trinca. Bajó del coche con la chaqueta y las gafas de sol puestas.

—Perdonen la tardanza, me han cogido comiendo —dijo con ironía su boca oscura bajo el grasiento bigote, antes de volver a calzarse la faria post-carajillo entre los dientes. Un aura de aroma de coñac lo envolvía—. Es mi día libre —se justificó grotescamente al detectar la mal encarada mirada que Helena Herrera le lanzó al percibir el ebrio hedor—. Así que el arma de Francino... —dijo Cuder.

—Podría ser —contestó Helena.

—Veámosla —replicó Jacinto Cuder, al que Humberto Herrera entregó la pistola ya embolsada—. Pues bien, ya se verá, los peritos dirán si se trata del arma del Chino... Les tengo que dejar, como ya he dicho es mi día libre; redactaré el informe. Les haré llegar el original, para que lo firmen como testigos y coautores del levantamiento —concluyó Cuder, que después de anotar los datos de los operarios de construcción que encontraron el arma se subió de nuevo en su coche y se marchó.

La mente corrupta de Jacinto Cuder ya tramaba su lucrativo y jugoso plan, ya intuía la posibilidad de que las huellas de Julio Perla estuvieran en el arma, eso le daría la opción de conseguir el mejor intermediario al menor precio. Cuder sabía de las andanzas de Julio en los últimos años, y que siguiera vivo después de lo del cortijo de Jódar le había hecho pensar en reiteradas ocasiones que quizás fuera él el individuo en discordia durante el tiroteo en casa del Chino, y no un profesional, como apuntó en su día la investigación.

Cuder demoró intencionadamente el redactado del informe, no dio parte del hallazgo hasta pasados quince días. Encargó un peritaje privado, que certificó que aquella era la pistola reglamentaria de Manuel Francino. El perito decretó que, aparte de las huellas del Chino, había dos parciales de un pulgar y un corazón de un individuo diestro, que coincidían claramente con las de Julio Perla Díaz.

Cuder se apresuró a conseguir una pistola de iguales características en el mercado negro. La limpió y la cambió por la hallada en Sant Just, que guardó con recelo, sabedor de que con ella abriría una ruta que él mismo haría segura. Las manzanas de Cirsa y los sellos de dólar giraban en sus ojos, alternándose con una silueta negra y despampanantemente femenina; los símbolos se cruzaron en sus pupilas como en la ruleta de una tragaperras. Cuder había rascado tres en línea. Esperaba que volviera la calma para mover el agua.

Ni Helena Herrera, ni su primo Humberto recibieron el acta original del levantamiento del arma. Aquello molestó a Helena, no por ella, sino por su primo, era su equipo el que había encontrado y extraído la pistola. Helena pensó que Cuder quería acaparar todo el protagonismo de resolver el caso de Los Abetos en solitario. Cuál fue su sorpresa al demandar el informe y comprobar que Cuder no había interrogado a los operarios que la encontraron, ni a los policías que la extrajeron. Ninguna prueba pericial daba positivo, no era el arma del Chino y estaba limpia de huellas y antecedentes.

El número de serie estaba borrado, y eso delató a Cuder. Helena había tenido la tentación de anotar el número de serie el día del descubrimiento del arma, pero no lo había hecho, aunque sí recordaba las dos últimas cifras: 53, de eso estaba segura. Además lo había corroborado con el número de la pistola del Chino. Tenía clarísimo que Cuder la había cambiado y necesitaba saber por qué.

Helena habló con su primo, que no se había fijado; tampoco el otro policía había reparado en ello. Helena Herrera no podía demostrar su teoría, y eso le impedía acusar abiertamente. Además sabía muy poco como para advertir al recién ascendido comisario de sus sospechas.

Decidió investigar a Cuder y descubrió que disponía de varias cuentas bancarias, en las que llamaban la atención una serie de ingresos provenientes de un banco italiano, con sede en Roma y con una única sucursal en Milán; ingresos regulares, entre ocho y diez mil euros mensuales desde la Banca Populare S. Giovanni. Helena comprobó que Cuder compartía parte de ese dinero, cuyo treinta por ciento era para José Manuel Gómez, que ya era subcomisario. Helena siguió tirando del hilo de la banca italiana, elaboró un listado de los clientes con residencia en España y otro con las empresas que cobraban cheques o recibían transferencias a través de la entidad. De ahí sacó el nombre de Gold Holding Enjoy Holidays, una cooperativa inscrita en una oficina de la calle Ramón y Cajal de Tarragona que gestionaba más de veinte locales a lo largo de la Costa Daurada: comida rápida, *boutiques*, *souvenirs*, ocio nocturno, un hotel y dos discotecas.

Luego estaba Transportes Lugareño, una pequeña empresa de logística y transporte con una flota de siete camiones y cinco furgonetas, ubicada en Terrassa. Y también los Viveros Solyluz, sitos en una pequeña zona agrícola, cercana a Mont-Roig del Camp. Desde esas empresas el dinero se ramificaba hasta perderse en cientos de pagos a otras empresas y particulares, operaciones todas aparentemente legales. Helena siguió investigando y, gracias a un seguimiento, averiguó que Cuder entregaba en mano un sobre al jefe de la Guardia Portuaria de Barcelona. Helena Herrera cogió veinte días de vacaciones y vigiló día y noche dentro de un coche, sin ir más lejos que hasta el lavabo de una gasolinera. Veló los accesos del puerto hasta ver salir un camión de Transportes Lugareño. Fue el segundo día, a las seis de la mañana, cuando escuchó los pistones que resonaban en la madrugada, aún falta de luz. La deslumbraron los potentes focos y el rugido mecánico que pasó a su lado. Pudo ver la cabina Daf verde, la lona blanca, tensada sobre los doce metros de remolque articulado sostenido por dieciséis ruedas. Se frotó los ojos creyendo tener una alucinación al ver los rótulos de «Lugareño». No era un camión, sino tres. Helena siguió a los tráileres con discreción, montada en su Opel Corsa blanco. Pronto se metieron en la autopista, que no abandonaron hasta llegar a Cambrils, y desde allí avanzaron por una carreterilla estrecha y mal asfaltada, hasta desviarse por una vía aún más estrecha, demasiado para los voluminosos vehículos.

Helena decidió detenerse en aquel cruce. Aguardó veinte minutos de reloj, para no ser descubierta. El ansia de saber no la dejó esperar más y avanzó entre pequeñas granjas y grandes campos de coliflores y lechugas, almendros, mandarinos y melocotoneros. Cruzó dos rieras y marchó en dirección a un vallado de setos bien cuidados. Un murete de piedra desembocaba en una verja negra flanqueada por cámaras de vigilancia. En un letrero rezaba el lema «*Al bisogno si conosce l'amico*», seguido del logo de Viveros Solyluz, sin excesivo tamaño ni color. El cartel quedaba dentro de un cerco de flores, que en botones de rosas, lisonjas y margaritas dibujaban en un mosaico de brotes las letras «S. Giovanni».

Helena circunvaló la finca, que resultó ser mucho más extensa de lo que parecía en inicio. Una hilera de cipreses, alternada con gruesos bloques de piedra natural, no permitía vislumbrar el interior del imponente dominio. Tras avanzar doscientos metros por el lateral de la quinta, el muro y la espesura perdían altura y frondosidad, dejando ver cientos de ringleras de ramas altas y finas, perfectamente alineadas, cruzadas en V, escasas de hojas y de las que colgaban peras gordas. Miles de ellas tiraban arrastradas por la gravedad, haciendo bueno el sistema de tutores que mantenían verticales los escuálidos árboles, cargados de rollizas frutas.

Helena detuvo el auto y empuñó su maletín de reconstrucción, del que cogió unos prismáticos. Su condición de funcionaria judicial la hizo valiente, se subió a una roca que había al pie de la carretera y, a través de un resquicio en la valla, observó. Por detrás de los perales vio una arboleda de grandes pinos, nogales y encinas, dentro de la que permanecía oculta una construcción modernista, de la que únicamente se distinguía una agrupación de balcones y un soberbio tejado de tejas esmaltadas en verde y negro, cuya cumbrera formaba el dorsal escamado de un dragón con siete cabezas, que eran los caños de recogida del agua de la lluvia. Helena siguió por el lateral del vallado hasta que alcanzó la parte trasera. Desde allí siguió acechando a golpe de prismático y dio con los camiones de Lugareño, que estaban siendo descargados con unos toros eléctricos en unas naves de chapa verde. Todos los caminos interiores de la finca estaban debidamente pavimentados en hormigón gris. Sorprendía la excesiva limpieza de los carriles, además de la poca actividad humana para la vasta y fértil extensión. Tan solo dos hombres, en la lejanía, circulaban con un vehículo tractor que remolcaba un depósito gigante de agua, que con unos chorros mecánicos repasaban todos los renglones arbolados. Uno de los hombres llevaba un tarro relleno de un líquido violeta, que vertía con un gotero en uno de los extremos de cada hilera de perales.

Helena hurgaba los rincones visibles de la hacienda, cuando de pronto divisó un coche; un destello la cegó, perdió el pulso y separó los anteojos de su cara. Volvió a mirar a través de ellos y enfocó de nuevo el auto. Un 4x4, un Terrano con matrícula de Milán, y junto a él un hombre. Aquel hombre también miraba a través de unos anteojos y estaba oteando la figura de Helena, que al percatarse retiró de nuevo los prismáticos. El corazón le dio un vuelco y empezó a latir con fuerza. Por primera vez en los cuarenta minutos que llevaba rondando la finca sintió miedo, su pulso acelerado le atropellaba la respiración y le negaba la pausa en el aliento.

Nerviosa, pero sin perder la calma, se introdujo en el coche. Con habilidad dio la vuelta en el estrecho camino, pero perdió mucho tiempo al hacerlo. Aún no había avanzado cien metros cuando el Terrano milanés, ya fuera de la finca, le cortó el paso. Helena cayó presa del pánico, metió la marcha atrás y aceleró, pero la ligera curva que trazaba la vía, sumada a su poca pericia al volante, hicieron que una de las ruedas traseras quedara encajada en una zanja enfangada en el lateral del camino. Los pisotones en el acelerador provocaron un surco del que Helena Herrera no iba a poder salir sin ayuda. El hombre se echó las manos a la cabeza al ver la pérdida de control del auto, bajó de su coche y a paso ligero se acercó al de Helena, que permanecía inmóvil con la vista puesta en aquel tipo grande y cuadrado, de pelo corto y moreno, que alcanzó el Opel Corsa y abrió la puerta.

—¿Está usted bien? —preguntó el hombre en perfecto castellano, con ligero acento italiano. Helena estaba sobrecogida, desconfiada, tenía miedo, pero fue recobrando el habla y el aliento con la cortesía y la disponibilidad que le ofrecía.

El hombre se presentó como Ennio, y apresuradamente telefoneó con el propósito de que le hicieran llegar unas cuerdas, con las que arrastrar el coche encallado. Con extrema rapidez se personaron dos hombres en un VW Polo con matrícula española. Helena memorizó ambas placas. Los hombres sacaron una soga que anudaron a la bola de remolque del Terrano y posteriormente al chasis del Corsa. El propio Ennio rescató el auto ayudado por Helena, que guió el volante del coche. Tras unas bromas propiamente masculinas recitadas en italiano, Helena y Ennio se volvieron a quedar a solas. Ella le agradeció la ayuda en reiteradas ocasiones y encendió el motor. Él se apoyó en la ventanilla y preguntó:

—¿Qué estaba buscando?

—Yo nada. Me he perdido y la casa me ha llamado la atención... Es muy bonita, ¿es suya?

—No, no lo es, yo simplemente trabajo aquí, y es parte de mi labor advertirla de que esta es una propiedad privada, y que al dueño de la casa no le gustan los fisgones —replicó el tipo ya en un tono contundente y un tanto amenazador.

Ella metió primera y avanzó por el carril, esquivó el Terrano, corriendo el riesgo de volver a quedar encallada. Volvió por donde había venido, pero con mucha más premura de la que traía al llegar.

Helena se desprendió del miedo amparada por el chorro de agua humeante de su ducha, ya en casa y a salvo. Durante esa noche, vía Internet, y en los dos días siguientes desde el juzgado, siguió investigando y recabando información respecto al entramado de empresas, que sumaban más de cien. Iban desde campos de cultivo de fresa en Huelva hasta restaurantes en Barcelona. En todo el litoral mediterráneo español había una pequeña representación de empresas de aquel *lobby* mafioso, y en todas ellas se encontraba un accionista común, Santino Giovanni, que poseía un porcentaje de todos aquellos negocios, pero de la figura personal del propio Giovanni era imposible ganar información alguna.

De todo lo que Helena había averiguado nada era punible, judicialmente hablando, salvando la corrupta conducta de Cuder, aunque no era reprobable todavía, ya que Helena solo tenía como prueba unos ingresos extra, y dada la dimensión que parecía alcanzar el tal Giovanni, seguro sabría improvisar un pretexto sutil que los justificara. Helena investigó también la figura de Julio Perla, quedando ampliamente sorprendida de sus progresos. Acumulaba una fortuna personal considerable para haber sido el vulgar siervo de unos traficantes ya extinguidos. Aun así, ninguna de las empresas de Julio guardaba la más mínima relación con S. Giovanni.

De las matrículas de los automóviles que Helena pudo ver en la finca no extrajo nada más que el hecho de que eran propiedad de Luzysol SL. El VW Polo, adquirido por la empresa en primera instancia, y el Nissan Terrano, comprado de ocasión a un agricultor de un pueblo cercano a Milán. No así el otro bando, que dio de inmediato a la persona de Jacinto Cuder el número de matrícula del Opel Corsa, y de ese modo quedó ella totalmente expuesta y al descubierto.

Helena Herrera supo que tardaría años en compilar información como para implicar y procesar a todo el entramado, más aún si ellos sabían que andaba tras su rastro. Implicar a Cuder le iba a resultar también difícil, a menos que él cometiera un error fatal, cosa poco probable al estar advertido de la fisgona presencia de la magistrada.

Helena rodó abrazada a su almohada y a su juiciosa mente, la cual, sometida a las cábalas temerosas y a la presión de la incertidumbre, acabó por sucumbir a trágicas y pérfidas ideas de colaboracionismo mafioso. Sintió tal destierro emocional que rápido entendió ser mucho más vulnerable que ellos, a pesar de estar del lado de la ley. Eran ellos quienes alzaban el mazo y la fusta. De ese modo, habitando en ese titubeo, decidió iniciar otra investigación. Invirtió horas de sueño timorato en calcular una cifra lo suficientemente abrumadora para sus intereses, e insignificante para los del colectivo mafioso.

Se citó con Cuder en un lugar concurrido y a plena luz del día, para sentirse lo más segura posible. Fue en un banco de la Plaça de Catalunya, en el centro de Barcelona. Innumerables pelotones de personas accedían en nubes humanas al interior del Fnac. Las motocicletas esquivaban a los coches y a los despistados turistas japoneses, que en busca del mito del noventa y dos reducían su visión a la del visor de sus flamantes Nikon, seguidas desde lejos por avispados rateros de tirón y zapatillas. Jolgorio, castañuela y algarabía animaban una tarde más de fulgor y esplendor barcelonés. El tumulto multicolor de la plaza ocultaba el tenue y riguroso tono de la conversación que aquellas dos almas estaban tratando.

La cifra de Helena iba acompañada de seis ceros, mucho más de lo que Cuder percibía, y mucho más de lo que su autonomía le permitía negociar. Fueron necesarios tres encuentros más para ganar el completo silencio de la ayudante de Pérez Barba.

Ese fue el cúmulo de casualidades. El miedo y la corrupción fueron quienes sentaron a Helena Herrera en aquella mesa del Mare Nostrum el día de la coacción a Julio. Fue el propio Cuder quien obligó a la jueza a dar la cara para acentuar la presión sobre Julio, al que la obtención del arma del Chino bastaba para involucrarlo hasta el cuello.

A Julio le bastó con ver la bolsa de plástico que contenía la pistola y escuchar la descripción del lugar donde había sido encontrada para entender que su futuro volvía a quedar prendido al de otras personas. Muy a su pesar, se entrevistó en ocasiones sucesivas, ya a solas, con Gómez y Cuder. Durante esas entrevistas se organizó la operación, que solo hallaba un punto de discrepancia. Los contactos de Cuder garantizaban la ruta desde São Paulo, pero alguien debía sufragar los gastos de transporte desde Colombia hasta Brasil, y las nuevas alianzas iban a poner en dicha tesitura a Puentes y Lanza, quienes eran las figuras más débiles en cuanto a fuerza y posición. José Puentes y Evaristo Lanza montaron en cólera al saber que su montante limpio se iba a ver reducido en un diez por ciento. Aquel no era el trato y obligaron a Julio a que les proporcionara una entrevista en Sinaloa con el fin de discutir la asunción de ese importe extra.

A las dos urracas reusenses les bastó entrar en la hacienda del Cholo para convertirse en pajarillos. Voluda los trató con desdén, como a meros empleados, y junto a los *margaritas* que les sirvió, impregnó el aire de miedo mexicano. No solo se negó a financiar el porte hasta São Paulo, sino que incrementó en mil dólares el precio del kilo. Puentes y Lanza retornaron a España con el rabo entre las piernas, obligados bajo amenaza de muerte a llevar a cabo la operación. Cuder cogió tal rebote por el incremento del precio que los obligó a asumir el extra de transporte en solitario. Aquello creó tal desavenencia que el instinto perruno de los empresarios maquinó un plan alternativo a espaldas de los nuevos comisarios.

Los empresarios crearon una empresa fantasma en San Felipe, Colombia, en el transcurso del Río Negro, que delimita parte de las fronteras venezolana y brasileña con la colombiana. Desde allí se valdrían del tráfico fluvial para hacer en pequeñas barcazas todo el descenso del río, hasta confluir en el Amazonas, y por el que seguirían descendiendo hasta alcanzar As Bocas, ya en un delta en el Atlántico, donde con otro tipo de embarcaciones alcanzarían las costas de São Paulo. La mercancía sería librada a las putas de Santos, que aterrizarían en Barcelona. La estrategia y la ruta a seguir contentó a Cuder. Esa vía improvisada resultaba mucho más barata que la que Voluda proponía y garantizaba. Lo que Cuder no sabía es que Puentes y Lanza habían vendido la fecha y el lugar de entrega en San Felipe a una banda independiente de sicarios.

El planeador de Voluda aterrizó en un claro en la selva, escoltada por un *jeep* en tierra. No tuvieron tiempo de reacción, una veintena de hombres armados con ametralladoras propinaron más de trescientos balazos sobre la chapa de la avioneta y la del *jeep*. La *balacera* apenas duró dos minutos. No quedó vivo ni un solo miembro del equipo que Voluda envió a hacer la entrega. La mercancía siguió su curso. Tardó una semana en llegar a São Paulo, logrando ser embarcada íntegramente en dos vuelos que saldrían destino Barcelona, con una diferencia de seis horas entre sí.

El Cholo Voluda no lograría rastrear la coca extraviada a tiempo de interceptarla, tan solo le faltaron dos horas para localizar el vuelo que portaba la segunda mitad, pero ni José Puentes, ni Evaristo Lanza lograrían subir a un avión. El hecho de querer permanecer en Brasil hasta garantizar el embarque completo del alijo fue lo que los mató. Morirían de un modo lento y atroz. El 4 de agosto del 2004, ambos hombres se encontraban en una centelleante suite del hotel Porto Bay, en São Paulo, de la que apenas salían, sabedores de su infame y proterva acción. Permanecían bajo la protección de los hombres del jefe de la policía, Cristiano Tambores, amigo y socio de Cuder.

Una GMC negra aparcó delante del Porto Bay. De ella se bajaron cuatro hombres, que no escondieron las UCIS. Los dos miembros de policía que vigilaban la habitación cayeron desplomados tras dos ráfagas cortas; otra ráfaga reventó el cierre de la puerta. Puentes y Lanza fueron sacados y obligados a bajar a empujones y golpes de culata e introducidos en la GMC, que desapareció ante la nube de revuelo formada por los disparos, las miradas asesinas y la goma quemada. Fueron trasladados hasta Sinaloa, México. En furgoneta, en avión e incluso en barco. Con una venda en los ojos y la vigilancia de un fusil, fueron acarreados de transporte en transporte hasta ser arrojados a los pies de Voluda.

Los noticiarios españoles no tardaron en hacerse eco del secuestro de dos empresarios catalanes en Brasil, aunque no lograron adivinar más, igual que las investigaciones de la inteligencia española, que en coalición con la brasileña siguió estériles pesquisas que no encaminaron a ninguna parte. Aún hoy, los nombres de José Puentes Vespa y de Evaristo Lanza Frutos figuran como desaparecidos, y jamás se ha tenido conciencia ni certeza respecto a su paradero.

Voluda recibió a los avispados, vivaces e incautos reclusos en un palacete en mitad del desierto. Fueron despojados de la faja que les cubría la vista: se enfrentaron a los ojos enfurecidos de la voz que iba a ordenar su castigo.

Esposados a la espalda y con las rodillas vencidas fueron violentamente golpeados. Tras la reprimenda los encerraron en una habitación vacía, únicamente una mesita en un rincón, sobre la que había una jarra de agua y dos cervezas heladas. Sus bocas partidas y ensangrentadas vaciaron la jarra de agua fresca, que sería el único gesto de afabilidad que iban a encontrar.

Puentes era abstemio y esa virtud lo iba a librar de la agonía que su socio sufrió. Evaristo Lanza se bebió de un tirón las dos Coronas, cuyo cristal sudaba apeteciblemente. Lo hizo desahogado, creía haber cumplido el total de la condena, pero no era así, las cervezas contenían un virulento purgante que carcomió las entrañas de aquel pobre infeliz, que pasó las últimas horas de su vida desangrándose por boca y ano hasta dejar de respirar. La visión de aquella agonía mató mentalmente a Puentes, cuyo cuerpo, ya carente de alma, falleció en aquella misma habitación al día siguiente de un disparo en la cabeza. Ambos hombres tuvieron tiempo de pensar en sus errores mientras el trance de la expiración se apiadaba de ellos.

La carga de cocaína eficazmente fletada por los recién difuntos alcanzó con éxito su destino. En la madrugada del 4 al 5 de agosto del 2004, llegaban al Prat las carnes bronceadas, la pedrería fina y los bolsos de Tous. Veinte mulas repartidas en dos vuelos, con diez kilos cada una, a las que Cuder fue despachando según lo previsto hasta reunir sus doscientos kilos. Cuder actuó con la inercia natural que la operación llevaba, sin saber del todo lo que sucedía al otro lado del océano, aunque mínimamente conocedor de que sus socios corrían una suerte extraña.

Julio aguardaba sumergido en sus labores empresariales. Ajeno a todo, esperaba que lo avisaran para cobrar. Sentía haber realizado bien su labor de intermediario, había conseguido un buen precio y, dada la ralea de la organización, nada hacía pensar que algo pudiera turbar el preparado plan. Pero fue Julio Perla la primera persona requerida por John Claudio nada más pisar Barcelona.

John Claudio entró en la oficina sin avisar y con el rostro desencajado, comportamiento usual en él, pero fue la indumentaria de faena del colombiano (la chupa de cuero marrón, la camisa vaquera, los tejanos negros y las zapatillas blancas) lo que hizo que Julio intuyera que algo no iba bien.

—¿Cómo se alió con esos mamahuevos, mi hijo? ¿Cómo los presentó a modo de confianza, cabrón? —gritó el colombiano haciendo temblar la sala—. ¿Cómo?... Esto le va a costar caro, hágase cargo, cabrón.

Los ojos de Julio se achicaron, su semblante se endureció de un modo tan macabro que John Claudio (hombre curtido en relaciones humanas) entendió el desbarajuste emocional que al empequeñecido Julito estaba sobrecogiendo. La reacción del colombiano fue la de echarse las manos a la cabeza, incrédulo ante la la inutilidad padecida por quien hasta la fecha contaba como a uno de sus buenos *parceros*.

—¡Nos han robado!... ¿No sabía nada?... No me lo puedo creer —refutó John Claudio altamente exaltado.

—Pues claro que no, ni siquiera sé qué ha pasado, ¿acaso pensaba que me iba a atrever a joderle? —rebatió el espíritu revuelto de Julio.

—Pues a mí, claro que no, pero por un momento pensé que quizás habría montado una buena vuelta con la que cambiar de gobierno... Pero ya veo que no, ya veo que no es usted más que un huevón, *pelavainas*, al que dos *pirobos*, mamahuevos, han dado buen clavo... ¿Y sabe qué?... No lo tiene usted mejor que ellos, porque ellos seguramente ya estén muertos.

Julio se justificó como pudo, juró aterrado resolverlo de un modo satisfactorio a los ojos de Voluda y los del propio John Claudio. Contaba con la ventaja de que muerto no podría expiar su pena, pero enmendar el jirón no era garantía de preservar el aliento, y si lo hacía podía dar por hecho que su palabra y credibilidad quedarían de por vida en entredicho. La solución del problema en lo económico era aparentemente sencilla a los ojos de Voluda, cuya exigencia era el importe de la carga por dos. Con esa cuantía satisfacía la vida de sus hombres, la avioneta y el auto, extraviados durante el asalto en San Felipe. Una vez cubierta la deuda, Voluda decidiría si Julio merecía seguir vivo. La banda encargada de ejecutar el robo fue identificada y exterminada.

Julio se había hundido en la mierda, su cabeza permanecía enterrada en ella, a demasiados metros de profundidad. La cosa era difícil, porque el trato con Sinaloa salía a 41.000 dólares por kilo. El plan de Cuder era convertir los doscientos kilos en doscientos cincuenta, con un ligero corte que ocultaría a sus clientes, y les colaría hipotético material de primera a 45.000 dólares por kilo, lo que convertiría los doscientos kilos en 11.250.000 dólares, de los que 8.200.000 deberían haber sido repuestos a Puentes y Lanza, en el supuesto de que siguieran con vida, y sobre todo si los hubiesen puesto (hecho crucial que acabó determinando su futuro), pero para haberlos puesto primero deberían haberlos tenido (ese detalle omitido es premisa en menesteres mafiosos), y ese fue el error de Cuder. Grave error, también para Julio, el no verificar que los pájaros de Reus disponían de medios para subvencionar aquella operación.

Aunque Cuder accediera a donar a Julio el total bruto, cosa poco probable por las buenas, no le alcanzaría a cubrir toda la deuda que acababa de adquirir. Julio le debía a Voluda la friolera de 16.400.000 dólares, y las expectativas desde Sinaloa eran las de un apremio acelerado en lo que al pago se refiere.

Julio no sabía por dónde empezar; estaba descompuesto, rajado, abatido, aunque contenía el gesto ante su *parcero*. Aquella imprudencia no era sino otro tropiezo con una piedra del pasado, la alargada sombra del Francis se revolvía en la tumba y lanzaba oscuros demonios que ennegrecieron el porvenir.

Julio asimiló que tenía un grave problema y que la vida le iba penosamente en ello. La empalagosa presencia de John Claudio no ayudaba en sus pocas opciones de seguir respirando, ya que omitió la figura de Cuder y su séquito. Policías, jueces y todo el mercado de una ciudad de cuatro millones de habitantes. Si en Sinaloa supieran de ese *qui-*

lombo, Julio Perla no vería el amanecer. Pero era el propio Cuder quien debía poner los 8.200.000 dólares conforme al precio de la carga, y parte del equivalente a la mitad virtualmente duplicada. Julio debía presionar tanto como le fuera posible.

Días después, el restaurante Mare Nostrum se ponía en venta, igual que la sociedad InmoPerla SL. También los pisos, la casa de Castelldefels, los coches de lujo y algunas de las joyas que no se llevó Paola en su frenética y esclarecedora huida. Paola no creyó que Julio juntara toda la plata y, temiendo morir junto a él, se desvaneció sin dejar rastro. Julio no la culpó por ello, entendió sus temores, y la hubiera perdonado, de no ser por los 600.000 euros en efectivo que se llevó al marchar.

Quince días después, Julio daba una prueba de buena fe haciendo un ingreso de poco más de tres millones de dólares, resultado de malvender todos sus bienes. Lo vendió todo, a excepción del piso de su abuela, y estaba en la ruina absoluta. Las pocas conversaciones mantenidas con Cuder no llevaban buen curso, el terco policía no accedía a pagar más de siete millones, se amparaba en los policías brasileños asesinados por los sicarios de Voluda, decía que aquello ya le había causado suficientes quebraderos de cabeza en su relación con Cristiano Tambores, el comisario de São Paulo.

Y las amenazas que Julio profería eran rebatidas con la ligereza y la supremacía innatas en Cuder. Julio acabó cogiendo los siete millones, con los que ganó dos meses más de vida. Aquel segundo pago libró de obligaciones a John Claudio, que retornó a Sinaloa. Julio sobrevivió, con el poco efectivo que escatimó, en un pequeño y viejo piso alquilado en un edificio grande y ruinoso, en el Raval. Apenas salía de aquel cuchitril, dejó que la incertidumbre y la fatalidad se apoderaran de él, y entonces reaccionó. En diciembre del 2005, Julio Perla Díaz selló su futuro personándose en Sinaloa. Llegó a tiempo para celebrar la Navidad en Guasave.

Los sinaloenses alabaron la hombría de Julio al entregarse en persona a la voluntad de Voluda. Aunque bien es cierto que no lo hizo sin un plan. Durante sus anteriores estancias en México había escuchado infinidad de conversaciones que, cuando escuchó, no pensó le harían tanto bien haberlas escuchado. Sabía que Voluda celebraba la Navidad en compañía de familia, socios, amigos e invitados, en un rancho en Guasave, junto a unos campos de tomate propiedad del mismo Cholo. El Perla había escuchado que durante esa sesión navideña Voluda se mostraba bondadoso y gentil, y que eran muchos los que habían salvado la vida durante la Navidad en Guasave.

Llegó al Estero de Agiabampo cuando recién empezaban los preparativos para el traslado. Tenía preparada una habitación en la tercera planta de la mansión rodeada de terrazas. El Cholo llegó al atardecer; Julio observó la llegada del Cadillac 4x4. Voluda bajó con lentitud y envuelto en las sonrisas que compartía con una de las tres chiquillas que lo acompañaban. Julio se acomodó en el salón. El Cholo subió la escalera con agilidad, dejando atrás a las chicas, que quedaban rezagadas por el alto tacón que calzaban. Voluda disminuyó el ritmo de sus pasos al entrar en la sala. El Perla se levantó, posando en Voluda una mirada redentora y de sumo respeto.

El mexicano rompió el hielo preguntando:

—¿Ha tenido buen viaje? —Y esbozando una sonora risotada le estrechó la mano con efusividad, pero no osó abrazarlo, como habría hecho en otro tiempo, o en otras circunstancias, aunque no escatimó en amabilidad—. ¿Ya cenó?... ¿Tiene hambre?

—Me comería un caballo —respondió Julio en un tono jocoso.

—Yo haré que le guisen un caballo —dijo Voluda antes de soltar otra tremenda risotada.

Tras la cena se relajaron con unas caladas de hierba, unas rayas de coca y las largas lenguas de las chicas.

A la mañana siguiente el talante de Voluda era más frío y desconfiado. Julio pasó la mayor parte del tiempo solo, rodeado de gente, pero solo, ya no habían alabanzas, ni presentaciones, no había besuqueo, ni palmadas en la espalda.

Sonaba una balada triste de saxo tenor. Ni siquiera la llegada de John Claudio reconfortó el yerto aislamiento de Julio, que, abandonando la casa junto al resto de invitados, fue guiado hasta el interior de una ranchera. Subió en ella acompañado de cuatro de los hombres de Voluda y se pusieron en marcha junto al resto de vehículos, que conformaron una caravana de ocho coches oscuros que levantaban una nube de polvo a su paso.

A doce kilómetros de Guasave, uno de los coches abandonó la caravana desviándose en un cruce a la izquierda; el coche en el que viajaba Julio le siguió. Transitó un camino de arena durante unos cinco kilómetros, hasta llegar a una construcción en ruinas. Julio iba sentado en el medio de la parte trasera del auto, junto a Gino, un hombre con un acusado gigantismo; grandes y abstractos tatuajes recorrían sus enormes brazos desde los omoplatos hasta las muñecas; la ajustada camiseta de tirantes que llevaba los dejaba ver. Al otro lado de Julio estaba Esteban, un tipo espigado y fibroso, vestido de traje gris.

Esteban y Gino bajaron del coche. Una de las puertas de la otra ranchera se abrió y de ella salió un hombre arrojado con violencia, que fue recogido y golpeado por Gino; aquel hombre quedó abatido y dolorido en el suelo.

—¡Levántese! —le gritó el gigantón.

El tipo se puso de pie, le costaba mantener la verticalidad. Esteban se le acercó por detrás, sacó un revólver y de un disparo le rebanó la sesera. Julio apartó bruscamente la vista cerrando los ojos al escuchar la detonación y ver la cabeza de aquel hombre esparcirse por el piso. Esteban guardó el arma y junto a Gino retornó al coche. El cadáver de aquel tío se quedó allí. Las dos rancheras se volvieron a poner en marcha. El Cholo quiso que Julio presenciara aquella ejecución, y sutilmente hizo llegar a sus oídos la historia de esa muerte. Aquel hombre también tenía una deuda con Voluda, y había pensado expiarla amistosamente durante la Navidad en Guasave.

Julio pasó allí dos semanas, catorce días de actuaciones musicales, buenas comilonas, paseos en *quad*, revolcones de tanga, piscina y alcoba. Poco a poco recobró la palabra y el favor del Cholo, las gracias de John Claudio y del resto de invitados, que en el decurso de aquellos días volvieron a mirar a Julio Perla como a un gran tipo. Volvieron los acordes de las violas, los pétalos de rosa, las salidas en yate, las conversaciones en privado y las palabras al oído. Amparado en las necesidades de Cuder, Julio ofreció al cártel de Sinaloa una vía que le permitiría aliviar su condena. Se iba a comprometer indefinidamente a Voluda para dejar de ser un muerto en vida. En la jerga de Sinaloa, en lo que se refiere a mentiras y traiciones, «primera» era sinónimo de «última», y el Cholo se encargó de que a Julio le quedara bien claro.

Y retornó a Barcelona. No le fue difícil convencer a Cuder de ser su intermediario, aunque el comisario estiró de tal manera que consiguió un trato de 36.000 dólares por kilo. Ese precio le obligaba a encontrar más clientes para que Sinaloa aceptara. El Perla volvió a tener que hacer gala de sus habilidades, pero usar la línea de Cuder le salía muy caro, por lo que le costó recuperar el nivel empresarial de tiempo atrás. Coordinaba ocho viajes al año, y eso satisfacía el vicio de la ciudad. Durante el verano, Cuder permitía a algunos clandestinos y otros traficantes nacionales hacer pequeñas incursiones, si la demanda superaba la oferta.

En abril del 2006, Julio se resarció de la pérdida del Mare Nostrum con la apertura de otro restaurante en el Borne, Luz de Mar, local de caché más modesto que el Mare Nostrum, aunque de similar carta y proceder. En julio de ese mismo año moría Mariana, un paro cardíaco durante las primeras noches calurosas del verano que empezaba. Mariana recibió una misa cristiana en la iglesia del Carmen de la Barceloneta, y a petición de ella fue incinerada durante una celebración privada, en el tanatorio municipal de Barcelona. Julio la homenajeó con la apertura de otro restaurante junto al Luz de Mar, Àvia Mariana, especializado en arroces y cocina a la brasa.

Dolores se encargaba de los restaurantes, lo hacía de modo automático, la muerte de su madre le había arrancado la poca felicidad que le quedaba. Julio retomaba sus contactos inmobiliarios y recuperaba su vertiente inversora; la especulación inmobiliaria y la corrupción urbanística le cundieron bastante durante dos años. Pero era un empresario triste, solitario, se había vuelto un hombre desconfiado, su corazón había asimilado la oscuridad.

A pesar de esa soledad voluntaria, todo iba bien, nada lo inquietaba, seguía y sumaba, pero a finales del 2007 Helena Herrera se volvió más ambiciosa y amenazó con tirar de la manta si no se aumentaba su comisión, la que se equiparaba a la de Cuder, y el comisario no tuvo piedad, ni con Helena ni con Julio. A ella la condenó a muerte, y a él a ser su verdugo. Si cumplía el encargo, Cuder le haría entrega de la pistola que mató a Juan Heredia.

Julio no podía pedir al cártel que liquidara a una jueza española, Barcelona todavía no era Culiacán. De haber tenido que alquilar el servicio, solo hubiera confiado en el de John Claudio, de quien aprendió la frase que se dijo a sí mismo la noche del 31 de diciembre del 2007: «si alguna vez tuviese usted que matar a alguien, procure que lo sepan las menos bocas posibles». Sentencia medellinense que el colombiano solía invocar y que Julio Perla repitió frente al espejo la nochevieja del 2007, antes de salir de casa. La madrugada avanzada arropaba manadas de borrachos que peregrinaban de bar en bar, ataviados con gorros de papel, collares hawaianos y escandalosos matasuegras. Se internó en la bulliciosa entraña de una macrodiscoteca, en la que el alma ebria y desinhibida de Helena Herrera bailaba junto a su grupo de amigas divorciadas.

La pista hervía de pachanga, rumba y bachata. Más de un millar de jóvenes meneaba el sudado esqueleto al compás de los bafles y de las luces giratorias. Julio llevaba un traje negro de Zara y camisa blanca, igual que el cincuenta por ciento de los niñatos que allí había pavoneándose alrededor del grueso de niñatas disfrazadas de princesa. El grupo de Helena destacaba sobre el millar de veinteañeras; las arrugas del cuello, las ojeras, las patas de gallo y el aire de treintena bastante cumplida las delataba. Julio se colgó toda la bolsa cotillón que le dieron al entrar: el gorro de cartón con goma, los collares de flecos, las gafas de plástico con nariz adosada y el matasuegras. Entre el gentío se acercó hasta Helena, que se divertía junto a sus amigas, él la prendió dándole vueltas en paso de vals, alejándola del grupo. A Helena los sucesivos giros le provocaron un ligero y placentero mareo que le abrió una risa floja. Carcajeaba mientras su vista borrosa trataba de averiguar de quién era la faz oculta tras el cotillón. Él soplaba reiteradamente el matasuegras haciéndolo chocar una y otra vez en la cara de Helena, hasta que ella levantó el brazo izquierdo para apartarlo.

Fue entonces cuando Julio, con destreza sudamericana, se sacó de la manga una varilla metálica, larga, fina, limpia y afilada, que introdujo con tanta suavidad como rapidez por el sobaco de Helena, perforándole en un instante los dos pulmones, la aorta y el corazón. Helena recibió la punzada, un nudo en el pecho la impedía moverse, ni siquiera podía hablar. Él le extrajo la varilla y ella cayó desplomada, su cuerpo se convulsionó y tardó unos cincuenta segundos en empezar a sangrar. Para cuando lo hubo hecho, Julio ya estaba en el exterior de la discoteca.

Año nuevo, vida nueva, así se libró Cuder de las amenazas y las pretensiones de Helena Herrera, y así recuperó Julio Perla la maldita pistola y la capacidad de decisión. Cuder dejó un reguero de pistas falsas que relacionaban a Helena con inexistentes bandas latinas, que sumadas a las grandes cantidades de efectivo que encontraron en su casa determinaron un ajuste de cuentas. La reducción del séquito de Cuder mejoraba considerablemente los porcentajes, y cansado de ajetreo y responsabilidades profesionales, dimitió de su cargo de comisario. Alegó la inminente entrega de competencias a los Mossos d'Esquadra y el interés de preparar la oposición para la jefatura de la Policía Local de Granollers, plaza que quedaría vacante en un año, y que ganaría gracias a la mano de un buen amigo de juventud y concejal del ayuntamiento.

Juntos llevarían la corrupción a la población del Vallés

Oriental hasta límites insospechados. Gómez seguiría en el Cuerpo Nacional de Policía, facilitando un excelente servicio de información. Las relaciones con Julio mejoraron notablemente después de lo de Helena. También el vínculo con Sinaloa evolucionó, se efectuaban diez portes anuales. Voluda podía presumir de dirigir la mayor organización criminal de Latinoamérica, el cártel de Sinaloa acababa de derrotar al de Ciudad Juárez en una guerra de más de dos años. Desde Sinaloa se controlaban las regiones de Chihuahua, Sonora, Durango, Nayarit, Jalisco, Colima y Michoacán. La palabra del Cholo era la ley en el oeste mexicano. El propio Julio asistió a la fiesta en la mansión de Agiabampo, con la que se celebraba la victoria. Aunque ni el Cholo ni ningún otro cabecilla del cártel hizo el más mínimo comentario respecto al cumplimiento de la deuda de Julio, que sentía haber enmendado su error, ya que en tres años había hecho ganar mucho más de lo que debía.

A mediados del 2009, el desempleo y la falta de liquidez desarbolaban la nueva clase media alta del Estado español, que con extrema facilidad se había colocado en un estatus económico que no le correspondía, y despertaba del plácido sueño propiciado por el esplendor monetario.

En la primavera de aquel 2009, Julio recibió de manos de Cuder una invitación ineludible para cualquier barcelonista que se preciara. El 27 de mayo, Julio estaba junto a Jacinto Cuder, José Manuel Gómez y dos concejales de urbanismo y comercio del ayuntamiento de Granollers, Ignacio Martos y Carlos Roda. Eran las 19.30 h, y se encontraban en los aledaños del Estadio Olímpico de Roma, donde el Barça se enfrentaba al Manchester United en la final de la Liga de Campeones. La calle se derretía en cánticos, infinidad de *senyeres*, *estelades* y banderolas *blaugrana* se intercalaban con las innumerables camisetas *reds*. Julio acompañaba al grupo en la zona preferente, en el lateral frente a tribuna.

Eto'o tardó diez minutos en perforar el arco británico, gol que hizo que toda la parte catalana del estadio se uniera en un abrazo virtual. La tranquilidad no llegaría hasta el minuto setenta, cuando un balón magistralmente puesto por Xavi besaba la frente de Messi para quedar en el interior de la meta de los *red devils*, que parecían angelitos a merced de un Barcelona intratable. El gol del astro argentino desató la locura en la grada. Julio, Cuder, Gómez, Martos y Roda se abrazaron y se besaron en repetidas ocasiones, entre ellos y con sus vecinos de localidad. Durante los veinte minutos restantes de partido se sintieron hermanos, y el resto de la noche se comportaron como tales. Tras el «*We are the champions*», cantaron «*Oh sole mio*» y «*Bella Italia*». Quemaron Roma. Borrachos, bailaron tarantelas, «*whisky, soda y rock&roll*».

Al día siguiente despertaron abatidos en dos suites contiguas del hotel Gladiatori Palazzo Manfredi. Cuder y Julio almorzaron al margen del resto en la amplia terraza de la habitación, desde la que se avistaba el Coliseo. En el rostro de Julio aún campeaba la sonrisa provocada por el Barça campeón, pero Cuder volvía a mostrar el rostro impasible, a través del que explicó el cometido del viaje a Italia. El partido de fútbol solo había sido una coincidencia de fechas.

Cuder explicó su relación con Santino Giovanni y los Viveros Solyluz, que servían desde hacía años para hacer desembarcos clandestinos. Pero aquel milanés natural de Monza era de la vieja escuela, nada de drogas. Sus actividades se limitaban a la introducción ilegal de arte robado, joyas, animales exóticos y blanqueo de dinero.

—Son buena gente, gente tradicional… algo especiales, pero ya se sabe… Son italianos —decía Cuder dando rodeos al grano a reventar—. Esto no es lo suyo, están hechos a otro tipo de asuntos… cosas en las que los precios son más relativos, están acostumbrados a negociarlo todo, pero los haremos pasar por el aro… Tienen la necesidad, la crisis les ha jodido, como a todos, así que se han movido y han hecho amigos en la Costa Azul, y allí vamos a meter material. Nos encargan hasta el porte, tú lo organizarás, confío en ti, pero para que salga bien tendrás que conseguir un trato en México de 30.000 dólares por kilo. Así nos haremos de oro, porque esta gente…

Julio estaba a punto de negarse, no quería hipotecar de nuevo su futuro, pero Cuder cesó un instante en su verborrea para mirar a izquierda y derecha; luego prosiguió.

—Esta gente quiere mil kilos —dijo Cuder en voz bajita—. Mil kilos cada tres meses. —Luego se palmeó la barriga perdiendo la mirada en la bucólica vista sobre Roma, se bordó en su cara un irreconocible gesto de satisfacción y, con esa mueca contenta, asintió con la cabeza repitiendo—: Mil kilos.

Lo primero que Julio hizo al retornar a Barcelona fue procurarse una entrevista en Sinaloa, con el fin de negociar el nuevo precio, pero la sorpresa fue que Voluda desestimó la visita, prefirió enviar a un hombre, y ese hombre no fue otro que John Claudio. Julio lo citó en un motel de carretera a las afueras de la ciudad, al que acudió con Marta, una prostituta despampanante de veintidós años y de quien Julio se valía para cerrar los tratos peliagudos.

De vuelta a la realidad

Marta salió de la ducha, esta vez con el pelo mojado. John Claudio y Julio seguían hablando.

—¿Cómo es que pensó dejarme fuera de esta? —preguntó el colombiano.

—¿A qué se refiere?

—A los italianos, cabrón, el policía del puerto me lo contó todo sobre usted... Vaya, Julito, se puso al día, huevón... *Pos* si no era más que un pendejo cuando lo encontré... Qué duro se ha vuelto, mi hijo... Siempre los tuvo bien puestos, pero a mí no me da clavo, cabrón... A mí me respeta, que fui yo quien lo puso donde está... ¿Sabe una cosa, Julito?... Nunca pensé que llegara tan lejos, cuando agarró las riendas, pensé que duraría poco, que lo botarían rápido, y no... La verdad es que no le ha ido mal. Siempre tuvo mi apoyo, eh... Eso no lo dude... Y eso es lo que me da clavo, cabrón... No le pido que reparta sus mierdas de *bisnes*, me dan igual, para mí son tratos de mierda... Pero mil kilos son mucho para usted, aunque si se hace bien y no se es ambicioso se puede uno retirar... ¿Es usted ambicioso?... ¿Es eso lo que quiere, Julito? Está bien, es aceptable, pero ¿qué va a hacer con su *parcero*? ¿Dará la plata para retirarnos los dos? Yo pienso que no... Yo soy ambicioso, usted ya lo sabe... Por eso no entiendo cómo no me dijo nada, mi hijo... ¿Cómo no se sentó con su *parcerito* a explicarle tan buen negocio? Ah, ya, lo quiere todo para usted, eso me hace pensar que sí es un hombre ambicioso, por eso no se puede retirar, cabrón. Tendré que buscarme a un huevón que haga lo que usted hace, y eso me va a costar dinero. Además, imagínese que no doy con la persona adecuada, sería un desastre. Imagine que hay que cortar las líneas un tiempo, como ya sucedió alguna vez, ¿qué le diría yo al Cholo y a toda la gente de Sinaloa?... ¿Ya no recuerda lo que dijeron la última vez? Usted no estaba precisamente fuera de aquellas amenazas. Así que no dé más clavo, *hijo eh la gran puta*. Ahora se va a reunir con los pinches italianos, y en un mes haremos la primera entrega.

—¿Un mes?... No será hasta febrero, quedamos en eso —dijo Julio, ya de pie y enfadado.

—Pues se queda otra vez, en febrero habrá otro precio, van a incrementar las tasas del blanqueo y alguien lo tendrá que pagar, ¿no? Si hacemos dos entregas antes de que acabe el año nos rentará a lo grande. En febrero costará más caro limpiar la lana... Pero tengo un buen *bisnes* entre manos, y cuento con usted. Consiga dos entregas antes de que acabe el año... Y a lo mejor olvido lo pinche, huevón, marica, *hijo eh puta* que se ha vuelto.

John Claudio exigió llevarse una comisión del negocio, y no contento con eso le impuso el capricho de obligar a los italianos a hacer dos entregas antes de que acabara el año; si no, no había trato.

—Ni treinta mil, ni nada —dijo con tremendo bocinazo.

El colombiano tenía un plan oculto, la crisis económica mundial hacía que John Claudio tuviera una fijación similar a la que intuyó en Julio, aunque la suya más que la de retirarse era la de cambiar de gobierno, y aquella operación le daba la posibilidad de subvencionar la revuelta, pero antes de eso había que hacer una última jugada.

La sociedad que John Claudio había formado con RR, Ramón Rodríguez (el excepcional jugador de póquer), prosperaba notablemente. Don Ramón seguía limpiando dinero para el colombiano, y últimamente lo hacía también para el cártel de Sinaloa. Eso hizo que en las reuniones entre Voluda y sus mandatarios, viendo la dimensión monetaria mundial y la repercusión global que el póquer, tanto en vivo como *on line*, y las apuestas por Internet en general estaban alcanzando, se decidiera introducirse en ese mercado. Los inexistentes impuestos sobre ese capital administrado desde paraísos fiscales lo hacían un negocio de alta rentabilidad.

Durante un *brainstorming*, reuniones que el Cholo Voluda solía organizar, y en las que sometía a sus secuaces a discurrir durante horas diferentes formas de limpiar dinero, a un tipejo de Tijuana se le ocurrió la genial idea de organizar el mayor torneo jamás visto, las olimpíadas de póquer, en las que se jugarían todos los estilos y modalidades. Diferentes salas, miles de participantes y una última partida con la prueba reina, la mesa final de Texas-Holdem, con la participación de RR. La olimpiada de póquer se retransmitiría para todo el mundo, y se aceptarían apuestas de todas las manos. Aquella idea no aportaba nada nuevo, pero al tipo de Tijuana se le ocurrió preparar las barajas, de modo que todas las manos fueran espectaculares e hicieran saltar la liebre en cada jugada. Se iban a forrar y ellos mismos se jugarían su propio capital sobre seguro, pudiéndolo multiplicar tanto como quisieran. John Claudio ofreció a Julio participar en aquella próspera jugarreta, aunque del cambio de gobierno no dijo nada.

—¡Y una mierda!... ¡Un trato es un trato! —le gritó Cuder a Julio cuando le expuso las exigencias de John Claudio.

El policía montó en cólera. Aquella situación eliminó por completo la plácida expresión que se había traído de Roma, devolviendo a su cara el agrio gesto natural.

—¡Eres un inútil, un memo!... La parte del colombiano correrá a tu cargo... He esperado demasiado tiempo este momento, ni te imaginas lo que he tenido que aguantarles a esos putos espaguetis, refinados, que creen haber inventado la civilización; ni tú, ni ese sudaca cabrón me vais a joder el invento... ¡Yo almuerzo dos panchitos como ese mamón cada mañana, por mí se puede ir al cuerno!... Si saca tajada de esta será cosa tuya, ¡amenazas a mí! ¡Lo encierro y tiro la llave!... Fíjate en lo que te digo... Le meto el puro de lo que pase de aquí hasta Cuenca en los próximos diez días.

Cuder calmó el ánimo cuando Julio le regaló los oídos con el asunto del póquer. John Claudio había dicho que cuantos más accionistas tuviera la jugada menor criba tendría el dinero blanqueado. Aquello podía ser una buena moneda de cambio para con los italianos y podía compensar la alteración de los planes.

Giovanni aceptó, lo hizo resignado, tensó la cuerda tanto como pudo, pero su situación económica lo hizo ceder ante la gran avidez trocadora de Vicente Cuder; se jugaba demasiado, casi tanto como tiempo llevaba programando aquellas entregas. Julio comunicó a John Claudio la inclusión de los nuevos inversores, que si recibían total garantía pensaban aportar el cien por cien del beneficio de los portes de droga. Era tal su interés, que desde Sinaloa se vieron obligados a topar las cantidades.

Todo estaba en marcha y los planes transcurrían según lo previsto. Las putas de Santos Mira seguían aterrizando en Barcelona, y lo hacían con mayor frecuencia de lo habitual. Julio coordinó exitosamente los envíos, haciéndolos efectivos por carretera; las entregas se realizaron en una pequeña población cercana a Niza. Y antes de acabar el 2009 se consumaron los dos portes exigidos por John Claudio, para quien todo iba a pedir de boca. Pero la maléfica estampa del colombiano había encontrado nuevas amistades. John Claudio se sentía mayor para la función que desempeñaba, su tiempo en el ejército había concluido, era momento de estar en el gobierno. Con ese pretexto y en secreto, empezó a vender información sobre el Cholo Voluda y toda su organización a la policía y a los militares. Lo que John Claudio no esperaba era la cruel resistencia que Sinaloa iba a demostrar.

El cártel, sumido en un estadio de engreimiento tras vencer a Juárez en una guerra tan larga como sangrienta, se levantó en armas contra el propio estado, y cada día morían policías, jueces y diputados; una ola de terror se levantaba sobre México. Pero esa guerra no iba a perturbar la organización de las rentables olimpíadas de póquer. El evento se celebraría en Victoria de Durango, el sábado

23 de enero del 2010. El 31 de enero de ese mismo año los Estados Unidos, Canadá, Inglaterra, Holanda y Alemania aprobarían conjuntamente una ley que obligaba a tributar todas las apuestas hechas por Internet dentro de sus fronteras. A esa lista de naciones que trataban de legislar y regular todo ese movimiento de dinero negro, se iban a sumar el resto de países de la UE durante el decurso del año. Eso hacía que la cantidad de mafias internacionales establecidas en Europa vieran interesante una alianza con Sinaloa.

Voluda y John Claudio, de mutuo acuerdo, toparon la cantidad a invertir en diez millones de dólares, y solo iban a permitir una rentabilidad de cinco a uno en apuestas máximas de 500.000 dólares; a cambio, el cártel de Sinaloa recibiría un diez por ciento de la ganancia de cada uno de los inversores, para los que lo más difícil era llevar el dinero hasta México. Por eso, las apuestas se harían por Internet directamente, a través de una página web controlada por los hombres de Voluda.

Julio llegó a Sinaloa el día 20, con Cuder, que dejó a Gómez al margen del negocio, ya que debería haber compartido con él un paquete de apuestas topadas, y Cuder en solitario acaparaba los diez millones. Santino Giovanni llegó al día siguiente acompañado de su hijo Aldo. Durante ese día y el siguiente, el total de los intervinientes fue aterrizando en México. Todos fueron alojados en el hotel Gobernador, en el centro de Victoria de Durango, y lugar donde se iba a celebrar el acontecimiento. Allí los preparativos del macrotorneo eran más que evidentes. Por toda la ciudad y el estado de Durango había carteles anunciando el evento. Voluda había empleado prácticamente el total de sus subordinados en disponer lo necesario para que la primera olimpíada de póquer fuera un éxito. Se contrataron crupieres venidos de todo el mundo, azafatas, camareros, personal de seguridad, cajeros, corredores de apuestas, técnicos informáticos, especialistas en comunicaciones, realizadores y regidores de televisión, así como músicos, *entertainers*, actores y humoristas.

La noche del día 22, previa al día del torneo, Voluda

convidó a sus huéspedes a una cena en la suite presidencial, en la última planta del hotel Gobernador, que se había acondicionado concienzudamente y desde la que se haría el seguimiento del torneo y la organización de las apuestas. Aquella habitación de lujo había sido totalmente insonorizada, se había rastreado tecnológicamente para limpiarla de micrófonos y se habían instalado inhibidores de frecuencia. Todos los asistentes fueron cacheados al entrar. Allí estaban: Julio, Cuder y los Giovanni, padre e hijo; una representación del East-End de Londres; el Jeque Abdala el Kebir; los Cusak de Nueva York; Emiliano Roncal, líder del cártel del Golfo; además del propio Voluda, John Claudio y dos sicarios sinaloenses.

Durante aquella cena Voluda y John Claudio explicaron el sistema de apuestas, que ya estaban asignadas; los inversores entregarían cheques por la cantidad a blanquear; los importes ganados en las apuestas se irían ingresando en una cuenta común. Ese ingreso se haría paulatinamente, a medida que se fueran generando las apuestas, aunque la mayor parte de ellas se harían durante la última partida, la que RR debía ganar. Al acabar el torneo se efectuaría una transacción del dinero limpio y multiplicado a cada uno de los inversores. Todos entendieron el sistema.

El *show* empezó a la mañana siguiente, como estaba previsto. Miles de jugadores llegados de todo el mundo abarrotaban el hotel con un programa del torneo en la mano, en el que se indicaba su turno en las mesas. Las partidas se sucedían desde primera hora de la mañana en salas aisladas e insonorizadas, en las que sorprendentes y espectaculares manos daban la vuelta repentinamente a los porcentajes ganadores, que los programas informáticos preveían, y que aparecían junto a la mano de cada jugador a través de los monitores de televisión que retransmitían el evento en los salones acondicionados para los espectadores. La tramposa maquinaria tramada por Voluda se había puesto en marcha, e iría dando la vuelta a las manos ganadoras a lo largo del día.

Ya era de noche cuando Julio entró en la suite de la

última planta del Gobernador; hacía horas que todos los invitados se encontraban allí. Ya se habían desvirgado varios precintos de las botellas de licor, había comida por el suelo y sobre las mesas.

—Llega tarde —recriminó John Claudio.

La partida final estaba empezada, y los presentes celebraban cada mano como si la suerte que corrían fuera una cuestión de azar. A ninguno de ellos le incomodó la tardanza, estaban entusiasmados, Voluda incluido, solo el gruñón colombiano repasó de arriba abajo la figura impoluta de Julio, que al sentir los ojos fríos sobre su persona posó el maletín y jocosamente se abrió la americana dando un giro sobre sí mismo, para mostrar que iba desarmado. Se sentó en uno de los sillones que cerraban la mesa, donde un montón de cheques se apilaban frente al gran plasma que retransmitía la partida. Se acomodó el maletín entre los pies. El hecho de que no lo abriera molestó a John Claudio, que esperaba ver el cheque de Julio junto a los demás.

—¿Dónde está su plata? —preguntó el colombiano.

—Todo a su tiempo... Cuando acabe la partida —respondió el Perla.

—Hombre de poca fe, ¿no ve que está amañado, pendejo? Sus dudas nos ofenden —concluyó John Claudio.

Dos sietes en las últimas cartas de un *river* dieron un vuelco a la mano que se estaba jugando, colocando un póquer de sietes para RR, con el que eliminaba a otro jugador que llevaba un trío de ases. Aquella jugada levantó un grito común en la sala, que tembló como un campo de fútbol. Hubo aplausos y abrazos, aquella remontada con la que RR se doblaba, después de estar al borde de la quiebra, sirvió para atenuar la tensión y se abrieron más botellas.

Tras cinco horas de partida solo dos jugadores seguían en la mesa, RR y Travis Pullman, al que dos manos jugadas prácticamente al descubierto dejaron fuera. Las botellas de *champagne* sonaron como tiros, los cañones escupían confeti, los *flashes* cegaban el sonriente rostro de Don Ramón, que se proclamaba campeón de la prueba reina de la I Olimpíada de póquer y levantaba un cheque-cartel de

500.000 dólares. El techo del salón principal de juego del Hotel Gobernador se abrió para dar paso a un colosal castillo de fuegos artificiales. En la suite presidencial los abrazos se sucedían. Los vasos se llenaron para el brindis de la victoria, todo había salido según lo esperado.

—Ahora sí —dijo Julio cogiendo su maletín y posándolo sobre sus rodillas ante la expectante mirada de John Claudio, y levantó los pestillos cromados de la pequeña valija de piel negra.

Nadie se dio cuenta de lo que estaba a punto de suceder, únicamente el colombiano pudo dilucidar los segundos de futuro inmediato. John Claudio vio levantarse la tapa del maletín, solo entonces se percató de la inscripción grabada en la piel: en relieve pudo leer la palabra «Dinard». Entonces supo que iba a morir, porque él había instruido a Julio en el arte de la *balacera* y sabía de buena mano que no iba a fallar.

Julio Perla prendió con sendas manos las dos Beretta negras debidamente cargadas que aguardaban ocultas en el maletín. Desde un punto estratégico de la habitación, sin nadie a su espalda, se puso en pie marcando con sus brazos las nueve y cuarto. Fue cerrando el ángulo a la vez que iba reventando cabezas como si fueran los melones estacados de Izken.

Fue abatiendo a todos y cada uno de los presentes, que caían como moscas ante la intrépida lengua de fuego que se estaba descargando. El sonido de las balas cesó por un instante, la insonorizada habitación los hizo retronar interiormente. Los brazos rígidos de Julio apuntaban al frente, a las doce en punto, donde estaba sentado el colombiano y cuya alma era la única que seguía con vida, aparte de la de Julio, que se tomó un segundo de pausa; ambos se miraron a los ojos. Los dos últimos balazos entraron seguidos en el rostro de John Claudio. Nunca podría olvidar su mirada de muerto.

Salió del hotel con paso tranquilo, caminó entre las cinco mil personas que ante pantallas gigantes abarrotaban los aledaños del Gobernador. Nadie sabe cómo abandonó

México, ni dónde, ni a través de quién logró canjear los cheques que robó aquella noche. Las malas lenguas dijeron que el propio RR le ayudó a cambiarlos en los días posteriores, rumor que al mismo RR le costaría la vida pocos meses después. Las mafias internacionales recibieron las transacciones; eso hizo quebrar varios bancos y aseguradoras, junto a las empresas que cubrían las apuestas. En Sinaloa pusieron precio a la cabeza de Julio Perla Díaz. En todas las oficinas de sicariato del mundo tienen su fotografía, y su persona se encuentra en busca y captura por las autoridades mexicanas y la Interpol.

Hay quien dice que se entregó a la DEA y que trabaja como informador. Otros creen que el Sirio le proporcionó documentación falsa y que vaga por el mundo dilapidando la fortuna que robó. Un tipo de la Barceloneta asegura haberlo visto en una playa de Tailandia. Lo cierto es que los negocios y propiedades de Julio en Barcelona siguen cerrados. La leyenda dice que hay dos balas pagadas y bendecidas para el día en que el Gordo despierte. Ni siquiera Dolores ha vuelto a saber de su hijo, aunque también ella desapareció y nadie la ha visto desde entonces.

ESTA EDICIÓN DE
«NARCOLEPSIA»,
DE JORDI LEDESMA,
SE ACABÓ DE IMPRIMIR EN
SANT LLORENÇ D'HORTONS
EN EL MES DE FEBRERO DEL AÑO 2012

¿ Te ha gustado este libro ?

Alrevés escucha:
lector@alreveseditorial.com
www.alreveseditorial.com

lee / piensa / vive